CB014220

Diretor Editorial
Christiano Menezes

Diretor Comercial
Chico de Assis

Diretor de MKT e Operações
Mike Ribera

Diretora de Estratégia Editorial
Raquel Moritz

Gerente Comercial
Giselle Leitão

Gerente de Marca
Arthur Moraes

Gerente Editorial
Marcia Heloisa

Editor
Bruno Dorigatti

Capa e Projeto Gráfico
Retina 78

Coordenador de Arte
Eldon Oliveira

Coordenador de Diagramação
Sergio Chaves

Designer Assistente
Jefferson Cortinove

Finalização
Sandro Tagliamento

Preparação
Silvia Massimini Felix

Revisão
Tomoe Moroizumi
Retina Conteúdo

Impressão e Acabamento
Leograf

DADOS INTERNACIONAIS DE CATALOGAÇÃO NA PUBLICAÇÃO (CIP)
Jéssica de Oliveira Molinari — CRB-8/9852

Mann, Klaus, 1906-1949
Mefisto / Klaus Mann ; organização de Paulo Raviere ; ilustrações de Ramon Rodrigues ; tradução de Claudia Abeling. — Rio de Janeiro : DarkSide Books, 2022.
352 p. il

ISBN 978-65-5598-226-8
Título original: Mephisto

1. Ficção alemã 2. Nazismo — Ficção I. Título II. Raviere, Paulo III. Rodrigues, Ramon IV. Abeling, Claudia

22-4946 CDD 833

Índices para catálogo sistemático:
1. Ficção alemã

Rua General Roca, 935/504 — Tijuca
20521-071 — Rio de Janeiro — RJ — Brasil
www.darksidebooks.com

Xilogravuras
Ramon Rodrigues

Organização
Paulo Raviere

Tradução
Claudia Abeling

DARKSIDE

Dedicado à atriz Therese Giehse

O DEMÔNIO DO NAZISMO

As histórias de pessoas que negociaram a própria alma com demônios em troca de benefícios terrenos são muito populares. Elas circulam entre os povos desde antes de seus registros em peças teatrais, contos, romances, canções, imagens. Hoje em dia, obras como as canções "Me and the Devil", de Robert Johnson, e "Red Right Hand", de Nick Cave, os romances *Grande Sertão: Veredas*, de Guimarães Rosa, e *O Bebê de Rosemary*, de Ira Levin, os filmes *Coração Satânico*, de Alan Parker, e *Advogado do Diabo*, de Taylor Hackford, tornaram esse tema ainda mais popular. Mas nenhum pacto é tão popular quanto o do dr. Fausto, personagem do folclore medieval germânico que, em troca de conhecimento e poder, legou sua alma a Mefistófeles.

Várias versões da história do pacto entre o alquimista e o demônio foram compiladas em 1587 por um impressor de Frankfurt chamado Johann Spies, e nos séculos seguintes essa compilação serviu de base para inúmeras adaptações da lenda. Entre 1589 e 1592, o dramaturgo elisabetano Christopher Marlowe (1564-1593) trabalhou na peça *A Trágica História do Doutor Fausto*, publicada postumamente em 1604. No fim do século XVIII, a lenda serviu de base a vários autores românticos alemães, com destaque para a obra máxima de um dos patriarcas da literatura do país, Johann

Wolfgang von Goethe (1749-1832), autor das peças *Fausto, Parte I* (1808) e *Fausto, Parte II* (1832). Em 1947, logo após a Segunda Guerra Mundial, Thomas Mann publicou durante seu exílio na Califórnia o romance *Doutor Fausto*, uma história moderna baseada na lenda.

Anos antes, em 1936, seu filho Klaus Mann publicou *Mefisto*, romance centrado em um pacto fáustico diretamente ligado à obra de Goethe. No livro é contada a história de Hendrik Höfgen, ambicioso ator que abdica de seus ideais revolucionários em troca da ascensão social meteórica numa carreira artística cujo ápice, não por acaso, é uma encenação do *Fausto* de Goethe. Na peça, Höfgen interpreta Mefistófeles, enquanto em sua vida ele age como Fausto. Porém, diferentemente do Mefistófeles das lendas faustianas e das obras delas derivadas, o demônio de Höfgen não é uma entidade fantástica ou simbólica, e sim um demônio muito concreto: o Partido Nazista.

O romance foi escrito no calor do momento, quando Klaus se encontrava exilado na Holanda, durante a ascensão do Terceiro Reich, portanto antes da eclosão da Segunda Guerra Mundial, da derrota dos nazistas, do julgamento de Nuremberg. Seu protagonista, assim como quase todos os personagens do livro, em maior ou menor grau, são inspirados em pessoas reais da época, um dos motivos pelo qual o livro chegou a ser censurado. Enquanto algumas pessoas reais tiveram os nomes trocados na obra, figuras eminentes da elite do demônio-instituição nazista são mencionadas apenas por títulos e posições: o ministro da Propaganda, o primeiro-ministro, o Führer.

Evitar menções diretas ao ditador e seus asseclas é apenas uma das muitas semelhanças que *Mefisto* tem com nossos tempos, o que o torna ainda mais assustador. Vários países e governantes da atualidade parecem mimetizar muitos dos atos da Alemanha nazista descritos no livro. Seu líder é chamado de "messias", e ninguém tem o direito de contestar suas mentiras ou sua incapacidade intelectual. Enquanto o povo fica cada vez mais miserável e fanático, a elite do partido chafurda em luxos e excessos. Uma atriz declama "as frases de um poeta que seria incomodado e perseguido por seu cônjuge e seus acólitos, caso vivesse aqui e agora", à maneira dos fãs de bandas de rock de protesto que nada compreendem do que elas cantam, e reclamam de suas mensagens politizadas mais explícitas.

Na Alemanha nazista, como hoje, a ignorância é estimulada, mentiras são difundidas, livros queimados, bibliotecas invadidas, edifícios destruídos, dissidentes escorraçados, oposicionistas presos, intelectuais silenciados, minorias perseguidas, assassinatos executados, suicídios simulados. Tanto nos anos 1930 como nos tempos atuais, o ambiente é sufocante e opressor:

> Ai de nós, o céu sobre este país se tornou sombrio. Deus lhe virou o rosto, um jorro de sangue e lágrimas corre pelas ruas de todas as suas cidades. Ai de nós, este país está conspurcado e ninguém sabe quando será purificado de novo. Quais castigos e quais enormes contribuições para a alegria da humanidade serão necessários para expiar tamanha desgraça? A imundície respinga em todas as ruas de todas as suas cidades, mais sangue e lágrimas. O que era bonito foi manchado, o que era verdadeiro foi desbancado pelos gritos de mentiras.

Cada vez mais poderoso dentro do partido, Höfgen se convence que é um agente interno de causas revolucionárias e humanistas, que tem muito mais chances de contribuir para elas se atuar de dentro. São gestos insuficientes para aplacar sua consciência maculada, pois as causas são obliteradas pelos benefícios terrenos: o respeito dos membros do alto escalão, a segurança física, o luxo, as bajulações, as concessões, a idolatria popular, e, o que lhe é mais caro, a glória pública como artista. No entanto, Höfgen também sente a destituição de sua alma de forma concreta: para além da destruição de seu país e do convívio com pessoas estúpidas, falsas e monstruosas, o demônio do nazismo lhe toma os amigos, o amor, o respeito próprio, a consciência, e a glória íntima como artista. Goethe já havia instruído. Um pacto com um demônio sempre custa caro.

Paulo Raviere

Ao ator, perdoo todos os
erros do ser humano,
mas ao ser humano não
perdoo nenhum erro do ator.

Goethe, *Wilhelm Meister*

PRÓLOGO 1936

"Parece que há pouco, num dos grandes centros industriais da Alemanha Ocidental, oitocentos trabalhadores foram condenados a severas penas de prisão, todos eles, e isso no decorrer de um único processo."

"De acordo com minhas informações, foram apenas quinhentos; outros cem nem foram a julgamento, e sim assassinados em segredo por causa das suas opiniões."

"Os salários são realmente tão baixos?"

"Miseráveis. E continuam a cair. E os preços sobem."

"Dizem que a decoração do teatro de ópera para hoje à noite custou 60 mil marcos. E ainda há outros 40 mil marcos, pelo menos, de despesas diversas. Sem falar no custo para erário, pois o teatro precisou ficar fechado por cinco dias em virtude dos preparativos para o baile."

"Uma simpática comemoração de aniversário."

"É nojento ter que participar desse rebuliço."

Os dois jovens diplomatas estrangeiros, com o sorriso mais amável no rosto, se curvaram diante de um oficial todo paramentado que lhes lançara um olhar desconfiado através do monóculo.

"O alto comando está presente em peso." Eles só voltaram a conversar quando tiveram certeza de que o uniforme paramentado não podia ouvi-los.

"Mas todos estão animados com a paz", o outro acrescentou, com malícia.

"Por mais quanto tempo?", o primeiro perguntou, alegre, enquanto cumprimentava uma senhorinha da embaixada japonesa, miúda e delicada, que caminhava de braço dado com um oficial da Marinha, gigante. "Temos que estar preparados para tudo."

Um funcionário do ministério das Relações Exteriores se juntou aos dois jovens adidos, que no mesmo instante passaram a elogiar o luxo e a beleza da decoração do salão. "Sim, o primeiro-ministro gosta dessas coisas", disse, um pouco constrangido, o homem das Relações Exteriores.

"Mas é tudo de muito bom gosto", asseguraram os dois jovens diplomatas, quase a uma só voz.

"Certamente", confirmou, com certo constrangimento, o funcionário da Wilhelmstraße.[I]

"Hoje em dia não se acha um evento tão grandioso em lugar nenhum, exceto em Berlim", acrescentou ainda um dos dois estrangeiros. O homem do ministério das Relações Exteriores hesitou por um segundo antes de se decidir por um sorriso cortês.

A conversa foi pausada. Os três homens olharam ao redor, prestando atenção nos ruídos festivos. "Colossal", disse em voz baixa, por fim, um dos jovens — dessa vez sem nenhum sarcasmo, mas realmente impressionado, quase atemorizado pela desmedida suntuosidade que o circundava. A tremulação das luzes e os cheiros aromáticos que impregnavam o ar eram tão intensos que ofuscavam seus olhos. Cheio de reverência, mas desconfiado, ele piscou para o brilho movediço. Onde estou?, pensou o jovem. (Ele vinha de um país escandinavo.) O lugar em que me encontro está decorado com muito esmero e luxo,

I Endereço da chancelaria do Reich e do ministério das Relações Exteriores. Usado com frequência para se referir à administração governamental alemã como um todo. [NT]

sem dúvida; ao mesmo tempo, é um tanto macabro. Todas essas pessoas tão arrumadas são de uma animação que não inspira confiança. Elas se movimentam feito marionetes — estranhamente contraídas e desajeitadas. Algo se esconde nos seus olhos, o olhar não é bom, neles há tanto medo e tanta crueldade. De onde venho, as pessoas olham de outro jeito — olham de uma maneira mais simpática e descontraída, de onde venho. Também rimos de modo diferente, lá no Norte. Aqui as risadas têm um tanto de desdém e de desespero; algo insolente, provocativo e, ao mesmo tempo, desesperançado, terrivelmente triste. Ninguém que se sente bem na própria pele ri assim. Homens e mulheres que levam uma vida decente e razoável não riem assim...

O grande baile por ocasião do aniversário de 43 anos do primeiro-ministro acontecia em todas as dependências do teatro de ópera. O elegante grupo circulava pelos amplos foyers, nos corredores e nos vestíbulos. Estourava garrafas de champanhe nos camarotes, de cujas balaustradas pendiam cortinas caras e drapeadas; dançava na plateia, de onde várias fileiras de assento haviam sido removidas. A orquestra, localizada no palco vazio, era numerosa como se fosse tocar uma sinfonia, no mínimo de Richard Strauss. Numa confusão atrevida, porém, tocou apenas marchas militares e aquela música de jazz que, embora amplamente malvista por sua imoralidade negra, o alto dignitário não queria deixar faltar em sua comemoração.

Todos que desejavam alguma importância naquele país estavam presentes, não havia ausências — à exceção do próprio ditador, que se desculpou devido à dor de garganta e aos nervos abalados, e à exceção de alguns membros proeminentes do partido, algo plebeus, que não haviam sido convidados. Por outro lado, era possível distinguir várias coroas imperiais e reais, muita gente da realeza e quase toda a alta nobreza; todo o generalato da Wehrmacht; muitos financistas influentes e industriais de peso; diversos membros dos corpos diplomáticos — em geral das embaixadas de países menores ou muito distantes —; alguns ministros; alguns atores famosos — o fraco do aniversariante pelo teatro era sabido —; e até um escritor, de aparência muito decorativa e que privava da amizade pessoal do Führer.

Mais de 2 mil convites haviam sido expedidos; desses, cerca de mil eram cortesias, que davam direito a desfrutar graciosamente da festa; os destinatários dos mil convites restantes tiveram de pagar, como entrada, 50 marcos; desse modo, parte das enormes despesas era captada — o resto permanecia a cargo dos contribuintes que não faziam parte do círculo íntimo do primeiro-ministro e, portanto, de modo nenhum eram da elite da nova sociedade alemã.

"Que festa magnífica!", exclamou a roliça esposa de um fabricante de armas da região do Reno para a esposa de um diplomata sul-americano. "Ah, estou me divertindo tanto! Eu me sinto radiante e gostaria que todas as pessoas na Alemanha, e em todos os lugares, estivessem radiantes!"

A mulher do diplomata sul-americano, que não compreendia bem o alemão e estava entediada, sorriu com irritação.

A animada esposa do fabricante ficou decepcionada com tamanha falta de entusiasmo e decidiu continuar circulando. "Desculpe-me, querida!", ela disse, com elegância, e agarrou a cauda brilhante do vestido. "Tenho que cumprimentar uma velha amiga de Köln — a mãe do intendente do nosso Teatro Nacional, você sabe, o grande Hendrik Höfgen."

Nesse instante, a sul-americana abriu a boca pela primeira vez para perguntar: "*Who is Henrik Hopfgen?*". Ato contínuo, a esposa da fabricante soltou um gritinho: "O quê? Você não conhece nosso Höfgen? Höfgen, minha cara, não Hopfgen! E Hendrik, não Henrik — ele dá o maior valor ao pequeno *d*!".

Ao mesmo tempo, ela já tinha ido ao encontro da distinta matrona, que marchava solenemente pelos salões, enganchada no braço do poeta e amigo do Führer. "Estimada sra. Bella! Faz uma eternidade que não nos vemos! Como você está, querida? Já com saudades da nossa Köln? Mas você está numa posição incrível aqui! E como vai a srta. Josy, a querida filha? Aliás, como vai Hendrik, seu filho mais velho? Céus, no que ele se transformou! Já é quase tão importante quanto um ministro! Sim, sim, sra. Bella, todos nós em Köln sentimos sua falta e a dos seus maravilhosos filhos!"

Na verdade, a milionária nunca antes se preocupara com a sra. Bella Höfgen quando esta ainda vivia em Köln e o filho não tinha conquistado sua grande carreira. As duas mulheres se conheciam superficialmente;

a sra. Bella nunca havia sido convidada à mansão do fabricante. Mas agora a divertida e sensível ricaça não queria mais soltar a mão da mulher cujo filho era um dos amigos mais próximos do primeiro-ministro.

A sra. Bella sorriu, complacente. Estava vestida de maneira muito discreta, mas não sem esmero; uma orquídea branca se destacava de seu vestido de seda preto, liso. O cabelo grisalho, penteado de maneira simples, contrastava de maneira interessante com o rosto ainda bastante jovem, maquiado com discrição. Os olhos bem abertos, verde-azulados, encaravam com simpatia reservada, pensativa, a senhora falante, que devia seu colar maravilhoso, os brincos longos, a roupa parisiense e todo o seu brilho aos intensos preparativos dos alemães para a guerra.

"Não posso me queixar, estamos todos muito bem", a sra. Höfgen falou com orgulhosa simplicidade. "Josy está noiva do jovem conde Donnersberg. Hendrik está um tanto sobrecarregado, com toneladas de afazeres."

"Posso imaginar." A esposa do industrial a olhava de maneira respeitosa.

"Permita que eu lhe apresente nosso amigo Cäsar von Muck", disse a sra. Bella.

O autor se curvou sobre a mão estendida da rica mulher, que no mesmo instante voltou a falar. "Interessantíssimo, estou mesmo muito contente, logo o reconheci por causa das fotografias. Admirei sua peça sobre a Batalha de Tannenberg em Köln, uma apresentação bastante boa, claro que faltam os desempenhos excepcionais, como estamos agora acostumados em Berlim, mas realmente tudo muito correto, sem dúvida muito respeitável. E, conselheiro, o senhor acabou de fazer uma viagem sensacional, todo mundo está comentando o livro com o relato, quero comprá-lo nos próximos dias."

"Vi muitas coisas belas e muitas coisas feias no estrangeiro", disse o autor com simplicidade. "Entretanto, não percorri os países apenas como um observador, não apenas para o meu deleite, mas sobretudo como um porta-voz e professor. Sou levado a crer que consegui angariar novos amigos lá longe para a nossa nova Alemanha." Com seus olhos azuis da cor de aço, cuja pureza penetrante e fogosa era exaltada em muitos artigos culturais, ele avaliou as colossais joias da mulher. Eu poderia me hospedar na sua mansão quando for novamente a Köln para uma palestra ou um lançamento, ele pensou enquanto falava: "Para o nosso senso de lisura, é inconcebível o quanto de mentira, o quanto de enganos maldosos sobre nosso país circulam no exterior."

O feitio de seu rosto era tal que qualquer repórter o chamaria de "talhado em madeira": testa sulcada, olhos penetrantes sob sobrancelhas loiras e uma boca crispada, que falava com um leve dialeto da Saxônia. A fabricante de armas estava muito impressionada, tanto com sua aparência quanto com seu nobre discurso. "Ah", ela olhou para ele, sonhadora. "Quando vier a Köln, venha nos visitar sem falta!"

O conselheiro de Estado Cäsar von Muck, presidente da Academia de Letras e autor da peça *Tannenberg*, encenada em todos os lugares, curvou-se com modos cavalheirescos: "Será uma autêntica alegria, estimada senhora". Ao mesmo tempo, pôs a mão sobre o coração.

A mulher do industrial o achou maravilhoso. "Como será agradável ouvi-lo durante toda uma noite, excelência!", ela exclamou. "Ah, quantas experiências o senhor não deve ter tido. E o senhor já não foi também intendente do Teatro Nacional?"

A pergunta foi considerada grosseira, tanto pela distinta sra. Bella quanto pelo autor da tragédia *Tannenberg*. Este apenas disse, com alguma rispidez: "Exatamente".

A rica mulher de Köln não percebeu nada. Ao contrário, prosseguiu falando com uma jocosidade absolutamente inadequada: "O senhor não fica um pouco enciumado do nosso Hendrik, seu sucessor?". E ela ainda ameaçava com o dedo. A sra. Bella não sabia para onde olhar.

Mas Cäser von Muck demonstrou sua polidez e superioridade num grau próximo à magnanimidade. Um sorriso se abriu sobre seu rosto talhado em madeira, que parecia um pouco amargurado apenas no início, mas depois se tornou suave, bom e até sábio. "Entreguei essa carga pesada com prazer, sim, de coração, ao meu amigo Höfgen, que como ninguém tem a aptidão para carregá-la." Sua voz tremia; ele estava muito emocionado com a própria grandeza e com a beleza de sua atitude.

A sra. Bella, mãe do intendente, fez uma cara impressionada; a esposa do rei dos canhões estava tão comovida pela postura nobre e altiva do famoso dramaturgo que ficou à beira das lágrimas. Com corajosa autossuperação, ela engoliu as lágrimas, secou os olhos rapidamente usando um lencinho de seda e, com um movimento nada discreto, como que sacudiu o ânimo solene para longe. Ela expressava a típica alegria renana; mais uma vez radiante, exultou: "A festa não está magnífica?".

A festa era mesmo magnífica, não restavam dúvidas. Tantos brilhos, aromas, sons! Impossível saber o que reluzia mais: as joias ou as insígnias. A luz prodigiosa dos candelabros brincava e dançava sobre as costas nuas, brancas, das mulheres e de seus rostos bem maquiados; sobre as nucas gordas, os peitilhos engomados ou os uniformes adornados de senhores obesos; sobre o rosto suado dos empregados, que passavam servindo as bebidas. Havia o cheiro das flores, divididas em belos arranjos por todo o ambiente da festa; dos perfumes parisienses de todas as mulheres alemãs; dos charutos dos industriais e das pomadas dos jovens esbeltos em seus bem ajustados uniformes da SS;[2] dos príncipes e das princesas, dos chefes da polícia secreta nacional, dos editores dos suplementos culturais, das divas do cinema, dos professores universitários responsáveis por cadeiras de estudos raciais ou ciência militar, e dos poucos banqueiros judeus, cuja riqueza e relacionamentos internacionais eram tamanhos que sua presença era permitida inclusive em eventos exclusivos como esse. Nuvens de agradáveis cheiros artificiais eram aspergidas, como para não deixar transparecer outro cheiro — o fedor adocicado e enjoativo de sangue, que era apreciado e que saturava o país inteiro, mas dava motivo para certa vergonha num evento tão fino e na presença de diplomatas estrangeiros.

"É genial", disse um figurão do Exército para outro. "Tudo o que o gordo consegue!"

"Enquanto a gente tolerar isso", disse o segundo. Eles fizeram pose de bem-humorados, pois estavam sendo fotografados.

2 *Shutzstaffel*, ou tropa de proteção, foi uma organização paramilitar nazista, uma das principais responsáveis pelo genocídio nazista. [NE]

"Lotte está usando um vestido que parece que custa 3 mil marcos", contou uma atriz de cinema ao príncipe de Hohenzollern, com quem dançava. Lotte era a esposa do poderoso com os muitos títulos, que estava festejando seus 43 como um príncipe de conto de fadas. Lotte tinha sido atriz em teatros do interior e era considerada uma mulher de bom coração, simples, genuinamente alemã. No dia de seu casamento, o príncipe de conto de fadas havia ordenado a execução de dois proletários.

O príncipe de Hohenzollern disse: "Minha família nunca investiu tanto assim numa festa. Aliás, quando o casal ilustre vai nos dar a honra? Estão querendo aumentar nossa expectativa ao máximo!".

"A Lottinha entende do assunto", afirmou sem rodeios a antiga colega da mulher-modelo do país.

Uma festa absolutamente maravilhosa: todos os presentes pareciam se divertir à larga, tanto aqueles com os convites de honra quanto os outros, aqueles que tiveram de pagar 50 marcos para estar presentes. As pessoas dançavam, conversavam, flertavam; observavam a si mesmas, os outros e especialmente o poder, que podia se dar ao luxo de eventos tão superlativos quanto esse. Os diálogos eram muito animados nos camarotes e nos corredores, junto aos sedutores bufês. Discutia-se sobre a roupa das mulheres, a riqueza dos homens e sobre os prêmios que a tômbola destinada à caridade iria proporcionar. O brinde mais valioso era uma cruz suástica de brilhantes, algo muito gracioso e caro, para ser usado como broche ou pingente num colar. Os mais inteirados espalhavam que haveria prêmios de consolação igualmente incríveis, por exemplo tanques e metralhadoras moldados à perfeição em marzipã de Lübeck. Algumas senhoras afirmavam, jocosas, que preferiam esse instrumento de morte feito de massa doce do que a valiosa suástica. Ria-se muito e sem preocupação. O pano de fundo político do evento era discutido a meia voz. A falta do Führer e o fato de muitas eminências do partido não terem sido convidadas chamava a atenção; por outro lado, havia a presença maciça das famílias reais. Alguns levantavam boatos sombrios e interessantes em relação a essa circunstância, que eram comunicados aos sussurros. Um ou outro dizia ter notícias desfavoráveis sobre a saúde do Führer; a discussão corria em voz baixa e de maneira apaixonada, tanto entre os correspondentes dos jornais estrangeiros e os diplomatas quanto entre os representantes das Forças Armadas e da indústria pesada.

"Parece que é mesmo câncer", um jornalista da imprensa inglesa relatou, escondendo a boca com um lenço, para o colega parisiense. O interlocutor, porém, não era o adequado. Pierre Larue tinha a aparência de um anão especialmente frágil e bastante astuto, mas nutria uma adoração pelo heroísmo e pelos lindos jovens uniformizados da nova Alemanha. Aliás, ele não era jornalista, mas um homem rico que escrevia livros de fofocas sobre a vida social, literária e política das capitais europeias e cujo objetivo na vida era conhecer gente importante e famosa. Esse anão tão grotesco quanto suspeito, com o rostinho afilado e a lamuriosa voz de falsete de uma velha enfermiça, desdenhava da democracia do próprio país e explicava a todos que desejavam ouvir que, para ele, Clemenceau era um canalha e Briand, um idiota; e que todo funcionário mais graduado da Gestapo era um semideus, e a chefia do regime da nova Alemanha, uma seleção de deuses irrepreensíveis.

"Que besteira sem sentido você está espalhando, meu senhor!" O baixinho lançou um olhar assustadoramente bravo; sua voz estalava feito folhas secas. "O estado de saúde do Führer não deixa nada a desejar. Ele apenas está um pouco resfriado."

Dava para apostar que esse pequeno monstro fosse fazer uma denúncia. O correspondente inglês ficou nervoso e tentou se justificar: "Um colega italiano me confidenciou algo nesse sentido...". Mas o pequeno adorador de uniformes engalanados interrompeu-o com severidade. "Basta! Não quero ouvir nem mais uma palavra! Isso não passa de boatos irresponsáveis! Me desculpe", ele acrescentou com suavidade. "Tenho que cumprimentar o ex-rei da Bulgária. A princesa de Hessen está com ele. Conheci sua alteza na corte do seu pai, em Roma." Ele se afastou, as mãozinhas pálidas e finas cruzadas sobre o peito, com a postura e a expressão facial de um abade intrigante. O inglês murmurou às suas costas: "*Damned snob*".[3]

3 Maldito esnobe! [NE]

Uma movimentação tomou conta do salão, o burburinho era notável. O ministro da Propaganda havia chegado. Ele não estava sendo aguardado naquela noite, todos sabiam de sua tensa relação com o gordo aniversariante — que, por sua vez, ainda se mantinha escondido, a fim de que sua *entrée* se tornasse o ápice da noite.

O ministro da Propaganda — senhor da vida intelectual de milhões de pessoas — claudicava depressa através da massa reluzente que se curvava diante dele. Um sopro de vento gelado parecia acompanhá-lo. Era como se uma divindade malvada, perigosa, solitária e cruel tivesse descido em meio a uma turba ordinária de mortais hedonistas, covardes e patéticos. Durante alguns segundos, o grupo inteiro ficou como que petrificado pelo horror. Os dançarinos congelaram em meio a suas poses graciosas, e seus olhares tímidos estavam dirigidos, submissos e cheio de ódio, ao temido anão. Este tentou um sorriso charmoso, repuxando a boca magra e delineada até as orelhas, a fim de suavizar um pouco o efeito terrível que espalhava; ele se esforçava em encantar, em consolar e fazer com que os olhos fundos e inteligentes encarassem de maneira simpática. Puxando com elegância o pé torto atrás de si, atravessou o salão da festa, exibindo a esse grupo de duzentos escravos, acólitos, enganadores, enganados e loucos seu perfil aquilino impregnado de falsidade e poder. Ele passou pelos grupos de milionários, embaixadores, comandantes de regimentos e estrelas de cinema, sorrindo de maneira ardilosa. E foi junto ao intendente Hendrik Höfgen, conselheiro de Estado e senador, que ele parou.

Mais uma sensação! O intendente Höfgen fazia parte dos favoritos declarados do primeiro-ministro e brigadeiro, que havia imposto sua posse na chefia do Teatro Nacional contra a vontade do ministro da Propaganda. Depois de uma batalha longa e intensa, o ministro havia sido obrigado a sacrificar seu protegido, o escritor Cäsar von Muck, e despachá-lo para viagens. Mas agora ele honrava de maneira ostensiva a criação de seu inimigo por meio de seu cumprimento e de sua conversa. Será que o esperto mestre da propaganda queria, dessa maneira, atestar para a elite da sociedade internacional que não havia discordâncias nem hierarquias entre os cabeças do regime alemão e que a inveja entre ele, o chefe dos reclames, e o brigadeiro era coisa do âmbito torpe da boataria? Ou será que, por sua vez, Hendrik Höfgen — uma das personalidades mais comentadas da capital — era tão infinitamente esperto que conseguia manter relações íntimas tanto com o ministro da Propaganda quanto com o primeiro-ministro e brigadeiro? Será que ele jogava um poderoso contra o outro e submetia-se à proteção de ambos? Era possível acreditar nisso, dada sua lendária habilidade...

A cena era muito interessante! Pierre Larue deixou o ex-rei da Bulgária simplesmente de lado e saiu saltitante pelo salão — insuflado pela curiosidade, como uma pena levada pelo vento —, a fim de assistir muito de perto esse sensacional reencontro. Os olhos gelados de Cäsar von Muck se estreitaram com desconfiança, a milionária de Köln soltou um suspiro lascivo, tamanha a excitação e alegria pela grandiosa situação; por sua vez, a sra. Bella Höfgen, a mãe do grande homem, sorria a todos que estavam por perto, de maneira graciosa e ao mesmo tempo encorajadora, como se lhes quisesse dizer: Meu Hendrik é formidável e sou sua distinta mãe. Apesar disso, vocês não precisam sair se ajoelhando. Ele e eu somos de carne e osso, mesmo se destacados do restante das pessoas.

"Como vai, meu caro Höfgen?", perguntou o ministro da Propaganda, sorrindo animado para o intendente.

O intendente também sorriu, não de orelha a orelha, mas com uma elegância que parecia quase dolorosa. "Bem, obrigado, ministro!" Ele falava baixo, quase cantando, marcando bem as palavras. O ministro ainda não tinha soltado sua mão. "Permita-me perguntar como vai sua esposa", disse o intendente, e nesse instante seu graduado interlocutor por fim fez uma cara séria. "Ela está um pouco indisposta esta noite." E soltou a mão do senador e conselheiro de Estado. Este disse, consternado: "Ah, sinto muito".

Claro que ele sabia — aliás, todos naquele salão sabiam — que a mulher do ministro da Propaganda estava totalmente arrasada e no íntimo destroçada de ciúmes em relação à esposa do primeiro-ministro. Como o ditador permanecia solteiro, a esposa do chefe dos anúncios tinha sido a primeira-dama no Reich e preenchera essa função que lhe fora destinada pelos céus com respeito e dignidade; nem seu maior inimigo poderia negá-lo. Mas então apareceu essa Lotte Lindenthal, uma atriz mediana — e nem era jovem —, e se casou com o gordo amante do luxo. O sofrimento da mulher do ministro da Propaganda foi indescritível. Alguém estava disputando com ela o cargo de primeira-dama! Uma outra tentava chegar na frente! O culto à atriz era tal que parecia que a própria princesa Luise tinha ressuscitado! Em todos os eventos em homenagem a Lotte, a mulher do ministro da Propaganda se irritava tanto que era acometida por enxaqueca. Naquela noite ela havia ficado de cama mais uma vez.

"Certamente sua esposa teria se divertido aqui." Höfgen ainda mantinha a expressão solene. Sua voz era isenta de qualquer traço de ironia. "Uma pena que o Führer não veio. Os embaixadores da Inglaterra e da França também não puderam comparecer."

Com essas observações, feitas com suavidade na voz, Höfgen traía seu verdadeiro amigo e benfeitor — o primeiro-ministro, ao qual ele devia todo o seu brilho — em favor do invejoso ministro da Propaganda. Este último, porém, era sua tábua de salvação no caso de algum imprevisto.

E o hábil manquitola perguntou a meia voz, não sem desdém: "E como anda a atmosfera por aqui?".

O intendente do Teatro Nacional respondeu de maneira circunspecta: "Parece que as pessoas estão se divertindo".

Ambos os dignitários conversavam em voz baixa; pois, ao seu redor, os curiosos se aglomeravam e vários fotógrafos haviam aparecido. A fabricante de canhões sussurrava a Pierre Larue, que, encantado, esfregava as mãozinhas ossudas sobre o peito: "Nosso intendente e o ministro. Não é um casal maravilhoso? Ambos tão importantes! Ambos tão belos!". Ela aproximou seu corpo carnudo e cheio de joias do corpinho frágil do pequeno. O delicado gaulês amante do heroísmo germânico, dos jovens fortes, do ideário do Führer e dos nomes da alta nobreza receava a proximidade arfante de tanta carne feminina. Ele tentou se esquivar um pouco, enquanto estridulava: "Esplêndido! Muito charmoso! Incomparável!". A mulher da Renânia assegurava: "Nosso Höfgen... esse é um homem de verdade, posso lhe dizer! Um gênio, como não se encontra nem em Paris nem em Hollywood! E tão profundamente alemão, tão reto, simples e honesto! Eu o conheci ainda quando criança". Com a mão esticada, ela mostrou o quão pequeno era Hendrik quando ela, a milionária, tinha evitado sistematicamente a mãe dele nos eventos benemerentes em Köln. "Um rapaz maravilhoso!", ela ainda disse, e seu olhar ficou tão lânguido que Larue, em pânico, resolveu fugir.

Alguém poderia dar cerca de 50 anos para Hendrik Höfgen; na verdade, porém, ele tinha apenas 39 — muito jovem para seu alto cargo. Seu semblante pálido com os óculos de aro de osso tinha aquela tranquilidade pétrea que pessoas muito nervosas e muito vaidosas conseguem mostrar quando sabem que estão sendo observadas por muita gente. Sua cabeça tinha uma forma nobre. No rosto inchado, branco-acinzentado, destacava-se um traço muito tenso, sensível e sofredor, que ia das sobrancelhas loiras erguidas até as têmporas fundas; além disso, a forma marcante do queixo reto, que ele mantinha elevado, como um traço de orgulho, fazia a bela linha entre a orelha e o queixo enfatizar sua audácia e determinação. Deitado nos lábios largos e pálidos, havia um sorriso congelado, ambíguo, ao mesmo tempo desdenhoso e que clamava por piedade. Apenas vez ou outra os olhos ficavam visíveis atrás das lentes grandes, espelhadas, de seus óculos: daí era possível reconhecer, não sem susto, que eram gélidos, apesar de toda a maciez, e muito cruéis, apesar de toda a melancolia. Esses olhos cintilantes verde-acinzentados faziam lembrar pedras preciosas, que são caras, mas trazem infelicidade; ao mesmo tempo, olhos ávidos de um peixe malvado e perigoso. Todos as mulheres e a maioria dos homens achavam que Hendrik Höfgen não era apenas um homem importante e altamente capaz, mas também especialmente bonito. Sua postura quase rígida, resultado da elegância consciente e calculada, e seu fraque bem talhado disfarçavam o fato de ele ser decididamente gordo demais, sobretudo nos quadris e nos glúteos.

"Aliás, tenho que cumprimentá-lo pelo seu Hamlet, meu caro", disse o ministro da Propaganda. "Uma atuação grandiosa. O teatro alemão pode se orgulhar dela."

Höfgen inclinou de leve a cabeça, na medida em que apontou o queixo um pouco para baixo: acima do colarinho alto, brilhante, surgiram inúmeras pregas no pescoço. "Quem fracassa diante de Hamlet não merece ser chamado de ator." Sua voz ecoava modéstia. O ministro ainda constatou: "O senhor sentiu por inteiro a tragédia". Nesse momento, o salão foi tomado por uma grande agitação.

O brigadeiro e sua esposa, a ex-atriz Lotte Lindenthal, tinham acabado de passar pela grande porta central. Palmas estrondosas e exclamações animadas os cumprimentaram. O casal caminhou ao longo de um exultante cordão humano. Nenhum imperador havia sido recepcionado de maneira mais bela. O entusiasmo parecia enorme: cada uma das duzentas elegantes personalidades selecionadas queria comprovar aos outros e ao primeiro-ministro, preferencialmente por gritos e aplausos, como estava participando com ardor do 43º aniversário do poderoso em particular e do Estado nacional, no geral. As pessoas gritavam: "Viva!", "*Heil!*" e "Parabéns!". Jogavam flores, que eram recebidas pela sra. Lotte com muita graça. Os trompetes da orquestra soaram. O rosto do ministro da Propaganda ficou desfigurado de ódio, mas ninguém prestou atenção nisso, exceto talvez Hendrik Höfgen. Este permaneceu imóvel, aguardando seu benfeitor numa postura contida, charmosamente rígida.

Havia apostas sobre qual vestimenta o gordo usaria naquela noite. Devido a uma ascética faceirice de sua parte, ele resolvera assombrar a sociedade com o traje mais discreto possível. A jaqueta de uniforme verde-garrafa parecia quase um casaco de uso doméstico, com corte muito justo. Sobre seu peito cintilava uma estrela prateada muito pequenina. Nas calças cinza, suas pernas — que, via de regra, ele gostava de ocultar em sobretudos longos — pareciam especialmente grossas: eram colunas sobre as quais ele se movia com lentidão. O tamanho e a largura colossal de sua figura eram adequados para irradiar susto e medo, principalmente porque não havia nenhum motivo para achar algo de engraçado nele: o mais audaz deixava de sorrir quando se dava conta de quanto sangue já havia corrido depois de um aceno do gigante de gordura e carne, e o quanto mais não haveria de correr em sua honra. Sobre o pescoço curto e grosso, sua cabeça grande parecia ter sido regada por um suco vermelho: a cabeça de um César, escalpelado. Não havia mais nada de humano nessa cabeça, formada apenas por carne crua, disforme.

O primeiro-ministro empurrou a barriga, cuja enorme protuberância chegava ao peito, majestosamente através do reluzente agrupamento. O primeiro-ministro ria.

Sua mulher Lotte não ria, mas distribuía sorrisos, uma perfeita rainha Luise. Também seu vestido, cuja riqueza fora assunto das mulheres, era simples apesar de toda pompa: liso e fluido, de um tecido prateado brilhante, terminando numa longa cauda real. Mas o diadema de brilhantes no penteado loiríssimo, as pérolas e esmeraldas no colo, ultrapassavam em peso e brilho tudo o que mais havia para se admirar nessa opulenta reunião. A joia gigantesca da atriz provinciana valia milhões: o mimo se devia aos galanteios de um marido que gostava de reclamar abertamente do vício por luxo e da corrupção de ministros e prefeitos republicanos e à fidelidade de alguns súditos bem situados e prediletos. A sra. Lotte sabia receber as atenções desse calibre com aquela alegria despretensiosa que lhe trazia a fama de mulher ingênua e maternal, digna de veneração. Ela era considerada uma mulher abnegada, intocável. Tinha se tornado uma figura idealizada entre as mulheres alemãs. Seus olhos eram grandes, redondos, um pouco saltados, de um azul de brilho úmido; tinha um belo cabelo loiro e um busto alvíssimo. Aliás, ela também já estava um pouco obesa — comia-se bem e de maneira farta em seu palácio. A seu respeito, falava-se com admiração que vez ou outra intercedia junto ao marido por judeus da alta sociedade. Apesar disso, os judeus acabavam num campo de concentração. Ela era chamada de anjo da guarda do primeiro-ministro; mas o terror não havia diminuído desde que ela o aconselhava. Um de seus principais papéis fora o de Lady Milford em *Intriga e amor*, de Schiller: aquela amante de um homem poderoso que não suporta mais o brilho de suas joias e a proximidade de seu príncipe, pois ficara sabendo do preço das pedras preciosas. Quando se apresentou pela última vez no Teatro Nacional, fez o papel de Minna von Barnhelm:

desse modo, antes de se transferir ao palácio do brigadeiro, ela declamou uma última vez as frases de um poeta que seria incomodado e perseguido por seu cônjuge e seus acólitos, caso vivesse aqui e agora. Os segredos mais terríveis do Estado totalitário eram discutidos em sua presença: ela ria, maternal. Pela manhã, quando espiava por sobre o ombro do marido, brincalhona, via a sentença de morte à sua frente na escrivaninha renascentista — e ele as assinava; à noite, ela exibia as blusas brancas e o penteado rebuscado loiríssimo em estreias operísticas e nas mesas bem-postas dos privilegiados, que eram honrados com sua presença. Ela era intocável, invulnerável, pois era ingênua e sentimental. Acreditava estar cercada pelo "amor do seu povo", porque 2 mil ambiciosos, venais e esnobes faziam barulho em sua honra. Ela caminhava pelo brilho e distribuía sorrisos — nunca oferecia mais do que isso. Acreditava piamente que Deus a protegia, pois tinha permitido que tantas joias chegassem até ela. A falta de criatividade e inteligência a protegia de pensar num futuro que talvez guardasse pouca semelhança com o presente. A maneira como ela andava, de cabeça erguida, banhada de luz e da admiração geral, não deixava dúvida do caráter permanente dessa magia. Nunca — ela confiava —, nunca esse brilho iria se afastar dela; nunca os martirizados haveriam de se vingar, nunca a escuridão se lançaria sobre ela.

A orquestra ainda tocava fanfarras, vigorosa e longamente; a gritaria animada prosseguia. Lotte e seu gordo estavam junto ao ministro da Propaganda e Höfgen. Os três homens ergueram um pouco os braços, imitando descontraídos a saudação nazista. Em seguida, Hendrik se curvou com um sorriso sério e caloroso sobre a mão da grande senhora, que ele tinha podido abraçar tantas vezes no palco. Aqui estavam eles, à mostra da curiosidade ardente de um público seleto: quatro poderosos do país, quatro detentores da força, quatro atores — o chefe das propagandas, o especialista em sentenças de morte e bombardeiros, a sentimental esposa e o intriguista pálido. O público seleto observou o gordo batendo no ombro do intendente, o som provocado e a pergunta acompanhada por um sorriso matreiro: "E então, como vai, Mefisto?".

Do ponto de vista estético, a situação era vantajosa para Höfgen: ao lado do casal demasiado roliço, ele parecia esbelto. E ao lado do ágil, mas deficiente anão da publicidade, era alto e imponente. Aliás, seu rosto, por mais pálido e mortiço, fazia um contraponto bem-vindo aos outros três que o rodeavam: com as têmporas sensíveis e o queixo forte e marcado, ele parecia ser a imagem de uma pessoa que havia vivido e sofrido; o rosto do protetor carnudo, porém, era o de uma máscara inchada; o da esposa sentimental, um disfarce estúpido; e o do publicitário, uma careta estranha.

A esposa sentimental dirigiu um olhar nostálgico ao intendente, pelo qual ela carregava um afeto secreto (nem tão secreto) no peito: "Ainda nem lhe disse, Hendrik, como acho seu Hamlet maravilhoso". Ele apertou a mão dela em silêncio, aproximando-se um passo e tentando lhe lançar um olhar tão intenso quanto o dela naturalmente era. A tentativa estava fadada ao fracasso: seus olhos de pedras preciosas não emitiam aquele calor suave. Por isso mostrou sua expressão oficial, de rosto sério, quase irritado, e murmurou: "Tenho que dizer algumas palavras". Em seguida, ergueu a voz.

O tom era luminoso, refinadamente educado, audível até o canto mais distante do salão e eficiente: "Sr. primeiro-ministro! Vossas altezas, excelências, minhas senhoras e meus senhores! Estamos orgulhosos; sim, estamos orgulhosos e felizes por participar hoje desta festa com o senhor, primeiro-ministro, e com sua maravilhosa esposa, nesta casa...".

A conversa animada do grupo de 2 mil pessoas emudeceu assim que foram proferidas suas primeiras palavras. Em total silêncio e devota imobilidade, as pessoas prestavam atenção ao longo, patético e anódino discurso de felicitações que o intendente, senador e conselheiro de Estado dirigia ao seu primeiro-ministro. Todos os olhos estavam dirigidos para Hendrik Höfgen. Todos o admiravam. Ele fazia parte do poder. Ele carregava um pouco de seu brilho — enquanto o brilho durasse. Entre seus representantes, era dos mais finos e articulados. Por ocasião do 43º aniversário de seu superior, sua voz emitiu os mais espantosos tons de júbilo. Ele mantinha o queixo erguido, os olhos faiscavam, seus gestos econômicos e pensados carregavam a maior elegância. Evitou a todo o custo dizer uma palavra verdadeira. O césar calvo, o chefe da publicidade e a mulher de olhar bovino pareciam cuidar para que apenas mentiras, nada mais do que mentiras, saíssem de seus lábios. Essa era a exigência de uma combinação secreta, tanto nesse salão quanto em todo o país.

Enquanto ele se aproximava do final de sua fala com uma velocidade bem mais acelerada, uma senhora bonita, pequena e de aparência infantil — a mulher de um conhecido diretor de cinema, que estava num cantinho discreto no fundo do salão — sussurrou algo à sua vizinha: "Quando ele tiver terminado, precisarei cumprimentá-lo. Não é fantástico? Eu o conheço de antes — trabalhamos junto em Hamburgo. Era uma época tão divertida! E que carreira ele fez desde então!".

I

T. A.

Nos últimos anos da guerra mundial e nos primeiros anos depois da revolução de novembro, o teatro de texto literário na Alemanha estava numa situação muito favorável. Por essa época, o diretor Oskar H. Kroge também ia muito bem, apesar das dificuldades econômicas. Ele dirigia um teatro de câmera em Frankfurt am Main. A sociedade intelectual da cidade batia ponto no espaço apertado, vívido e íntimo do porão, sobretudo uma juventude animada, incentivada pelos eventos, com vontade de aplaudir e de discutir quando havia uma encenação nova de uma peça de Wedekind ou Strindberg ou uma estreia de Georg Kaiser, Sternheim, Fritz von Unruh, Hasenclever ou Toller. Oskar H. Kroge, ele próprio autor de ensaios e poemas panegíricos, considerava o teatro uma instituição moral. A partir do palco, uma nova geração devia ser educada para os ideais que à época pareciam prontos para ser vivenciados — os ideais da liberdade, da justiça, da paz. Oskar H. Kroge era apaixonado, confiante e ingênuo. Na manhã de domingo, antes da apresentação de uma peça de Tolstói ou de Rabindranath Tagore, ele discursava para sua comunidade. A palavra "humanidade" aparecia com frequência; Kroge dizia aos jovens que se amontoavam nos espaços vagos da plateia, em pé:

"Tenham coragem de ser vocês mesmos, meus irmãos!". E colhia uma chuva de aplausos, que encerrava com palavras de Schiller: "Abraçai-vos, ó milhões!".

Oskar H. Kroge era muito querido e bem-visto em Frankfurt e em todos os lugares do país onde havia experiências arrojadas de um teatro intelectual. Seu rosto expressivo com a testa alta e vincada, a cabeleira grisalha mais rala e os olhos bondosos e inteligentes por trás dos óculos de finos aros dourados era visto com frequência nas pequenas publicações da vanguarda; por vezes, até nas grandes revistas ilustradas. Oskar H. Kroge era um dos precursores mais ativos e exitosos no expressionismo dramático.

Foi sem dúvida um erro de sua parte — e logo isso ficaria claro para ele — abrir mão de sua pequena e animada casa em Frankfurt. O Teatro de Arte de Hamburgo, cuja direção lhe fora oferecida em 1923, era bem maior. Por essa razão, ele aceitou. Mas o público de Hamburgo se mostrou muito menos acessível à experiência passional e exigente do que aquela acolhida pelo círculo entusiasmado e habitualmente fiel ao teatro de câmera de Frankfurt. No Teatro de Arte de Hamburgo, além das coisas que lhe apraziam, Kroge ainda precisava montar *O rapto das sabinas* e *Pensão Schöller*. Ele sofria com isso. Toda sexta-feira, quando a programação da semana seguinte era definida, havia uma pequena luta com Schmitz, o gerente comercial do lugar. Schmitz queria representar óperas farsescas e grandes sucessos, porque eram os carros-chefes; Kroge, por seu lado, fazia questão do repertório literário. Em geral, quem cedia era Schmitz — que, aliás, mantinha uma amizade calorosa com Kroge e era seu admirador. O Teatro de Arte permaneceu literário, algo prejudicial às suas entradas.

Kroge se queixava da indiferença da juventude de Hamburgo em particular e do baixo nível intelectual do público em geral, que se afastara de todas as manifestações mais cultas. "Como foi rápido!", ele constatou com amargura. "Em 1919, ainda íamos de Strindberg e Wedekind; em 1926, só se aceitam operetas." Oskar H. Kroge era exigente e, no mais, não possuía um caráter profético. Será que ele se queixaria de 1926 caso soubesse como seria 1936? "Nada mais empolga", ele reclamava. "Até com *Os tecelões*, ontem, a casa esteve meio vazia."

“Pelo menos ainda conseguimos fechar as contas.” O diretor Schmitz se esforçava em consolar o amigo. As rugas de preocupação no bondoso e infantil rosto de felino velho o machucavam, mesmo se ele próprio tivesse todos os motivos para se preocupar e também ostentasse várias rugas em seu semblante gorducho e rosado.

“Mas como?” Kroge não permitia ser consolado. “Mas como conseguimos fechar as contas? Temos que trazer convidados importantes de Berlim, como hoje, para que os hamburgueses venham ao teatro.”

Hedda von Herzfeld — antiga colaboradora e amiga, que já havia atuado com ele em Frankfurt como dramaturga e atriz — observou: “Você está vendo tudo de maneira pessimista de novo, Oskar H.! Afinal, não é nenhuma vergonha chamar Dora Martin — ela é maravilhosa — e, aliás, nossos hamburgueses também aparecem quando Höfgen está atuando”. Enquanto proferia o nome de Höfgen, a sra. Von Herzfeld sorriu com sagacidade e delicadeza. Seu rosto grande, empoado, de nariz batatudo e olhos grandes, castanho-dourados, nostalgicamente inteligentes, iluminou-se de leve.

Kroge resmungou: “O cachê de Höfgen é excessivo”.

“O de Dora Martin também”, Schmitz acrescentou. “Sem desmerecer seu encanto e confessando que ela é um grande chamariz, mas mil marcos por noite é um tanto demais.”

“Exigências de astros de Berlim”, Hedda desdenhou. Ela nunca atuara em Berlim e afirmava desgostar da cena na capital.

“Mil marcos por mês para Höfgen também é excessivo”, afirmou Kroge, subitamente irritado. “Desde quando ele recebe mil?”, ele indagou a Schmitz num tom desafiador. “Sempre foram oitocentos e já era bom o suficiente.”

“Que vou fazer?”, Schmitz se desculpou. “Ele entrou no meu escritório e se sentou no meu colo.” A sra. Von Herzfeld percebeu, divertida, que Schmitz ruborizava um pouco ao relatar o acontecido. “Ele fez cócegas no meu queixo e ficou repetindo: ‘Tem que ser mil! Mil, diretorzinho! É um valor redondo tão bonito!’. O que eu podia fazer nessa hora, Kroge? Me diga!”

Tratava-se de um hábito esperto de Höfgen entrar no escritório de Schmitz feito um pequeno furacão sempre que queria um adiantamento ou mais cachê. Nessas horas, ele se portava como alguém excessivamente temperamental e caprichoso e sabia como o desajeitado e obeso Schmitz ficava perdido quando Höfgen passava os dedos em seu cabelo e, serelepe, lhe espetava o indicador na barriga. No caso do cachê de mil marcos, ele até se sentou no colo de Schmitz, que, constrangido, revelou o fato.

"Que ridículo!" Kroge balançou irritado a cabeça cheia de preocupações. "Höfgen é uma pessoa basicamente ridícula. Tudo nele é falso, desde seu gosto literário até seu suposto comunismo. Ele não é artista, mas apenas um atorzinho."

"O que você tem contra nosso Höfgen?" A sra. Von Herzfeld se esforçou para usar um tom irônico; na verdade, ela não tinha qualquer intenção de ser irônica quando falava de Höfgen, por cujos encantos artificiais ela nutria a maior simpatia. "Ele é nosso trunfo. Temos que agradecer por não perdê-lo para Berlim."

"Não tenho tanto orgulho assim dele", disse Kroge. "Afinal, Höfgen não passa de um ator provinciano convencional, algo de que, no fundo, ele sabe muito bem."

Schmitz perguntou: "E onde ele está metido esta noite?". A sra. Von Herzfeld soltou uma risadinha pelo nariz ao responder: "Ele se escondeu no camarim atrás de um biombo. O pequeno Böck me contou. Ele fica sempre bem nervoso e enciumado quando há convidados de Berlim. E repete que nunca irá tão longe quanto eles, para depois se esconder atrás de um biombo, tamanha sua histeria. Especialmente Dora Martin o tira do sério, ele sente uma espécie de amor e de ódio por ela. Parece que já teve um acesso de choro esta noite."

"Aí está o complexo de inferioridade dele!", exclamou Kroge, olhando ao redor, triunfante. "Ou melhor: no fundo, ele sabe se avaliar corretamente."

Os três estavam sentados na cantina do teatro, que era chamada de "T. A.", as iniciais de Teatro de Arte de Hamburgo. Acima das mesas com as toalhas manchadas havia uma empoeirada galeria de fotos: os retratos de todos aqueles que ao longo das décadas tinham atuado por ali. Durante a conversa, por vezes a sra. Von Herzfeld sorria para as personagens ingênuas e sentimentais, os velhos engraçados, heróis do passado, as amantes juvenis, intrigantes e meretrizes, aos quais Kroge e Schmitz não estavam prestando atenção.

Lá embaixo, no teatro, Dora Martin, que enfeitiçava o público das grandes cidades alemãs com sua voz rouca, a magreza sedutora do corpo de efebo e os olhos tragicamente abertos, infantis e inescrutáveis, estava no final de uma peça de grande sucesso comercial. Depois do segundo ato, ambos os diretores e a sra. Von Herzfeld haviam deixado seu camarote. O restante dos membros do Teatro de Arte havia permanecido na plateia a fim de assistir à colega berlinense, que odiavam e amavam com igual intensidade, até o fim.

"O grupo que ela trouxe realmente está abaixo de qualquer crítica", afirmou Kroge com desdém.

"Mas e o que você quer?", perguntou Schmitz. "Como ela vai ganhar seus mil marcos por noite se for viajar com gente cara?"

"Por sua vez, ela própria está ficando cada vez melhor", disse a inteligente Herzfeld. "Ela pode se dar ao luxo de qualquer maneirismo. Consegue falar até como um bebê retardado: ela convence."

"Bebê retardado não é mal", Kroge riu. "Parece que acabou lá embaixo", ele acrescentou, olhando pela janela. As pessoas subiam o caminho cimentado que levava do teatro até o portão da rua, passando pela cantina.

Pouco a pouco, a cantina foi se enchendo. Os atores cumprimentavam a mesa dos diretores com respeitosa simpatia e faziam piadinhas com o dono do lugar, um velho parrudo, de barbicha branca e nariz vermelho-azulado. O "paizinho" Hansemann, proprietário da cantina, era uma personalidade quase tão importante para o grupo quanto Schmitz, o diretor comercial. Era possível arrancar um adiantamento de Schmitz quando ele estava misericordioso; no caso de Hansemann, era preciso pedir para anotar no caderno caso o cachê já tivesse sido gasto na segunda metade do mês e não houvesse nenhum adiantamento à vista. Todos constavam do caderninho; as pessoas diziam que Höfgen lhe devia mais de cem marcos. Hansemann não tinha qualquer necessidade de participar das gracinhas de seus clientes falidos; de rosto impassível e com uma seriedade ameaçadora estampada na testa, ele servia conhaque, cerveja e frios, que ninguém pagava.

Todos falavam sobre Dora Martin, todos tinham sua própria opinião sobre o nível de sua atuação; todos, porém, eram unânimes em dizer que ela ganhava demais.

A srta. Motz explicou: "O teatro alemão vai afundar com essa administração voltada às estrelas", e seu amigo Petersen assentiu, de cara fechada. Petersen era um ator das antigas com pendor pelas atuações heroicas; ele preferia reis ou velhos nobres esgrimistas em peças históricas. Infelizmente era pequeno e gordinho demais para esses papéis — algo que tentava compensar com uma postura empertigada e combativa. Uma barba grisalha de marinheiro combinaria com seu rosto, que expressava um falso moralismo; visto que ela não existia, suas feições pareciam um tanto nuas, com o longo lábio superior barbeado e os olhinhos muito azuis e de brilho expressivo. A srta. Motz o amava mais do que ele amava a srta. Motz: todos sabiam disso. Já que ele havia concordado com a cabeça, ela se dirigiu a ele para dizer num tom íntimo e significativo: "Não é mesmo, Petersen? Já não debatemos diversas vezes sobre essa má direção?". Ele concordou, sincero: "Mas é claro, mulher!", e piscou para Rahel Mohrenwitz, que estava caracterizada como jovem perversa e demoníaca: franja preta até as sobrancelhas raspadas e um monóculo grande, de aro preto, no rosto, que aliás era infantil, bochechudo e totalmente disforme.

"Talvez as gracinhas de Dora Martin funcionem em Berlim", a srta. Motz afirmou, resoluta. "Mas ela não consegue nos impressionar, afinal somos todos veteranos do teatro." Ela olhou ao redor, à procura de aplausos. Sua especialidade era a da velha engraçada; vez ou outra, também podia fazer o papel de maduras damas da sociedade. Ela gostava de rir, muito e ruidosamente, enquanto rugas fundas se formavam ao redor de sua boca, dentro da qual o ouro brilhava. No momento, seu semblante era dignamente sério, quase irritado.

Rahel Mohrenwitz disse, arrogante, enquanto brincava com sua longa piteira: "Ninguém pode negar que Dora Martin tem uma presença extraordinária. Independentemente do que faz no palco: ela sempre está inteira ali — vocês entendem o que quero dizer...". Todos entenderam; a srta. Motz, porém, balançou a cabeça com desprezo, enquanto a pequena Angelika Siebert explicava com sua vozinha aguda e tímida: "Eu admiro Dora Martin. Ela irradia uma força mágica, acho...". Ficou muito vermelha, pois tinha falado uma frase tão longa e ousada.

Todos olharam para ela, um pouco comovidos. A pequena Siebert era encantadora. Sua cabecinha com o cabelo loiro cortado curto, com a risca à esquerda, parecia a de um rapazote de 13 anos. Seus olhos claros e inocentes não se tornavam menos atraentes pelo fato de ela ser míope. Alguns achavam que o charme especial de Angelika era justamente sua maneira de apertar os olhos ao encarar algo.

"Nossa pequena está encantada de novo", disse o belo Rolf Bonetti, rindo um pouco alto demais. Ele era o membro do grupo que recebia mais cartas de amor do público. Esse era o motivo de sua expressão orgulhosa, cansada, quase enojada de tanto desprezo. Em relação à pequena Angelika, porém, ele era o cortejador: há tempos se esforçava em conquistá-la. No palco, ele podia muitas vezes abraçá-la, vantagem de seus papéis. No mais, ela permanecia arredia. Com uma teimosia espantosa, Angelika espalhava o próprio carinho apenas onde não existia a menor possibilidade de ser retribuído ou até almejado. De tão comovente e desejável, ela parecia ter sido feita para ser muito amada e muito mimada. Mas a curiosa obstinação de seu coração a deixava imune e zombeteira diante das afirmações tempestuosas de Rolf Bonetti, e fazia com que chorasse amargamente sobre o gélido desprezo que Hendrik Höfgen reservava para ela.

Rolf Bonetti falou, com ar de especialista: "Como mulher, essa Dora Martin está fora de questão: uma andrógina sinistra. Com certeza ela tem sangue de peixe correndo nas veias".

"Eu acho ela bonita", falou Angelika, em voz baixa, mas decidida. "Ela é a mulher mais linda, acho." E logo seus olhos estavam cheios de lágrimas. Angelika chorava muito e sem um motivo especial. Sonhadora, ainda acrescentou: "É curioso — sinto um tipo de semelhança secreta entre Dora Martin e Hendrik...", deixando todos espantados.

"Dora Martin é judia." Foi o jovem Hans Miklas que se meteu na conversa. Todos olharam constrangidos e um pouco enojados para ele. "Miklas é divertido", a srta. Motz interrompeu o silêncio embaraçado e tentou rir. Kroge enrugou a testa, espantado e desgostoso, enquanto a sra. Von Herzfeld só fez balançar a cabeça; aliás, ela havia empalidecido. Visto que a pausa estava ficando longa e desagradável — o jovem

Miklas permanecia encostado no balcão, lívido e teimoso —, o diretor Kroge disse com enfática severidade: "O que significa isso?", e fechou a cara da maneira mais brava que conseguiu. Outro jovem ator, que até então tinha estado conversando em voz baixa com Hansemann, disse sem rodeios e tentando consertar: "Ops, não agradou! Deixe estar, Miklas, acontece; fora isso, você é um sujeito bem certinho!". E, ao falar, deu uns tapinhas no ombro do transgressor e riu de maneira tão carinhosa que todos o seguiram; até Kroge se decidiu por uma animação evidentemente marcada com um traço de nervosismo: ele bateu com a mão espalmada sobre a coxa e lançou o torso para a frente, tamanha parecia ser sua alegria. Miklas, porém, permaneceu sério; virou o rosto obstinado, pálido, para o lado, os lábios pressionados com raiva. "Afinal, ela *é* judia." Ele falou tão baixo que quase ninguém conseguiu ouvir; apenas Otto Ulrichs, que tinha acabado de salvar a situação com sua descontração, escutou, e o puniu com um olhar severo.

Depois de o diretor Kroge ter mostrado explicitamente, com suas risadas, que levara o escorregão do jovem Miklas para o lado cômico, ele acenou a Ulrichs. "Ah, Ulrichs, venha até aqui por um instante!" Ulrichs sentou-se à mesa com os diretores e a sra. Von Herzfeld.

"Não quero me meter nas suas coisas, realmente não." Kroge deu a entender que o assunto lhe era bastante constrangedor. "Mas parece que você está aparecendo cada vez com mais frequência em reuniões comunistas. Ontem mesmo você esteve sei lá onde. Isso o prejudica, Ulrichs, e nos prejudica também." Kroge falava baixo. "Afinal, você sabe como são os jornais burgueses", ele afirmou, enfático. "As pessoas já nos consideram suspeitos de antemão. Se um dos nossos membros se expõe politicamente, a coisa pode ficar complicada para o nosso lado, Ulrichs." Kroge virou seu conhaque de uma vez e ficou até um pouco vermelho.

Ulrichs respondeu com tranquilidade. "Fico muito satisfeito por falar comigo a esse respeito, diretor. Claro que também já refleti sobre esse ponto. Talvez seja melhor que nos separemos. Acredite, não é fácil para mim fazer essa sugestão. Mas não posso abrir mão das minhas atividades políticas. Por elas, eu teria inclusive que sacrificar meu trabalho no teatro e *isso sim* seria um sacrifício, pois gosto de estar aqui." Ele falava com uma voz agradável, grave e calorosa. Enquanto discorria, Kroge encarou com simpatia paternal o rosto inteligente e cheio de energia. Otto Ulrichs era um homem bem-apessoado. Sua testa alta, simpática, que o cabelo preto deixava bastante à mostra, e os olhos pequenos, castanho-escuros, inteligentes e divertidos, inspiravam confiança. Kroge gostava muito dele. Por essa razão, ficou quase bravo.

"Mas Ulrichs!", ele exclamou. "Isso não tem o menor cabimento. Sabe muito bem que eu nunca deixaria você ir embora!"

"Nós não podemos prescindir de você!", Schmitz acrescentou. O gordo surpreendeu com uma voz de vibração especial, clara e bonita. E Herzfeld confirmou, com seriedade.

"Só estou lhe pedindo um pouco de discrição", Kroge lhe assegurou.

Ulrichs disse de maneira afetuosa: "Todos vocês são muito amáveis comigo. Realmente muito amáveis. E vou me esforçar para não comprometê-los". A sra. Von Herzfeld sorriu com confiança para ele. "Você decerto sabe", ela disse em voz baixa, "que em grande medida nós simpatizamos politicamente com você." O homem com quem ela fora casada em Frankfurt e cujo sobrenome ainda usava era comunista. Ele também era muito mais jovem do que ela e a abandonara. Naquele momento, estava atuando como diretor de cinema em Moscou.

"Muito!", Kroge enfatizou com o dedo indicador erguido, numa postura professoral. "Mesmo que não concordemos em tudo, não em todos os pontos. Nem todos os nossos sonhos se concretizaram em Moscou. Os sonhos, as exigências, as esperanças dos intelectuais podem se concretizar sob uma ditadura?"

Ulrichs respondeu com seriedade e seus olhos ficaram ainda mais estreitos, com um olhar quase ameaçador. "Não apenas os intelectuais — ou aqueles que se chamam assim — têm esperanças e exigências. As exigências do proletariado são ainda mais prementes. Do jeito que o mundo está hoje, elas só poderiam ser concretizadas por meio da ditadura." Nesse momento, a expressão do diretor Schmitz foi de choque. Ulrichs, para dar um ar mais leve à conversa, disse sorrindo:

"Aliás, na reunião de ontem, o Teatro de Arte quase foi representado pelo seu membro mais famoso. Hendrik quis aparecer, mas no último instante teve um imprevisto".

"Höfgen sempre terá um imprevisto no último instante quando se tratar de algo que possa ser comprometedor para a sua carreira no futuro." Kroge tinha repuxado a boca de maneira desdenhosa enquanto disse isso. Hedda von Herzfeld lhe lançou um olhar de súplica e preocupação. Mas quando Otto Ulrichs disse, com convicção: "Hendrik é um dos nossos", ela sorriu, aliviada. "Hendrik é um dos nossos", Ulrichs repetiu. "E ele comprovará isso com atos. Seu ato será o teatro revolucionário. A inauguração deve acontecer este mês."

"Ainda não foi inaugurado." Kroge sorriu, desdenhoso. "No momento, há apenas o papel de carta, com o belo cabeçalho 'Teatro revolucionário'. Vamos supor que a inauguração aconteça mesmo: você acredita que Höfgen vai se expor como um sujeito realmente revolucionário?"

Ulrichs retrucou, com vigor: "Acredito, sim! E a peça também já foi escolhida. Podemos dizer que é revolucionária".

Os gestos e a expressão do rosto de Kroge anunciavam sua dúvida cansada e indiferente: "Veremos". Hedda von Herzfeld, que percebeu que Ulrichs estava ficando vermelho de raiva, achou por bem mudar de assunto.

"E o que foi aquela frase curta e surpreendente do Miklas, há pouco? Então é verdade que o sujeito é antissemita e tem ligações com os nazistas?" Ao dizer "nazistas", seu rosto se retorceu de nojo, como se ela tivesse tocado uma ratazana morta. Schmitz riu com desprezo, enquanto Kroge disse: "Até parece que estamos precisando de alguém assim!". Ulrichs olhou de esguelha para se assegurar de que Miklas não estava ouvindo antes de explicar, com a voz abafada:

"No fundo, Hans é uma pessoa bacana. Sei disso, pois conversei bastante com ele. É preciso dar muita atenção a um rapaz desses, daí talvez seja possível ainda ganhá-lo para a boa causa. Não acredito que ele esteja totalmente perdido para nós. Sua rebeldia e sua insatisfação geral estão mal dirigidas. Dá para entender o que estou querendo dizer?" A sra. Hedda fez que sim com a cabeça. Ulrichs sussurrou rapidamente: "Numa cabeça jovem dessas, tudo está confuso, nada está claro. Hoje em dia, há milhões como esse Miklas por aí. Eles basicamente nutrem ódio e isso é bom, pois é contra o que está posto. Mas então um jovem desses tem azar e cai nas mãos de gente sedutora que deprava seu bom ódio. Essa gente diz para eles que os judeus e o tratado de Versalhes são culpados por todos os males, eles acreditam nessa merda e se esquecem de quem são os verdadeiros culpados, aqui e em todos os lugares. Trata-se da famosa manobra de distração, que é muito exitosa com todos esses desmiolados, que não sabem de nada e não conseguem refletir direito. Daí ele fica largado num canto, triste, e permite que o xinguem de nazista!"

Todos os quatro olharam para Hans Miklas, que tinha se sentado junto a uma mesa pequena no canto mais distante do lugar, em companhia da velha e gorda que fazia o ponto, a sra. Efeu, de Willi Böck, o camareiro baixinho, e do porteiro do teatro, Knurr. Dizia-se que Knurr escondia uma suástica debaixo da lapela do casaco e que sua casa estava cheia de imagens do "Führer" nacional-socialista que não ousava pendurar na portaria. Knurr tinha as discussões e brigas mais acirradas com os trabalhadores comunistas do teatro, que, por sua vez não se reuniam na cantina "T. A.", mas reservavam uma mesa no bar em frente — onde às vezes eram visitados por Ulrichs. Höfgen quase nunca ousava ir até a mesa dos trabalhadores; temia ser ridicularizado por seu monóculo. Por outro lado, ele costumava se queixar dizendo que o "T. A." não era o mesmo com a presença do nazista Knurr. "Esse maldito pequeno-burguês", Höfgen reclamava do porteiro, "que espera pelo seu Führer e salvador, assim como a virgem espera pelo homem que vai engravidá-la! Sempre tenho calafrios quando passo pela portaria e penso na suástica debaixo da lapela do seu casaco..."

"Claro que ele teve uma infância nojenta", disse Otto Ulrichs, que ainda se referia a Hans Miklas. "Ele me contou a respeito um dia. Cresceu numa cidadezinha perdida e obscura na baixa Baviera. O pai morreu na guerra mundial, a mãe parece ser uma pessoa agitada e pouco razoável; reclamou um monte quando o jovem quis entrar para o teatro — dá para imaginar. Ele é ambicioso, trabalhador e talentoso, também;

aprendeu muita coisa, mais do que a maioria de nós. Bem antes ele queria ser músico, sabe contraponto, toca piano e também faz acrobacias, sapateado e toca acordeão; na verdade, sabe tudo. Ele trabalha o dia inteiro, mas provavelmente está doente, sua tosse tem um som horrível. Claro que ele acha que é preterido e não tem sucesso o bastante, e só fica com os papéis ruins. Imagina que estamos tramando contra ele devido à sua chamada inclinação política." Ulrichs ainda estava olhando, atento e sério, para o jovem Miklas do outro lado. "Salário mensal de 95 marcos", ele disse de repente, encarando de modo ameaçador o diretor Schmitz, que imediatamente começou a se mexer na cadeira, inquieto. "É difícil se manter uma pessoa decente com isso." Agora, também Hedda von Herzfeld estava olhando com atenção para Miklas.

Hans Miklas costumava se sentar com o camareiro Böck, a mulher do ponto Efeu e com Knurr sempre quando se sentia infamemente discriminado pela direção do Teatro de Arte, que ele chamava de "judeificado" e "marxista" para os amigos. Ele odiava sobretudo Höfgen, aquele "nojento comunista de salão". Na opinião de Miklas, Höfgen era ciumento e vaidoso; tinha mania de grandeza e queria fazer todos os papéis, mas acima de tudo queria tirar os papéis dele, Miklas. "É uma sacanagem ele não ter deixado o Moritz Stiefel para mim", comentou, amargurado. "Se ele vai encenar *O despertar da primavera*, então por que tem de ficar com o melhor papel? Não sobra nada para a gente. Uma sacanagem! Além disso, ele é gordo e velho demais para o Moritz. Ele vai ficar ridículo de calças curtas." Miklas olhou irritado para as próprias pernas, que eram magras e definidas.

O camareiro Böck, um sujeito burro de olhos baços e cabelos muito loiros e muito espetados, que usava cortados bem curtos feito uma escova, soltou risadinhas segurando um copo de cerveja: ninguém sabia se eles estavam falando sobre Hendrik Höfgen, que ficaria ridículo com o figurino de um ginasiano, ou sobre a raiva impotente do jovem Hans Miklas. A sra. Efeu, por sua vez, demonstrou indignação; ela confirmou a Miklas que se tratava de uma sacanagem. O interesse maternal que a velha gorda dispensava ao jovem tinha vantagens práticas para este último. No mais, eles também dividiam as mesmas simpatias políticas. Ela cerzia suas meias, convidava-o para jantar; presenteava-o com linguiça, presunto e conservas. "Para que você engorde, rapaz", ela dizia, olhando-o com carinho. Entretanto, ela gostava da magreza do corpo bem treinado dele, não muito grande, flexível e estreito. Quando o cabelo de Miklas, grosso e loiro, ficava fantasmagoricamente espetado na nuca, ela lhe dizia: "Você está parecendo um garoto de rua, largado!", e tirava um pente da bolsa.

Hans Miklas de fato se parecia com um garoto de rua, como alguém que não está passando muito bem, mas que teimosamente supera suas mazelas. Sua vida era exaustiva; ele treinava o dia inteiro, exigia muito do corpo magro, e talvez esse fosse o motivo da irritação e da expressão sombria e desdenhosa em seu rosto jovem. Esse rosto trazia cores ruins; de tão encovado, havia buracos pretos sob os salientes ossos malares. Ao redor dos olhos claros, as olheiras eram quase pretas também. Por outro lado, a testa pura, infantil, parecia iluminada por uma pálida e sensível luminosidade; a boca também reluzia, mas de um jeito não saudável, vermelha demais: todo o sangue parecia se esvair do rosto e se concentrar nos lábios projetados para a frente, desdenhosos. Sob os lábios fortes e sedutores, dos quais a sra. Efeu muitas vezes não conseguia desprender o olhar, o queixo curto demais, ligeiramente recuado, decepcionava.

"Hoje de manhã, no ensaio, você estava com uma aparência horrível de novo", constatou a sra. Efeu, preocupada. "Uns buracos tão fundos e tão escuros nas bochechas! E a tosse! O som era tão pesado. Misericórdia!"

Miklas não suportava ser alvo de piedade; ele aceitava apenas os presentes em que essa piedade resultava, mesmo se em silêncio. Ele simplesmente não prestava atenção à conversa lamurienta da sra. Efeu. Por outro lado, queria saber de Böck: "É verdade que Höfgen passou essa noite toda no seu camarim, escondido atrás do biombo?". Böck não pôde negar. Miklas achava o comportamento de Höfgen tão ridículo que ficava quase alegre. "É o que eu digo, um louco completo!", rindo triunfante. "E tudo isso por causa de uma judia, que anda com a cabeça enterrada entre os ombros!" Ele fez uma corcunda, para mostrar a aparência de Dora Martin; a sra. Efeu estava se divertindo à larga. "E alguém assim ainda quer ter fama!" Essa afirmação servia tanto para Dora Martin quando para Höfgen. De acordo com seu julgamento, ambos faziam parte do mesmo grupinho privilegiado, não alemão, profundamente abjeto. "Dora Martin!", ele continuou falando, o rosto bravo, sofredor, encantador apoiado nas mãos magras e não muito limpas. "Ela fica papagaiando todas as noites essas frases de comunistas de salão, são mil marcos a cada noite. É uma quadrilha! Mas a situação vai mudar para eles — e Höfgen também vai ter que acreditar nisso!"

Ele não costumava falar coisas tão perigosas assim na cantina, sobretudo quando Kroge estava por perto. Mas nessa noite ele se soltou — obviamente não a ponto de falar alto demais. Apenas um sussurro. A sra. Efeu e Knurr balançaram a cabeça, concordando, enquanto Böck olhava com os olhos baços. "Esse dia vai chegar", disse Miklas, em voz baixa, muito entusiasmado, e seus olhos claros cintilavam febrilmente entre as olheiras escuras. Em seguida, ele teve um acesso de tosse; a sra. Efeu deu umas palmadas em suas costas e nos ombros. "Está parecendo muito carregado de novo", ela afirmou, temerosa. "Como se viesse bem do fundo do peito."

O lugar minúsculo estava todo enfumaçado. "O ar está tão denso que dá para cortá-lo", a srta. Motz reclamou. "Nem o homem mais forte do mundo aguenta isso. E minha voz! Ei, gente, amanhã vocês me acham sentada no otorrino novamente." Ninguém estava com vontade de vê-la no médico. Rahel Mohrenwitz comentou, irônica: "Uau, nossa voz coloratura!". A srta. Motz, que não nutria simpatias por Rahel, lançou-lhe um olhar terrível: Petersen sabia o motivo. No dia anterior, ele tinha sido flagrado no camarim da mulher fatal e a srta. Motz foi às lágrimas. Hoje, porém, ela estava decidida a não se deixar perturbar por uma pessoa ridícula que talvez imaginasse ser algo superior por causa do monóculo e do penteado burlesco. Portanto, ela cruzou as mãos sobre a barriga e enfatizou a postura confortável. "Como é agradável aqui", disse, simpática. "Não é, paizinho Hansemann?" Ela piscou para o dono da cantina, ao qual ainda devia 27 marcos. Por esse motivo, ele não retribuiu a piscadela. Logo em seguida, horrorizou-se ao ver Petersen comendo um bife com ovo frito. "Como se duas salsichas não fossem suficientes!" Seus olhos estavam cheios de lágrimas de raiva. Os dois brigavam e discutiam muito porque ele tendia a ser perdulário, de acordo com a opinião da namorada. Petersen vivia encomendando coisas caras, e as gorjetas que distribuía eram altas demais. "Claro, precisa ser carne com ovo!", a srta. Motz resmungou. Petersen murmurou que um homem tem de se alimentar direito. Mas a srta. Motz, totalmente fora de si, de repente perguntou a Rahel Mohrenwitz, com ácido sarcasmo, se Petersen lhe oferecera uma garrafa de champanhe. "Veuve Cliquot, extrafina!", a sra. Motz gritou e, com toda maledicência, pronunciou o nome da marca de champanhe com tanta propriedade, que a legitimava como dama da sociedade. Rahel Mohrenwitz ficou muito injuriada. "Por favor!", ela exclamou em voz alta. "Trata-se de uma espécie de piada?" O monóculo caiu do seu olho e, de repente, o rosto redondo, vermelho de raiva, não parecia mais demoníaco. Kroge ergueu o olhar, espantado; a sra. Von Herzfeld riu, irônica. Mas o belo Bonetti deu um tapinha no ombro da srta. Motz; ao mesmo tempo, também no de Rahel Mohrenwitz, que tinha se aproximado, ávida por brigar. "Não briguem, crianças!", ele avisou; ao redor da sua boca, havia rugas cansadas e enfastiadas. "Bobagem. Em vez disso, vamos jogar baralho."

Nesse instante, gritos abafados se tornaram bastante nítidos e todos se voltaram na direção da porta que havia sido aberta. Dora Martin estava na soleira. Atrás dela se apertava — como o séquito atrás da rainha, no palco — a companhia com a qual viajava.

Dora Martin sorriu e acenou para todos os membros do Teatro de Arte de Hamburgo; enquanto isso, com aquele jeito famoso que era copiado por milhares de jovens atrizes em todo o país, ela usava a voz rouca para prolongar uma palavra de cada frase: "Gente, fomos convidados a um banquete *muuuuitooo* tedioso, é *muuuitaaa* pena, mas *teeeemooos* que comparecer!". A maneira arbitrária como pronunciava as sílabas fazia parecer que ela queria parodiar a própria maneira de falar. Mas o resultado era agradável ao ouvido de todos, mesmo daqueles que não suportavam Dora Martin, como por exemplo o jovem Miklas. Era impossível negar: seu surgimento tinha causado comoção. Os olhos arregalados, infantis e enigmáticos sob a testa alta e inteligente atordoavam e encantavam a todos; até Hansemann abriu um sorriso bobo, apaixonado. A sra. Von Herzfeld, que no passado tinha sido amiga de Dora Martin, exclamou para ela: "Que lástima, Dorinha! Será que você não consegue se sentar conosco nem um minutinho?". O fato de Hedda tratar Dora com tamanha informalidade fez com que seu cartaz aumentasse. Mas a estrela fez um não com o rosto sorridente, que quase desaparecia entre a gola levantada do sobretudo marrom de pele, pois ela costumava andar com os ombros bem erguidos. "Que *pena*!", ela arrulhou e, ao mexer a cabeça, uma mecha ruiva do seu cabelo solto passou por cima do chapeuzinho que estava usando. "Já estamos *muito* atrasados!"

Daí aconteceu de alguém tentar passar pelo séquito que estava às suas costas. Era Hendrik Höfgen, que apareceu de repente. Ele envergava o smoking que usava para os papéis mundanos no palco e que, visto de perto, estava puído e manchado. Sobre os ombros havia um lenço de seda branco. Sua respiração estava acelerada; as maçãs do rosto e a testa, ruborizadas. A risada nervosa passava uma impressão de grande ansiedade, enquanto ele, apressado e com o lenço esvoaçando ao seu redor, curvou-se profundamente sobre a mão da diva com uma cordialidade um tanto impulsiva. "Perdão", ele disse, com o monóculo surpreendentemente ainda preso ao rosto curvado sobre a mão e rindo muito. "Que loucura, cheguei tarde demais — o que você vai pensar de mim —, que loucura..." A risada o sacudia, seu rosto ia ficando mais e mais vermelho. "Mas eu não queria deixá-la ir embora", e então ele por fim se aprumou, "sem ter lhe dito o quanto apreciei esta noite — e como foi maravilhoso!" De repente a circunstância incrivelmente engraçada, sobre a qual ele quase explodiu de tanto rir, parecia não mais existir. Ele mostrava apenas o rosto sério.

Então foi a vez de Dora Martin rir um pouco — e ela o fez, muito rouca e de modo encantador.

"Malandro!", ela exclamou e não conseguiu evitar o segundo "a" prolongado. "Você nem esteve no teatro! Você estava escondido!" Ao mesmo tempo, bateu de leve nele com a luva amarela de couro suíno. "Mas não tem problema", ela o encarou, radiante. "Parece que você é muito talentoso."

Höfgen levou um susto tão grande ao ouvir essa afirmação surpreendente que o leve rubor desapareceu de seu rosto, agora pálido. Mas em seguida ele falou com uma voz melíflua: "Eu? Talentoso? Trata-se de um boato não confirmado...". Ele também conseguia estender as vogais, isso não era monopólio de Dora Martin. Seu coquetismo linguístico tinha um estilo próprio, ele não precisava copiar alguém. Dora Martin arrulhava; ele, por sua vez, era tão afetado que chegava a cantar. Ao mesmo tempo, exibia aquele sorriso que costumava oferecer às damas durante os ensaios quando tinham de fazer cenas embaraçosas, que mostrava os dentes e era bastante desagradável. Ele a chamava de risada "marota". ("Mais marota. Você entendeu, minha cara? Uma risada mais marota!" Era assim que ele orientava Rahel Mohrenwitz ou Angelika Siebert nos ensaios, arreganhando os dentes para elas).

Dora Martin também mostrou os dentes; mas enquanto a boca falava um tipo de tatibitate e a cabeça estava metida, coquete, entre os ombros erguidos, seus olhos grandes, inteligentes, tristes e impossíveis de ser enganados esquadrinhavam o rosto de Höfgen. "Você ainda vai provar seu talento!", ela falou baixinho, e durante um segundo não apenas seu olhar ficou sério, mas também seu rosto. Com esse rosto sério, quase ameaçador, ela o cumprimentou com um movimento de cabeça. Höfgen, que há quinze minutos ainda estava escondido atrás do biombo, sustentou o olhar. Em seguida, Dora Martin riu de novo, arrulhando: "Estamos *muuuuitooo* atrasados!", acenou e sumiu com seu séquito.

O encontro com Dora Martin tinha alegrado Höfgen de um jeito maravilhoso; seu humor parecia de festa. Seu rosto emitia um brilho misericordioso. Todos olhavam para ele, quase tão dominados quanto antes, quando estavam encarando a diva berlinense.

Antes de Höfgen cumprimentar o diretor Kroge e a sra. Von Herzfeld, ele foi até o camareiro Böck. "Escute aqui, meu pequeno Böck", ele disse, cantando e com uma pose sedutora: mãos enterradas nos bolsos da calça, ombros erguidos e o sorriso maroto. "Você precisa me emprestar *pelo menos* 7,5 marcos. Desejo um jantar decente e estou com a sensação de que o paizinho Hansemann vai cobrar o pagamento hoje." Os olhos reluzentes de pedras preciosas lançaram um olhar de esguelha, desconfiado, para Hansemann, que, com o nariz vermelho-azulado, se mantinha imóvel atrás do balcão.

Böck se levantou num salto; assustado com a exigência tanto honrosa quanto cruel, seus olhos ficaram mais opacos e as maçãs do rosto se tingiram de vermelho-escuro. Enquanto ele, nervoso, mexia nos bolsos em silêncio e Hans Miklas observava toda a cena com um olhar tenso e rancoroso, a pequena Angelika se aproximou rapidamente. "Mas Hendrik!", ela falou, depressa e com timidez. "Se você precisa de dinheiro, posso emprestar cinquenta marcos até o dia 1º!" No mesmo instante, os olhos de Höfgen ficaram frios com os de um peixe. "Não se meta nos nossos negócios masculinos, minha pequena. Böck me empresta sem problemas." O camareiro assentiu com nervosismo, enquanto Angelika Siebert, de olhos úmidos, se afastou. Sem agradecer, Höfgen deixou as moedas de prata de Böck deslizarem para dentro de seu bolso. Enquanto Höfgen, sobranceiro, atravessava o lugar com o lenço branco ainda sobre os ombros, Miklas, Knurr e a sra. Efeu o acompanhavam com o olhar triste; Böck estava perplexo e Angelika chorava. "É que, se não, o paizinho Schmitz me mata de fome", ele explicou sorrindo com rosto vitorioso dirigido à mesa dos diretores.

Lá ele foi recepcionado com alguns olás; até Kroge se esforçou em expressar uma simpatia mais enfática e não muito autêntica. "E aí, velho pecador, como vai? Sobreviveu bem à noite?" Rugas fundas envolveram a boca felina, quase como a sra. Motz, e seu olhar parecia falso por trás das lentes dos óculos; subitamente era possível notar que ele não apenas escrevia ensaios sobre política cultural e poemas elegíacos, mas que estava no meio teatral havia mais de trinta anos. O aperto de mão entre Höfgen e Ulrichs foi familiar, mudo e longo. O diretor Schmitz falou algo engraçado e desimportante com sua voz surpreendentemente macia e agradável; a sra. Von Herzfeld, porém, deu um sorriso gratuito e irônico, e seus olhos castanho-dourados, ardentemente úmidos e quase suplicantes, estavam cravados em Hendrik. Ele lhe pediu sugestões na hora de escolher seu jantar, o que deu oportunidade a ela de chegar mais perto e aproximar o peito arfante. O sorriso maroto de Höfgen não parecia assustá-la; ela estava acostumada, e gostava.

Depois de o paizinho Hansemann anotar os pedidos, Höfgen começou a discorrer sobre sua encenação de *O despertar da primavera*. "Ficará decente, acho", ele disse com seriedade, enquanto seu olhar esquadrinhava a cantina até chegar aos atores, como os olhos de um comandante com sua tropa. "Angelika não pode fazer nada de errado como Wendla; Bonetti não é o Melchior Gabor ideal, mas vai conseguir; nossa demoníaca Mohrenwitz vai fazer uma Ilse de primeira." Não era comum ele falar sem fanfarrices, de maneira séria e objetiva, como agora. Kroge prestava atenção, não sem surpresa. Foi a sra. Von Herzfeld quem mais uma vez estragou a atmosfera quando, de maneira sarcástica e adulatória, aproximou de Höfgen o rosto grande, penugento e empoado, e disse: "Bem, no que se refere a Moritz Stiefel — uma fonte de grande autoridade, a própria Dora, afirmou que o jovem ator a quem confiamos o papel não é totalmente inepto...". Kroge franziu a testa, desaprovando. Höfgen, por sua vez, fez de conta que não ouviu a provocação. "E como você se sairá como a sra. Gabor, minha cara?", ele perguntou à sra. Von Herzfeld sem rodeios. Tratava-se de um escárnio aberto e grosseiro. Era fato que Hedda von Herzfeld não tinha talento artístico; todos também sabiam que ela sofria com isso. As pessoas gostavam de zombar dizendo que, para aquela mulher inteligente, atuar era irresistível, mesmo em discretos papéis de mães. Ela tentou dar de ombros, indiferente à falta de educação de Höfgen; ao mesmo tempo, um rubor quase violeta tomou conta de seu rosto grande, não mais jovem. Kroge viu e seu coração se retraiu com uma compaixão que não estava distante do carinho. Há muitos anos, Kroge mantivera um relacionamento com a sra. Von Herzfeld.

Para trocar o tema ou para chegar ao único tema que realmente lhe interessava, Ulrichs começou a falar, sem preâmbulos, sobre o teatro revolucionário.

O teatro revolucionário estava planejado para ser uma série de eventos nas manhãs de domingo, sob direção de Hendrik Höfgen e patrocínio de uma organização comunista. Ulrichs, para quem o palco era em primeiro lugar e sobretudo um instrumento político, era apaixonado pelo projeto. Ele dizia que a peça escolhida para a estreia era absolutamente apropriada e que a estudara em detalhes mais uma vez. "O partido está muito interessado no nosso plano", ele explicou, lançando um olhar conspirador para Höfgen, Kroge, Schmitz e Herzfeld, mas também orgulhoso por eles estarem ouvindo e que ficariam impressionados. "Bem, o partido não vai compensar minhas perdas se os bons cidadãos de Hamburgo boicotarem minha casa", reclamou Kroge, que sempre ficava cético e mal-humorado quando pensava no teatro revolucionário. "Sim", ele acrescentou, "em 1918 ainda era possível fazer experiências do tipo. Mas hoje em dia..." Höfgen e Ulrichs trocaram um olhar que continha um acordo orgulhoso e secreto e muito desdém pela preocupação pequeno-burguesa de seu diretor. O olhar durou um bom tempo, a sra. Von Herzfeld percebeu-o e sofreu. Por fim, Höfgen, de modo condescendente e paternal, se dirigiu a Kroge e Schmitz. "O teatro revolucionário não vai nos atrapalhar, certamente não, acredite, paizinho Schmitz! O que é bom de verdade nunca compromete. O teatro revolucionário será bom, será brilhante! Um trabalho apoiado por uma crença, por um entusiasmo autêntico, convence todo mundo. Até os inimigos ficarão mudos diante da manifestação da nossa convicção enfática." Seus olhos cintilavam e, um pouco estrábicos, pareciam mirar encantados um lugar distante em que grandes decisões são tomadas. Ele manteve o queixo orgulhosamente esticado; no rosto pálido, sensível e caído para trás, havia um brilho seguro da vitória. Essa é emoção verdadeira, pensou Hedda von Herzfeld. Ele não pode estar interpretando, independente do quanto seja talentoso. Triunfante, ela olhou para Kroge, que não conseguia ocultar uma certa comoção. Ulrichs estava feliz.

Enquanto todos ainda estavam sob o efeito de seu contagiante entusiasmo, Höfgen de súbito mudou a postura e a expressão. De modo surpreendente, ele começou a rir e apontou para a fotografia de um "herói das antigas" pendurada na parede sobre a mesa: os braços cruzados de maneira ameaçadora, cuidadosamente postado sobre um fantástico colete de caçador, olhar sério sob sobrancelha pesada, barba cheia.

Hendrik achava o velho tão engraçado que não conseguiu se conter. Depois de muito riso, depois de Hedda ter batido em suas costas, pois ele estava prestes a sufocar com a salada, ele disse que um dia teve uma aparência bem semelhante, quase igual. Foi quando ainda fazia papéis de homens idosos no teatro itinerante do norte da Alemanha.

"Quando eu ainda era jovem", Hendrik falou, exultante, "eu me parecia tão incrivelmente velho. E, no palco, eu caminhava sempre curvado de tanto constrangimento. Em *Os Bandoleiros*, fiz o papel do velho Moor. Fui um excepcional velho Moor. Cada um dos meus filhos era vinte anos mais velho do que eu."

Como ele estava rindo muito alto e falando do teatro itinerante do norte da Alemanha, os colegas de todas as outras mesas se aproximaram: sabia-se que ele contaria anedotas, não aquelas antigas e empoeiradas, mas novas, provavelmente muito boas. Era raro Hendrik se repetir. A sra. Motz esfregou as mãos, ansiosa, mostrou o ouro incrustado na boca e constatou com uma sinistra alegria: "Agora vai ficar divertido!". Logo em seguida, ela lançou um olhar severo a Petersen, que havia pedido um conhaque duplo. Rahel Mohrenwitz, Angelika Siebert e o belo Bonetti — todos acompanhavam com atenção as palavras de Hendrik. Até Miklas teve de participar, querendo ou não: as piadas refinadas do odiado faziam com que ele soltasse risadinhas grosseiras e desafiadoras. Como seu malvado favorito se divertia, a gorda Efeu também se alegrou. Ofegante, ela trouxe sua cadeira para perto da poltrona de Hendrik, murmurando: "Os senhores não se importam, certo?". Em seguida, parou de tricotar a meia e pôs a mão direita em forma de concha junto ao ouvido, para que sua deficiência auditiva não perdesse nada.

A noite foi ótima. Höfgen estava em plena forma. Ele encantava, ele brilhava. Como se tivesse um grande público à sua frente em vez de apenas meia dúzia de colegas, ele, magnânimo e pretensioso, não economizou no charme, na graça ou no repertório de piadas. Quanta coisa acontecia naquele teatro itinerante, onde ele tinha de fazer papéis de velhos! A sra. Motz quase perdeu o ar de tanto rir, exclamando: "Gente, eu não aguento mais!". Enquanto Bonetti, engraçado e galante, abanava-a com um paninho, ela não percebeu que Petersen tinha pedido mais uma aguardente. Mas quando Höfgen começou a imitar a jovem sentimental do teatro itinerante, com voz aguda, gestos exagerados e olhos muito estrábicos, até o paizinho Hansemann amoleceu a expressão e Knurr teve de esconder seu sorriso detrás de um lenço. Impossível a situação ser mais triunfal. Höfgen encerrou. A sra. Motz também ficou séria ao perceber como Petersen estava embriagado. Kroge deu o sinal para a partida. Eram duas da manhã. Como despedida, Mohrenwitz, que sempre tinha ideias originais, presenteou Höfgen com sua longa piteira, uma peça decorativa, sem valor. "Porque você foi tão divertido esta noite, Hendrik." O monóculo dela brilhou no monóculo dele. Dava para notar que Angelika Siebert, ao lado de Bonetti, estava com o nariz branco de ciúmes e os olhos marejados e, ao mesmo tempo, um pouco traiçoeiros.

A sra. Von Herzfeld tinha pedido a Höfgen para acompanhá-la numa xícara de café. O paizinho Hansemann já estava apagando as luzes do estabelecimento vazio. Para Hedda, o escurinho era vantajoso: seu rosto grande, macio, com os olhos suaves, inspirados e inteligentes, parecia mais jovem, ou até sem idade definida. Não era mais o rosto aflito da mulher envelhecida, intelectual. Suas faces tinham perdido o caráter penugento e estavam lisas. O sorriso ao redor dos lábios lânguidos, com um toque oriental, entreabertos, não era mais irônico, mas quase sedutor. A sra. Von Herzfeld olhava em silêncio e com carinho para Hendrik Höfgen. Ela não pensava que estava mais sedutora do que antes; na semiescuridão, ela apenas percebia muito claramente — e apreciava — o rosto de Hendrik com o traço de sofrimento nas têmporas e o queixo nobre.

Hendrik havia apoiado os cotovelos na mesa e juntado as pontas dos dedos das mãos espalmadas. Ele ficava nessa pose como alguém de mãos especialmente belas, de desenho gótico pontiagudo. Mas as mãos de Hendrik não tinham nada de gótico; elas pareciam querer refutar o traço de sofrimento das têmporas por meio de sua feia aspereza. As costas das mãos eram muito largas e cobertas de pelos ruivos; também eram largos os dedos muito longos, que terminavam em unhas quadradas, não exatamente limpas. Essas unhas é que emprestavam às mãos seu caráter plebeu, não sedutor. Elas pareciam ser compostas de material de baixa qualidade: fracas, ressecadas, quebradiças, sem brilho, sem forma e sem curvatura.

Mas a semiescuridão vantajosa ocultava esses problemas e deficiências. Por outro lado, ela fazia com que o estrabismo sonhador dos olhos esverdeados tivesse um efeito enigmático e encantador.

"No que você está pensando, Hendrik?", perguntou Hedda von Herzfeld, após um longo silêncio, com a voz baixa e cordial. Höfgen respondeu igualmente baixo: "Estou pensando... que Dora Martin não tem razão...". Hedda deixou-o falando para o escuro, sobre as mãos pousadas uma sobre a outra, sem perguntas nem contestações. "Não vou mostrar nada", ele falou à meia-luz. "Não tenho nada para mostrar. Nunca serei do primeiro time. Sou provinciano." Ele emudeceu e apertou os lábios, como se se assustasse das próprias conclusões e confissões que a hora singular lhe trazia.

"E o que mais?", perguntou a sra. Von Herzfeld com suave repreensão. "Você não pensa em mais nada? Só pensa nisso o tempo todo?" Como ele se manteve em silêncio, ela pensou: sim, esse deve ser o único tema que realmente importa para ele. Aquilo de antes sobre o teatro político e seu entusiasmo pela revolução não passam de uma farsa. Essa descoberta a deixou decepcionada; mas, por outro lado, ela curiosamente também se sentiu satisfeita.

Os olhos dele cintilaram; Höfgen não tinha resposta.

"Você não percebe o quanto tortura a pequena Angelika?", perguntou a mulher ao seu lado. "Não percebe que faz os outros sofrerem? Em algum lugar você terá que pagar por tudo isso." Ela não tirou o olhar queixoso e interrogativo dele. "Em algum lugar você terá que pagar — e amar."

Depois, ela se sentiu constrangida por ter dito aquilo. Tinha sido demais, ela não conseguiu se refrear. Rapidamente ela afastou o rosto do dele. Para sua admiração, ele não a puniu com um sorriso malvado nem por uma palavra desdenhosa. O olhar dele permaneceu focado no escuro, estrábico e congelado, como se procurasse responder a questões urgentes, acalmar dúvidas e imaginar um futuro cujo único propósito era engrandecê-lo.

II

AULA DE DANÇA

Para a manhã seguinte, Hendrik tinha marcado o início dos ensaios às nove e meia. O grupo envolvido com *O despertar da primavera* se reuniu pontualmente, parte no palco amplo, parte na plateia com iluminação fraca. Depois de esperarem por cerca de quinze minutos, a sra. Von Herzfeld decidiu trazer Höfgen do escritório, onde desde as nove ele estava reunido com os diretores Schmitz e Kroge.

Logo ao entrar, todos perceberam que ele estava com o pior humor possível — impossível reconhecer o radiante animador da noite passada. Os ombros erguidos de um jeito nervoso, as mãos enterradas nos bolsos das calças, ele caminhava acelerado pela plateia e pedia, com um fiapo de voz por causa da irritação, um exemplar do texto. "Deixei o meu em casa." Seu tom era amargo e ressentido, quase como repreendendo todos ali de maneira silenciosa, mas veemente pelo fato de ele, Hendrik, ter sido distraído e negligente ao sair de casa. "Bom, vamos lá?" Ele conseguiu se expressar de maneira levemente desdenhosa e muito cortante. "Ninguém tem um caderninho desses para mim?"

A pequena Angelika entregou o seu. "Não preciso mais do meu texto", ela disse, enrubescendo. "Já sei minha parte." Henrik, em vez de agradecer, observou apenas: "Faço votos!", e se afastou dela.

Seu rosto parecia especialmente pálido em contraste com o cachecol vermelho de seda, que ele usava no lugar da camisa — ou que cobriria a camisa, caso estivesse trajando uma. Um olho, sob a pálpebra baixa, olhava de maneira nefasta e com braveza; o outro brilhava devido ao monóculo. Todos estremeceram quando ele exclamou de repente com a voz de comando muito límpida, incisiva e um tanto metálica: "Começando, senhores e senhoras".

Ele corria em meio à plateia, enquanto os outros trabalhavam no palco. A seu pedido, a marcação de Moritz Stiefel — personagem que havia reservado a si próprio — ficou a cargo de Miklas, cujo papel demandava pouco. Era possível reconhecer uma maldade especial naquilo, já que Miklas daria a vida para assumir o papel de Moritz. Aliás, com uma arrogância provocativa, Höfgen parecia querer apontar aos colegas que, de seu lado, não tinha nenhuma necessidade de ensaiar ou preparar nada: ele era o diretor, estava acima da coisa toda; sua experiência era tão grande quanto seu gênio, e ele trabalharia seu papel à parte; apenas no ensaio geral os outros veriam e ouviriam como Moritz Stiefel, o ginasiano sombrio, o amante desesperado, o suicida, seria enfrentado e interpretado.

Por outro lado, ele já demonstrava o que era possível extrair da jovem Wendla, do jovem Melchior, da maternal sra. Gabor. Hendrik saltou, com surpreendente agilidade, para cima do palco e de fato se transformou na mocinha delicada que sai pela manhã até o jardim e gostaria de abraçar o mundo inteiro ao pensar no amado; no rapaz ávido pela vida e orgulhoso; na mãe inteligente e preocupada. Sua voz podia soar delicada, arrogante ou pensativa. Ele conseguia parecer quase uma criança num momento e muito velho no outro. Tratava-se de um ator brilhante.

Depois de ter demonstrado de maneira formidável ao belo Bonetti, que erguia as sobrancelhas meio irritado, meio respeitoso, ou à humilde Angelika, que lutava contra as lágrimas, o que era possível fazer com seus papéis bastando ter o jeito para a coisa, ele fazia uma careta de cansaço e desprezo, prendia o monóculo diante do olho e voltava à plateia. De lá, prosseguia explicando, organizando e criticando.

Ninguém ficava imune às suas palavras zombeteiras, achincalhadoras; até a sra. Von Herzfeld levou seu quinhão — algo que ela aceitava com um sorriso torto e irônico; a pequena Angelika já se recolhera várias vezes aos bastidores, banhada em lágrimas; a testa de Bonetti revelava veias saltadas de raiva; mas quem se irritava mais profunda e visceralmente era Hans Miklas, cujo rosto parecia se deformar de ódio e ser tomado por buracos negros.

Como todos sofriam, o humor de Hendrik começava a melhorar a olhos vistos. Durante o intervalo para o almoço, na cantina, ele conversava bastante animado com a sra. Von Herzfeld. Às duas e meia, fez o grupo retomar o trabalho. Foi por volta das três e meia que Bonetti repuxou a boca, enojado, meteu as mãos nos bolsos da calça e, birrento como uma criança mimada, disse: "Esse tormento está prestes a acabar?". Höfgen lhe lançou um olhar matador com seus olhos suaves e gelados e disse: "Quem decide quando acaba sou eu!", mantendo o belo queixo bem erguido. À companhia intimidada, seu semblante era o de um tirano nobre e nervoso, mas que ao mesmo tempo lembrava o rosto pálido de uma governante velha e irritada. Todos ficaram com medo; principalmente a pequena Angelika foi acometida por calafrios doces e intensos. Durante alguns segundos, todos ficaram paralisados, submissos; o suspiro com o qual o grupo temeroso reagiu ao gesto seguinte — libertador — de seu dono foi audível. Hendrik bateu palmas e jogou a cabeça para trás, numa misericordiosa vivacidade. "Vamos prosseguir, senhoras e senhores!", ele exclamou, e sua voz trazia o claro tom metálico ao qual quase ninguém conseguia resistir. "Onde paramos?"

A próxima cena foi ensaiada obedientemente, mas ela mal tinha terminado quando Hendrik, por sua vez, consultou o relógio de pulso. Eram quinze para as quatro. Ao se dar conta do horário, ele levou tamanho susto que seu estômago doeu. Lembrou-se do encontro marcado às quatro em seu apartamento com Juliette. Seu sorriso foi um pouco forçado ao avisar ao grupo, com palavras apressadas e simpáticas, que era preciso encerrar por ali. Ele descartou sem mais o jovem Miklas, que tinha se aproximado dele com o rosto amuado para fazer uma pergunta qualquer. Hendrik correu pela plateia escura em direção à saída;

deixou para trás o aclive do caminho entre a porta do teatro e a cantina andando rápido; chegou sem fôlego ao "T. A."; arrancou seu casaco marrom de couro e o chapéu cinza macio do gancho e partiu.

Apenas na rua ele vestiu o sobretudo. Ao mesmo tempo, refletia. Se for a pé, chegarei alguns minutos atrasado, independentemente de quanto me apressar. A pequena Juliette vai fazer um escarcéu ao me receber. De táxi, chegaria a tempo, com o bonde quase que também. Mas tenho apenas 5 marcos no bolso: é o mínimo que posso oferecer a Juliette. Nem pensar no táxi; no bonde, também não, pois só me restariam 4,85 marcos — o que é pouco demais para a pequena Juliette — e ainda por cima em moedinhas, algo que ela havia proibido terminantemente.

Enquanto refletia, continuava andando; no fundo, ele não tinha pensado a sério em pegar um carro ou o bonde, pois sua amiga iria se irritar de verdade pelo dinheiro trocado, mas sua ira supostamente tão violenta a respeito de seu pequeno atraso era quase parte imprescindível dos ritos de sua relação.

O dia de inverno estava claro e muito frio; Hendrik tremia em seu casaco leve, que ainda por cima tinha se esquecido de abotoar. Ele sentia o frio principalmente nas mãos e nos pés: não tinha luvas e o calçado no estilo de sandália que usava não combinava em nada com a estação do ano. Para se aquecer e ganhar tempo, ele dava passos largos, que resultavam em curiosos saltos e pulos. Muitos passantes assistiram ao estranho jovem, rindo ou zombando dele. Com seus sapatos leves e diferentes, ele se movimentava com uma agilidade que tinha um caráter meio louco, meio divino. Aliás, ele não apenas saltava e pulava, mas ainda cantava, alternando melodias de Mozart e famosas canções de operetas. E acompanhava a cantoria e os saltos com todo tipo de gestos, daqueles que não se vê todos os dias. Ele tinha acabado de jogar para o alto e pegar de volta um raminho de violetas que havia encontrado na casa do botão superior de seu casaco. É provável que o presente fosse obra de alguma admiradora da companhia; quiçá o delicado agrado viesse de Angelika.

Hendrik pensou na amável criatura míope, ao mesmo tempo que, saltando e cantando, começou a irritar e a divertir as pessoas na rua. Será que não percebia quando uma senhora burguesa cutucava a outra, para lhe sussurrar: "Deve ser alguém do teatro, não?", e a outra respondia, com risadinhas: "Com certeza. É aquele que sempre está atuando no Teatro de Arte. Ele se chama Höfgen. Veja, amiga, os movimentos hilários que está fazendo e como não para de falar consigo mesmo!". Ambas riram e, do outro lado da rua, dois adolescentes também riram. Mas, dessa vez, Hendrik — embora acostumado, por vaidade e pela profissão, a observar e registrar a reação das pessoas a cada um de seus gestos — não atentou nem para as mulheres nem para os ginasianos. Seu caminhar animado através do frio e a alegria antecipada pelo encontro com Juliette o tinham levado a um estado de leve embriaguez. Como esse entusiasmo estava se tornando raro! Antigamente — sim, antigamente — ele se sentia assim com frequência, ou quase sempre, tão animado e descontraído. Aos 20 anos, ao fazer o papel de velhos e de heróis maduros no teatro itinerante — naquela época, ele conheceu dias divertidos. Naquela época, sua insolência e seu lado brincalhão eram mais fortes do que sua ambição; fazia tempo, mesmo se não há tanto tempo assim, como agora ele costumava achar. Será que ele havia mudado tanto? Será que não tinha deixado de ser insolente e brincalhão? Agora, nessa hora boa, ele não se lembrava da ambição. Se naquele instante ele se desse conta das ideias de ambição e da grande carreira, o riso seria certo. Naquele instante, ele só sabia que o ar estava fresco e iluminado e que ele ainda era jovem; e mais: que estava caminhando; que seu cachecol se movia com o vento; que logo estaria junto à amada.

O bom humor tornou-o benevolente, por exemplo em relação a Angelika, a quem costumava humilhar e machucar com frequência. Agora ele pensava nela quase com carinho. Uma criança doce, uma criança muito doce, e quero lhe dar um presente esta noite para que ela tenha uma alegria. Será que dava para viver com Angelika? Sim, seria uma vida confortável — muito mais confortável do que com Juliette. Apesar de toda benquerença sentida naquele momento, ele precisou rir com desdém, porque havia comparado Angelika com Juliette — a pobrezinha Angelika Siebert com a grande Juliette, que de uma maneira terrível e exata era aquilo de que ele precisava. Mentalmente, ele pediu perdão a Juliette por tal disparate quando chegou à porta de sua casa.

A construção fora de moda, em cujo térreo ele ocupava um quarto, situava-se numa daquelas ruas tranquilas que há trinta anos tinham sido uma das mais elegantes da cidade. A inflação empobrecera a maior parte dos moradores da nobre região; suas mansões com os muitos pináculos e frontões pareciam bem decadentes, abandonadas como os grandes jardins que as cercavam. Também a mulher do cônsul Mönkeberg, a quem Hendrik pagava 40 marcos mensais por um quarto amplo, se encontrava em situação crítica. Apesar disso, havia se mantido uma impecável senhora entrada em anos, orgulhosa, que trajava suas roupas peculiares, de mangas bufantes e bainhas rendadas, com dignidade; na risca retíssima do cabelo nunca se via um fio rebelde, e ao redor dos lábios finos surgiam ruguinhas irônicas, mas não amargas. A viúva Mönkeberg era superior o suficiente para não se importar com as excentricidades e as diversas más condutas do inquilino, e enxergava nelas seus lados engraçados. Com humor seco, ela costumava relatar para as amigas — senhoras idosas de semelhante fineza, semelhante pobreza e quase a mesma aparência — as maluquices do inquilino. "Às vezes, ele sobe a escada pulando numa só perna", ela dizia, rindo quase com compaixão. "E quando sai para passear, muitas vezes senta-se no meio-fio — imaginem, no calçamento sujo —, porque fica com medo de tropeçar e cair." Enquanto todas as senhoras balançavam a cabeça grisalha, meio chocadas, meio divertidas, movimentando seus xales, a consulesa acrescentava, pacificadora: "E o que mais esperar, minhas caras? Um artista... Talvez um artista importante", falava lentamente a burguesa idosa, mexendo com os dedos magros, brancos, nos quais havia dez anos ela não usava mais anéis, na toalhinha de renda esmaecida da mesa de chá.

Hendrik sentia-se inseguro na presença da sra. Mönkeberg; a origem e o passado elegantes dela o intimidavam. Desse modo, não foi agradável encontrar a distinta idosa no vestíbulo logo depois de ter batido a porta atrás de si. Diante da postura imponente dela, ele se retraiu um pouco, arrumou a echarpe vermelha de seda e pôs o monóculo diante do olho. "Boa noite, digníssima senhora, como vai?", ele falou com a voz cantante, que não subia o tom no final da fórmula de boas maneiras, ressaltando o caráter convencional e charmosamente vazio da frase. Ele acompanhou o pequeno cumprimento bem-educado com uma discreta reverência, que emprestava um estilo quase nobre à elegante informalidade.

A viúva Mönkeberg não sorriu; apenas as ruguinhas de uma ironia experiente ficaram mais visíveis ao redor dos olhos e dos lábios finos ao responder: "Apresse-se, sr. Höfgen. Sua... professora o espera há quinze minutos". A pausa breve e maldosa da sra. Mönkeberg diante da palavra "professora" fez com que Hendrik sentisse o rosto ficar quente. Com certeza enrubesci, pensou Hendrik, irritado e envergonhado. Mas nessa semiescuridão deve ter sido difícil de ela ter notado, ele tentou se acalmar, enquanto se afastava com a perfeita elegância de um aristocrata espanhol.

"Muito obrigado, digníssima senhora." Ele tinha aberto a porta de seu quarto.

Um lusco-fusco rosado reinava no cômodo; apenas a luminária coberta com um tecido de seda colorido sobre a mesinha redonda baixa ao lado do sofá-cama estava acesa. Hendrik perguntou com uma voz pequena, humilde, quase trêmula para aquele escurinho colorido:

"Princesa Tebab, onde você está?"

Uma voz grave, ribombante, respondeu de um canto escuro: "Aqui, seu pilantra. Onde mais eu estaria?".

"Ah, obrigado", disse Hendrik, ainda em voz baixa, parado junto à porta com a cabeça baixa. "Sim... agora consigo vê-la... Estou feliz por poder vê-la..."

"Que horas são?", a mulher gritou do canto.

Hendrik respondeu, tremendo: "Lá pelas quatro... acho".

"Lá pelas quatro! Lá pelas quatro!", zombou brava a mulher, que se mantinha invisível na sombra. "Que engraçado! É uma maravilha!" Ela falava com um forte sotaque do norte da Alemanha. Sua voz era fanhosa, como a de um marujo que bebe muito, fuma e pragueja. "São quatro e quinze", ela concluiu, de repente com a voz ameaçadoramente baixa. Com o mesmo terrível abafamento, que não deixava antever nada de bom, ela exigiu dele: "Você não quer se aproximar um pouco mais de mim, Heinz? Só um pouquinho! Mas primeiro acenda a luz!".

Ao ouvir o nome "Heinz", Hendrik estremeceu como se estivesse recebendo a primeira chicotada. Ele não permitia a ninguém, nem mesmo à mãe, chamá-lo assim: essa ousadia era franqueada apenas a Juliette. Além dela, ninguém mais naquela cidade sabia que seu verdadeiro nome era Heinz — ah, em que hora doce e fraca ele lhe confidenciara isso? Heinz: esse o nome usado por todo o mundo para chamá-lo até seus 18 anos. Apenas depois de ter certeza de que queria ser ator e famoso, ele passou a usar "Hendrik". Como foi difícil fazer a família acostumar-se e levar a sério esse estranho e ambicioso "Hendrik"! Quantas cartas começando com "Meu querido Heinz" ele havia deixado sem resposta, até que a mãe Bella e a irmã Josy se acostumassem com o novo chamamento. Ele rigorosamente não convivia mais com os amigos de juventude que teimavam em manter o "Heinz"; aliás, ele não dava valor à companhia de colegas que gostavam de repetir anedotas constrangedoras de um passado sem graça acompanhadas por risadas bisonhas de humor tosco. Heinz tinha morrido, Hendrik deveria crescer.

O jovem ator Höfgen mantinha um embate amargo com os agentes, os diretores de teatro e as redações dos suplementos culturais para que seu nome inventado, precioso, fosse escrito de modo correto. Ele tremia de raiva e ressentimento quando lia "Henrik" num programa ou numa crítica. O pequeno "d" no meio de seu nome autoescolhido era, para ele, uma letra de significado mágico, especial: quando ele tivesse conseguido que o mundo inteiro, sem exceção, o chamasse de "Hendrik", o objetivo teria sido alcançado, ele seria um homem realizado.

Na mente ambiciosa de Hendrik Höfgen, o nome — que era mais do que uma descrição pessoal, tratava-se de uma tarefa e uma obrigação — tinha uma importância enorme. Apesar disso, ele tolerava que, de seu canto escuro, Juliette o chamasse ameaçadoramente pelo antiquado e odiado "Heinz".

Ele obedeceu a suas duas ordens; mexeu no interruptor, de modo que de repente uma claridade lhe ofuscou os olhos e, com a testa ainda baixa, deu alguns passos em direção a Juliette. Ele parou a um metro de distância dela; isso também não era permitido. Ela murmurou com a voz rouca e uma simpatia extremamente inquietante, com os maxilares sempre cerrados: "Aproxime-se, meu garoto!".

Como ele não saía do lugar, ela o seduziu como se fosse um cachorro para o qual se emprega uma voz melíflua, para depois castigá-lo com ainda mais crueldade: "Mais perto, meu lindo! Bem perto! Não tenha medo!". Ele se mantinha imóvel, ainda com a cabeça baixa; os ombros e os braços estavam pendurados, moles, para a frente, e ao redor das pálpebras e sobrancelhas se notava um traço sofredor, tenso; as narinas abertas farejavam um perfume doce, penetrante e mal-intencionado, que se misturava com outro, ainda mais selvagem, nada doce — as exalações de um corpo —, de maneira excitante e martirizante.

Visto que a moça estava ficando entediada e irritada com a postura lamurienta e nobre de Hendrik, ela soltou de súbito uma voz rascante, feito um grito rouco em meio à selva: "Não fique parado aí como se tivesse sujado as calças! Levante a cabeça, homem!". Aristocraticamente, ela acrescentou: "Olhe no meu rosto!".

Ele ergueu a cabeça devagar, enquanto os traços de sofrimento ao redor das pálpebras se intensificavam. No rosto lívido, os olhos azul-esverdeados ficaram maiores — de desejo ou de medo. Mudo, ele encarou a princesa Tebab, sua Vênus negra.

Ela era negra apenas por parte de mãe. Seu pai tinha sido um engenheiro de Hamburgo. Mas a raça negra se impusera diante da branca: ela não parecia mestiça, e sim totalmente negra. A cor de sua pele áspera, por vezes um tanto craquelada, era marrom-escuro; em alguns lugares — por exemplo na testa baixa, curva, e no dorso das mãos estreitas, de veias saltadas —, quase preta. A natureza havia tingido mais claro apenas as palmas de suas mãos, enquanto ela havia mudado por vontade própria, por meio de maquiagem, a cor da metade superior das maçãs do rosto: sobre o osso malar brutalmente curvado, o vermelho-claro artificial sobressaía, brilhante. Também os olhos estavam trabalhados cosmeticamente: as sobrancelhas, raspadas e substituídas por traços finos de lápis carvão; os cílios alongados artificialmente, a sombra das pálpebras e até as sobrancelhas finas ressaltadas com um azul-avermelhado. Por outro lado, ela mantivera a cor natural dos lábios carnudos. Sobre a fiada de dentes perolados, que ela exibia tanto para sorrir quanto para xingar, eles apareciam ásperos, como a carne das mãos e do pescoço, e de um violeta escuro, cujo tom fosco contrastava violentamente com o vermelho saudável das gengivas e da língua. Em seu rosto, dominado pelos olhos cruelmente ágeis e inteligentes e pelos dentes brilhantes, o nariz passava desapercebido num primeiro momento; apenas depois de se olhar bem é que ficava evidente o quanto era chato e amassado. Na verdade, o nariz parecia não existir; não era uma protuberância em meio à máscara selvagem e malignamente atraente, mas antes uma depressão.

A cabeça altamente bárbara de Juliette merecia como cenário uma paisagem de selva em vez desse cômodo burguês com os móveis de plush, badulaques e cúpulas de seda para os abajures. Aliás, não apenas a decoração que se destacava em relação a essa cabeça era decepcionante, como também a coroação da própria cabeça: o cabelo. Não se tratava de modo algum da cabeleira preta crespa que combinaria com essa testa, esses lábios; ele surpreendia por ser liso e pela coloração, um loiro opaco. O penteado era simples, com uma risca no centro. A mulher negra costuma afirmar que seus cabelos sempre foram assim, que nunca mudara nada neles: dizia que a cor e o tipo haviam sido herdados do pai, o engenheiro Martens, de Hamburgo.

O fato de um homem com esse nome e essa profissão ter sido seu pai parecia indiscutível, ou ao menos não era contestado por ninguém. Aliás, Martens tinha morrido havia anos. A estadia dedicada ao trabalho no centro da África não lhe fizera bem. Enfraquecido pela malária, o coração arruinado pelas injeções de quinino e pelos excessos alcoólicos, ele tinha regressado a Hamburgo para morrer, rapidamente e sem muito estardalhaço. Ele deixara no Congo a jovem negra que tinha sido sua amante, assim como a menina de pele escura cujo pai ele devia ser. A notícia da morte do engenheiro não chegou à África. Depois de pouco tempo, Juliette perdeu também a mãe; então se pôs a caminho da muito distante Alemanha, certamente muito maravilhosa, onde ela esperava ser flechada pelo amor paterno. Ao contrário, ninguém conseguiu nem lhe mostrar o túmulo do engenheiro; a ossada do pobre pai tinha sido perdida, assim como sua memória. Uma sorte é que a jovem Juliette sapateava com paixão: ela aprendera ainda com os seus. Desse modo, foi possível logo encontrar um emprego num dos melhores estabelecimentos do bairro de St. Pauli, famoso pela vida noturna. Lá com certeza ela poderia se manter, e talvez teria sido uma ascensão honrosa para uma pessoa sagaz e enérgica, caso um temperamento forte e uma tendência incontrolável para bebidas fortes não tivessem posto um fim nesse projeto. Ela adorava e não conseguia deixar de sair dando chicotadas nos conhecidos e colegas que não partilhavam de suas opiniões ou humores. Uma mania que, a princípio, foi encarada nos círculos de St. Pauli como um detalhe humorístico e bonitinho, mas que com o tempo se tornou original demais e simplesmente irritante.

Juliette recebeu sua rescisão e vivenciou, num ritmo acelerado e despreocupado, aquilo que se chama de "cair degrau por degrau"; quer dizer: ela precisou mostrar suas habilidades de dança em lugares cada vez menores, cada vez menos afamados. As entradas que recebia por tais atividades foram se reduzindo tanto que logo ela se viu obrigada a realizar atividades paralelas. Qual atividade seria possível se não o desfile noturno pela principal rua da zona do meretrício, a Reeperbahn, e suas adjacências? Seu belo corpo escuro, que ela movimentava num caminhar ereto, orgulhoso, quase arrogante pela calçada realmente não era a pior oferta nessa terrível liquidação de corpos que se oferecia ali todas as noites aos marinheiros em trânsito e aos homens da cidade de Hamburgo, pobres ou de boa posição.

O ator Höfgen não tinha conhecido sua Vênus na prostituição, mas num bar, enfumaçado e barulhento por causa de marinheiros bêbados, onde ela expunha seus membros escuros e lisos e seu sapateado artístico por um cachê de 3 marcos a noite. Na programação do cabaré obscuro, a dançarina negra Juliette era chamada de "princesa Tebab" — um nome que ela só podia usar artisticamente, mas pelo qual afirmava ter direito também na vida civil. Caso suas afirmações fossem críveis, então sua falecida mãe, a amante abandonada do engenheiro de Hamburgo, era de puro sangue nobre: filha de um honorável rei negro, riquíssimo, bondoso e infelizmente devorado pelos inimigos ainda bastante novo.

No que se refere a Hendrik Höfgen, ele estava menos impressionado com seu título — embora o tivesse apreciado extraordinariamente — do que com os olhos alertas, cruéis e com os músculos de suas pernas cor de chocolate. Depois de terminado o número da princesa Tebab, ele pediu para visitá-la no camarim para expressar seu desejo (a princípio, um tanto surpreendente): ele queria tomar aulas de dança com ela. "Hoje em dia, um artista tem que ser treinado como um acrobata", Höfgen havia acrescentado. A princesa, entretanto, não parecia muito ávida por explicações. Sem se impressionar muito, ela combinou o preço por hora e o primeiro encontro.

Foi assim que nasceu o relacionamento entre Hendrik Höfgen e Juliette Martens. A jovem negra era a "professora" — ou seja, a chefe —; diante dela, o rapaz pálido era o "aluno" — aquele que obedecia, que se submetia, que aceitava os castigos frequentes com a mesma humildade que o elogio raro e ligeiro.

"Olhe para mim", a princesa Tebab exigiu, rolando terrivelmente os olhos, enquanto os dele permaneciam, desejosos e temerosos, presos ao rosto autoritário dela.

"Como você está bonita hoje", ele por fim conseguiu dizer, com os lábios que pareciam não lhe obedecer.

Ela fustigou: "Pare com essa bobagem! Estou tão bonita quanto o de costume". Ao mesmo tempo, ela passou a mão, vaidosa, sobre os seios e arrumou a sainha justa, plissada, que terminava logo acima dos joelhos. Da meia de seda preta só se via um pedacinho, pois as botas de cano alto verdes de verniz macio passavam das panturrilhas. Combinando com as belas botas e a saia curta, a princesa usava uma jaquetinha cinza de pele, cujo colarinho estava levantado na região da nuca. Nos pulsos escuros e de veias saltadas, pulseiras largas de latão comum tilintavam. A peça mais elegante do conjunto era o chicote de montaria — um presente de Hendrik. Produzido com couro trançado, era vermelho-vivo. Num ritmo curto, duro e ameaçador, Juliette bateu com ele contra as botas verdes. "Você se atrasou quinze minutos de novo", ela disse, depois de uma pausa longa, a testa curta franzida, brava, formando como que dois montinhos. "Quantas vezes mais tenho que alertá-lo, meu docinho?", ela perguntou em voz baixa e traiçoeira, para depois irromper num acesso de raiva: "Basta! Cansei! Mostre suas patas!".

Hendrik ergueu lentamente as duas mãos, com as palmas voltadas para cima. Enquanto isso, seus olhos, arregalados e hipnotizados, não se soltavam da careta fechada e tenebrosa da amada.

Ela contou com a voz esganiçada, descarada: "Um, dois, três!", enquanto golpeava. A trama do chicotinho elegante zunia sem piedade sobre as palmas dele, que em seguida ficaram cheias de grossos vergões vermelhos. A dor que ele sentiu foi tanta que seus olhos logo ficaram marejados. Ele repuxou a boca; com o primeiro golpe, soltou um grito abafado; em seguida, dominou-se e ficou ali parado, o rosto rígido e branco.

"Basta para começar", ela disse, mostrando de repente um sorriso cansado, que ia totalmente contra as regras do jogo: nele não havia nada de terrivelmente cruel, mas continha uma zombaria indulgente e um pouco de compaixão. Ela baixou o chicote, virou a cabeça e assumiu — o rosto de perfil — uma postura bonita, triste. "Troque de roupa!", ela falou com a voz baixa. "Vamos trabalhar."

Não havia nenhum biombo atrás do qual ele pudesse sumir enquanto trocava a roupa. Com as pálpebras semicerradas e um olhar totalmente desinteressado, Juliette observava todos os movimentos dele. Hendrik tinha de se despir totalmente e lhe mostrar o corpo claro e de pelos ruivos, já um pouco gordo, antes de vestir o suéter sem mangas de listras azuis e brancas e os shorts pretos de ginástica. Por fim, ele estava na frente dela naquele traje indigno, chamado por ele de "roupa de ginástica" — um uniforme infantil e ridículo, composto por sapatilhas pretas, meias brancas de cano curto, enroladas de maneira coquete logo acima dos tornozelos, um calção curto, de cetim preto brilhante, igual aos dos menininhos nas aulas de ginástica, e uma camiseta listrada, que deixava o pescoço e os braços descobertos.

Ela o avaliou, de maneira crítica e fria. "Você engordou ainda mais um pouco desde a última semana, meu docinho", ela constatou, batendo zombeteira com o chicote contra as botas verdes.

"Perdão", ele pediu. O rosto branco, com a feição dura do queixo, as têmporas sensíveis e os olhos de belo formato, queixosos, mantiveram sua seriedade e uma dignidade quase trágica sobre o corpo grotescamente apresentado. A negra foi até o gramofone. Em meio ao jazz, cujo som de súbito passou a ecoar, ela disse, áspera: "Vá começando!". Ao mesmo tempo, mostrou as duas fileiras de dentes quase brancos demais e movimentou os olhos com fúria: essa era exatamente a pantomina que ele aguardava e exigia naquele momento.

O rosto dela estava diante dele feito a máscara terrível de um deus estranho, sentado num trono em meio à selva, num lugar escondido, e que, com a língua roçando os dentes e os olhos revirados, exige sacrifícios de humanos. Estes são levados até ele, o sangue jorra junto aos seus pés, ele fareja com o nariz amassado o aroma doce e familiar e balança levemente o torso majestoso de acordo com o ritmo alucinante dos tambores. Ao seu redor, seus súditos executam uma desvairada dança alegre. Sacodem braços e pernas, saltam, balançam e se contorcem; seus gritos se transformam em gemidos de prazer, os gemidos passam a resfôlegos e em seguida eles caem largados diante dos pés do deus negro que amam e que admiram da maneira como os seres humanos só conseguem amar e admirar depois do sacrifício do que há de mais valioso: o sangue.

Hendrik tinha começado a dançar lentamente. Mas onde estava a leveza triunfal que o público e os colegas tanto veneravam? Tinha sumido; ele só conseguia ficar de pé sob dores, dores que também eram prazeres: era o que dizia o sorriso dos lábios opacos, bem fechados, e o olhar atordoado.

Juliette, por seu lado, não pensava em dançar; ela deixava o aluno sofrer sozinho. Ela apenas o incentivava por meio de palmas, gritos ásperos e um balançar rítmico do corpo. "Mais rápido, mais rápido!", ela exigia, furiosa. "O que você tem nos ossos? E você diz que é homem? Você diz que é ator e cobra para se apresentar? Ora, que sujeito miserável e engraçado..."

O chicote estalou sobre as panturrilhas e os braços dele. Dessa vez, não brotaram lágrimas em seus olhos, que permaneceram secos e brilhantes. Apenas os lábios pressionados tremiam. A princesa Tebab açoitou mais uma vez.

Ele trabalhou ininterruptamente durante meia hora, como se aquilo fosse um treinamento sério em vez de uma diversão arrepiadora. Por fim, ficou muito ofegante. Cambaleou. O rosto estava coberto de suor. Foi com dificuldade que ele disse: "Estou tonto. Posso parar...?". Olhando para o relógio, ela respondeu de maneira seca e objetiva: "Você tem que saltar mais quinze minutos, no mínimo".

Como a música voltou a tocar e Juliette mais uma vez começou a bater palmas freneticamente, ele tentou de novo o passo complicado. Mas os pés torturados negaram-lhe o serviço. Hendrik cambaleou por um instante; depois, parou; com a mão, limpou o suor da testa.

"Que gracinhas são essas?", ela resmungou. "Você está parando sem minha permissão? Isso é uma novidade e um assombro!"

Ela apontou o chicote na direção do rosto dele; ele se abaixou a tempo de escapar do golpe terrível. Chegar no teatro à noite com um vergão sangrento da testa ao queixo seria demais. Apesar do estado entorpecido em que se encontrava, Hendrik sabia que isso era inadmissível. "Pare!", ele falou. Enquanto ele se afastava dela, ainda acrescentou: "Chega por hoje".

Ela entendeu que ele não estava brincando. Sem responder nada, com um leve suspiro de alívio, ela assistiu como ele vestia seu robe bem acolchoado, de seda vermelha, aliás rasgado em vários lugares, e se deitava para descansar.

O sofá, que podia ser arrumado como cama para a noite, ficava recoberto durante o dia com panos e almofadas coloridas. Ao lado do canapé, a luminária encimava a mesinha circular pequena, que apoiava ainda o cinzeiro.

"Apague a luz branca", Hendrik pediu como que cantando, com sua voz melódica e lamurienta. "E venha cá, Juliette!"

Ela se aproximou dele atravessando a semiescuridão rosada. Ao ficar em pé ao seu lado, ele suspirou baixinho: "Que bom!".

"Você gostou?", ela perguntou num tom seco. Ela havia acendido um cigarro e lhe entregou o fogo; para fumar ele usava a piteira longa, ordinária, presente de Rahel Mohrenwitz. "Estou completamente acabado." Ao ouvir isso, a boca enorme deu um sorriso bondoso e compreensivo. "Justo", ela disse, curvando-se sobre ele.

Hendrik havia pousado as mãos largas, pálidas e de pelos ruivos sobre os joelhos dela, nobres, exageradamente brilhantes por causa da seda preta. Sonhador, ele falou: "Como minhas mãos ordinárias ficam feias sobre suas pernas maravilhosas, amada!".

"Tudo em você é feio, meu porquinho — cabeça, pés, mãos e tudo!", ela assegurou a ele com uma delicadeza rouca.

Ela se deitou ao seu lado. O casaquinho de pele cinza tinha sido tirado; por baixo, ela usava uma blusa justa, parecida com uma camisa, de um tipo de seda muito brilhante, de padronagem xadrez vermelho e preto.

"Vou amá-la para sempre", ele disse, exausto. "Você é forte. Você é pura." Enquanto isso, ele olhava, sob as pálpebras baixas, para os seios dela, duros e empinados, que se destacavam claramente sob o tecido fino e colado ao corpo.

"Ah, você diz da boca para fora", ela falou, séria e com algum desdém. "Você está imaginando isso. Algumas pessoas agem assim, sempre precisam fantasiar coisas. Do contrário, não se sentem bem."

Ele esticou os dedos para tocar as botas dela, longas e macias. "Mas eu sei que sempre vou amar você", ele sussurrou, agora de olhos fechados. "Nunca encontrarei uma mulher igual. Você é a mulher da minha vida, princesa Tebab."

Desconfiada, ela balançou o rosto escuro e sério sobre o rosto dele, branco e cansado. "Apesar disso, não posso ir ao teatro quando você está atuando", ela falou, insatisfeita.

Ele sussurrou: "Apesar disso, atuo apenas para você — só para você, minha Juliette. Recarrego minhas forças com você".

"Mas eu não aceito isso", ela falou, teimosa. "Vou ao teatro, você permitindo ou não. Da próxima vez, estarei sentada na plateia e vou rir alto quando você entrar no palco, meu macaquinho."

Ele logo falou: "Não faça graça!". Assustado, ele abriu os olhos e ergueu um pouco o tronco. A visão de sua Vênus negra pareceu acalmá-lo de novo. Ele sorriu e começou até a recitar.

"*Viens-tu du ciel profond ou sors-tu de l'abîme — ô Beauté?*"[1]

1 "Vens do profundo céu ou emerges do abismo, / Beleza?" Verso inicial de "Hino à Beleza". Charles Baudelaire. *As Flores do Mal* (trad. Júlio Castañon Guimarães). São Paulo: Penguin-Companhia das Letras, 2019. [NE]

“Que baboseira é essa?”, ela perguntou, impaciente.

“É daquele livro maravilhoso ali”, ele explicou, apontando para uma edição francesa de capa amarela, que estava ao lado da luminária sobre a mesinha com o cinzeiro — *As flores do mal*, de Baudelaire.

“Não entendo”, disse Juliette, invocada. Ele, porém, não permitiu que isso atrapalhasse seu êxtase, e prosseguiu: “*Tu marches sur des morts, Beauté, dont tu te moques. — De tes bijoux l'Horreur n'est pas le moins charmant. — Et le Meurtre, parmi tes plus chères breloques, — Sur ton ventre orgueilleux, danse amoureusement...*”.[2]

“Como você consegue mentir assim descaradamente”, ela disse, tocando com o dedo escuro e fino a boca falante dele.

Mas ele continuou falando, sempre no mesmo tom melancólico e melodioso: “Você nunca me conta de como vivia antes, princesa Tebab. Quero dizer, na sua terra...”.

“Não consigo mais lembrar de nada”, ela apenas disse. Em seguida, beijou-o — talvez apenas para impedi-lo de continuar fazendo perguntas indiscretas e poéticas. Sua boca bem aberta, animalesca, com os lábios escuros, rachados, e a língua vermelho-sangue, aproximava-se lentamente da boca dele, ávida e pálida.

Assim que ela ergueu de novo o rosto, afastando-se do dele, Hendrik voltou à carga. “Não sei se você me entendeu há pouco, quando disse que só atuava para você e só por você.” Enquanto ele falava de maneira tão doce e sonhadora, ela deslizava os dedos treinados por seus cabelos ralos e finos, cujo amarelado ganhava um brilho ligeiramente dourado pelo reflexo da luminária. Ela mexia no cabelo fino não com delicadeza, mas de uma maneira séria e objetiva, como se quisesse penteá-lo. “Estava falando literalmente”, ele prosseguiu. “Se as pessoas gostam um pouquinho de mim, se tenho sucesso — é por sua causa. Vê-la, tocá-la, princesa Tebab: é um tipo de cura milagrosa para mim... algo maravilhoso, um alívio sem igual...”

2 “Andas por sobre mortos, de que tu escarneces; / O Horror, entre os adornos teus, é sedutor, / E o Assassínio, joia de que te guarneces, / Em teu ventre orgulhoso dança com amor.” Versos no mesmo poema mencionado na nota anterior. [NE]

"Ah, se você não ficasse o tempo todo só dizendo bobagens e mentindo", ela falou, maternal. "Você é o montinho de merda mais engraçado que já conheci." Para silenciá-lo, ela havia posto as duas mãos sobre o rosto dele; as pulseiras largas tilintaram em seu queixo; as palmas claras de suas mãos repousavam sobre as maçãs do rosto dele. Por fim, Hendrik emudeceu. Ele ajeitou a cabeça no travesseiro, como se quisesse adormecer. Ao mesmo tempo, com um movimento que pedia ajuda, enlaçou com os braços a jovem negra. Enquanto permanecia imóvel em seu abraço, ela manteve as mãos sobre o rosto dele, como se quisesse impedi-lo de ver o sorriso carinhoso e zombeteiro com o qual ela olhava para baixo, encarando-o.

III

KNORKE

A temporada prosseguia; não era uma temporada ruim para o Teatro de Arte de Hamburgo. Oskar H. Kroge tinha sido absolutamente injusto ao dizer que o salário de mil marcos por mês de Höfgen era exagerado. Sem esse ator e diretor, a instituição não teria sobrevivido; ele produzia muito, era tão criativo quanto incansável. Ele fazia tudo, papéis de jovens e de velhos: não apenas Miklas tinha razão em ter inveja dele, mas também Petersen e até Otto Ulrichs; mas este último se ocupava de coisas mais sérias e não levava o dia a dia dos palcos burgueses tão a sério. Höfgen fazia sucesso entre as crianças como um príncipe engraçado e bonito nas fábulas natalinas; as mulheres consideravam-no irresistível nas peças francesas, dialogadas, e nas comédias de Oscar Wilde; a parte do público de Hamburgo interessada em literatura discutia sua atuação em *O despertar da primavera*, como o advogado em *O sonho*, de Strindberg, como Leonce em *Leonce e Lena*, de Büchner. Ele podia ser elegante e também trágico. Ele tinha o sorriso "maroto", mas também o traço de sofrimento nos olhos. Ele encantava com o espírito brincalhão; impunha-se com o queixo senhorialmente erguido, ordens grosseiras e gestos nervosos e orgulhosos; emocionava pela humildade, pelo olhar que vagava, perdido, pela distração delicada e inocente. Ele era bondoso ou malicioso, brusco ou delicado, incisivo ou indefeso — tudo dependia das exigências do repertório. Em *Intriga e amor*, de Schiller, ele alternava os papéis do major Ferdinando e do secretário Wurm — o amante efusivo e o vilão ardiloso. Mas ele não tinha necessidade de reforçar, de modo tão vaidoso, sua capacidade de transformação, da qual ninguém duvidava. Pela manhã ele ensaiava o *Hamlet*, à tarde a comédia *A gatinha faz tudo*. A comédia tinha estreado na noite do Ano-Novo e se tornou um grande sucesso, Schmitz podia se dar por satisfeito; *Hamlet* deixou Kroge furioso, queria cancelar a apresentação ainda no ensaio geral. "Nunca permiti uma porcaria dessas na minha casa!", indignou-se o velho defensor do teatro literário. "*Hamlet* não é para ser tratado assim de qualquer jeito, como se fosse um pastelão!" Höfgen assumiu a peça; impressionava muito em seu traje preto, abotoado até o pescoço, com olhos enigmaticamente estrábicos e pálido rosto sofredor. Na manhã seguinte, a imprensa de Hamburgo lhe assegurou que tinha sido um desempenho interessante, talvez não totalmente pronto, talvez com um pouco de improviso, mas cheio de momentos impactantes. Angelika Siebert pôde fazer o papel de Ofélia e a cada ensaio se desfazia em lágrimas; na estreia, quase não conseguiu atuar devido ao ataque de choro. Aliás, alguns conhecedores disseram que seu desempenho tinha sido o melhor nessa questionável encenação.

Höfgen trabalhava dezesseis horas por dia e tinha um ataque de nervos por semana, no mínimo. Essas crises sempre eram muito intensas e assumiam formas diferentes a cada vez. Certa ocasião, Höfgen caiu no chão e ficou tremendo, mudo; na seguinte, ficou em pé, mas gritando de um jeito horrível durante cinco minutos ininterruptos; depois ele afirmou no meio de um ensaio, para desespero de todos, que de repente não conseguia abrir os maxilares, que sentia câimbras, que a coisa era terrível e que ele podia apenas murmurar — o que também fez. Antes da encenação da noite, no camarim, ele pediu a Böck (que ainda não recebera de volta os 7,50 marcos) que massageasse a metade inferior de seu rosto, enquanto gemia e murmurava com os dentes cerrados. Quinze minutos mais tarde, no palco, sua boca lhe obedecia como sempre.

No dia em que a princesa Tebab faltou, ele chorou, gritou e tremeu ao mesmo tempo: foi um acesso medonho; a companhia, mesmo já acostumada com algumas coisas suas, ficou ao seu redor, tímida e intimidada; por fim, a sra. Von Herzfeld jogou água no surtado. Aliás, Juliette dava ao amigo raras oportunidades para tanto desespero; via de regra, ela aparecia na hora combinada na casa dele e fazia exatamente aquilo que ele esperava dela. Höfgen saía desses exaustivos encontros vespertinos fortalecido e aliviado, ainda mais criativo, dominante e tenaz. Dizia a Juliette que a amava, que ela era o centro de sua vida. Às vezes, Hendrik acreditava no que dizia. Será que ele não expiava sua ambição junto à Vênus negra, será que sua vaidade não diminuía diante dela? Será que ele não a amava de verdade?

Podia acontecer de ele ficar matutando a respeito, à noite a caminho de casa depois do Teatro de Arte. Daí ele dizia a si mesmo: sim, eu a amo, é verdade. Uma voz ainda mais profunda surgia: por que você mente para si mesmo? Mas ele conseguia emudecê-la. A voz mais profunda era calada. Hendrik podia acreditar que era capaz de amar.

A pequena Angelika sofria; Höfgen não se preocupava a respeito. A sra. Von Herzfeld sofria; ele dava um jeito nela com conversas intelectuais. Rolf Bonetti sofria pela pequena Angelika, que se mantinha arisca, independentemente de quão obstinada e ávida fosse sua corte; desse modo, o jovem amante precisava se consolar com Rahel Mohrenwitz: ele o fazia a contragosto e sem esconder os sinais de repulsa no rosto. Hans Miklas odiava; não comia — a não ser quando a sra. Efeu lhe dava pães com manteiga —, xingava em companhia dos amigos os marxistas, os judeus e os servos dos judeus; treinava com tenacidade, recebia pequenos papéis e os buracos sob os ossos malares ficavam cada vez mais fundos.

Otto Ulrichs também se encontrava com frequência com seus amigos politizados. Justamente em sua companhia ele ficava constrangido pelo fato de a inauguração do teatro revolucionário ser constantemente adiada. Höfgen inventava desculpas novas a cada semana. Depois dos ensaios, acontecia muitas vezes de Ulrichs chamar o amigo de lado e suplicar: “Hendrik! Quando vamos começar?”. E daí Höfgen discorria, rápida e apaixonadamente, sobre a torpeza do capitalismo, sobre o teatro como instrumento político, sobre a necessidade de uma ação artística e política, forte, bem pensada, e por fim prometia começar com os ensaios para o Teatro Revolucionário logo depois da estreia de *A gatinha faz tudo*. Mas a animada estreia no Ano-Novo passou e a temporada estava chegando ao fim, tinha quase terminado. Do Teatro Revolucionário não havia nada além do belo papel de carta, com o qual Höfgen manteve uma correspondência pretensiosa e ramificada com autores famosos de orientação socialista. Quando Otto Ulrichs voltou a pedir e pressionar, Hendrik lhe explicou que, de maneira profundamente lamentável e por causa de um evento de circunstâncias fatais, não dava mais tempo naquela temporada; infelizmente era preciso esperar até o próximo outono. Dessa vez, Ulrichs fechou a cara, mas Hendrik pôs a mão sobre o ombro do amigo e do companheiro político e falou com ele com aquela voz irresistível, que primeiro cantava e suspirava, depois se tornava intensa e cortante; só então Höfgen atacava a podridão moral da burguesia e elogiava a solidariedade internacional do proletariado. Ulrichs estava consolado. Eles se separaram depois de um longo aperto de mãos.

Naquela época, a última novidade para essa temporada estava sendo preparada: Hendrik Höfgen deveria fazer o papel principal na comédia *Knorke*, de Theophil Marder. A obra dramática e de crítica social de Marder tinha muita fama; todos os conhecedores elogiavam sua forma particularíssima, seu efeito cenográfico infalível e sua maldade cruel e espirituosa. Para a estreia de *Knorke*, eram esperados os críticos de Berlim. Aliás, o autor também era esperado — não sem apreensão, pois a vaidade de Marder era tão conhecida quanto sua feroz arrogância e sua tendência a conflitos obstinados e intensos, oriundos do nada.

Apesar de todo o receio, Höfgen também se alegrava com a chegada do famoso dramaturgo; ele quase não duvidava de que seu desempenho seria notado pelo indivíduo perspicaz e experiente. Tenho que trabalhar bem em *Knorke*!, Hendrik prometeu a si mesmo.

Para conseguir se dedicar com exclusividade ao papel, dessa vez ele deixou a direção a cargo de Kroge, que era um velho especialista em comédias de Theophil Marder. *Knorke* fazia parte do ciclo de peças satíricas que apresentavam e zombavam da burguesia alemã sob Guilherme II. O herói da comédia era um arrivista que, com o dinheiro ganho de maneira cínica, o entusiasmo ordinário de seu ser e uma inteligência inescrupulosa, baixa, autocentrada, conquistava poder e influência nos mais altos círculos. Knorke era grotesco, mas também imponente. Ele representava o tipo de burguês arrivista, enérgico, sem qualquer ambição intelectual. Höfgen prometia ser genial. Ele tinha à disposição a voz cruelmente cortante e a desproteção quase comovente exigidas pelo papel. Ele trazia tudo consigo: a grandeza insegura, mas a princípio ofuscante, da postura e dos gestos; a retórica maldosa, habilmente impiedosa daqueles que enganam a todos para subir na vida; o semblante pálido, rígido, quase heroico daqueles tomados pela ambição, e até o olhar desiludido sobre a própria ascensão, que é vertiginosa demais e poderia terminar mal. Não havia dúvida: a atuação de Höfgen seria espetacular.

Sua colega de palco era a mulher de Knorke, não menos inescrupulosa quanto ele, só mais fraca porque amava, porque amava Knorke. O papel de esposa na comédia genial seria feito por uma jovem, sugerida com muita ênfase por Theophil Marder em cartas escritas de maneira enérgica e quase irritada. Nicoletta von Niebuhr dispunha de pouca experiência prática no teatro — tinha atuado poucas vezes, sempre em cidades pequenas, mas era uma pessoa autoconfiante, quase intimidadora. Usando termos rudes, Marder ameaçara o pobre Oskar H. Kroge com o mais terrível dos escândalos caso a direção do Teatro de Arte não engajasse a srta. Von Niebuhr para o papel de destaque. Kroge, que se intimidou e ficou terrivelmente amedrontado pelo discurso raivoso do dramaturgo, permitiu que Nicoletta atuasse em *Knorke* de maneira experimental. Ela chegou de viagem com muitas malas de couro laqueado vermelho, chapéu masculino de aba larga e sobretudo impermeável vermelho-fogo, um narigão curvo e olhos de gato faiscantes sob uma testa alta, bonita. Todos notaram de pronto que se tratava de alguém com personalidade: a sra. Motz constatou isso no teatro, com uma voz reverente, e ninguém a contradisse — nem Rahel Mohrenwitz, embora estivesse irritada com a chegada da nova colega. Pois era evidente que Nicoletta também era uma jovem demoníaca, e não precisava nem de monóculo nem de piteira longa para provar isso ao mundo.

Rolf Bonetti e Petersen discutiram se era possível chamar Nicoletta de bonita. O entusiasmado Petersen achou-a "simplesmente incrível"; o cuidadoso conhecedor Bonetti classificava a moça apenas como "interessante". "Com esse nariz, impossível falar de beleza!", ele afirmou, desdenhoso. "Mas os olhos dela são divinos", Petersen elogiava enquanto olhava ao redor para se certificar de que a sra. Motz não estava por perto. "E a postura! Dá quase para chamar de majestosa!"

Do lado de fora, Nicoletta passou de braços dados com Höfgen, algo muito significativo. Sua cabeça com o nariz excêntrico, o olhar luminoso e a testa grande se assemelhava à de um mancebo renascentista. Essa foi a dolorosa conclusão da sra. Von Herzfeld, que ciumentamente seguia o casal. Nicoletta andava sempre muito ereta. Os lábios luminosos, angulosos, formavam as palavras com uma precisão cortante; cada frase tilintava de exatidão; ela pronunciava as vogais entre os dentes fazendo-as soar nítidas e uniformes, nenhuma consoante era perdida, e o floreio retórico mais secundário coroava a técnica vocal.

Naquele instante, Nicoletta estava reforçando, com precisão satânica, que era ambiciosa e, se fosse necessário, também intrigante. "Claro, meu caro!", ela falou de maneira cortante para Höfgen, que conhecera havia algumas horas. "Todos queremos subir na vida. É preciso usar os cotovelos." Hendrik, que a observava curioso de esguelha, ficou pensando se ela estava sendo sincera ou apenas fazendo tipo. Era difícil de dizer. Talvez a máscara fosse esse cinismo radicalmente enfático, atrás da qual ela ocultava um rosto bem diferente. Mas e se esse outro rosto escondido também não trouxesse um nariz curioso e uma boca tão recortada como aquela que ela exibia com tamanho orgulho naquele instante?

Hendrik não podia negar que a mulher ao seu lado o impressionava. Sem dúvida, era a primeira, desde que tinha conhecido Juliette, à qual havia olhado com atenção. Ele confessou isso à Vênus negra ainda no mesmo dia e foi terrivelmente surrado — dessa vez, não por motivos rituais e porque fazia parte do jogo receber a surra, mas por convicção e com paixão autêntica; pois a princesa Tebab ficou irritada. Hendrik sofreu, gemeu, gostou e, por fim, confirmou à sua princesa que ela se manteria como sua verdadeira dona e amante. Mas, ao rever Nicoletta, mais uma vez ele ficou fascinado pela maneira incisiva como ela falava, o olhar direto e penetrante e a postura orgulhosa e contida.

As pernas de Nicoletta não eram exatamente bonitas, antes até um pouco gordas; mas ela as apresentava de uma maneira triunfal em meias de seda pretas, e qualquer dúvida a respeito de sua beleza estava proibida — assim como Hendrik também sabia movimentar as próprias mãos como se fossem pontudas, finas e góticas. Nicoletta cruzou as pernas, os olhos faiscaram, ela sorriu de maneira enigmática e empurrou a saia de volta até sobre o joelho. É evidente que Hendrik notou toda a cena, mas justo por isso estava encantado. Nessas pernas pelas quais até o conhecedor Bonetti estava interessado, ele podia muito bem imaginar botas de cano longo verdes — fato que tornava a jovem Nicoletta ainda mais interessante para ele. Hendrik afastou o rosto pálido e deixou os olhos de pedras preciosas esquadrinharem tudo, atraídos. Ele gostou de Nicoletta.

Ele também gostou do que ela lhe confiou, numa linguagem precisa, sobre sua origem e passado. As excentricidades, o questionável caráter aventureiro, deixavam-no impressionado, pois ele próprio tinha raízes burguesas. Nicoletta contou que não conheceu os pais. "Meu pai era um impostor", ela constatou com a cabeça erguida, alegre e orgulhosa. "Mamãe foi uma dançarina secundária na ópera de Paris, muito burra, como ouvi dizer; mas parece que tinha pernas divinas." Ela olhou desafiadoramente para as próprias, supondo serem divinas também. "Papai era um gênio. Ele sempre conseguiu viver na riqueza. Morreu na China, onde deixou dezessete casas de chá e dívidas imensas. A única lembrança que tenho dele é seu cachimbo de ópio." Em seu quarto de hotel, ela mostrou a relíquia a Hendrik. Com uma cortesia que fazia supor muitas ideias diabólicas por trás, ela perguntou se ele queria chá ou café. E, pelo telefone, informou o pedido ao garçom como uma sentença terrível, anunciada com gélida falta de empatia. Em seguida, relatou em detalhes sua juventude. "Não aprendi muita coisa", falou. "Mas sei andar sobre as mãos, andar sobre uma bola e gritar feito coruja." Seu manual tinha sido a muito conceituada revista *La Vie Parisienne*. Ela havia crescido parte em internatos franceses, dos quais foi logo retirada por tenebrosas má-criações; parte na casa do conselheiro Bruckner, que ela dizia ser amigo de juventude do pai.

Höfgen já tinha ouvido falar do conselheiro Bruckner. As obras do historiador eram famosas, aliás. Hendrik não as conhecia. Por outro lado, ele sabia que a posição social do conselheiro era tão importante quanto incomum. O pesquisador e pensador não era apenas uma das figuras mais expoentes e discutidas do mundo acadêmico-literário alemão e mundial; dizia-se que mantinha ligações íntimas e influentes junto aos círculos políticos. Sua amizade com um ministro social-democrata era conhecida; por outro lado, nutria vínculos com o exército: a falecida esposa tinha sido filha de general. Uma turnê do conselheiro pela Rússia soviética havia ensejado muitos comentários. Naquela época, a imprensa nacionalista iniciara uma campanha de perseguição contra ele. Desde então, as pessoas concluíam, amargamente, que a visão histórica de Bruckner tinha sofrido influências marxistas. Acontecia de os estudantes começarem a fazer barulho quando ele entrava na sala de aula. Seu prestígio mundial e sua postura tranquila, superior, intimidavam os agitados. O conselheiro saiu vitorioso dos escândalos. Permaneceu intocável.

"O velho é maravilhoso", disse Nicoletta. "Ele também entende um pouco de seres humanos; por exemplo, era muito apegado ao papai. Por isso, sempre aceitou minhas vontades — e eu, por minha vez, tinha paciência com sua elegante monotonia." A melhor amiga de Nicoletta, sua verdadeira irmã, era Barbara, filha de Bruckner. "Uma pessoa tão linda! E tão boa!" O olhar de Nicoletta se tornou mais suave, enquanto dizia isso; mas era impossível abrir mão da pronúncia metálica.

Para a estreia de *Knorke*, eram aguardados não apenas Theophil Marder, como também a jovem Barbara. "Estou curiosa para saber se você vai gostar dela", disse Nicoletta para Hendrik. "Talvez você não a ache grande coisa. Mas, por favor, seja simpático com ela, por mim. Ela é um pouco tímida", Nicoletta constatou, reverberando as vogais.

Barbara Bruckner chegou no dia da grande estreia; Marder veio apenas no final da tarde, com o trem rápido de Berlim. Höfgen ficou conhecendo Barbara logo antes do início da peça, enquanto tomava um conhaque na cantina. Nicoletta falou com clareza exemplar e voz aguda: "Esta é minha amiga mais querida, Barbara Bruckner!", fazendo um gesto cerimonial sob a capa preta, com o plissado bem marcado. Hendrik estava nervoso demais para observar com atenção a jovem. Ele entornou o conhaque e sumiu. No camarim, encontrou dois grandes buquês: lilases brancos de Angelika Siebert e rosas de um delicado amarelo-chá, da sra. Von Herzfeld. Para assegurar a disposição favorável dos céus por meio de uma boa ação, com um grande gesto Höfgen entregou ao pequeno Böck — que sempre ficava um pouco choroso antes das estreias — 5 marcos, embora não estivesse saldando por completo a dívida de 7,5 marcos. A estreia da comédia *Knorke* transcorreu de maneira brilhante: as piadas ácidas de Marder acertaram o alvo, a condução crescente dos diálogos excitava o público e arrancava risadas metade apavoradas, metade divertidas, mas o que mais agradou foi a interação exata, insolente e patética, brilhante em todos os sentidos, entre Höfgen e a nova colega, Nicoletta von Niebuhr, que era "convidada especial". Depois do segundo ato, ambos os protagonistas precisaram se exibir várias vezes à animada plateia. No intervalo, Theophil Marder apareceu no camarim de Höfgen; Nicoletta o acompanhava.

O olhar inquieto, mas intenso de Marder esquadrinhou todos os objetos no camarim, por fim o próprio Hendrik, sentado exausto em frente ao espelho. Nicoletta, num silêncio respeitoso, permanecera junto à porta. Depois de uma longa pausa, Marder falou com sua penetrante voz de comando: "O senhor é um sujeito e tanto!". Os olhos cruelmente fixados em Hendrik não desgrudavam de seu rosto muito bem maquiado.

"Satisfeito, sr. Marder?" Höfgen tentou encantar o dramaturgo com olhares faiscantes e um sorriso afetado. Theophil, porém, respondeu: "Pois bem...", e acrescentou, insolente: "Pois bem, senhor... como é mesmo seu nome?". Hendrik ficou um pouco magoado; apesar disso, disse o nome com a voz cantante e encantadora. Em seguida, Marder soltou: "Hendrik — Hendrik — devo dizer que se trata de um nome engraçado — muito engraçado", com tamanha zombaria que Höfgen estremeceu. De repente, o dramaturgo exclamou com uma alegria ameaçadora: "Hendrik! Como assim, Hendrik? Evidentemente que você se chama Heinz! Se chama Heinz, quer ser chamado de Hendrik! Hahaha, isso é muito bom!". Sua risada era estridente, amistosa e escancarada. Horrorizado pela clarividência maldosa, Höfgen tinha empalidecido sob a maquiagem rosada e tremia. Nicoletta, sem falar nada, olhava divertida de um para o outro com olhos felinos, imparciais. Theophil já estava sério novamente. Parecia refletir; ao mesmo tempo, movimentava sem parar a boca azulada sob o bigode preto. A brincadeira nervosa de seus lábios lembrava, de uma maneira inquietante, o sugar ávido de plantas carnívoras ou bocas de peixes se abrindo e fechando. Para encerrar, Marder disse: "O senhor é um sujeito incrível. Muito talentoso — estou farejando isso, tenho um nariz ótimo. Ainda nos falamos. Jantamos juntos depois. Venha, filha". Ele pegou a mão de Nicoletta e saiu do camarim. Höfgen ficou para trás, absolutamente consternado.

Ele só voltou a se acalmar quando estava de novo sobre o palco e sob as luzes da ribalta — lá, sentiu-se plenamente recuperado. No terceiro ato, seu entusiasmo superou o que ele havia mostrado em todas as suas atuações públicas até então. O auditório enlouqueceu depois de a cortina ter sido fechada. Nicoletta, com uma braçada de flores, pendurou-se no pescoço de Höfgen e disse: "Mais uma vez Theophil encontrou a definição correta! Você é realmente um sujeito genial!". Kroge se juntou a eles, a fim de murmurar sua aprovação. Ele assegurou à srta. Von Niebuhr que seria um prazer trabalharem juntos mais uma vez; pediu-lhe ainda que passasse no escritório na parte da manhã do dia seguinte para discutirem as condições. Nicoletta imediatamente fez a cara correta, dissimulada, curvou-se de maneira festiva e expressou, com palavras incisivas, sua satisfação sobre essa decisão do diretor.

Theophil Marder havia convidado as duas jovens e o ator Höfgen para um restaurante muito caro, muito burguês. Hendrik nunca tinha ido ali, o que deu oportunidade a Marder para afirmar, mordaz, que aquela era a única "bodega" em Hamburgo com um cardápio razoável

— comida de verdade, no velho e bom estilo, caso fosse possível acreditar no dramaturgo. Segundo ele, o restante dos estabelecimentos só servia gordura rançosa e assados fedidos, mas o lugar onde estavam era frequentado por idosos senhores elegantes, que ainda sabiam viver; a adega também era selecionada.

Na realidade, no recinto de lambris marrons, em cujas paredes se via quadros de caça e belas tapeçarias, havia apenas cavalheiros de idade que pareciam milionários. A aparência do *maître* era ainda mais digna: impossível distinguir qualquer traço de ironia no respeito com o qual ele anotou os pedidos de Theophil. Marder sugerir começarem com lagostas. "O que acha, caro Heinrich?", ele perguntou para Höfgen com aquela correção dissimulada que Nicoletta deve ter aprendido dele. Hendrik não fez objeções. Aliás, ele estava se sentindo um tanto inseguro e constrangido no restaurante fino. Ficou com a impressão de que o *maître* tinha observado com desdém seu smoking, que estava manchado e reluzia de gordura em alguns pontos. Sob o olhar perscrutador do garçom elegante, Hendrik se conscientizou, de maneira fugaz, mas intensa, de suas ideias revolucionárias. Não pertenço a esse lugar de exploradores capitalistas, ele pensou irritado, enquanto sua taça era servida com vinho branco. Naquele momento, ele se arrependeu de ter adiado constantemente a inauguração do teatro revolucionário. Mas ele estava decepcionado com Marder. Frente a frente, esse crítico implacável, visionário e perigoso da sociedade burguesa se mostrava um homem com suspeitas tendências reacionárias. Ele tinha uma voz de comando fanhosa, olhar malicioso, vestia um terno escuro impecável ao extremo, com gravata escolhida a dedo e, na hora de as lagostas serem servidas, ele escolheu, com uma expertise fatal, as mais bonitas. Será que ele não tinha muitas características em comum com aquelas personagens das quais desdenhava em suas peças? Agora estava elogiando os bons velhos tempos — os de sua juventude —, que não podiam ser de modo algum comparados com os novos tempos, mais superficiais, decadentes, em quaisquer pontos. Enquanto falava, ele mantinha os olhos frios, inquietos e ávidos grudados em Nicoletta, que, por seu lado, mexia a boca e também serpenteava o corpo num vestido de noite metálico, brilhante. Ao lado, Barbara estava imóvel. Hendrik, enfastiado pelo flerte marcadamente provocante com Marder, ou talvez apenas enciumado, por fim voltou sua atenção para Barbara. Então notou: o olhar dela estava fixado nele, perscrutador. Hendrik Höfgen levou um susto.

Ele se assustou no fundo do coração ao descobrir em Barbara Bruckner um encanto que não tinha encontrado em nenhuma mulher antes. Muitas já haviam passado por sua vida, mas nenhuma como essa. Enquanto olhava para ela, lembrou-se num resumo acelerado, mas exato — como se estivesse encerrando um passado longo e manchado —, de todas as criaturas femininas com as quais já tinha se envolvido. Elas desfilaram em sua mente e foram todas descartadas: as alegres e confiantes da região do Reno, que o introduziram, sem muitos rodeios nem refinamento, na sóbria realidade do amor; senhoras maduras, mas ainda firmes, amigas de sua mãe Bella; criaturas jovens, mas de modo algum delicadas, amigas de sua irmã Josy; as experientes moças da rua berlinenses e as nada menos prestativas do interior da Alemanha, que costumavam realizar os serviços especiais que ele exigia, fazendo com que perdesse o gosto por prazeres menos picantes, menos especiais; as colegas rotineiramente arrumadas com esmero e sempre obsequiosas às quais ele garantia seu favor apenas em casos raros e que tinham de se contentar com sua camaradagem temperamental, às vezes tendendo à crueldade, às vezes a um coquetismo sedutor; a horda das adoradoras, tímidas-colegiais, patéticas-sombrias ou inteligentes-irônicas. Elas se apresentaram todas mais uma vez, mostraram todas mais uma vez seus rostos e suas formas, para depois renunciar, dissolver-se, afundar, tendo em vista a extraordinária natureza de Barbara, recém-descoberta. Mesmo Nicoletta, interessante filha da aventura e oradora de fascinante precisão, perdeu o lugar, parecia quase engraçada com toda a sua correção e desdém. Hendrik a sacrificou, abriu mão de seu interesse por ela — mas o que mais ele não estava sacrificando nesse momento tão decisivo, tão marcado pelo destino? Enquanto olhava para Barbara, será que ele não estava perpetrando a primeira grande traição a Juliette, a amante obscura, que ele chamara de centro de sua vida e de grande força, na qual as suas se renovavam? Ele nunca tinha traído Juliette seriamente com Nicoletta, em cujas pernas era possível imaginar botas verdes de cano longo; ela seria, no melhor dos casos, uma substituta para a Vênus negra, certamente não sua antagonista. A antagonista, porém, estava sentada aqui. Ela havia perscrutado Hendrik enquanto ele ainda estava envolvido com Marder e Nicoletta. Como agora ele era quem a estava observando — não com um sedutor olhar míope, não enigmático, mas com uma emoção autêntica, que desprotege —, ela baixou o olhar e virou a cabeça um pouco para o lado.

Seu vestido muito simples, preto — que um conhecedor logo saberia ter sido confeccionado por uma costureira doméstica —, com o qual ela usava um colarinho branco, rígido à moda das ginasianas, e deixava o pescoço e os braços magros à mostra. O oval sensível e bem delineado de seu rosto era pálido; pescoço e braços estavam bronzeados com um brilho dourado, da cor madura e delicada de uma maçã muito nobre, aromatizada aos poucos num longo verão. Hendrik precisou se esforçar para refletir o que essa cor preciosa, que o impressionava ainda mais do que o semblante de Barbara, lhe lembrava. Ele se recordou dos retratos de mulheres feitos por Leonardo e ficou um pouco comovido por estar pensando em coisas tão nobres, em absoluto silêncio, enquanto Marder se gabava com seu conhecimento sobre receitas francesas antigas; sim, em determinados quadros de Leonardo havia essa cor de carne saturada, suave, craquelada e sensível; também em alguns de seus rapazes púberes que erguiam o amoroso braço curvado das sombras de suas telas. Jovens e madonas em antigas obras-primas dos mestres compartilhavam tal beleza.

A visão de Barbara Bruckner fazia Hendrik pensar nesses rapazes e em madonas. Jovens delineados segundo tal ideal tinham essa bela magreza dos membros. As madonas, porém, esse rosto. E abriam os olhos exatamente como Barbara o fazia agora: olhos sob cílios longos, pretos e duros, mas absolutamente naturais; olhos de um azul-escuro saturado, que puxava para o preto. Esses eram os olhos de Barbara Bruckner e eles olhavam sérios, perscrutadores, com uma curiosidade simpática, por vezes até travessa. Aliás, o nobre rosto tinha traços atrevidos: não se tratava da feição de uma madona chorosa nem autoritária, mas astuta. A boca bastante grande e úmida sorria, sonhadora, mas com graça. O coque do cabelo farto, loiro-acinzentado, torto, dava uma nota quase sonhadora à cabeça feminina. A risca, por sua vez, estava impecável e marcava bem o centro.

"Por que você está me olhando assim?", Barbara perguntou por fim, já que o encantado Hendrik não tirava os olhos dela.

"Não posso?", ele perguntou, em voz baixa.

Ela respondeu com uma faceirice atrevida, ocultando seu constrangimento: "Se você está gostando...".

Hendrik achou que a voz dela era um deleite ao ouvido como a cor de sua pele o era para o olho. Também a voz parecia saturada do tom maduro e delicado. Também ela reluzia com o precioso brilho terroso. Hendrik ouviu-a com o mesmo deleite de antes, ao olhar para ela. A fim de que ela continuasse a falar, ele fez perguntas. Queria saber por quanto tempo ela pensava ficar em Hamburgo. Enquanto fumava seu cigarro, ela respondeu, de maneira desajeitada, revelando a falta de costume: "Enquanto Nicoletta estiver atuando aqui. Ou seja, depende do sucesso de *Knorke*".

"Agora estou realmente contente pelos longos aplausos do público esta noite", disse Hendrik. "Acho que a imprensa também será favorável."

Ele perguntou pelos estudos dela — Nicoletta havia mencionado que Barbara fazia faculdade. Ela falou de seminários de sociologia, história. "Mas não sou muito constante", ela disse, pensativa e com um pouco de desdém. Ao mesmo tempo, apoiou os cotovelos na mesa e o rosto na mão estreita e bronzeada. Um observador não tão benevolente, como Hendrik nesse momento, teria considerado seus movimentos (para ele, de uma timidez bela, comovente) desengonçados e quase ordinários. Sua postura rígida apontava para a mulher do interior, a filha não muito desenvolta do professor, e contrastava com a franqueza inteligente e alegre de seu olhar. Ela trazia a insegurança do ser humano que é adorado e paparicado num meio específico, muito limitado, mas que fora dele tende a sentimentos de baixa autoestima. Barbara estava acostumada a fazer um papel secundário principalmente na presença de Nicoletta. Por essa razão, estava feliz e um pouco divertida pelo fato de esse ator maravilhoso, Hendrik Höfgen, dedicar-se a ela de maneira tão ostensiva, e assim prosseguiu a conversa com prazer.

"Eu faço de tudo", ela falou, pensativa. "Na verdade, desenho... Trabalhei muito com cenários." Essa foi a deixa para Hendrik; ele tornou a conversa mais animada. Com grande fervor, ligeiro rubor nas faces, falou das mudanças no estilo cenográfico, de tudo o que havia para ser descoberto, reutilizado ou melhorado nessa área. Barbara escutava, respondia, olhava de maneira questionadora — o sorriso, os movimentos desajeitados dos braços e o tom travesso e alegre da voz expressavam opiniões sensatas e refletidas.

Hendrik e Barbara conversavam em voz baixa, animados, não sem intimidade. Enquanto isso, Nicoletta e Marder trocavam olhares sedutores. Ambos lançavam mão de todas as suas artes. Os belos olhos de felinos de Nicoletta estavam mais límpidos do que de costume; a acurácia de sua pronúncia ganhou um caráter triunfal. Entre os lábios pintados de cor viva, os dentes pequenos e afiados brilhavam quando ela sorria e falava. Marder, por sua vez, soltou seus fogos de artifício intelectuais. Sua boca trêmula, ágil, cuja coloração azul passava uma impressão extremamente doentia, falava quase ininterruptamente. Aliás, Marder tinha a tendência de falar sempre as mesmas coisas, com intensidade cada vez maior. E com uma teimosia apaixonada ele fazia questão de afirmar que o presente, do qual ele se denominava o juiz mais atento e qualificado, era a pior época, a mais decadente e desesperançada de todas as épocas. Nela não havia qualquer movimento intelectual, nenhuma tendência geral ou desempenho especial que sua terrível pretensão pudesse validar. O que mais faltava, em sua opinião, eram os caracteres; ele, Marder, era o único a perder de vista nesse sentido e não era reconhecido. Era inquietante que o observador e juiz da decadência europeia não contrapunha uma imagem de futuro a esse presente medíocre, futuro a ser amado e pelo qual o presente pudesse ser odiado; que, para desprezar o contemporâneo, ele enaltecia um passado que justamente acabara de analisar, menosprezar e arrasar criticamente. Nicoletta, com sua animação febril, não estava inclinada a se espantar com o que quer que fosse; do contrário, ela haveria de se surpreender pelo fato de o homem que gostava de se chamar de satírico clássico da era burguesa romantizava oficiais do antigo exército alemão e industriais do Reno como personagens ideais, que uniam vitoriosamente em seu interior a disciplina impecável e a personalidade audaz. O velho satírico, cujo radicalismo autoritário, mas sem orientação intelectual, tinha descambado ao reacionarismo e degenerado, louvava em prosa e verso as qualidades físicas e morais de generais prussianos, zombando com a voz nervosa de um oficial de baixa patente a leniência frouxa da geração atual. "Não se vê obediência! Não se vê disciplina!", ele gritou tão alto e enfurecido que os senhores idosos que estavam sentados com suas garrafas de vinho tinto viraram as cabeças, surpresos. Também as mulheres haviam perdido toda e qualquer disciplina, afirmava o exaltado Marder. Elas não entendiam mais nada sobre o amor, transformavam a entrega num negócio, à semelhança dos homens tinham se tornado superficiais e vulgares. Nessa hora, Nicoletta riu de maneira tão desafiadora que Marder acrescentou, galante: "Claro que há exceções!".

Mas, em seguida, ele recomeçou a xingar. De acordo com sua opinião, os alemães tinham perdido todo o sentido para a ordem e o respeito desde que o serviço militar geral obrigatório havia sido encerrado. Hoje, numa democracia dissoluta, tudo era falso, enganação disfarçada pela propaganda. "Se fosse diferente", Marder perguntou, amargurado, "então *eu* não deveria estar à frente do Estado? Será que a imensa força e a competência do meu cérebro não estariam vocacionadas a decidir todas as coisas essenciais da vida pública? Enquanto hoje — já que todo instinto e medida para o discernimento foram descartados — minha voz é a voz quase sufocada da pesada consciência pública!" Seus olhos brilhavam; o rosto magro, cuja palidez contrastava com o preto do bigode, estava desfigurado. Para acalmá-lo, Nicoletta lhe lembrou que suas peças eram as mais encenadas dentre todos os autores vivos. Ele sorriu com uma satisfeita vaidade fugaz. Depois de poucos segundos, fechou a cara de novo. De repente, gritou com Hendrik Höfgen, que estava totalmente concentrado na conversa com Barbara: "O senhor prestou o serviço militar?".

Hendrik, surpreso e assustado com a ameaçadora interpelação, olhou para ele chocado. Marder, porém, exigiu: "Responda!". Hendrik, sorrindo com dificuldade, conseguiu dizer: "Não, claro que não... Graças a Deus que não...". Em seguida, Marder riu, triunfante.

"Aí está, novamente! Nenhuma disciplina! Nenhuma personalidade! O senhor tem disciplina? O senhor tem caráter? Para onde quer que eu olhe, tudo é farsa, tudo é falso, vulgaridade!"

Hendrik não sabia como devia reagir à impertinência. Ele sentiu a raiva subir dentro de si; por causa das mulheres — e também porque a fama de Marder o impressionava —, ele decidiu evitar um escândalo. Além do mais, achava que o escritor sofria de um distúrbio nervoso. Como era surpreendente e terrível a transformação pela qual Marder estava passando, agora com uma voz abafada e assustadora e olhos proféticos!

"Tudo vai terminar muito mal." Ele murmurou — em quais distâncias ou em que abismos seu olhar estava mirando agora para ganhar de repente essa força tão pungente? "Vai acontecer o pior; lembrem-se de mim, filhos, quando for a hora. Eu previ e sabia de antemão. Esta é uma época podre, ela fede. Lembrem-se de mim: eu pressenti. Ninguém me engana. Sinto a catástrofe que se avizinha. Ela será inédita. Ela vai envolver tudo e ninguém estará a salvo, além de mim. Tudo o que existe vai perecer. É podre. Senti, chequei e desprezei. Quando desabar, todos serão soterrados. Sinto por vocês, filhos, pois vocês não poderão viver suas vidas. Mas eu tive uma bela vida."

Theophil Marder estava com 50 anos. Fora casado com três mulheres. Tinha sido atacado e ridicularizado; tinha conhecido o sucesso, a fama e também a riqueza.

Quando ele fez silêncio e apenas ofegava exausto, os outros que estavam sentados à mesa com ele também fizeram silêncio; Nicoletta, Barbara e Hendrik haviam baixado os olhos.

Marder, porém, de repente mudou de humor. Serviu vinho tinto e passou a ser muito charmoso. Höfgen, a quem tinha acabado de ofender, recebeu um elogio por sua competente atuação. "Sei melhor do que ninguém", ele falou, condescendente, "que o papel é maravilhoso, que meu diálogo é incomparavelmente sagaz. Mas as figuras lamentáveis que se intitulam atores hoje em dia conseguem ser tediosas mesmo nas minhas peças. Você, Höfgen, ao menos tem uma noção do que é teatro. Em terra de cego quem tem um olho é rei. Saúde!" Dizendo isso, ele ergueu a taça de vinho. "E você parece ter entabulado uma conversa boa com nossa Barbara", ele falou, animado. Barbara encarou o sorriso animado dele de maneira séria. Hendrik hesitou antes de brindar com Theophil: ele achou que a maneira rude de falar do dramaturgo não combinava com a maravilhosa e jovem Barbara. Dava a impressão de que Marder, que não apenas se gabava de ser especialista em vinhos e molhos, mas também de seu infalível instinto para o valor de uma mulher, não tomava qualquer conhecimento de Barbara. Ele só tinha olhos para Nicoletta, que por sua vez evitava, cuidadosa, os olhares delicados e preocupados que Barbara vez ou outra lhe lançava.

Marder pediu champanhe para acompanhar os doces que o fino garçom estava servindo. Já passava da meia-noite; o restaurante elegante, que não tinha mais clientes à exceção desses quatro especiais, tinha fechado as portas havia muito; mas Marder deu a entender aos garçons que eles receberiam gorjetas razoáveis caso trabalhassem um pouco a mais do que o habitual. O grande satírico, a consciência alerta de uma civilização decadente, mostrava agora seu talento na sociabilidade inocente. Ele contou piadas, tanto aquelas militares-prussianas quanto outras da esfera judaico-oriental. De vez em quando, olhava para Nicoletta a fim de constatar: "Moça excepcional! Pessoa disciplinada! Hoje em dia, algo raro!". Ou olhava para Höfgen e exclamava, animado: "Esse tal Hendrik — um rapaz incrível! Colossal fenômeno hilário! Eu gosto. Tenho de registrar isso!".

Hendrik permitiu que ele falasse, que se gabasse e sorrisse. Ele lhe bendizia todo triunfo. Não tinha a menor vontade de competir. Que Marder dominasse o pequeno grupo à mesa: Höfgen riu feliz das piadas dele. O sentimento de Höfgen durante a situação era delicado e original: em relação à tosca animação de Theophil, ele se percebia cada vez mais calmo e mais elegante — o que era raro de lhe acontecer. Imaginou estar causando boa impressão na jovem Barbara, que provavelmente não gostava muito do jeito espalhafatoso de Marder. Hendrik sentiu que o olhar inquiridor de Barbara estava dirigido a ele com uma simpática curiosidade. Ele acreditava saber que estava agradando à moça. As mais belas esperanças agitavam seu coração comovido.

As pessoas se separaram tarde e com ótimo humor. Hendrik foi a pé para casa. Queria refletir sobre Barbara. A sensação de uma paixão pura era inédita para ele, e estava sendo agradavelmente ampliada pelo efeito das bebidas alcoólicas fortes e selecionadas. Qual é o segredo dessa moça?, pensou enlevado. Creio que é o segredo da decência total. Trata-se da pessoa mais decente que já vi. Também é a pessoa mais natural que já vi. Ela poderia ser meu anjo da guarda.

Ele parou no meio da rua, a noite estava morna e perfumada. Afinal, já era quase verão. Ele nem percebera que tinha havido uma primavera. E agora já era quase verão. Seu coração se assustou com uma felicidade que ele nunca soubera que existia e para a qual ele não se preparara com nenhum treino delicado.

Barbara será meu anjo da guarda.

Hendrik estava muito temeroso em relação ao encontro com a princesa Tebab no dia seguinte. Ele precisaria pedir à dançarina que suspendesse as visitas até segunda ordem: sua nova e grande emoção pela jovem Barbara o obrigava a isso. Mas ele já estava sofrendo com a ideia de não mais poder ver Juliette, além de tremer diante da explosão de sua ira. Ele se esforçou em lhe explicar a nova situação com tranquilidade; mas sua voz tremia, nenhum sorriso maroto se desenhava; pelo contrário, ele enrubescia e empalidecia alternadamente, grandes gotas de suor brotavam de sua testa. Juliette ficou com raiva, gritou com ele, disse que não seria mandada embora feito uma qualquer e acabaria por unhar os dois olhos dessa srta. Nicoletta, que em sua opinião era a causadora de tudo aquilo. Hendrik, que estava na expectativa de logo sentir o açoite, pediu para ela moderar e enfatizou que a srta. Von Niebuhr não tinha nenhuma relação com toda a história.

“Você me disse que sou o centro da sua vida e mais um monte dessas bobagens”, vociferou a princesa Tebab.

Hendrik mordeu os lábios pálidos e tentou expressar desculpas.

“Você mentiu!”, gritou a princesa. “Sempre achei que você mentia a si mesmo. Mas não, você mentiu para mim. A gente não imagina o quanto as pessoas são cruéis!” Sua voz tonitruante e sua face expressavam indignação autêntica e a mais amarga decepção. “Mas eu não vou persegui-lo”, ela disse orgulhosa. “Não sou daquelas que correm atrás de alguém. Se você agora tem outra que sabe bater em você como eu fazia, então, por favor!”

Hendrik estava aliviado por saber que ela não o perseguiria. Ele lhe deu dinheiro de presente, que ela aceitou resmungando. Ao parar debaixo da soleira da porta, ela lhe mostrou novamente seu sorriso triunfal. “Não acredite que terminamos”, ela disse, fazendo um sinal encorajador com a cabeça. “Se você precisar de mim algum dia de novo, sabe onde me encontrar!”

Theophil Marder tinha ido embora, depois de um catastrófico desentendimento com Oskar H. Kroge. O autor de *Knorke* tinha tentado obrigar o diretor a prometer, num papel passado em cartório, que sua peça teria ao menos cinquenta apresentações. É claro que Kroge se recusou; Marder, por sua vez, passou a ameaçar com o promotor de justiça e, por fim, quando esse passo não resultou no efeito desejado, passou a xingar o chefe do Teatro de Arte de Hamburgo como um zero à esquerda em matéria de disciplina e caráter, um negociador trapaceiro, um filistino sem noção e um típico representante dessa época fedorenta, moribunda. Mesmo Kroge, em geral um ser humano tolerante, não conseguiu suportar sem amargura tantas ofensas expelidas com tamanha virulência. Eles brigaram durante uma hora. Na sequência, Marder embarcou, com o melhor dos humores, no trem expresso para Berlim.

Hendrik, Nicoletta e Barbara se encontravam todos os dias. Às vezes, acontecia também de Hendrik e Barbara estarem juntos sem Nicoletta. Eles davam passeios, andavam de barco no lago Alster, sentavam em terraços de cafés, visitavam galerias. Aproximaram-se, conversaram. Barbara soube de Hendrik aquilo que ele permitia que ela soubesse: pateticamente, ele declamou para ela sua crença, anunciou a esperança na revolução mundial e na mensagem do teatro revolucionário.

E lhe contou a história de sua infância numa forma rebuscadamente dramática, descreveu acontecimentos domésticos, o pai Köbes, a mãe Bella, a irmã Josy.

Barbara também relatou sua infância. Hendrik compreendeu quais eram as duas figuras centrais de sua vida até então: o amado pai e Nicoletta, a amiga, a quem ela dedicava um carinho preocupado. A moça aventureira e espalhafatosa já lhe dera muitas ocasiões com que se preocupar; mas a maior inquietação era, para Barbara, a nova relação de Nicoletta com Marder. Barbara o desprezava, Henrik logo notou. De suas observações ligeiramente desdenhosas, era possível perceber que Theophil, ainda antes de conhecer Nicoletta, a cortejara com ardor. Entretanto, ela se mantivera absolutamente distante. Isso explicava o ódio de Theophil contra ela e a enorme felicidade dele por Nicoletta. Esta última declarava, a quem quisesse ouvir, que Theophil Marder era o homem mais íntegro, o que mais devia ser levado a sério e o mais importante da Europa no momento. Ela conversava por um longo tempo ao telefone com ele quase todos os dias, embora Barbara deixasse claro o quanto isso lhe era doloroso e profundamente perturbador. Nicoletta, por sua vez, observava com olhos límpidos, benevolentes, o que se passava entre Barbara e Hendrik. Ela achava bom que Barbara, cujo interesse pedagógico-afetivo estava se tornando excessivo, parecesse se enredar numa aventura sentimental. No que dependesse de Nicoletta, ela estimularia a relação. Ao encontrar Hendrik certa noite no camarim, ela falou:

"Fico contente que você está avançando com a Barbara. Vocês vão se casar. Além do mais, a moça não sabe o que fazer consigo mesma."

Hendrik não apreciava esse tipo de comentário; mas tremeu de alegria ao perguntar: "Você acha mesmo que a Barbara pensa nisso...?".

Nicoletta deu seu sorriso sonoro. "Claro que pensa. Você não nota como ela está totalmente mudada? Não se engane, meu caro, ao achá-la apenas compadecida de você. Eu a conheço; ela é daquelas mulheres em que o carinho está sempre misturado à compaixão. Aliás, também será proveitoso para a sua carreira; o velho Bruckner é influente."

Hendrik também tinha pensado nisso. O êxtase de sua paixão que se mantinha — ou que ele queria acreditar que fosse duradouro — não eliminava totalmente as considerações de natureza mais sóbria. O conselheiro Bruckner era um grande homem e não era pobre; a ligação com sua filha traria vantagens, para além de toda felicidade. Nicoletta tinha razão com suas tiradas cínicas e taxativas? Barbara estaria pensando na possibilidade de uma relação com Hendrik Höfgen? Seu rosto de madona com o traço zombeteiro era indecifrável. A voz grave, sonora, saturada de tons dourados não deixava transparecer nada. Mas o que diziam seus olhos inquisidores, que tantas vezes se voltavam para Hendrik com curiosidade, compaixão, amizade e talvez carinho?

Ele tinha de se apressar, caso quisesse descobrir; a temporada estava quase no fim, as últimas apresentações de *Knorke* se aproximavam: Barbara e Nicoletta partiriam. Foi então que Hendrik se decidiu. Nicoletta havia declarado, enfaticamente, que daria um grande passeio com Rolf Bonetti. Portanto, Barbara estaria sozinha. Hendrik foi falar com ela.

A conversa se prolongou, terminando com Hendrik de joelhos, chorando. Chorando, pediu misericórdia a Barbara. "Eu preciso de você", ele soluçou, a testa em seu colo. "Sem você, vou desmontar. Há tantas coisas ruins no meu interior. Sozinho, não tenho forças para vencê-las, mas você vai fortalecer o que eu tenho de melhor!" O desespero fez com que ele pronunciasse essas palavras francas, tão patéticas e dolorosas. Pois o olhar incrédulo de Barbara já havia anunciado que o aceite intensamente reforçado por Nicoletta era engano ou estratagema maldoso: Barbara Bruckner nunca havia pensado numa relação com o ator Höfgen.

Então ele ergueu lentamente o rosto banhado de lágrimas do colo dela. A boca pálida dele tremia, o brilho cintilante de seus olhos estava perturbado, os olhos vazios de tristeza. "Você não gosta de mim", ele falou entre soluços. "Não sou nada, nunca serei nada — você não gosta de mim — estou acabado..." Ele não conseguia continuar falando. O que mais poderia ter dito se dissipou em balbucios.

Com as pálpebras baixas, Barbara olhou para o cabelo dele. Era ralo. No alto da cabeça, fios cuidadosamente penteados deviam esconder a pequena careca. Naquele momento, aqueles fios estavam absolutamente desarrumados. Talvez tenha sido a visão do cabelo fino e ralo que comoveu a jovem Barbara.

Sem tocar com as mãos no rosto molhado dele, que se lhe oferecia, sem erguer as pálpebras, ela falou devagar:

"Se você quer tanto, Hendrik... Podemos tentar... Podemos tentar, afinal..."

Na sequência, Hendrik Höfgen soltou um grito baixo, rouco, que soou feito um choro de vitória abafado.

Esse foi o noivado.

IV

BARBARA

Um grande espanto tomou conta de Barbara pela aventura à qual nem seu coração nem seus pensamentos estavam preparados e cujas consequências pareciam imprevisíveis. No que ela estava se metendo? Como tinha acontecido? O que estava assumindo? Ela sentia uma ligação mais profunda com essa pessoa multifacetada e hábil, altamente talentosa, por vezes comovente, por vezes quase repulsiva — com o ator Hendrik Höfgen?

Era quase impossível seduzir Barbara, nem mesmo os truques mais experimentados a comoviam. Por outro lado, a compaixão e o interesse pedagógico cresciam nela na proporção inversa. A versada sagacidade de Hendrik logo percebeu isso. Desde a primeira noite, quando, em efetivo contraste ao estilo espalhafatoso e triunfal de Marder, fez de conta que era calmo e fino, ele evitou de maneira sábia e contida lançar mão de quaisquer recursos espalhafatosos na presença de Barbara. Eles só conversavam sobre coisas sérias e importantes: a orientação ética e política dele, a solidão de sua juventude, a dureza e a magia de sua profissão; afinal, ele tinha mostrado à moça, no minuto decisivo, o rosto banhado de lágrimas, cego pela alma torturada, e tudo o mais que ele poderia falar a ela se dissipara em balbucios.

Barbara estava acostumada a ser procurada por seus amigos quando estavam necessitados e desesperados. Não apenas Nicoletta tinha compartilhado com ela suas confissões complicadas; também homens jovens e mesmo amigos mais velhos de seu pai vinham vê-la quando precisavam de alguém que os consolasse. Ela era experiente nas dores dos outros; desde o começo da juventude, ela se proibira de compartilhar ou levar a sério as próprias dores, a própria falta de rumo. Por essa razão, parecia que não havia nada que perturbasse seu equilíbrio interior. Os amigos consideravam Barbara uma pessoa das mais equilibradas, com enérgica inteligência, competências múltiplas, amadurecida, suave e segura. Dentre todos aqueles que estavam ao seu redor, talvez houvesse apenas um que soubesse da labilidade de sua vida interior, suas dúvidas na própria força, seu amor nostálgico pelo passado e sua aversão ao futuro: o velho Bruckner conhecia a amada filha.

Por esse motivo, a carta que ele escreveu ao saber da notícia do noivado não continha apenas tristeza pela saída dela de casa, mas também preocupação. O pai quis saber se ela havia pensado bem em tudo e se a decisão também fora muito refletida. E Barbara se assustou com o tom de alerta, sério, da pergunta: ela havia pensado bem e decidido com cuidado? Todo conselho que ela dava aos amigos era o resultado cuidadoso de longas reflexões e pensamento inteligente. Em sua própria vida, porém, ela permitia que as coisas se aproximassem com uma lúdica falta de atenção. Às vezes ela ficava um pouco temerosa, mas nunca o suficiente para desviar ou se defender: tanto sua curiosidade quanto seu orgulho a impediam nesse sentido. Ela avaliou a coisa por vir com ceticismo e uma audácia sorridente, sem nunca ficar na expectativa de algo bom demais para si. Sorridente, Barbara olhou para seu estranho Hendrik, que, com uma retórica tão temperamental, exigia dela o papel de anjo da guarda. Talvez valesse a pena, talvez ela tivesse um dever, talvez houvesse nele um interior nobre, ameaçado, que precisava ser vigiado, e essa tarefa tinha sido imposta a ela, justamente a ela. Se era para ser assim, Barbara não se rebelou. Ficou mais preocupada com Nicoletta, que se perdia em Marder, do que com seu próprio destino surpreendente.

Aliás, as coisas andaram rápido. Hendrik as apressava, afirmando que o casamento deveria acontecer ainda no verão. Nicoletta apoiava seu desejo. "Se vocês têm mesmo que se casar, meus caros", ela dizia — e agia como se estivesse diante de algo que enfaticamente desaprovava, mas, já que parecia inevitável, sugeria juízo e honra —, "se é para ser mesmo", ela enfatizava com cuidado, "então é melhor que seja logo agora. Um noivado longo é ridículo."

O casamento foi marcado para meados de julho. Barbara tinha viajado para casa: havia muita coisa para resolver e preparar. Nesse meio-tempo, Nicoletta e Hendrik estavam atuando nos balneários do mar Báltico, numa comédia com apenas dois personagens. Barbara teve de fazer inúmeras e caras chamadas de longa distância para Hendrik até conseguir que ele lhe enviasse os papéis indispensáveis para o cartório. Dois dias antes do casamento, Nicoletta chegou — uma aparição memorável para a pequena cidade universitária do sul da Alemanha onde os Bruckner moravam. Um dia mais tarde chegou Hendrik, que ainda tinha feito uma parada em Hamburgo para buscar o novo fraque. A primeira coisa que ele contou para Barbara, ainda na plataforma da estação, foi que o fraque era maravilhoso, mas totalmente impagável. Ele ria muito e estava nervoso: bronzeado, trajava um terno de verão muito claro, um pouco justo demais, com camisa rosa e um chapéu de feltro macio, cinza-prateado. Seu sorriso ficou cada vez mais tenso quanto mais se aproximava da casa dos Bruckner. Barbara achou que Hendrik estava com medo conhecer seu pai.

O conselheiro estava esperando o jovem casal diante da porta de sua casa, no jardim. Ele cumprimentou Hendrik curvando o tronco; a reverência foi tão profunda e festiva que talvez pudesse ser irônica. Entretanto, ele não sorria; o rosto permanecia sério. A cabeça estreita era de uma fineza e sensibilidade quase assustadoras. A testa vincada, o nariz longo, delicadamente curvo, as maçãs do rosto como que cinzeladas num mármore valioso, exibiam uma tintura amarelada. A distância entre o nariz e a boca era grande, um bigode grisalho a recobria. Talvez fosse essa parte desproporcionalmente longa entre o lábio superior e a base do nariz que marcava o rosto, fazendo com que ele parecesse desfigurado e quase igual àquelas imagens obtidas de espelhos manipulados ou às representações masculinas feitas por pintores primitivos. O queixo também era ostensivamente alongado, e também ali havia barba. À primeira vista, tinha-se a impressão de que o conselheiro usava uma barba pontuda; na verdade, os pelos grisalhos mal ultrapassavam o queixo. O efeito da barba pontuda era devido ao extraordinário comprimento do queixo.

Nessa visão, cuja composição delicada, o espírito e a idade emprestavam aquela elegância que intimida e ao mesmo tempo comove, os olhos surpreendiam: eles traziam aquele azul-escuro profundo, suave, com reflexos pretos, que Hendrik conhecia tão bem dos olhos de Barbara. Claro que, sobre o olhar simpático do pai, as pálpebras pesavam e em geral estavam baixas, algo que também dificultava sua visão; a filha, por sua vez, olhava ao redor de maneira clara e franca.

"Meu caro sr. Höfgen", disse o conselheiro, "estou feliz em conhecê-lo. Espero que tenha feito boa viagem."

Sua pronúncia era incrivelmente clara, sem lembrar a precisão demoníaca que Nicoletta exercitava. O conselheiro formulava as palavras até o final com um cuidado amoroso, como se seu senso de justiça não quisesse negligenciar ou deixar de fora nenhuma sílaba: mesmo aquelas finais mais insignificantes, que costumam ser deixadas de lado, recebiam o tratamento mais exato e cuidadoso.

Hendrik estava bem confuso. Antes de se decidir por um semblante solene, ele ainda riu um pouco, de maneira despropositada e afetada, como ao cumprimentar Dora Martin no Teatro de Arte. Enquanto Barbara olhava para ele, inquieta, o conselheiro não parecia prestar muita atenção em seu comportamento estranho. Ele se manteve corretíssimo e bondoso. Com toda a cerimônia, pediu aos dois jovens que entrassem na casa. Para Barbara, a quem ele queria abrir passagem, disse: "Vá na frente, minha filha, e mostre ao seu namorado onde ele pode guardar seu belo chapéu".

Reinava uma penumbra fria na sala. Hendrik inspirou respeitosamente o aroma do ambiente: o cheiro de flores que estavam distribuídas sobre as mesas e nas beiradas da lareira se misturava com aquele muito digno e sério emanado pelos livros. A biblioteca preenchia todas as paredes até o teto.

Hendrik foi conduzido por vários cômodos. Ele conversava sem parar, a fim de mostrar que não estava nem um pouco impressionado pela imponência dos ambientes. Aliás, via pouca coisa; apenas detalhes casuais chamavam sua atenção: um cachorro grande, amedrontador, que se ergueu, rosnando, foi acariciado por Barbara e se afastou rebolando com dignidade; um retrato da falecida mãe, olhando de maneira amistosa sob um coque antiquado; uma empregada idosa ou governanta — pequena, bondosa e falante, com um avental curioso, muito engomado — que fez uma reverência diante do noivo de sua jovem patroa, apertando longa e carinhosamente a sua mão, para em seguida entabular uma conversa detalhada com Barbara sobre assuntos domésticos. Hendrik ficou espantado pelo nível de detalhes com que Barbara se ocupava, como estava familiarizada com as coisas da cozinha e do jardim. Aliás, ele achou espantoso que a velha funcionária a tratasse por "você", embora sem dispensar o "senhorita".

Ou seja, Barbara estava em casa nesses quartos senhoriais, onde havia belos tapetes, quadros escuros, bronzes, grandes relógios tiquetaqueando e muitos revestimentos de veludo; ali ela havia passado sua juventude. Esses eram os livros que tinha lido; nesse jardim, tinha recebido os amigos. Sua infância fora vigiada de maneira carinhosa e festiva pelo amor inteligente de um pai desses; seus anos de meninice se passaram puros e repletos de brincadeiras, cujas regras secretas só ela sabia. Ao lado de uma comoção que beirava a reverência, Hendrik sentiu, sem querer admitir, mais uma coisa: inveja. Com torturante detalhamento, ele pensou que no dia seguinte teria de apresentar nesse ambiente e para esse pai a sua mãe, Bella, e a irmã, Josy. Ele já se torturava de vergonha pelo animado caráter pequeno-burguês delas. Sorte que pelo menos o seu pai, Köbes, tinha sido impedido de vir...

Eles comeram no terraço. Hendrik elogiou a beleza do jardim, cujos canteiros, grupos de árvores e caminhos resultavam numa bela vista. O conselheiro apontou para a escultura de um homem jovem — um Hermes, que exibia sua graciosa magreza, seus gestos apontados para o alto, prontos a voar, entre as folhagens retorcidas das bétulas. Essa bela obra de arte parecia ser o grande orgulho do dono da casa. "Sim,

sim, meu Hermes é bonito", ele disse, e seu sorriso continha satisfação. "A cada dia me alegro por tê-lo e por ele estar nessa postura tão encantadora entre minhas bétulas." Certamente ele também estava feliz por haver vinhos e bebidas tão boas; ele se servia, com comedimento, mas com fartura, de tudo e elogiava a qualidade de sua mesa. "Framboesas", ele constatou complacente, quando chegou a hora da sobremesa. "Tudo certo. É a fruta da estação e solta um aroma delicioso." A atmosfera que criava ao seu redor era de alegria e conforto, estranhamente misturada com inacessível frieza e bonomia. Parecia não ter desgostado de todo do genro. Para esse último, destinava uma simpatia que talvez não fosse totalmente isenta de ironia. Seu sorriso parecia dizer: esses tipos, como você, meu caro, também precisam existir no mundo. Não é aborrecido observá-los — pelo menos, a gente não se entedia. Sem dúvida, não previ nada disso e também não seria meu gosto ter alguém do seu tipo à minha mesa como genro. Mas tendo a aceitar as coisas como são — é preciso tirar dos fenômenos seu melhor lado, o mais engraçado, e no mais minha Barbara há de ter motivos muito razoáveis para se casar com você...

Hendrik acreditou perceber que tinha chances de sucesso. E, portanto, se tornou ainda mais desejoso de agradar. Não era mais possível evitar os olhos brilharem daquele jeito infalível. Inclinando a cabeça para trás, sorrindo de maneira ambígua e atraente, ele lançou os olhares de pedras preciosas, para cujo encanto o conselheiro não pareceu estar imune. O velho senhor também permaneceu atento e manteve a expressão divertida quando o genro Höfgen passou a discorrer, numa fala estudada, sobre suas simpatias, escolhendo as palavras mais demolidoras para caracterizar o cinismo explorador da burguesia e a insanidade criminosa do nacionalismo. O velho permitiu que ele elogiasse e declamasse; apenas uma vez ele ergueu a mão magra, bonita, para intervir: "O senhor fala com tanto desdém dos burgueses, caro sr. Höfgen. Mas também sou um deles. Claro que não sou nacionalista e espero que também não explorador", ele acrescentou, simpático. Hendrik — o rosto acima da camisa rosa enrubescido pela conversa animada e pelo vinho — balbuciou algo sobre haver também tipos da alta e da altíssima burguesia, valorizados por aqueles de orientação comunista; que a grande herança da revolução burguesa e do liberalismo se mantinha viva no páthos bolchevista, e mais tantas afirmações conciliatórias.

O conselheiro fez um gesto desconsiderando essa torrente de palavras. Mas depois ele contou — como se fosse de seu interesse convencer Höfgen de sua ausência de preconceitos políticos —, com seu jeito cauteloso e moderado, ao mesmo tempo floreado e muito claro, das significativas impressões que reunira durante sua viagem pela União Soviética. "Cada observador objetivo tem de concluir, e todos nós deveríamos nos acostumar com a ideia de que lá está surgindo uma nova forma de convívio humano", ele disse lentamente, com os olhos azuis voltados para o horizonte, como se ao longe enxergasse as coisas grandes e impressionantes que aconteciam naquele país. E ainda acrescentou, severo: "Esse fato é contestado apenas por loucos ou mentirosos". Depois, mudou de tom subitamente; pediu para lhe passarem a tigela com as framboesas e ainda enquanto se servia disse, como de costume com o rosto sorrindo malicioso e um pouco inclinado: "Não me entenda mal, caro sr. Höfgen. Evidentemente que esse mundo me é estranho — temo até que estranho demais. Mas será que isso significa que não tenho sentimentos para a sua grandeza cheia de futuro?". Enquanto falava isso, ele balançou a cabeça em direção a Barbara, que lhe passara o chantili. Hendrik estava aliviado por poder falar de novo. Ele não parecia se interessar especialmente pelos detalhes da vida na Rússia soviética; por outro lado, passou a discorrer com verve sobre o teatro revolucionário e as perseguições que sofria em Hamburgo pelos reacionários. Ele se exaltou; chamou os fascistas alternadamente de "animais", "diabos" e "idiotas" e passou a usar termos muito furiosos para se referir àqueles intelectuais que simpatizavam com o nacionalismo militante por sórdido oportunismo. "Esses deviam ser todos enforcados!", exclamou Hendrik, batendo na mesa. O conselheiro falou, como que para acalmá-lo: "Sim, sim, também eu passei por coisas desagradáveis". Com essa observação, ele estava se referindo a acontecimentos famosos e escandalosos: às intervenções barulhentas que estudantes nacionalistas haviam preparado contra ele e aos ataques ordinários de que ele fora vítima na imprensa reacionária.

Depois da refeição, o velho senhor pediu ao ator Höfgen que exibisse um pouco de sua arte. Hendrik, que não estava minimamente preparado para tal, recusou-se durante um bom tempo. Mas o conselheiro gostava de se entreter e divertir; e se sua filha iria se casar com um ator que usava camisa rosa e monóculo, então ele, o pai, queria ao menos assistir a uma apresentação engraçada. Hendrik teve de declamar versos de Rilke na sala; mesmo a velha empregada e o cachorro grande apareceram para escutar. A pequena audiência era composta ainda por Nicoletta, que não havia participado da refeição e foi cumprimentada pelo conselheiro com uma saudação um tanto irônica. Hendrik se esforçou sobremaneira, trabalhou com os meios mais refinados, saiu-se muito bem e recebeu uma chuva de aplausos. Ao terminar com um trecho de "A canção de amor e de morte do porta-estandarte", o conselheiro apertou sua mão com emoção e Nicoletta, por sua vez articulando as palavras exemplarmente, elogiou sua "pronúncia brilhante".

No dia seguinte, as duas sras. Höfgen, mãe e filha, tinham de ser recepcionadas. Hendrik falou para Barbara, enquanto as esperavam na estação: "Preste atenção. Josy vai se agarrar no meu pescoço e contar que está noiva de novo. É lamentável. Ela noiva pelo menos a cada seis meses, e com cada tipo! Ficamos aliviados a cada vez que os relacionamentos não dão certo. O último quase custou a vida do meu pobre pai. O noivo era um piloto de carros, deu uma carona para papai e o passeio acabou numa vala. O piloto morreu, graças a Deus, papai quebrou apenas uma perna, mas claro que ficou muito chateado por não estar aqui hoje com a gente..."

Aconteceu como Hendrik havia profetizado: a irmã Josy, num luminoso vestido de verão amarelo, bordado com flores vermelhas, desceu do trem num salto — enquanto a mãe ainda estava lidando com as malas na cabine —, enlaçou o irmão pelo pescoço e exigiu enfaticamente que ele a cumprimentasse pelo noivado; dessa vez, tratava-se de um senhor que tinha um bom emprego na rádio em Köln. "Vou poder cantar no microfone!", Josy exultou. "Ele me considera muito talentosa, vamos nos casar no outono, você está feliz, Heini? Hendrik!", ela se corrigiu rapidamente, consciente da culpa. "Você também está feliz?" Höfgen a afastou de si como se fosse um cãozinho impertinente pulando nele. Apressou-se em ajudar a mãe, que, da janela do vagão, chamava por um carregador. No meio-tempo, Josy beijava Barbara nas duas faces. "Que ótimo conhecer você", ela falou. "Claro que devemos nos tratar com informalidade. 'Senhora' entre cunhadas é muito rígido. Estou tão feliz de Hendrik finalmente se casar, até então sempre só noivei, certamente Hendrik já falou a respeito de como deu errado da última vez; a perna do papai ainda está engessada, mas Konstantin tem um belo emprego na rádio, queremos nos casar em outubro, você é linda, Barbara, de onde é seu vestido, certamente um autêntico modelo de Paris."

Hendrik tinha vindo com a mãe e o rosto dele estava radiante quando ela estendeu as mãos para Barbara. "Minha querida, querida filha", disse a sra. Höfgen, com os olhos ligeiramente úmidos. Hendrik sorriu, delicado e orgulhoso. Ele amava a mãe — Barbara compreendeu e ficou feliz. Certo, às vezes ele se envergonhava dela, que não era fina o suficiente; seu caráter pequeno-burguês lhe parecia lamentável. Mas ele a amava: isso ficava patente pelo olhar feliz, vívido, e por como ele pressionava o braço dela contra o seu. Como eram parecidos, mãe e filho! Hendrik tinha herdado da sra. Bella o nariz grande, reto, um tanto carnudo e as narinas flexíveis; a boca grande, macia e sensual; o queixo forte e nobre com o furinho marcante no meio; os olhos amplos, verde-acinzentados; as sobrancelhas loiras arqueadas; dali até as têmporas havia aquele sinal de sensibilidade. Essas características na senhora rechonchuda e recatada tinham um caráter menos exigente e mais discreto do que em seu filho: faltavam os sinais trágicos e os diabólicos. Nela, os olhos não faiscavam e os lábios não formavam um sorriso maroto nem aquele que cortejava enigmaticamente a compaixão. A sra. Bella era uma mulher enérgica, bondosa, bem conservada de cinquenta e poucos anos, com cores frescas no simpático rosto franco, busto cheio, uma permanente sob o chapéu de palha decorado com flores e sardas que recobriam o nariz. Ela ainda não tinha motivo para se incluir no grupo dos velhos e abrir mão totalmente das alegrias da vida. "Afinal, também queremos nos divertir de vez em quando", ela explicou, resoluta; em seguida, constrangida, desatou a falar e contou uma história complicada de uma festa beneficente muito alegre; em prol dos órfãos, as damas da sociedade de Köln tinham oferecido refrigerantes, flores e objetos de arte em tendas, participar da ação era muito nobre, e por isso a sra. Höfgen não viu nada demais em assumir a distribuição do champanhe. Ela pediu 5 marcos por cada taça de champanhe — um tanto exagerado, mas era para o bem das crianças pobres. Depois, porém, circularam os mais terríveis boatos: pessoas malandras tinham tido a indecência de afirmar que a sra. Bella não serviu espumante por motivos humanitários, mas o fez contra pagamento, como funcionária de uma firma de champanhe, e além do mais permitiu ser beijada — pensem nisto: permitiu ser beijada e, ainda por cima, nos seios.

A mãe Höfgen relatou isso com honesta indignação — eles estavam andando de carro aberto pela cidade em meio ao verão; seu rosto ficou vermelho de raiva, ela teve de enxugar o suor da testa e exclamou: "Trata-se de uma perfídia sem tamanho! Olhe que eu entreguei até o último centavo e minhas entradas foram melhores do que as de qualquer outra mulher, o orfanato veio me agradecer em particular, e quando um senhor quis beijar minha mão fui logo dizendo, ei, bobalhão, deixe disso! E eu teria lhe dado um tabefe na cara caso ele não tivesse se desculpado na mesma hora. Afinal, as pessoas são tão maldosas. Não importa o quanto a gente se comporte feito uma lady, elas sempre vão ter algo para recriminar. Mas agora elas vão perder as frases maldosas, agora você vai calar a boca delas, não é, Hendrik?". Ao mesmo tempo, a sra. Bella lançou um olhar orgulhoso primeiro para o filho, depois para Barbara. Hendrik sofria com a corajosa falta de tato de sua mãe. Ele enrubesceu, mordiscou os lábios e, em seu desespero, começou a falar da beleza da estrada pela qual passavam no momento.

O conselheiro recepcionou as senhoras na porta do jardim com a mesma animação que tinha mostrado em relação a Hendrik, no dia anterior. Bella e Josy foram conduzidas para cima por Barbara, onde queriam rapidamente lavar as mãos e assoar o nariz. Uma hora mais tarde, dois carros seguiram até o cartório de registro civil. No carro dos Bruckner, viajavam, além do casal de noivos, o conselheiro e a sra.

Höfgen; num táxi, seguiram Nicoletta, Josy, a velha empregada da casa e um amigo de juventude de Barbara, que se chamava Sebastian e cuja presença deixou Hendrik um tanto perplexo.

A cerimônia civil transcorreu rapidamente. Nicoletta e o conselheiro foram testemunhas; todos estavam bastante nervosos, a sra. Bella e a pequena empregada choraram, enquanto Josy ria de nervoso. Hendrik respondeu às perguntas do oficial do cartório com a voz rouca, enquanto seus olhos se mantinham fixos e um tanto míopes; Barbara manteve seu suave olhar inquiridor dirigido ao homem que estava ao seu lado e que a partir de então, espantosamente, deveria ser seu marido. Seguiram-se congratulações e abraços. Para surpresa de todos, Nicoletta, com a voz aguda, pediu permissão à sra. Höfgen para chamá-la de "tia Bella" e, como seu pedido lhe foi deferido, ela lhe beijou a mão com diabólica educação. Naquela manhã, a imponente jovem estava especialmente radiante e ostensivamente entusiasmada. Ela se mantinha muito empertigada em seu vestido de linho branco, endurecido feito uma couraça, com o qual usava um cinto de couro laqueado vermelho-vivo ao redor dos quadris. Para Barbara, ela falou em voz baixa: "Estou feliz, minha cara, por tudo ter dado tão certo" — uma observação um tanto despropositada, mas de absoluta exatidão. Seus belos olhos felinos brilhavam. Ela tomou a srta. Josy de lado para orientá-la sobre um produto excepcionalmente bom contra sardas, que — o que era mentira, claro — seu pai havia inventado e introduzido em todo Extremo Oriente. "Você poderia fazer bom uso dele, senhorita!", Nicoletta falou com um semblante ameaçador. Curiosamente, ela queria manter um tratamento informal com a sra. Bella, mas não com Josy. "Afinal, seu narizinho está todo deformado." Ao anunciar isso, seu olhar estava fixado nas manchinhas avermelhadas que se espalhavam sobre o provocador nariz arrebitado de Josy e que cobriam ainda uma parte das maçãs do rosto e da testa, embora então de maneira mais esparsa — como algumas névoas espirais cósmicas ou o sistema da Via Láctea, que se tornam cada vez mais ralos, menos densos e mais transparentes nas beiradas. "Sim, eu sei", disse Josy, envergonhada. "No verão, minha situação é sempre complicada. Mas Konstantin gosta bastante", ela acrescentou, já consolada, para depois contar do bom emprego de seu noivo na rádio de Köln.

A avó de Barbara, viúva de um general, apareceu apenas para o almoço. Fazia parte dos princípios da idosa dama nunca usar um automóvel; os dez quilômetros que separavam sua pequena propriedade da mansão dos Bruckner eram vencidos numa caleche antiquada e ela se atrasava para todas as comemorações familiares. Com uma bela voz, sonora, que alcançava graves bem baixos e agudos bem altos, ela reclamou por ter perdido a cena no cartório de registro civil. "Bem, e então quem é você, meu mais novo neto?", disse a empertigada vovó, observando Hendrik minuciosamente sob o lornhão que ficava pendurado em seu peito numa longa corrente de prata ornamentada com pedras azuladas. Hendrik ficou vermelho e não sabia para onde olhar. O exame bastante demorado, aliás, não pareceu desfavorável para ele. Quando a generala por fim baixou o lornhão, seu sorriso cintilava, alvo.

"Nada mau!", ela constatou, apoiando ambos os braços nos quadris. E assentiu vigorosamente para ele. Em seu rosto branco empoado, os olhos belos, claros, mas não translúcidos e muito ágeis, falavam uma língua ainda mais incisiva, inteligente e forte do que a boca quando soltava a voz potente.

Hendrik nunca se deparara com uma dama idosa tão incrível quanto essa. A generala o impressionou sobremaneira. Sua aparência era a de uma aristocrata do século XVIII: o rosto altivo, inteligente, divertido e severo era emoldurado por um penteado grisalho com mechas formando rolinhos duros sobre as orelhas. Na nuca, supunha-se haver uma trança: mas, para total surpresa e uma ligeira decepção, ela não existia. Em seu conjunto de verão cinza-pérola, decorado no pescoço e nos punhos com rendas, a viúva do general mantinha uma postura ereta, militar. A gargantilha grossa, que começava logo acima da gola de renda e terminava bem perto do queixo — um belo trabalho antigo de prata fosca e pedras azuis, que combinavam com as joias da barulhenta corrente do lornhão —, parecia-se com uma gola de uniforme alta, rígida, com bordados coloridos.

A generala dominava qualquer grupo em que se encontrava — ela não estava acostumada a outra coisa. No fim do século XIX, era considerada uma das mulheres mais bonitas da sociedade alemã e permaneceu festejada ainda nas duas primeiras décadas do século xx. Todos os grandes pintores da época haviam feito um retrato seu. Em seu salão, príncipes e generais se encontravam com os literatos, compositores e pintores. Durante muitos anos, falou-se quase tanto da inteligência e da originalidade da generala quando de sua beleza. Visto que seu marido — que tinha morrido havia alguns anos — granjeava a simpatia dos postos mais altos e, ainda por cima, tinha sido rico, as ideias, orientações e manias dela (que em qualquer outra pessoa seriam consideradas excêntricas ou até repulsivas) estavam desculpadas. Inclusive o imperador havia notado sua beleza. Por essa razão ela pôde, já em 1900, defender o direito ao voto feminino. Ela sabia o Zaratustra de cor e às vezes recitava trechos dele, para a constrangedora perplexidade de seus convidados aristocratas, que o consideravam socialista. Ela conhecera Franz Liszt e Richard Wagner; correspondera-se com Henrik Ibsen e Björnstjerne Björnson. Provavelmente era contra a pena de morte. Em sua grande postura, na qual uma despreocupação juvenil se mesclava a uma dignidade inatacável, era preciso relevar tudo.

A generala impressionou Hendrik muito mais do que o conselheiro. Apenas agora ele compreendia exatamente o brilho do meio em que estava recebendo permissão para entrar. Sua boa mãe Bella provavelmente tinha razão — só não devia ter tocado no assunto de modo tão destrambelhado: por conta desses parentescos, os linguarudos em Köln teriam de engolir suas falas atrevidas sobre a supostamente decadente família Höfgen. Também Barbara subiu mais uma vez na consideração de Hendrik, pois ele constatou como era íntimo o tom da conversa entre ela e a esplendorosa avó. Barbara tinha passado as férias escolares e quase todos os domingos na propriedade da boa generala — Hendrik se lembrou de ter ouvido isso. A incomparável idosa tinha lido Dickens ou Tolstói para a neta — ler em voz alta era uma paixão da generala e ela o fazia com bela expressividade —, ou elas tinham saído juntas a cavalgar através de uma terra que Hendrik imaginava ser elegante como um parque inglês e, ao mesmo tempo, romântica, cheia de árvores, colinas, cortada por riachos prateados, rica em desfiladeiros, vales, paisagens maravilhosas. Mais uma vez, a inveja se misturava ao encanto com que Höfgen imaginava a bela infância de Barbara. Afinal, esses anos iniciais despreocupados não haviam conhecido duas coisas: a cultura perfeita e a liberdade quase total? O cotidiano na mansão paterna; o descanso festivo — que, em seu retorno regular, tinha se tornado quase cotidiano também — na propriedade da nobre velha senhora: Hendrik seria capaz de abafar uma amargura quando comparava essa infância com a sua?

Pois em Köln, na casa de seu pai, Köbes — que agora estava preso lá, com a perna quebrada —, não havia parque, nenhum cômodo com tapetes, biblioteca ou pinturas; mas sim cômodos mofados, nos quais Bella e Josy ficavam animadas quando tinham convidados, mas se tornavam mal-humoradas e desleixadas quando a família estava entre si. Seu pai Köbes vivia endividado e se queixava das maldades do mundo quando os credores o pressionavam. Mais constrangedor do que seu mau humor era o "sossego" ao qual ele se dedicava vez ou outra, em feriados importantes ou até sem motivo especial. Daí um "pequeno ponche" era preparado e o pai Köbes incentivava os seus a acompanhá-lo na cantoria de um dueto. O jovem Hendrik, porém, se recusava; ficava sentado em seu canto, desanimado e emburrado. Seu único pensamento era sempre o mesmo: tenho que sair desse mundinho. Tenho que deixar tudo isso bem longe de mim...

Para Barbara foi fácil, ele pensou, enquanto conversava com a generala. Todos os caminhos lhe tinham sido aplainados; ela era a típica criatura da grande burguesia arrivista. Ela haverá de se espantar com a dureza da vida, que já conheço. Aquilo que conquistarei e aquilo que já conquistei foi tudo graças à minha força. Não sem melindre ele disse à jovem esposa, que o conduziu até a mesa com telegramas de felicitações e presentes: "As mensagens são todas para você. Ninguém telegrafa para mim". Barbara riu, com algum desdém e complacente, como pareceu a ele. "Ao contrário, Hendrik. Várias pessoas se dirigiram somente a você. Por exemplo, Marder." Da pilha alta de cartas, cartões e telegramas, ela selecionou todos os papéis destinados a Hendrik. Além de Theophil Marder, cujas felicitações vinham em frases corretas, ambíguas, provavelmente zombeteiras, também a pequena Angelika Siebert, os diretores Schmitz e Kroge, Hedda von Herzfeld e — para sua decepção — Juliette. Como ela sabia desse endereço, dessa data? Hendrik, pálido, amassou as tiras de papel. Para mudar de assunto, ele se admirou de maneira excessiva, irônica, com os presentes que Barbara tinha recebido: as porcelanas e as pratas, os cristais, os livros e os adornos; os muitos objetos finos e úteis escolhidos com carinhoso cuidado por amigos e parentes. "O que vamos fazer com todas essas coisas caras?", Barbara perguntou, olhando perplexa para a grande bênção. Hendrik pensou que os utensílios elegantes ficariam muito bonitos em seu cômodo em Hamburgo, mas não falou nada, apenas riu e deu de ombros.

O homem jovem, cuja presença inquietava Hendrik um pouco, se aproximou e foi chamado de "Sebastian". Ele conversou com Barbara num jargão rápido, de difícil compreensão, cheio de alusões privadas, que Hendrik só conseguia acompanhar com dificuldade. Höfgen percebeu que sentia profunda antipatia por essa pessoa — a quem Barbara chamava de seu melhor amigo de juventude e que supostamente escrevia belos versos. Ele é arrogante e insuportável!, pensou Hendrik, que se sentia especialmente inseguro na presença de Sebastian, embora o jovem fosse simpático com ele. Mas era justo a amabilidade gratuita e um tanto irônica que o machucava. Sebastian tinha o cabelo farto, loiro-acinzentado, com uma mecha larga caindo na testa, e o rosto delicado, um pouco abatido, com o nariz longo, bastante proeminente e olhos misteriosos, acinzentados. Talvez seu pai também fosse professor ou algo do gênero, decidiu Hendrik, amargurado. Um garoto mimado, perspicaz, é justo o tipo de companhia que poderia estragar Barbara definitivamente.

Depois da refeição, as pessoas se reuniram na sala, pois o terraço estava quente demais. A sra. Bella achou que era sua obrigação discorrer sobre literatura. Contou que havia lido algo especialmente interessante no trem, muito cativante, e questionada sobre o autor, a pobre mulher, pressionada, exclamou apenas: "Ah, do nosso russo, nosso maior! Como pude me esquecer do nome do meu escritor preferido?". Nicoletta perguntou se não se tratava de Tolstói. "Justamente. Tolstói!", confirmou a sra. Bella, aliviada. "Eu disse: nosso maior — e era um lançamento dele."

Mas depois ficou claro que a novela que havia encantado sobremaneira a sra. Höfgen era de Dostoiévski. Hendrik ficou vermelhíssimo. Para trocar o tema da conversa e para mostrar a esse grupo arrogante que não deixava a mãe na mão em situações constrangedoras, ele passou a conversar ostensivamente com a sra. Bella e lembrou a ela, com uma risada carinhosa, de coisas divertidas que tinham acontecido nos últimos anos. Sim, tinha sido engraçado, quando os dois — mãe e filho —, no Carnaval, decoraram o apartamento e assustaram o pai Köbes! A sra. Bella usou uma máscara de paxá; o pequeno Hendrik — cujo nome na época era Heinz, mas isso não foi mencionado —, de exótica bailadeira. Todo o apartamento ficou de ponta-cabeça, papai Köbes não acreditou em seus olhos quando chegou à casa. "Mamãe foi a primeira a reconhecer que eu tinha de fazer carreira no teatro", disse Hendrik, e olhou com carinho para a mãe. "Durante muito tempo, papai não quis saber nada a respeito." Em seguida, ele contou a história do início de sua trajetória nos palcos. Foi ainda durante a guerra — em 1917 —, quando Hendrik, aos 18 anos incompletos, encontrou um anúncio num pedaço de folha de jornal; tratava-se de um teatro de front na região belga, ocupada, à procura de atores jovens. "Mas não posso dizer a vocês em que lugar encontrei esse fatídico pedaço de papel", afirmou Hendrik. Como todos riram, ele fez de conta que estava muito envergonhado e falou por trás das mãos que ocultavam o rosto: "Pois é — temo que vocês já adivinharam". "No banheiro!", falou animada e sem qualquer vergonha a generala, e sua risada enorme saltou, numa coloratura audaz, do grave mais profundo até uma altura agudíssima. Enquanto a atmosfera geral ficava cada vez mais animada e alegre, Hendrik passou às anedotas sobre o teatro itinerante, no qual precisou fazer o papel de vários velhos: agora, descontraído e feliz, ele podia recuperar todas as suas conhecidíssimas histórias e deixá-las brilhar mais uma vez; afinal, naquele grupo elas eram inéditas. Apenas Barbara já as ouvira em parte, por isso o olhar com o qual ela observava o narrador começou a mostrar sinais de espanto e até uma certa repulsa.

À noite, chegaram alguns amigos e Hendrik pôde exibir seu fraque não pago, que se ajustava nele maravilhosamente. A mesa já estava decorada com flores; depois do assado, o conselheiro bateu na taça de champanhe e fez um discurso. Cumprimentou os presentes, sobretudo a mãe e a irmã de Hendrik — chamando a sra. Bella, com divertida educação, de "a outra jovem sra. Höfgen" — e depois passou para os problemas do casamento no geral e do mérito artístico do novo genro em especial. O conselheiro, que escolhia as palavras com cuidado e habilidade amorosa, conseguiu transformar o ator Höfgen num tipo de príncipe de conto de fadas, que, sem maior graça durante o dia, se transformava magicamente à noite. "Lá está ele!", exclamou Bruckner, apontando com seu dedo longo e fino para Hendrik, que no mesmo instante se ruborizou um pouco. "Lá está ele, prestem atenção nele! Parece ser um jovem magro — com certeza, muito decente no seu fraque bem cortado, mas ainda relativamente discreto. Discreto se eu o comparo com a figura colorida, encantada, na qual ele se transforma à noite, sob as luzes da ribalta. Nessa hora ele começa a brilhar, se torna irresistível!" E o erudito, atraído pelo tema, comparou o ator Höfgen — que ele nunca vira em cena, mas conhecia apenas como recitador de Rilke — com o vaga-lume, que durante o dia, movido por uma discrição esperta, passa desapercebido para sobressair à noite, sedutor. Nessa hora, Nicoletta soltou uma risada ardida, enquanto a generala sacudiu a corrente que segurava seu lornhão.

No fim, o conselheiro deu vivas ao jovem casal. Hendrik beijou a mão de Barbara. "Como você está bonita", ele disse, sorrindo amorosamente para ela. O vestido de Barbara era de uma seda pesada, cor de chá. Nicoletta o criticara, dizendo que estava fora de moda, que era uma fantasia e que dava para ver que tinha sido feito pela costureira da casa. Ninguém podia negar, entretanto, que Barbara estava maravilhosa nele. Sobre a gola larga de rendas antigas — um dos presentes de casamento da generala — se erguia, numa comovente magreza, seu pescoço bronzeado. O sorriso com o qual ela respondeu a Hendrik era um tantinho disperso. Seu olhar azul, que puxava para o preto, suave e inquiridor, não ia além de Höfgen, que estava à sua frente? Para quem era esse olhar, que parecia preocupado e também um pouco zombeteiro? Hendrik, subitamente irritado, virou-se. E vislumbrou Sebastian, o amigo de Barbara: numa postura ruim, que lhe era característica, com os ombros caídos e a cabeça esticada para a frente, ele estava a apenas alguns passos de distância do jovem casal. E mexia os dedos de ambas as mãos de uma maneira estranha — como se quisesse tocar piano no ar. O que significava aquilo? Será que estava fazendo algum sinal secreto a Barbara, que apenas eles compreendiam? Em que o detestável rapaz estava prestando atenção? E por que essa tristeza em seu rosto? Ele amava Barbara? É certo que sim. Provavelmente tinha sonhado em se casar com ela; talvez tivesse havido, anos atrás, um noivado de brincadeira entre os dois. Agora estraguei tudo!, imaginou Hendrik, meio triunfante, meio decepcionado. Como ele me detesta! Desviou o olhar de Sebastian e dirigiu-o para o restante dos convidados — os amigos dessa famosa casa. E achou que todos tinham semblantes fechados. Homens com rostos laboriosos, marcantes — Hendrik não conseguiu compreender seus nomes durante os cumprimentos, mas provavelmente eram professores, escritores, grandes médicos —; algumas pessoas jovens, todas guardando uma semelhança fatal com Sebastian; moças que pareciam mascaradas em seus vestidos de noite — como se costumassem se vestir com calças de flanela cinza, jalecos brancos de laboratório ou aventais verdes de jardinagem. Hendrik teve a impressão de que os olhares que se dirigiam a ele vinham com uma mistura de inveja e desprezo. Será que todos tinham amado Barbara? Ele estava sequestrando-a de todos eles? Será que ele era o intruso, a figura suspeita, pouco séria, com a qual se sentavam a contragosto à mesa, apenas por consideração ao gosto enigmático — provavelmente fugaz — de Barbara? Na verdade, essas pessoas estavam conversando sobre centenas de assuntos neutros: sobre um livro novo, uma apresentação teatral ou a situação política que as preocupava. Hendrik, porém, achava que elas só se ocupavam dele; que conversavam, sorriam, zombavam apenas dele.

Ficou com vontade de se esconder, tamanha sua vergonha súbita. O conselheiro também não quis fazer troça dele com seu discurso? Em poucos segundos, tudo aquilo que ele havia vivenciado naquele dia se transformou em inimizade, humilhação. A benevolência do conselheiro, tolerante e animada, com toques de ironia, da qual ele fazia pouco ainda tinha se orgulhado... será que no fundo não era mais insultante e humilhante do que qualquer tipo de admoestação, de uma arrogância escancarada? Apenas agora Hendrik começava a perceber o quanto de zombaria depreciativa também estava contida na animação descontraída da generala. Decerto a mulher tinha uma personalidade marcante, grande dama de grande estilo, e sua aparência era encantadora, como quando se aproximava do jovem casal com o andar ereto, o lornhão pendurado batendo no peito, autoritariamente despreocupada. Vestia-se de branco dos pés à cabeça, um colar de três voltas de pérolas grandes e foscas ao redor do pescoço. Se na hora do almoço ela se parecera com um marquês do século XVIII, naquele instante, de roupa branca e adornada com suas melhores pedras, ela transmitia uma dignidade quase papal. Essa aparição grandiosa contradizia frontalmente a tosca jovialidade de sua fala. "Eu ainda preciso brindar com o vaga-lumezinho e com minha pequena Barbara!", ela exclamou, ruidosa; ao mesmo tempo, ergueu a taça de champanhe.

Nicoletta tinha se aproximado do outro lado, também ela com uma taça nas mãos. Seus olhos faiscaram e a boca luminosa exibiu uma linha curva. "Saúde!", disse a generala. "Saúde", repetiu Nicoletta. Hendrik brindou primeiro com a avó imperial, depois com Nicoletta — a moça cujo destino, tão espantoso quanto o dele próprio, tinha sido lançado a esse meio. Ela circulava por ali — uma figura surpreendente —, tolerada pela atenção cuidadora e curiosa do conselheiro, pela alegria autoconfiante da generala, carinhosamente protegida pelo amor de Barbara. Nesse momento, Hendrik sentiu, com muita clareza e muita intensidade, um sentimento de pertencimento — uma simpatia fraternal por Nicoletta. Ele compreendeu: ela era igual a ele. Mesmo que o pai dela tenha sido o literato e aventureiro cuja vitalidade e cínica inteligência haviam fascinado a boemia na virada do século, enquanto a falta de solidez pequeno-burguesa do pai Köbes não fascinava ninguém, apenas irritava os credores. Mas aqui, entre gente extremamente culta e rica — quase todos os presentes nem eram donos de muita coisa, mas Hendrik os considerava todos riquíssimos —, entre os autoconfiantes, irônicos e bem-sucedidos, no meio em que Barbara sabia se movimentar com uma segurança tão estimulante: aqui ambos desempenhavam o mesmo papel, Nicoletta e Hendrik, os dois esquisitos. Ambos estavam firmemente decididos a se deixar levar para o alto por esse grupo, ao qual não se sentiam pertencentes, e desfrutar esse triunfo como sua vingança.

"Saúde!", fez Hendrik. Sua taça tilintou de leve na taça de Nicoletta. Barbara, que estava dando a volta na mesa, conversando e sorrindo, tinha chegado ao pai. Sem dizer nada, ela pousou os braços ao redor do pescoço dele e o beijou.

O belo hotel junto a um dos lagos da alta Baviera tinha sido recomendado por Nicoletta, que acompanhava o jovem casal em lua de mel. Barbara estava muito feliz: ela adorava essa paisagem que, com suas campinas ondulantes, bosques e rios, ainda era suave, tranquila, mas já continha em si o heroico e o audaz como elemento e possibilidade. O clima ventoso parecia trazer a montanha bem para perto. À luz do pôr do sol, os picos em zigue-zague ganhavam cor e as encostas nevadas pareciam ensanguentadas. Barbara achava essa visão ainda mais bela quando, pouco antes do poente, numa palidez sublime, picos e encostas exalavam uma paz gelada e pareciam formados como por uma substância estranha, infinitamente preciosa, muito sensível apesar de duríssima, que não parecia ser vidro nem metal nem pedra, mas a matéria mais rara e absolutamente desconhecida.

Hendrik não se emocionava com o encanto e a imensidão da paisagem. A atmosfera do hotel gerenciado com elegância o deixava inquieto e nervoso. Ele se comportava com os garçons de maneira irritada e desconfiada; afirmava que eles o tratavam pior do que os outros hóspedes, e acusava Barbara desde já de obrigá-lo a viver acima de suas possibilidades. Por outro lado, estava satisfeito com o elegante entorno. "Fora nós, há apenas ingleses por aqui!", ele constatou, satisfeito.

Apesar do nervosismo de Hendrik, às vezes eles passavam algumas horas divertidas. De manhã, os três ficavam deitados sobre o deque de madeira que avançava bastante na água azul e junto ao qual o engraçado vapor pequeno, branco, com ornamentos dourados aportava na hora do almoço. Nicoletta fazia ginástica e treinava; ela pulava corda, andava sobre as mãos, curvava as costas para trás até a testa tocar o chão — enquanto Barbara, preguiçosa, ficava deitada sob o sol. Mas depois, na hora do banho, era ela quem se saía melhor do que a ávida Nicoletta: Barbara sabia nadar mais rápido e dispunha de mais fôlego. Hendrik, por sua vez, não se metia na concorrência esportiva: bastava os dedos de seu pé tocarem a água gelada para ele gritar, e só depois de muita conversa e muita zombaria Barbara conseguiu que o marido tentasse algumas braçadas. Preocupando-se, temeroso, em ficar na parte rasa, com o rosto marcado por rugas de apreensão, Hendrik se debatia no elemento arriscado. Barbara observava-o, divertida. De repente, ela falou para ele: "Você é ridiculamente parecido com sua mãe — na natação, ainda mais. Meu Deus, seu rosto é igualzinho ao dela!". Hendrik riu tanto que não foi mais capaz de mexer os braços, engoliu muita água e quase se afogou.

Para compensar, na hora da dança, à noite, ele brilhou. Todos os hóspedes do hotel e até os garçons ficaram encantados quando ele conduziu Nicoletta ou Barbara nos passos de tango. Nenhum dos outros cavalheiros sabia se movimentar com tamanha elegância e grandeza. Hendrik proporcionou uma autêntica exibição; no final, todos aplaudiram. Ele fez uma reverência, sorrindo, como se estivesse no palco. Quando tinha de ser público, ser humano entre seres humanos, Hendrik se sentia intimidado e muitas vezes perturbado; sua segurança regressava e se tornava certa da vitória assim que se distanciava, ficava sob uma luz mais potente e ali podia brilhar. Ele se sentia verdadeiramente acolhido apenas num lugar mais alto, acima de um grupo, que só existia para reverenciá-lo, admirá-lo, aplaudi-lo.

Certo dia, eles descobriram que Theophil Marder possuía uma casa de veraneio à beira do lago, cujas belezas Nicoletta tinha recomendado com tanta ênfase; nessa hora, Barbara ficou muito calada e os olhos se ensombreceram de tanto refletir. A princípio, ela se recusou a visitar o satírico; por fim, Nicoletta a convenceu a participar da excursão. Eles atravessaram o lago no vapor branco com ornamentos dourados, que tinha sido visto tantas vezes do cais. O tempo estava bonito; um vento fresco e leve movimentava a água, tão azul quanto o céu brilhante. Quanto mais animada ficava Nicoletta, mais sorumbática se tornava Barbara, sua amiga.

Theophil Marder aguardava os convidados na margem. Ele usava uma roupa esportiva de xadrez largo, com bombachas largas mais um chapéu tropical no estilo capacete, e o conjunto era estranho. Para conversar, não tirava um cachimbo inglês curto da boca. Quando Nicoletta lhe perguntou desde quanto ele fumava cachimbo, Marder respondeu com um sorriso distraído: "O novo ser humano tem novos hábitos. Eu me transformo. Assusto-me a cada manhã comigo mesmo. Pois quando acordo, não sou mais o mesmo que adormeceu na noite anterior. Meu espírito aumentou enormemente em tamanho e em força durante a noite. Durante o sono, tenho as mais incríveis ideias. Por isso também é que durmo tanto: pelo menos catorze horas por dia". Esse relato — nada adequado para eliminar a inquietação causada pelo capacete tropical — foi seguido por um sorriso amável e ao mesmo tempo rabugento. Em seguida, Theophil voltou a se comportar com modos. Para Hendrik e Nicoletta, ele se desdobrava nas gentilezas mais amáveis, enquanto parecia não enxergar Barbara.

Depois do almoço, que aconteceu numa sala revestida de madeira clara, grande, luminosa e elegante, Theophil passou o braço ao redor dos ombros de Höfgen e puxou-o para o lado. "Bem, agora entre nós, homens", o dramaturgo disse, piscando e estalando os lábios azulados debaixo da barba. "Você está satisfeito com sua experiência?"

"Que experiência?", Hendrik quis saber.

Theophil soltou uma gargalhada e movimentou ainda mais a boca ávida. "Ora — o que mais? Estou falando do seu casamento, claro!", ele sussurrou, rouco. "Você é um sujeito e tanto para entrar numa dessas! Essa filha do conselheiro é dura na queda. Afinal, eu tentei!", ele confessou e seu olhar ficou bravo. "Com ela você não terá muito prazer, meu caro. Uma mosca-morta — acredite em mim, o especialista mais competente do século: ela é uma mosca-morta."

Hendrik ficou tão abalado com esse jeito de falar que deixou cair o monóculo do olho. Ao mesmo tempo, Marder lhe deu uma cotovelada divertida na barriga. "Sem ofensas!", ele exclamou, subitamente muito bem-humorado. "Talvez você consiga — nunca se sabe —, pois é um sujeito incrível."

Durante a tarde inteira ele ficou reclamando da total falta de disciplina que tristemente caracterizava a época. E não se cansava de repetir inúmeras vezes, da maneira mais enfática possível, as mesmas afirmações e exclamações. "Não há ninguém com caráter! Só eu! Posso olhar para os lados com o maior cuidado, mas sempre encontro apenas eu mesmo!", repetia sem parar. Exaltado, ele se comparou com alguns dos maiores homens do passado, tanto com Hölderlin quanto com Alexandre, o Grande; em seguida, enalteceu, nervoso, "os bons velhos tempos", no qual tinha sido jovem, e nesse contexto chegou ao conselheiro Bruckner. "Ele é de um tédio colossal, o velho", Theophil falou, "mas ainda bastante sólido, boa velha escola — não é nenhum charlatão. Sem dúvida, um colega relativamente respeitável. O que vem a seguir é pior. O presente só gera cretinos ou criminosos." Em seguida, conduziu os três jovens — Nicoletta, Barbara e Hendrik — até diante de sua biblioteca, que contava vários milhares de exemplares, e alertou-os de que "primeiro deviam aprender alguma coisa". "Vocês não sabem de nada!", ele berrou de repente. "Falta geral de cultura e emburrecimento estão clamando ao céu! Geração totalmente arruinada. Por isso, a catástrofe europeia é inevitável e, de um ponto de vista mais elevado, até justificada!" Mas quando ele quis tomar os verbos gregos irregulares de Hendrik, Barbara disse que era hora de ir embora. Na viagem para casa, no vapor, Nicoletta explicou que seu pai, o aventureiro, devia ter sido muito semelhante a Theophil Marder. "Não tenho nenhuma foto de papai", ela disse, e olhou pensativa para a água, que não refletia mais a luz do sol, mas estava parada, cinza-madrepérola, aguardando a noite cair. "Nenhuma foto. Apenas o cachimbo de ópio. Mas ele deve ter tido muita coisa em comum com Theophil. Sinto isso. Por isso sou tão próxima de Marder." Depois de uma pequena pausa, Barbara falou: "Com certeza seu pai era muito mais simpático do que Marder. Marder não é nada simpático." Os felinos olhos verdes de Nicoletta brilharam maliciosos e divertidos, e ela deu uma risadinha.

Nicoletta passou a fazer quase diariamente a viagem com o vapor até a outra margem, onde ficava a mansão de Marder. Ela saía por volta do meio-dia, para voltar apenas tarde da noite. Barbara foi ficando cada vez mais calada e pensativa, sobretudo durante as poucas horas que Nicoletta ainda estava perto dela.

Aliás, o flerte irracional e obstinado de Nicoletta com Theophil não era a única circunstância que deixava Barbara pensativa. À noite, deitada sozinha na cama — e ela estava sozinha —, ela se perguntava se o comportamento estranho e um pouco constrangedor de Hendrik — que também podia ser chamado de fracasso — era um alívio ou uma decepção. Sim, um alívio, mas também uma decepção...

Os quartos de Barbara e de Hendrik eram interligados por uma porta. Tarde da noite, Höfgen costumava ir à esposa, belamente enrolado em seu robe puído e vistoso. A cabeça para trás, as pálpebras semicerradas sobre o olhar brilhante-estrábico, ele atravessava rápido o quarto e assegurava a Barbara, com a voz cantante, o quanto estava feliz e grato por ela sempre se manter o centro de sua vida. Ele também a abraçava, mas apenas de maneira fugaz, e enquanto a mantinha em seus braços, empalidecia. Ele sofria, tremia, o suor brotava-lhe na testa. Vergonha e raiva preenchiam seus olhos com lágrimas.

Ele não estava preparado para tal fiasco. Acreditara que amava Barbara — sim, ele a amava de verdade. Será que a amizade com a princesa Tebab o estragara tanto assim? Ah, ele não conseguia imaginar botas de cano alto verdes nas belas pernas de Barbara... Os abraços parcos e fracassados se transformavam numa tortura para ele. Hendrik achava que os olhos de Barbara continham apenas uma pergunta muda e um tanto de espanto, desprezo e acusação. E para superar a situação terrível, ele falava sem parar aquilo que passava por sua cabeça; ficava mais corajoso e, sacudido por uma risada nervosa, andava de lá para cá.

"Você também tem pequenas experiências tão terríveis quanto eu?", ele perguntou a Barbara que, deitada imóvel na cama, o observava. "Você sabe: lembranças do tipo que fazem a gente passar frio e calor quando pensamos nelas — e temos que pensar com frequência nelas..." Ele ficou em pé, encostado na cama de Barbara; e com avidez febril — mais um rubor leve, doentio, nas faces, sacudidas pelas risadas —, começou a contar.

“Acho que devia ter 11 ou 12 anos quando pude fazer parte do coro de meninos da nossa escola. Fiquei muito feliz e provavelmente também imaginei que meu canto era mais bonito do que o dos outros. Agora vem a pequena lembrança diabólica — preste atenção, não vai parecer tão terrível quando eu contá-la agora. Por ocasião de um casamento qualquer, nosso coro de meninos devia participar na cerimônia da igreja. Era algo importante e estávamos todos nervosos. Mas o diabo me tentou, eu queria sobressair. E quando nosso coro começou com sua música religiosa, tive a ideia absurda de cantar uma oitava acima de todos os outros. Apostei demais no meu soprano e devia estar imaginando que meu som estridente ecoando pela nave teria um efeito incrível. Estava inchado de tanto orgulho, cantando a plenos pulmões — daí meu professor de música me encarou com um olhar mais enojado do que punitivo e disse: ‘Fique quieto!’ — Você compreende, Barbara?”, exclamou Hendrik escondendo o rosto com as mãos brancas. “Você compreende como isso é infernal? Ele falou para mim, em voz baixa e muito direta: ‘Fique quieto!’. E eu tinha acabado de me sentir um arcanjo jubiloso...” Hendrik emudeceu. Depois de uma longa pausa, disse: “Tais lembranças são como pequenos infernos, nos quais temos que entrar de vez em quando...”. Com uma expressão de desconfiança, ele perguntou: “Você tem alguma recordação desse tipo, Barbara?”.

Não, Barbara não tinha tais recordações. Hendrik ficou subitamente irritado, quase bravo. “É isso!”, ele exclamou, rancoroso, e seus olhos brilharam maldosos. “É isso. Você nunca teve que se envergonhar de verdade na sua vida... Aconteceu várias vezes comigo, aquela vez foi apenas a primeira. Tenho que me envergonhar tanto, com tanta frequência — entrar nesse inferno na vergonha... Você entende o que quero dizer, Barbara?”

V

O MARIDO

No final de agosto, o jovem casal Höfgen viajou com Nicoletta von Niebuhr até Hamburgo. Hendrik havia alugado todo o térreo da mansão da consulesa Mönkeberg, constituído de três cômodos, uma pequena cozinha e um banheiro. A decoração dos quartos grandes e confortáveis era complementada por algumas aquisições novas, pelas quais o conselheiro Bruckner teve de pagar.

Nicoletta preferiu morar no hotel. "Não suporto o ar metido da casa dessa sra. Mönkeberg", ela explicou, orgulhosa e nervosa. Barbara, tentando contemporizar, disse que a consulesa era, de seu jeito, uma pessoa muito educada e inofensiva. "De todo modo, eu me dou muitíssimo bem com ela", ela afirmou. Por ocasião da mudança, a sra. Mönkeberg a presenteara com dois gatinhos, um preto e um branco, e demonstrou todo o tipo de cortesia possível. "Estou feliz, minha filha, de ter você na minha casa", assegurou a velha senhora à nova inquilina. "Fazemos parte dos mesmos círculos." A consulesa, cujo pai fora professor universitário, tinha conhecido quando jovem o dr. Bruckner como docente em Heidelberg. Ela convidou Barbara para tomar chá no andar de cima, mostrou-lhe fotografias de família e a apresentou a suas amigas.

Nicoletta zombou impiedosamente do fato de Barbara aceitar esse tipo de convite. Ela, por sua vez, recebia em seu quarto de hotel acrobatas do teatro de variedades, gigolôs e meretrizes elegantes — Hendrik tremia ao pensar que Juliette, chamada "princesa Tebab", pudesse aparecer por um acaso infeliz, mas de modo algum improvável, nesse grupo. Com quanta satisfação a sra. Von Niebuhr teria recepcionado a Vênus negra em sua casa! Pois, esnobe, ela se vangloriava à larga de sua excentricidade e depravação.

"As pessoas que meu pai considerava chamar de amigos não serão ruins para mim", ela costumava assegurar, de cabeça erguida, para todos aqueles que quisessem ouvir.

Aliás, era impossível negar que, nessa época, Nicoletta estivesse maravilhosamente em forma. Tudo nela parecia estar tenso; tudo brilhava, seduzia, estalava como que carregado de eletricidade. Mais certa da vitória do que nunca, ela desfilava a audaz cabeça de jovem com a testa pronunciada, o grande nariz curvado e os lábios muito vermelhos, entre os quais os dentes reluziam. A maioria dos membros masculinos do grupo de Teatro de Arte já estava perdidamente apaixonada por ela; a sra. Motz precisou ralhar e chorar porque Petersen mais uma vez não tinha conseguido se dominar e acabou convidando Nicoletta para um jantar estupidamente caro no Hotel Atlantic. Rahel Mohrenwitz — acostumada a servir como substituta da recalcitrante e pequena Angelika para Bonetti — teve motivo para o mais amargo ressentimento, precisando ver seus encantos fatais serem deixados para trás pelo charme mais intenso, autêntico e forte de Nicoletta. De que adiantava a esforçada Rahel pintar os lábios de violeta-escuro, depilar quase por completo as sobrancelhas e fumar longo cigarros Virginia, embora eles lhe fizessem mal? Nicoletta faiscava os olhos felinos e, por meio da força hipnótica, fazia com que todos achassem que ela era dona de pernas divinas — semelhante àquelas contadoras de sugestivos contos de fadas indianos que conduzem seu público encantado para onde as palmeiras crescem e os macacos saltam, embora só exista o céu azul.

Embora, para dizer a verdade, Oskar H. Kroge não suportasse a srta. Von Niebuhr, ele — seguindo um conselho imperioso de seu amigo Schmitz, que dizia que as pessoas queriam ver "coisas assim" — a escalou para o papel principal da primeira novidade de outono: Nicoletta faria o papel da trágica cortesã sustentada por homens ricos numa peça de mistério francesa, que no final do terceiro ato é assassinada em cena aberta por um de seus amantes. Bonetti assumiu o papel de assassino; suas arrogantes feições enojadas por enorme indiferença e vaidade combinavam à perfeição com o papel; o cafetão, que tem a aparência de um grande senhor, mas que no fundo é um sujeito nefasto, era de Höfgen. A sra. Von Herzfeld, que havia traduzido e adaptado a peça, assumiu a direção. "Você fará mais sucesso nessa bobagem do que em *Knorke*", ela profetizou para Nicoletta, a quem dedicava um interesse maternal dia após dia, desde que seu ciúme em relação a Hendrik passou a se concentrar em outra pessoa. "Também sou da mesma opinião", Nicoletta afirmou de maneira brusca e fria. "Uma atuação como a minha amanhã à noite será quase inédita em Hamburgo."

"Tomara! Estou batendo três vezes na madeira. Mas tenho a impressão de que poderemos apresentar a peça pelo menos trinta vezes em seguida", Schmitz falou com um sorrisinho, batendo mais uma vez na madeira, supersticioso. A cortina tinha sido fechada, os aplausos ecoavam pelo teatro. Nicoletta von Niebuhr era constantemente chamada: no fundo, os espectadores queriam rever a cena da morte. Quando Rolf Bonetti ergueu o revólver em sua direção, os gritos e gestos de Nicoletta foram de fato muito assustadores. O tiro faz barulho, a cortesã trágica tomba, torce os membros, geme alto. Moribunda, faz um discurso detalhado no qual acusa de maneira mais amarga e impressionante o amante ciumento em particular e os homens em geral; reza, chora mais uma vez; morre.

No dia seguinte, os críticos formavam um coro de satisfação. Todos os jornais pareciam concordar que o desempenho de Nicoletta tinha sido incomum. "Nicoletta von Niebuhr no começo de grande trajetória", era a manchete da primeira página do jornal da tarde, o mais lido. Os periódicos de Berlim também receberam notícias nesse sentido. As pessoas faziam fila diante da bilheteria do Teatro de Arte já de manhã, o que não acontecia havia anos. As cinco apresentações seguintes do emocionante drama da prostituição já estavam esgotadas.

Mas Nicoletta tinha recebido o seguinte telegrama de Theophil Marder depois da estreia:

"Exijo que volte imediatamente pt proíbo que continue se prostituindo como atriz pt sentimento viril de honra em mim protesta contra seu rebaixamento pt mulher disciplinada tem de servir incondicionalmente ao homem genial que vai elevá-la até ele pt espero amanhã na estação pt caso fracasse na situação decisiva e atrase a chegada por qualquer motivo se considere definitivamente maldita por mim vg a consciência do mundo pt Theophil"

Nicoletta rechaçou, autoritária, algumas bailarinas e dançarinos que tinham se reunido para cumprimentá-la pelo sucesso. Ela ligou para Höfgen e lhe explicou com palavras secas que estava pensando em viajar para o sul da Alemanha dentro de uma hora. Hendrik perguntou se ela estava brincando ou tinha ficado maluca. Ela explicou, sem mais: nenhum dos dois. Ela estava abrindo mão do trabalho e de sua carreira como atriz. Disse que o papel da prostituta francesa podia ser entregue a outra pessoa sem maiores dificuldades, Rahel Mohrenwitz com certeza já o ensaiara. Mas que para ela, Nicoletta, a única coisa que importava no mundo era o amor de Theophil Marder. A mulher disciplinada deve servir incondicionalmente ao homem genial que vai elevá-la até ele, a srta. Von Niebuhr declarou ao telefone, para espanto de Höfgen.

Hendrik, cujo assombro quase tinha sequestrado a sua voz, murmurou: "Você está doente. Estou chamando um táxi e vou até aí". Dez minutos mais tarde ele estava, juntamente com Barbara, no quarto de Nicoletta, que fazia as malas.

O nobre e sensível rosto oval de Barbara estava branco como a parede em que ela se encostava, muda. Nicoletta também estava muda. Hendrik falava. Primeiro ele desdenhou, depois suplicou e, por fim, começou a ameaçar e a ficar furibundo. "Você tem um contrato! Há uma multa por quebra de contrato!" Nicoletta respondeu em voz baixa, mas sempre da maneira mais clara possível: "O sr. Kroge com certeza não vai gostar de discutir judicialmente com Theophil Marder pela posse da minha pessoa". Hendrik retrucou: "Sua carreira está arruinada. Nenhum teatro do mundo vai chamá-la de novo". Nicoletta: "Já lhe disse que, mil vezes feliz, abro mão dessa carreira. Estou fazendo uma troca por algo incomparavelmente mais valioso, mais importante e mais bonito". Sua voz tinha perdido o tom agudo, e a entonação deixava entreouvir um júbilo contido. Hendrik mal conseguia esconder sua decepção. Essa moça começava a ficar enigmática. Havia paixões que assolavam o ser humano de maneira tão impetuosa, a ponto de a pessoa abandonar uma carreira promissora a seu favor? A imaginação de Hendrik não era capaz de imaginar sentimentos que fossem maiores do que seu coração. As paixões às quais ele se entregava podiam ter consequências que eram, no mais das vezes, condizentes com sua carreira; de modo algum elas teriam permissão de ameaçá-la ou até destruí-la.

"E tudo isso por causa de um profeta debochado", ele falou, afinal.

Nessa hora, Nicoletta se empertigou, esticou o nariz e sibilou: "Proíbo que fale assim do meu noivo, o maior ser humano vivo".

Hendrik sorriu, exausto, e secou o suor da testa. "Bem", ele disse, "então acho que preciso contar isso ao pobre Kroge."

Enquanto ele telefonava para o Teatro de Arte, a voz de Barbara, que parecia velada pela tristeza, foi ouvida pela primeira vez. "Então você quer se casar com ele?", ela perguntou.

"Se ele me aceitar!", respondeu Nicoletta com uma alegria apavorante, enquanto evitava encarar a amiga.

Barbara falou: "Ele é trinta anos mais velho do que você. Poderia ser seu pai".

"Certo", disse Nicoletta e seus olhos exibiram a chama da loucura. "Ele é como meu pai. Nele, encontrei o perdido. A velha relação se renova de maneira maravilhosa."

Barbara disse, implorando: "Ele é doente".

Mas a iludida retrucou, de cabeça erguida: "Ele tem a saúde perfeita do gênio".

Barbara apenas gemeu: "Meu Deus, meu Deus", e escondeu o rosto nas mãos.

Quinze minutos mais tarde, quando Oskar H. Kroge, o diretor Schmitz e a sra. Von Herzfeld chegaram, Nicoletta já tinha arrumado as inúmeras malas e estava no saguão do hotel, esperando o carro que a levaria à estação.

Schmitz, que de súbito não tinha mais uma voz suave, mas apenas gritava, ameaçou com polícia e prisão; Oskar H. Kroge bufava feito um gato velho, enquanto Nicoletta se defendia como uma ave de rapina; a sra. Von Herzfeld tentou com palavras razoáveis, mas emudeceu diante do cinismo estridente e a frieza de Nicoletta. Todos falavam ao mesmo tempo: Schmitz lembrava do teatro esgotado, Kroge falava de falta de sentimento de responsabilidade artística e decência humana, e Hedda von Herzfeld chamou o comportamento de Nicoletta de um ato de histeria da puberdade tardio e repulsivo. Barbara, por sua vez, tinha deixado o hotel sem ser notada. Nicoletta partiu sem ter se despedido de Barbara.

O desaparecimento súbito de Nicoletta representou para Barbara não apenas dor, mas também certo alívio. Ela não se comoveu com a notícia do casamento festejado "em absoluto silêncio" por Nicoletta e Theophil Marder. Pobre Nicoletta, era tudo o que ela ainda pensava. Seu coração começava a abrir mão do problemático prazer dessa amizade, que já o ocupara, alegrara e torturara por tanto tempo. Barbara não conseguia pensar mais num futuro com Nicoletta; mas adorava se lembrar do passado em comum e contar a si mesma a história de uma amizade que tinha começado por circunstâncias tão fantásticas e sensatas e se desenvolvera segundo leis tão maravilhosas.

Willy von Niebuhr, o pai, de vida tão atribulada — mesmo se não especialmente aventureira, como sua filha costumava afirmar —, nunca se preocupou muito com Nicoletta. Quando ele morreu na China, a menina contava 13 anos. Naquela época, ela havia acabado de ser expulsa de um internato em Lausanne depois de um grande escândalo. Niebuhr, que sabia que não viveria mais muito tempo, escreveu de Xangai para Bruckner, de quem tinha sido amigo enquanto estudante. "Cuide da menina!" O conselheiro decidiu acolher a garota por algumas semanas em sua casa, até encontrar um novo internato mais adequado ou outra possibilidade de alojamento. Foi assim que Nicoletta apareceu na casa de Bruckner: uma criatura jovem séria, solene, inteligente e obstinada de nariz grande, curvado, de olhos felinos brilhantes, corpo magro e flexível e a postura altiva da cabeça, certa da vitória. Para o conselheiro, tudo em sua jovem hóspede era sinistro: o olhar sedutor e ameaçador, a maneira de falar excessivamente articulada, de tônicas marcantes, a correção insuportável de seu comportamento. Ele achou fascinante, mas também algo constrangedor, manter tão próximo de si a filha especial de um amigo interessante e ter de observá-la durante o dia inteiro.

Ele se surpreendeu — mas não impediu — com o fato de Barbara ter se aproximado de Nicoletta com uma amizade especialmente intensa. O que atraía sua filha a essa garota estranha, extrema, espantosa? O pai refletiu com carinho a respeito. Ele tinha a impressão de que Barbara procurava em Nicoletta a pessoa mais diferente possível de si mesma... De todo modo, o pai considerava a amizade suspeita o suficiente para pensar em afastar Nicoletta da casa. Ela foi levada a uma pensão na Riviera francesa; mas também lá logo aconteceram escândalos e Nicoletta voltou à casa dos Bruckner. Ela era mandada embora e voltava: esse jogo se repetiu com frequência. E sempre se recuperava na companhia de Barbara das muitas aventuras que sua vida jovem, festiva e irrefletida proporcionava. Barbara sempre a aguardava, sempre lhe abria a porta quando Nicoletta batia; o conselheiro assistia a isso, espantava-se, talvez se preocupasse, mas permitia. Aliás, notava que sua bela e inteligente filha não deixava a própria vida em segundo plano enquanto participava de maneira tão privilegiada da existência da amiga. Barbara se ocupava, de maneira lúdica e reflexiva, com milhares de coisas; tinha amigos a cujos humores e preocupações devotava enorme simpatia paciente; era imprudente e animada; meio amazona e meio irmã suave; audaz e bondosa, muito fechada e sempre disposta a delicadezas que nunca podiam ultrapassar determinados limites. Era assim que Barbara vivia. Talvez o fato *de esperar por Nicoletta*, de estar preparada para sua surpreendente chegada a cada hora do dia, dava à sua vida o sentido secreto, o centro enigmático, de que necessitava.

Nicoletta sempre voltava. Mas Barbara sentia e sabia que dessa vez seria diferente. Dessa vez havia acontecido algo marcante, definitivo. Nicoletta achava ter encontrado em Theophil Marder o homem que era semelhante e também estava à altura de seu pai — ou da figura lendária que ela fazia dele. Agora ela não precisava mais de Barbara. Ela confiava no pai reencontrado, no novo amante com a comoção dramática que caracterizava todas as suas ações, toda a sua vida. Nicoletta se submetia ao desejo desmedido e superexcitado dele, pois, embora altiva, adorava receber ordens. Qual o papel de Barbara agora? Orgulhosa demais para se meter, arrogante demais para se queixar, ela emudeceu e manteve o rosto inescrutável. Pobre Nicoletta, pensava. Agora você tem de se virar sozinha com sua vida. Não será uma vida fácil — pobre Nicoletta.

Aliás, Barbara não tinha muito tempo para pensar a respeito da amiga Nicoletta; sua própria vida, o novo dia a dia na cidade estanha e ao lado de um homem estranho já a ocupavam. Ela precisava se acostumar à vida em comum com Hendrik Höfgen. Será que aos poucos ela aprenderia a amar esse homem, a cuja corte patética ela cedera (meio por curiosidade, meio por compaixão)? Antes de se fazer essa pergunta, Barbara precisou procurar por outra resposta, para ela mais decisiva. Será que Hendrik ainda a amava e será que um dia chegou a amá-la? Barbara, cética por inteligência e experiência em muitas coisas humanas, tinha dúvidas se a paixão que Hendrik lhe mostrara — ou fingira — durante as primeiras semanas ao se conhecerem havia sido real em algum momento. Fui traída, Barbara passou a pensar com frequência. Deixei que um ator me traísse. Parecia ser vantajoso para a carreira dele se casar comigo e, além disso, ele devia estar precisando de alguém a seu lado. Mas ele nunca me amou. Provavelmente não consegue amar ninguém...

Orgulho, boa educação e compaixão a impediam de dar voz a seus pensamentos, mostrar sua decepção. Mas Hendrik era sensível o suficiente para perceber o que ela lhe ocultava mais por arrogância do que por bondade. Mas a inteligência de Barbara não percebia que ele estava sofrendo.

Hendrik se torturava pelo fracasso de seu sentimento por Barbara, assim como pelo fracasso de seu físico, algo que se repetia com frequência de maneira vergonhosa e grotesca. Ele lamentava sua derrota, pois a animação de seu sentimento e o fogo de seu coração tinham sido autênticos — ou quase autênticos, autênticos até o ponto mais extremo que lhe era possível. Nunca vou sentir nada mais intenso e puro do que naqueles dias do começo do verão, depois da estreia de *Knorke*, pensou Hendrik. Se eu fracassar dessa vez, estarei condenado a fracassar sempre. Pois isso vai significar que pertenço a mulheres como Juliette...

Mas como depois de um tempo a autoacusação — mesmo a mais honesta e amarga — se transforma, quase invariavelmente, em autojustificativa, ele logo passou a reunir argumentos dentro de si para usar contra Barbara e aliviar sua carga. Pensando bem: não foi Barbara quem fracassou e cuja frieza arrogante fez o ímpeto de seus sentimentos se apagar? Barbara não se achava superior demais devido à sua origem seleta e ao seu intelecto refinado? Os olhares inquisidores dela, tantas vezes dirigidos a ele, não continham desdém, indelicadeza e uma arrogância gelada? Hendrik começou a temer esses olhos que, até há pouco, lhe pareciam ser os mais belos. Sua irritação, seu orgulho ferido imaginavam haver um sentido sub-reptício e segundas intenções que o desdenhavam até na observação mais indiferente e casual que Barbara lhe fizesse. As pequenas manias de Barbara e a tranquilidade relaxada com a qual ela se mantinha fiel o enervavam e ofendiam de tal modo que, em momentos de calma reflexão, ele percebia a própria irrazoabilidade.

Barbara andava a cavalo antes do café da manhã; por volta das nove horas, ao aparecer na sala de refeições, ela trazia consigo o aroma e o hálito de uma manhã fresca. Hendrik, por sua vez, estava sentado com o rosto apoiado em ambas as mãos, cansado e mal-humorado em seu robe, cada vez mais puído, e parecia lívido. Nessa hora, ele não conseguia se forçar a dar nenhum sorriso maroto, fazer os olhos brilharem, sedutores. Hendrik bocejava.

“Acho que você ainda está meio que dormindo!”, dizia Barbara, animada, colocando o conteúdo de um ovo mole dentro de uma taça de vinho; pois esse era seu modo de comer ovos no café da manhã: na taça, temperados com muito sal e pimenta, molho inglês picante, molho de tomate e um pouco de azeite.

Hendrik respondia, melindrado: “Estou bem acordado e até já trabalhei — por exemplo, liguei para o comerciante de produtos coloniais que está impaciente por causa da nossa conta elevada. Desculpe por não oferecer logo pela manhã a visão de um frescor festivo. Se eu fosse passear a cavalo todos os dias como você, com certeza minha aparência seria melhor. Mas temo que você não vai conseguir me educar para hábitos tão elegantes. Sou velho demais para mudar e venho de círculos em que um esporte tão nobre desses não era usual”.

Barbara, que não queria perder o bom humor, preferiu interpretar a fala dele como algo humorístico. “Você acerta o tom com perfeição”, ela riu. “Dá até para acreditar que está falando sério.” Hendrik fez silêncio, irritado; para passar uma impressão de respeito, prendeu o monóculo diante do olho.

Aliás, Barbara o ofendeu logo em seguida, certamente sem intenção. Enquanto comia com apetite o ovo temperado em sua taça, ela disse: “Você deveria tentar comer seu ovo desse jeito. Acho que fica sem graça apenas direto da casca e sem nada mais picante...”. Depois de uma pausa, Hendrik perguntou com uma educação trêmula de raiva: “Posso lhe chamar a atenção num ponto, minha querida?”. Ela respondeu, sorrindo: “Mas claro”.

Hendrik tamborilou com os dedos sobre o tampo da mesa, esticou o queixo para o alto e apertou os lábios, o que conferia ao seu rosto um traço de chefia. “Seu jeito ingênuo e exigente”, ele falou lentamente, “de se espantar ou de achar graça quando alguém faz algo diferente do que é o costume da casa do seu pai ou da sua avó pode espantar ou até repelir aqueles que não a conhecem tão bem quanto eu.”

Os olhos de Barbara, até há pouco de uma limpidez alegre, se tornaram pensativos e inquisidores. Depois de um silêncio curto, ela perguntou em voz baixa: “Por que você está falando isso agora?”.

Ele respondeu, ainda tamborilando com os dedos, rígido: “É absolutamente comum comer um ovo mole da casca e com sal. Na casa dos Bruckner, come-se da taça e com seis tipos de temperos. Certamente se trata de algo muito original. Mas não vejo motivo de zombar de alguém que não esteja acostumado a tal originalidade.”

Barbara não respondeu, balançou espantada a cabeça e se levantou. Hendrik ficou observando como ela se movia pelo cômodo com seus passos lânguidos, um tanto arrastados. De repente, ele pensou: é incrível — agora ela está com as botas longas, de que tanto gosto, mas nas suas pernas elas não têm o efeito que desejo e preciso. No caso dela, as botas são a parte correta de um traje esportivo. Com Juliette, elas significam outra coisa...

Pensar no nome de Juliette na presença de Barbara lhe trazia um triunfo maldoso, que o compensava por algumas humilhações. Vá passear a cavalo, ele pensou com desdém. Faça um coquetel de ovo mole! Você nem sabe com quem vou me encontrar hoje à tarde antes do ensaio. Enquanto Barbara, orgulhosa e calada, deixava o cômodo, ele sentiu a satisfação ordinária do marido que trai a mulher e tem orgulho por ela não perceber.

Já na segunda semana depois do regresso, Hendrik tinha reencontrado sua Vênus negra. Ela o emboscara quando ele foi ao teatro, à noite. Com que frêmito de prazer e de susto ele estremeceu quando, da escuridão do arco de um portão, sua voz rouca e conhecida o chamou: "Heinz!". Esse nome, do qual se envergonhava e tinha abdicado, proferido pela voz grave da negra, lhe fez tão bem como um carinho cruel. Apesar disso, ele se obrigou a ralhar com a negra: "Como você se atreve? Ficar de tocaia para me achar?". Nessa hora, ela fez um gesto de desprezo com a mão bela, forte e de veias saltadas: "Deixa disso, meu docinho! Se você não for obediente, vou ao teatro e faço um escândalo!". Não adiantou nada ele sibilar: "Então você quer me chantagear!". Ela sorriu: "É claro que sim!", mostrando dentes e olhos reluzentes. A risada larga dela era de uma vilania que parecia a ele terrível e, ao mesmo tempo, irresistível. Ele fez com que Juliette entrasse no corredor do prédio, pois temia que alguém pudesse passar e observá-lo em companhia tão nefasta. A princesa Tebab de fato estava com uma aparência muito decadente. O pequeno chapéu de feltro que ela usava bem enterrado na testa e a jaqueta apertada, puída, eram do mesmo verde luminoso que as botas altas e brilhantes. Ao redor do pescoço havia uma pequena estola de penas sujas e desfiadas. Sobre esse traje triste aparecia o rosto largo e escuro com os lábios entreabertos, rachados, e o nariz achatado. "Quanto dinheiro você quer?", ele perguntou rapidamente. "No momento, tenho bem pouco..." Ela respondeu, quase maldosa: "Dinheiro não adianta, meu docinho de coco. Você tem que me visitar". "O que você está pensando?", ele murmurou, com os lábios trêmulos. "Sou casado..." Mas ela o interrompeu, severa: "Não fale bobagem, meu cordeirinho. A senhora sua mulher não pode lhe oferecer o que você precisa. Eu dei uma olhada nela — na sua Barbara". (Como ela sabia seu nome? O fato inocente de ela saber o nome de sua mulher fez com que Hendrik ficasse especialmente assustado.) "Afinal, a pessoa não tem nada nos ossos", disse a princesa Tebab, rolando os olhos selvagens. Hendrik, que suava frio de medo na testa, esperava que a negra chamasse sua Barbara, a filha de Bruckner, de "mosca-morta". Mas Juliette não parecia tentada a prosseguir com essa conversa teórica. Num tom ameaçador, que exigia resposta imediata e exata, ela perguntou: "Então — quando você vem me ver?".

Num quartinho de sótão, cuja desolação cinza não era minimizada pela reprodução, kitsch e colorida, de uma madona de Rafael sobre a cama, mas a enfatizava de maneira grotesca, recomeçaram os exercícios macabros que no passado tinham acontecido nos cômodos burgueses da consulesa Mönkeberg. Aqui o recém-marido respirava de novo o aroma exótico e conhecido, que parecia ser uma mescla de perfume dos mais baratos e aquele de uma floresta tropical. Aqui ele pertencia novamente à voz rouca, autoritária, às palmas, às batidas de pés rítmicas de sua mestra. Aqui ele declamava mais uma vez versos franceses quando, gemendo de exaustão, desmontava no catre duro que servia de cama à filha do rei. Mas agora essas celebrações sombrias que Höfgen se permitia duas vezes por semana — como antes — chegavam a um clímax odioso, do qual ele sentia falta antes. Depois de tudo terminado e tendo a srta. Juliette liberado o aluno, satisfeito e exausto, para descansar, Hendrik começava a falar — nesse cômodo e diante dessa mulher — da esposa.

Aquilo que ele ocultava da curiosidade discretamente investigativa, ciumentamente tensa da amiga Hedda von Herzfeld, do interesse corporativo do companheiro Otto Ulrichs, ele confessava à sua Vênus negra, que podia chamá-lo de "Heinz": ele lhe confessava como sofria com Barbara. A ela, apenas a ela, ele se obrigava à sinceridade. Não lhe ocultava nada, nem a própria vergonha. Quando descobriu seu fracasso fisiológico, sua humilhação conjugal, a srta. Martens riu de maneira áspera, longa e calorosa. Hendrik se inquietou com essa risada, que lhe pareceu mais difícil de suportar do que os açoites mais severos. A esse respeito, a princesa negra abriu um sorriso: "Ora, se é assim, meu docinho — se ela se comporta assim —, então você não pode esperar que sua bela o trate com consideração especial!".

Ele relatou as cavalgadas matinais de Barbara, que considerava uma provocação constante; queixou-se de suas orgulhosas extravagâncias: "Ela faz um coquetel de ovos moles, com dez molhos picantes, e ainda desdenha de mim porque como meu ovo como um mero mortal, a partir da casca! Tudo na minha casa tem de ser o mais semelhante possível ao que acontece na casa do seu pai e na da sua avó. Por isso também ela não permitiu que eu trouxesse o pequeno Böck como empregado — um rapaz muito obediente, dedicado a mim, que não se aliaria a ela. Mas, não. Na nossa casa, ela não suporta alguém que esteja do meu lado. Ela procurou uma desculpa e disse que o pequeno Böck não manteria a casa em ordem. Entretanto, ela não o conhece; há anos ele é meu camareiro e posso jurar: ele é o amor à ordem em pessoa. Em vez dele, temos uma antipática velha qualquer, que durante vinte anos foi arrumadeira na propriedade da generala: assim, tudo como antes na vida da estimada senhora!".

A Vênus negra escutava com paciência. Ela também foi informada de que Barbara circulava em boas casas de Hamburgo — "de conselheiros ou diretores de banco!", disse Hendrik, rancoroso —, nas quais ele, o ator Höfgen, não era convidado ou apenas "convidado a reboque" de uma maneira desdenhosa, que o obrigava a recusar o programa. Barbara frequentava vários locais que lhe pareciam estranhos e hostis — salas de concerto ou salões. Também sua correspondência, farta e diversificada, era fonte de irritação. Ela estava sempre recebendo ou escrevendo cartas, Hendrik não sabia nem quem eram as pessoas com as quais ela se correspondia tão animadamente. Ele reclamou a respeito, amargurado, para sua Vênus negra. Será que Juliette também não achava que as epístolas que Barbara enviava ao pai, à generala ou ao seu fatal amigo de juventude, Sebastian, continham basicamente coisas que eram depreciativas para ele, para Hendrik? A princesa Tebab não podia nem queria negar essa possibilidade. "Com certeza ela faz troça de mim por escrito!", Hendrik exclamou, exaltado. "Se ela não tivesse a consciência pesada, então me mostraria vez ou outra uma das muitas cartas que recebe. Mas nunca vejo nada." Hendrik achava a situação especialmente ruim e significativa porque ele, por sua vez, tinha mostrado a Barbara várias vezes as cartas recebidas da mãe, a sra. Bella. "Mas não farei isso nunca mais", ele explicou, decidido, à princesa negra. "Para que mostrar confiança nela se ela fica de segredinhos o tempo todo? E, além disso, ainda tem o desplante de rir das cartas de mamãe."

Realmente, Barbara tinha se divertido um bocado quando Hendrik lhe mostrou a carta na qual a sra. Höfgen falava do término do mais recente noivado de Josy. "Claro que todos estamos muito aliviados que a coisa acabou bem mais uma vez", escreveu a pobre mãe. Barbara riu longamente nesse trecho e Hendrik também participou de sua alegria: naquele momento, ele próprio achou o trecho tão engraçado quanto Barbara. A irritação veio apenas depois, quando relatou à Vênus negra com palavras irritadas e queixosas: "Na família dela, tudo corre às mil maravilhas!", ele exclamou. "Sobre a generala com seu lornhão não se pode falar nada. Mas minha mãe é zombada."

As visitas ao sótão sombrio de Juliette terminavam com tais relatos e lamentos. Antes de Hendrik depositar os 5 marcos sobre a mesinha de cabeceira e partir, ele dizia à sua princesa que a amava muito mais do que amava Barbara. "Não é verdade", respondia Juliette com sua voz tranquila e grave. "Você está mentindo de novo." Hendrik abria um sorriso ambíguo, doloroso, irônico, cismado. "Estou mentindo?", ele perguntava baixinho. E, de repente, com a voz límpida e o queixo erguido: "Bem, tenho que ir ao teatro...".

Os ensaios para a nova encenação de *Sonho de uma noite de verão*, na qual Hendrik fazia o papel de Oberon, o rei dos elfos, e os preparativos para a grande estreia eram mais importantes e excitantes do que o problema complicado e vão de saber quem ele amava mais: Barbara ou Juliette. "Não temos o direito de nos dispersar do trabalho por causa de assuntos pessoais", ele explicou à amiga Hedda. "Afinal, somos artistas em primeiro lugar", Hendrik concluiu, e seu rosto trazia uma expressão tanto orgulhosa e ciente da vitória, quanto sofredora.

Barbara, que ocupava o seu dia com esporte, leituras, desenho, correspondência ou nas salas de aula da universidade, vez ou outra aparecia à noitinha no teatro, a fim de buscar Hendrik dos ensaios. Ela também podia passar uma hora nos camarins ou no T. A. — algo que Hendrik não via com bons olhos. Já que suspeitava que a mulher tentava indispor os colegas contra ele, Hendrik não queria de jeito nenhum que o contato entre ela e o corpo do Teatro de Arte se tornasse mais próximo. Barbara tentou em vão fazer o cenário para uma das inúmeras estreias previstas para o inverno. Hendrik sempre lhe prometia que iria advogar a seu favor junto à diretoria, mas sempre voltava com a notícia de que os diretores Schmitz e Kroge não tinham nada contra a ideia, mas tudo parava na resistência da sra. Von Herzfeld.

Essa afirmação não tinha sido inventada do nada. Na verdade, Hedda ficava ranzinza e demonstrava má vontade quando Barbara era tema de conversa. O ciúme passional transformava a inteligente mulher numa pessoa irascível e injusta. Ela não conseguia perdoar que Barbara tivesse se casado com Hendrik. Claro, a sra. Von Herzfeld nunca foi audaciosa a ponto de nutrir esperanças sérias por Höfgen. Ela sabia do gosto particular do homem amado, tinha conhecimento do segredo obscuro e constrangedor da relação dele com a princesa Tebab. O papel com o qual ela precisava se contentar — e com o qual tinha se contentado por anos — era o da amiga e confidente fraterna. Justamente esse papel estava sendo disputado agora por Barbara. Para Hedda, era um triunfo que a rival não parecesse preencher de modo adequado o papel invejável. Hendrik não havia afirmado isso explicitamente, mas o instinto aguçado da mulher ciumenta deduziu. A sra. Von Herzfeld sabia do que se tratava: a filha do conselheiro era muito exigente. Para se dar bem com Hendrik Höfgen, era preciso saber renunciar, ficar em segundo plano. Pois era claro que um homem desses pensasse primeiro nele mesmo. Barbara, entretanto, exigia e esperava algo dele. Ela exigia felicidade. A sra. Von Herzfeld riu com desdém nessa hora. Será que a arrogante Barbara não percebia? A única felicidade que homens como Hendrik Höfgen podiam garantir era aquela de sua presença excitante, de sua proximidade encantadora...

A pequena Siebert sentia o mesmo. Mas, no que dizia respeito a Hendrik, essa criatura amável e delicada tinha se resignado mais do que Herzfeld, que começava a envelhecer. A pequena Siebert sofria, mas não odiava. Ela sentia o maior respeito pela esposa de Höfgen, Barbara. Se a invejada deixasse cair um lenço, Angelika se curvava no mesmo instante para erguê-lo. Em seguida, Barbara agradecia espantada, enquanto a pequena enrubescia, sorria desajeitada e apertava, amedrontada, os olhinhos míopes.

Se a relação de Barbara com a sra. Von Herzfeld e Angelika, as duas apaixonadas desiludidas, era complicada e tensa, sua relação com as outras mulheres da companhia era especialmente cordial. Barbara costumava ter longas conversas com a sra. Motz sobre o preço dos alimentos, costureiras e os erros dos homens no geral e do ator Petersen em particular. Barbara sabia tão bem ouvir as declarações da mulher respeitável e temperamental que a sra. Motz ficou convencida — e gostava de anunciar em voz alta — que a jovem sra. Höfgen era uma "pessoa fantástica". Mohrenwitz dividia essa opinião: Barbara, que nem mesmo se maquiava, não tinha pretensão de ser uma mulher fatal e, portanto, nunca rivalizaria com ela, a depravada Rahel.

Tanto Petersen quanto Rolf Bonetti chamavam a jovem esposa de Hendrik de "sujeito bacana"; o velho Hansemann dispensava uma simpatia reclamona para ela, que pagava pontualmente seus consumos; o porteiro do teatro, Knurr, cumprimentava-a de maneira militar, pois sabia que era filha de um conselheiro; os diretores Schmitz e Kroge gostavam de conversar com ela. Schmitz se satisfazia a princípio com piadas de salão, mas logo descobriu que nela havia um interesse objetivo e sagaz pelas preocupações financeiras do teatro e passou a discorrer longamente com ela sobre esse tema, sempre atual, sempre preocupante. Oskar H. Kroge, por seu lado, revelou a ela sua preocupação com o repertório questionável do Teatro de Arte. O antigo precursor de um teatro mais intelectualizado tinha de observar, com tristeza, que comédias e operetas começavam a tomar a frente de peças sérias. Esse desenvolvimento lamentável não era culpa exclusiva de Schmitz, que tinha de avaliar a peça segundo o "caixa" futuro; Höfgen também era responsável pela queda do nível literário — por mais paradoxal que isso pudesse soar. O teatro revolucionário — que não tinha sido inaugurado — servia de justificativa para a aceitação de peças ligeiras. Kroge, apesar de suas objeções *a priori* contra o comunismo, estava a ponto de desejar ardentemente a inauguração do planejado espaço, que deveria trazer ao seu teatro não apenas o espírito revolucionário, como também o literário. Hendrik, porém, afirmava, com a maior desenvoltura, que era absolutamente necessário se tornar querido pelo público e pela imprensa por meio de papéis mais fáceis e digeríveis antes de conseguir se lançar ao teatro revolucionário. Talvez Otto Ulrichs — tão paciente quanto entusiasmado — acreditasse nesse argumento de seu bom amigo. Barbara era mais cética e mais ansiosa.

Ela gostava de conversar com Ulrichs; a simplicidade e a entrega de seu modo de ser a impressionavam. Ela própria era dada a dúvidas; aliás, ela costumava explicar que não entendia nada de política — algo que era desdenhosamente confirmado por Hendrik. "Você não faz ideia da real seriedade das coisas", ele disse para ela, fazendo seu rosto de governante tirânico. "Você se aproxima de tudo de maneira lúdica e com fria curiosidade. A crença revolucionária é, para você, um interessante fenômeno psicológico. Para nós, entretanto, trata-se do mais sagrado meio de vida." Assim falava Hendrik. Otto Ulrichs, que sacrificava metade de seu tempo e de suas entradas ao trabalho político, parecia bem menos rígido. Seu tom em relação a Barbara era um tanto didático, paternal, mas cheio de simpatia. "Você vai encontrar seu caminho até nós, Barbara. Sei disso", ele dizia, amistoso e confiante. "Afinal, hoje você já sabe que a verdade e o futuro estão conosco. Você tem apenas um pouquinho de medo de aceitar tudo isso e assumir as consequências."

"Talvez eu tenha realmente apenas um pouquinho de medo", Barbara sorria.

Enquanto isso, ela não parava de se espantar com qual bonomia paciente Ulrichs permitia que Höfgen represasse os assuntos do teatro revolucionário. Ela, por sua vez, pressionava — para tanto, tinha também seu pequeno motivo pessoal, egoísta: queria criar o cenário para a primeira encenação do ciclo revolucionário. "Não é da minha alçada", ela dizia quase diariamente para Hendrik, "e a crença na revolução mundial não constitui o sentido da minha vida. Mas sinto vergonha por você, Hendrik. Se você não encarar seriamente esse assunto logo, fará um papel ridículo." Hendrik, por sua vez, fechava a cara. Seu olhar não ficava estrábico por afetação, mas por raiva. Ele respondia com uma arrogância incrível: "Esse é um jeito de falar diletante. Sua falta de noção nos assuntos de tática revolucionária é total".

A tática revolucionária dele consistia em inventar todos os dias novas desculpas para não começar com os ensaios do teatro revolucionário. Mas, para que ainda houvesse alguma ação no sentido da revolução mundial, ele subitamente se decidiu em fazer uma palestra sobre "o teatro contemporâneo e suas obrigações morais". Kroge, que estava cada vez mais interessado no tema, disponibilizou o Teatro de Arte para Höfgen durante um sábado à tarde. A palestra de Höfgen foi composta em parte pelo vocabulário de seu entusiasmado diretor, em parte pelo vocabulário de Otto Ulrichs, resultando num efeito bastante razoável: um discurso emocionado e sem amarras, no qual tanto o público liberal quanto os jovens de tendência marxista-revolucionária na plateia encontraram suas palavras de ordem preferidas. No final, todos aplaudiram e quase todos ficaram convencidos do desejo honesto, político-artístico, de Hendrik — confirmado extensamente na manhã seguinte pelos críticos da imprensa.

Hendrik Höfgen tinha aguardado tal confirmação. "Agora a situação está madura, podemos agir", ele constatou, trocando olhares conspirativos com Ulrichs. O primeiro ensaio para o teatro revolucionário foi marcado. A peça a ser estudada certamente não era aquela radical, escolhida no ano anterior. No último instante e por motivos táticos, Hendrik se decidiu por uma tragédia da guerra, cujos três atos sombrios apresentam a miséria do inverno de 1917 numa cidade grande alemã e de caráter geral pacifista, mas não claramente socialista. Barbara desenhou o cenário: um quarto de fundos, escuro, uma viela cinza, na qual as mulheres faziam fila para o pão. Otto Ulrichs e Hedda von Herzfeld fariam os papéis principais.

Höfgen, o diretor, estava muito inspirado no primeiro ensaio. Quando declamou a grande fala acusatória, com uma emoção contida, sóbria, que a sra. Von Herzfeld tinha de repetir no final do terceiro ato em seu papel de mãe trágica, Otto Ulrichs precisou secar os olhos, discretamente, e até Barbara ficou impressionada. No segundo ensaio, porém, Hendrik foi acometido por uma rouquidão nervosa; no terceiro, ele apareceu mancando — seu joelho direito tinha travado de repente, ele disse, e dobrá-lo era impossível. Por fim, no quarto, seu rosto estava tão bravo e descorado que todos ficaram com medo — não sem motivo, como se descobriu em seguida, pois logo ele ficou terrivelmente mal-humorado, chamou a sra. Von Herzfeld de "pata-choca" e ameaçou a sra. Efeu, que estava soprando o ponto, com demissão sumária. "Você está sabotando nosso trabalho", ele gritou para ela. "E ainda acha que não sei o porquê. Supostamente os amigos do partido do sr. Miklas lhe passaram essa tarefa! Mas vamos mostrar para vocês — para vocês todos, para o sr. Miklas, o indecente sr. Knurr e todo o bando maldito —, não se esqueça disso!" Não adiantou a sra. Efeu chorar amargamente, jurando sua inocência sem parar.

Depois desse ensaio — que todos os seus participantes guardaram como péssima lembrança —, Höfgen ficou acamado, acometido por icterícia. Durante catorze dias, não pôs os pés no teatro. Ulrichs, Bonetti e Hans Miklas dividiram o grande papel dele. Após a convalescença, ele ainda parecia abatido e sem energia, e seus olhos de pedras preciosas estavam opacos. A estreia do teatro revolucionário foi adiada sem prazo definido: o médico havia proibido expressamente Höfgen de arrumar mais trabalho além daqueles imprescindíveis e que já estavam em andamento.

Ao menos havia uma pessoa no grupo do Teatro de Arte que ficou muito feliz com o desenrolar das coisas: Hans Miklas estava radiante e se sentia vitorioso. Ele disse em voz alta no T. A. que sempre soube que o negócio todo do tal teatro revolucionário era uma bobagem ímpar, e os olhares bravos da sra. Von Herzfeld não o impediram de repetir a afirmação várias vezes. Seu rosto obstinado parecia se iluminar pelo intenso prazer proporcionado pelo fiasco do teatro revolucionário; ele passou um dia inteiro de bom humor, assobiando e cantarolando, sem buracos pretos no rosto, sem tosse, e até ofereceu uma bebida à sra. Efeu. Diante da situação inédita, a boa mulher exclamou: "Meu jovem, você hoje está fora de si!".

Claro que o belo incidente melhorou o humor do rapaz apenas por um tempo, não de maneira definitiva. Já no dia seguinte seu rosto estava fechado, bravo, os buracos pretos sob os ossos malares tinham voltado e sua tosse soava preocupante. Como ele nos odeia!, pensou Barbara, que o observava. Ela não era indiferente ao charme sombrio do rapaz mal-educado. Seu rosto com o cabelo grosso, desarrumado, sobre a testa clara, as olheiras ao redor dos olhos obstinados e os lábios que faziam um beicinho de rejeição e sem a aparência de saúde tinha um efeito bem mais atraente para ela do que o rosto esgotado de tanta vaidade do jovem Bonetti. Havia algo no corpo estreito e elástico do jovem Miklas — nesse corpo treinado, flexível e ambicioso — que comovia Barbara. Por isso ela tentava, às vezes, conversar com o jovem. Primeiro ele reagiu com grande desconfiança, pois se tratava da esposa do odiado superior. Aos poucos, porém, Barbara conseguiu fazer com que ele se mostrasse mais simpático e confiante em relação a ela. Às vezes, Barbara o convidava para uma cerveja e um salgado no T. A. — pequenos gestos que Hans Miklas sabia valorizar. Ela gostava de conversar com o jovem raivoso sobretudo quando tinha se irritado com Hendrik uma vez mais. "Que tal a gente passar outra noite insubordinada?", ela propunha a ele, que aceitava com prazer. Ele sempre estava disponível para noites insubordinadas, e principalmente quando cerveja e carne estavam inclusas.

Com interesse misturado a um tanto de terror, Barbara ouvia Hans Miklas discorrer sobre o que amava e aquilo que odiava. Nunca antes ela havia se sentado à mesa com alguém com ideias e propostas semelhantes às desse jovem, que as defendia com tamanho fanatismo. Logo ela percebeu que ele desdenhava ou rejeitava tudo o que era caro e indispensável a ela mesma, ao seu pai ou aos seus amigos. O que ele queria dizer quando se queixava veementemente do "maldito liberalismo" ou ridicularizava "certos grupos judeus ou simpáticos aos judeus" que — segundo sua convicção — estavam estragando a cultura alemã? Sim, ele se refere a tudo que eu amei e acreditei na vida, compreendeu Barbara. Ele se refere ao intelecto e à liberdade quando fala "bando de judeus". E ela levou um susto daqueles. Apesar disso, sua curiosidade a fazia prosseguir com uma conversa que, na opinião dela, era fantástica. Barbara tinha a impressão de ter sido transferida de repente da esfera civilizada, na qual estava acostumada a viver, a uma outra, completamente estranha e bárbara.

De que gostava uma criatura tão enigmática como Hans Miklas? Quais eram as ideias e os ideais que inflamavam seu entusiasmo agressivo? Ele sonhava com uma "cultura alemã livre de judeus", e Barbara balançava a cabeça, espantada. Quando seu estranho interlocutor lhe disse que o "tratado de Versalhes tinha de ser rasgado" e a nação alemã precisava se tornar "apta à guerra" de novo, os olhos dele faiscaram e até a testa parecia brilhar. "Nosso Führer vai devolver a honra ao povo!", ele exclamou. Sua voz soava rouca e ele sacudiu o cabelo, certo da vitória. "Não suportaremos mais a vergonha dessa república, desprezada pelo exterior. Queremos nossa honra de volta — todo alemão decente exige isso e há alemães decentes por todos os lados, mesmo aqui, neste teatro bolchevista. Você tem que ouvir o sr. Knurr falando quando não acha que está sendo ouvido! Ele perdeu três filhos na guerra, mas disse que isso não é tão ruim, pior é que a Alemanha perdeu a honra — e o Führer, apenas ele, é capaz de trazê-la de volta para nós!"

Mas Barbara pensou: por que a honra alemã o deixa tão nervoso? Na sua opinião, o que significa esse conceito? Será que ele acha mesmo tão importante a Alemanha dispor de tanques e submarinos novamente? Ele primeiro devia tentar se livrar da tosse terrível, fazer sucesso num novo papel e ganhar um pouco mais de dinheiro para conseguir comer o suficiente todos os dias. Com certeza ele come de menos e treina demais — ele parece absolutamente esgotado. Ela lhe perguntou se ele não queria um sanduíche de presunto; Hans Miklas balançou rápido a cabeça num sim e depois continuou a sonhar: "O dia vai chegar! Nosso movimento *tem* que vencer!".

Barbara tinha ouvido palavra semelhantes de animada confiança há pouco de outra pessoa: Otto Ulrichs. Ela não ousara contradizê-lo — a própria razão e sentimento estavam quase totalmente convencidos de sua crença razoável e ardente; para Hans Miklas, porém, ela disse o seguinte: "Se a Alemanha realmente um dia deva ser como você e seus amigos desejam — então prefiro me afastar daqui. Então vou embora", Barbara explicou, sorrindo pensativa, mas sempre simpática, para Miklas. Ele, porém, ficou radiante: "Acredito! Várias pessoas irão embora; quer dizer: caso elas recebam permissão de viajar e não sejam presas antes! Pois daí será *nossa* vez! Daí finalmente a opinião dos alemães vai importar na Alemanha".

Agora, com o cabelo desgrenhado e os olhos radiantes, ele estava se parecendo com um satisfeito garoto de 16 anos. Barbara não podia negar que gostava da imagem, mesmo se toda palavra que ele dissesse lhe parecesse estranha e repulsiva. Com uma vivacidade que o fazia perder o fio da meada com constância, mas se mantinha sempre incisiva, ele lhe explicou que a crença pela qual lutava era a mais profundamente revolucionária possível. "Quando o dia chegar e nosso Führer assumir todo o poder, o capitalismo e a economia dos tubarões terão chegado ao fim, a dominação dos juros será interrompida, os grandes bancos e as bolsas, que expoliam nossa economia popular, poderão fechar sem deixar saudades!"

Barbara queria saber por que Miklas não se aproximava dos comunistas, já que era — como dizia — contra o capitalismo. Miklas explicou, ávido feito uma criança que declama a lição aprendida de cor: "Porque os comunistas não têm sentimento patriótico, mas dependem do internacionalismo e dos judeus russos. Também não sabem nada do idealismo; todos os marxistas acreditam que o que mais importa na vida é o dinheiro. Nós queremos nossa própria revolução — alemã, idealista; não uma revolução dirigida pelos maçons e pelos Sábios de Sião!".[1]

1 Assim como as *fake news* atualmente, *Os Protocolos dos Sábios de Sião* foi um panfleto antissemita bastante divulgado na época, que alegava denunciar uma conspiração judaica para a destruição do mundo. [NE]

Nesse ponto, Barbara chamou a atenção do afogueado rapaz, dizendo que seu "Führer", que queria acabar com o capitalismo, estava recebendo muito dinheiro da indústria pesada e dos grandes proprietários de terra. Miklas ficou irritado e rebateu com firmeza tais acusações como "típica agitação judaica". Os dois ficaram discutindo assim até bem tarde da noite. Barbara — irônica, suave e curiosa — interrogava o rapaz cabeça-dura e tentava orientá-lo. Mas ele, com sua teimosia infantil, permanecia com sua crença sanguinária na doutrina de salvação da raça, da quebra da servidão dos juros e da revolução idealista. A sra. Efeu, enciumada, que de um canto observava o casal absorvido na conversa, sussurrou ao porteiro Knurr: "A sra. Höfgen está de olho no meu rapaz — era o que me faltava. A sra. Höfgen quer tirar meu menino de mim...".

Ainda na mesma noite, Hans Miklas tomou uma bronca da sra. Efeu; Barbara, por sua vez, teve uma altercação feia com Hendrik, que estava furioso: não por "ciúme pequeno-burguês de marido" — como ele enfatizou —, mas por motivos políticos. "Não se passa a noite inteira à mesa com um lúmpen nacional-socialista!", ele exclamou, tremendo de raiva. Barbara respondeu que, em sua opinião, o jovem Miklas não era um lúmpen. Hendrik cortou sua palavra e disse: "*Todos os nazistas são lúmpens*. A gente se suja quando interage com eles. Lamento que você não compreenda. As tradições liberais da sua casa não lhe fizeram bem. Você não tem convicções, apenas uma curiosidade lúdica". Ele estava empertigado no meio do quarto; suas palavras professorais, rígidas, eram acompanhadas por movimentos bruscos, angulosos, dos braços.

Barbara disse em voz baixa: "Admito que o jovem dá um pouco de pena e me interessa um pouco. Ele está doente, é ambicioso e não tem o suficiente para comer. Vocês o tratam mal — você, sua amiga Herzfeld e os outros. Ele procura por alguma coisa em que se segurar e erguer. Foi desse jeito que chegou a essa loucura, que agora chama, orgulhoso, de sua convicção...".

Hendrik riu, com desdém, exalando pelo nariz. "Quanta compreensão para com esse estrupício! Nós o tratamos mal! Incrível! Ah, eu escutar algo assim! Você faz ideia de como ele e os amigos iriam nos tratar caso a malta chegasse ao poder?", perguntou Hendrik — o torso inclinado para a frente, os braços apoiados no quadril — com irada urgência.

Barbara falou devagar, sem olhar para ele: "Que Deus impeça esses loucos de chegarem algum dia ao poder. Daí não vou querer mais viver neste país". Ela se sacudiu um pouco, como se sentisse já o contato nojento da brutalidade e da mentira que dominaria a Alemanha, caso os nazistas governassem. "O submundo", ela disse, estremecendo. "É o submundo exigindo o poder..."

"Mas você se senta à mesa com ele e conversa!" Hendrik caminhava pelo quarto com passos largos, numa postura triunfal. "Trata-se da nobre tolerância burguesa! Sempre uma compreensão elegante pelo inimigo mortal — ou por aquilo que hoje em dia ainda se chama inimigo mortal! Espero que você, minha querida, venha a se dar bem com o submundo caso ele um dia chegue ao poder; você seria capaz de achar facetas interessantes no terror fascista. Seu liberalismo aprenderia a chegar a um bom termo com a ditadura nacionalista. Apenas nós, os combatentes revolucionários, somos seus inimigos mortais — e só nós impediremos que ela fique de pé!" Ele caminhava feito um galo pelo quarto, os olhos estrábicos estáticos e o queixo erguido. Barbara, porém, permanecia imóvel. Se Hendrik tivesse olhado para ela nesse instante, levaria um susto com a seriedade de seu rosto.

"Então você acha que eu aceitaria", ela disse, quase sem voz. "Você acha que eu me conciliaria, me conciliaria com o inimigo mortal."

Poucos dias mais tarde, Hendrik e Miklas tiveram um embate que terminou com Höfgen conseguindo junto à direção do Teatro de Arte de Hamburgo a demissão sumária do jovem ator. O motivo dessa catástrofe — que para Höfgen foi um triunfo, mas para Hans Miklas se tornou desastrosa e devastadora — pareceu irrelevante a princípio. Nessa noite, Hendrik estava de excelente humor. Animadíssimo, ele irradiava a autêntica alegria daqueles da região do Reno e divertia os colegas, reverentes, com gracejos e piadas novas. Ele tinha acabado de imaginar um jogo tão prazeroso quanto produtivo. Visto que, no jornal, Hendrik só lia com atenção as notícias sobre teatro e apenas se interessava com atenção por assuntos relacionados a isso, ele estava por dentro de tudo a respeito das companhias alemãs de teatro, ópera e operetas; sua memória treinada guardava o nome da segunda contralto em Königsberg, assim como o da atriz que sempre fazia a matrona da sociedade em Halle. Houve muita diversão e risadas, com Hendrik pondo à prova seus conhecimentos excepcionais. Ele respondia de pronto quando era perguntado: “Quem é o jovem *bon-vivant* em Halberstadt?”. E não ficava devendo resposta quando alguém queria saber: “Onde a sra. Türkheim-Gävernitz está atuando no momento?”. “Ela está fazendo o papel da velha engraçada em Heidelberg”, Höfgen respondia, como se fosse algo natural.

Miklas ficou muito incomodado quando alguém perguntou: “E quem é a principal atriz jovem no teatro municipal de Jena?”. Hendrik respondeu: “Uma vaca idiota. Seu nome é Lotte Lindenthal”. Miklas, que estava fora da brincadeira e não tinha participado das risadas, entrou na conversa: “Por que justamente Lotte Lindenthal é uma vaca idiota?”. Höfgen retrucou com frieza: “Não sei por que ela é uma vaca; mas é”. E Miklas, com uma voz rouca e baixa, disse: “Mas eu posso lhe dizer por que você quer magoar justamente essa mulher. Porque sabe muito bem que ela é a namorada de um dos nossos líderes nacional-socialistas, nosso heroico aviador...”.

Höfgen, que batia os dedos com força no tampo da mesa e cujo rosto parecia petrificado de arrogância, interrompeu-o nesse ponto. “Me interessa muito pouco descobrir o nome e o título do amante da srta. Lindenthal”, ele disse sem nem olhar para Miklas. “Aliás, a lista seria longa. A srta. Lindenthal não se diverte apenas com o oficial aviador.”

Miklas, com os punhos cerrados e a cabeça baixa, estava na posição de luta de um menino das ruas prestes a se lançar contra um inimigo e começar uma grande briga. Sob a testa irada, os olhos claros pareciam estar cegos de raiva. “Tome cuidado”, ele disse, ofegante, e todos se assustaram com sua audácia sacrílega. “Não permito que uma mulher seja ofendida publicamente só porque faz parte do Partido Nacional-Socialista dos Trabalhadores Alemães e é namorada de um herói alemão. Não permito!”, ele disse, rangendo os dentes e dando mais alguns passos ameaçadores.

"Você não permite!", Hendrik repetiu, rindo de maneira mordaz. "Ai, ai", acrescentou com desdém. Nessa hora, Miklas realmente quis partir para cima dele, mas foi impedido por Otto Ulrichs, que o segurou firme pelos ombros. "Você está embriagado!", Ulrichs exclamou, sacudindo Miklas, que conseguiu dizer: "Não estou embriagado, muito pelo contrário! Mas talvez eu seja o único aqui que ainda tem um resto de sentimento de honra no corpo! Ninguém neste meio cheio de judeus parece se importar se uma mulher é xingada...".

"Basta!" O grito metálico veio de Höfgen, que estava em pé, empertigado. Todos olharam para ele, que falou com uma lentidão exasperadora: "Acredito, meu caro, que você não esteja alcoolizado. Então não será possível invocar uma situação amenizadora. E você não precisará mais me aturar no meio cheio de judeus no qual ainda se encontra — confie em mim!". E Höfgen deixou a cantina com passos duros e pequenos.

"A gente sente um calafrio nas costas", a sra. Motz sussurrou para um silêncio respeitoso. E de onde vinha aquele choramingo? A sra. Efeu tinha apoiado o torso pesado sobre a mesa e as lágrimas corriam entre seus dedos gordos.

Kroge, que não tinha testemunhado a cena escandalosa na cantina, não estava disposto a concordar sem mais com a demissão do jovem ator. A sra. Von Herzfeld e Hendrik juntaram seus esforços de argumentação para acabar com suas objeções jurídicas, políticas e humanas. O diretor balançava o preocupado rosto de gato, enrugava a testa, andava para lá e para cá na sala, nervoso, e resmungou: "Vocês podem ter razão, confesso, a respeito do comportamento rabugento desse jovem... Mas de todo modo: tenho dificuldade em pôr no olho da rua uma pessoa sem dinheiro e doente...". Hendrik e Hedda se apressaram em apontar que esse comportamento hesitante, que tendia ao acordo, tinha uma maldita semelhança com o jeito frouxo e covarde com o qual os partidos da República de Weimar enfrentavam o desavergonhado terrorismo nazista no momento. "Temos que mostrar para esse bando de assassinos que eles não têm o direito a se apossar de tudo." Hendrik bateu com o punho na mesa.

Kroge tinha quase se curvado aos argumentos dos dois colegas de trabalho quando Miklas, para surpresa de todos, encontrou alguém para defendê-lo: tratava-se de Otto Ulrichs, que subitamente pediu para participar da reunião. "Eu lhes imploro, não façam isso!", ele exclamou, nervoso. "Me parece que já é castigo suficiente o garoto não ser escalado para a próxima temporada. O boboca não pensou direito em tudo aquilo que saiu papagaiando ontem! Todos nós podemos perder a cabeça de vez em quando..."

"Estou espantado", disse Hendrik, lançando um olhar bravo através do monóculo para seu amigo Otto. "Estou muito espantado de ouvir você, justamente você, falando isso." Ulrichs fez um gesto com a mão, irritado. "Tudo bem", ele falou, "vamos deixar as considerações humanas de lado. Assumo que o pobre sujeito me dá pena com sua tosse e o rosto encavado. Mas eu não iria defendê-lo por motivos meramente pessoais — você deveria me conhecer o suficiente para saber disso. São, como sempre, considerações políticas que determinam meu comportamento. Não devemos criar mártires. Justo nessa situação política atual, seria errado..."

Hendrik se levantou. "Desculpe interrompê-lo", ele falou com uma educação demolidora. "Mas me parece inútil continuar com esse debate teórico tão interessante. O caso é simples: vocês têm que escolher entre Hans Miklas e eu. Se ele permanecer neste teatro, eu saio." Ele anunciou isso com uma solene simplicidade, que não deixava dúvida da seriedade de suas palavras. Hendrik estava junto à mesa, o peso do tronco curvado à frente apoiado nas mãos, que tinham os dedos abertos. Ele mantinha os olhos baixos, como se sua discrição quisesse evitar que a decisão fosse influenciada pela força irresistível de seu olhar.

Todos levaram um susto com as palavras terríveis de Hendrik. Kroge mordeu os lábios; a sra. Von Herzfeld não conseguiu evitar de pôr a mão sobre o coração, que batia tenso; o diretor Schmitz empalidecera: ele se sentia mal em imaginar o Teatro de Atores perdendo Höfgen, o insubstituível, depois de já ter tido de abrir mão de Nicoletta von Niebuhr.

“Não fale bobagem”, o gordo sussurrou, limpando o suor da testa. E acrescentou com sua voz surpreendentemente macia e agradável: “Não se preocupe. O garoto vai embora”.

Miklas foi mandado embora. Kroge conseguiu, com esforço e graças ao intenso apoio de Ulrichs, fazer com que o jovem ator desempregado recebesse o salário de dois meses. Ninguém sabia para onde Miklas tinha viajado, nem mesmo a sra. Efeu o via mais; desde o constrangedor incidente, ele não pusera mais os pés no Teatro de Atores. Depois de se retirar, carrancudo, desapareceu.

Miklas, vítima de sua teimosia infantil e sua convicção tão ardente quanto irrefletida, estava fora. Hendrik Höfgen tinha dado um jeito no insubordinado, tirado do caminho o rebelde: seu triunfo era completo. Mais do que nunca, todos os integrantes do Teatro de Arte o admiravam, da sra. Motz até Böck. Aqueles funcionários técnicos e comunistas do teatro, em seu bar de sempre, elogiaram sua postura enérgica. O porteiro Knurr mantinha o rosto fechado, prenunciador de algo ruim, mas não ousou falar nada e escondeu sua suástica com mais cuidado do que nunca sob o casaco. Mas, quando entrava no teatro, Höfgen era alvo de olhares terríveis vindos da portaria, que diziam: espere, seu maldito artista bolchevista, nós ainda vamos dar as cartas! Nosso Führer e salvador está a caminho! O dia da sua chegada se aproxima! Hendrik sentia um calafrio, mas congelava as feições como uma máscara impenetrável e passava sem cumprimentar.

Ninguém estava em condições de questionar sua superioridade: ele dominava o Teatro de Arte, o escritório, o palco. Sua remuneração foi aumentada para 1,5 mil marcos. Hendrik não precisou entrar feito um redemoinho no escritório do diretor Schmitz e distribuir muitos gracejos a fim de chegar a esse valor, que foi exigido de maneira lacônica. Ele tratava Kroge e Herzfeld quase como súditos, mal parecia notar a pequena Siebert e havia algo de condescendente, quase um desdém, no tom de camaradagem com o qual continuava a se relacionar com Otto Ulrichs.

Era preciso convencer, ganhar, seduzir apenas uma pessoa em seu círculo. A desconfiança com que Barbara olhava para Hendrik tinha se aprofundado e intensificado desde o entrevero com Miklas. Mas ele não suportava a proximidade constante de alguém que não o admirasse e não acreditasse nele. O distanciamento entre ele e Barbara havia aumentado durante aquele inverno. Hendrik fez mais uma tentativa para superá-lo. Era a vaidade que o impelia a esse novo dispêndio de energia a fim de cortejá-la? Ou outro sentimento fazia com que ele desfilasse suas forças sedutoras mais uma vez diante de Barbara? Ele a chamara de seu "anjo da guarda". E o anjo da guarda havia se transformado numa consciência pesada. Essa sombra precisava ser eliminada para que ele pudesse desfrutar por completo de sua vitória. Hendrik se esforçou em conquistar Barbara quase com a mesma avidez das primeiras semanas de seu relacionamento. Em sua presença, ele mantinha a compostura e sempre se dispunha a fazer piadas e entrar em conversas significativas.

Para que ela o visse nos momentos mais vigorosos de sua atuação, naqueles em que sua força estava mais desenvolvida, ele pediu que ela viesse com mais frequência ao teatro durante os grandes ensaios. "Você certamente pode me dar conselhos valiosos", ele disse modestamente, com a voz queixosa, baixando as pálpebras sobre o olhar estrábico.

Quando Hendrik estava dirigindo o primeiro ensaio com figurino de sua releitura de uma opereta de Offenbach, Barbara se esgueirou pela plateia. Ela se sentou em silêncio, na última fila de piso escuro. No palco estavam as "*girls*", que sacudiam as pernas e entoavam alto o refrão da canção. À frente da fileira de formação impecável, a pequena Siebert saltitava com os trajes de cupido: asinhas ridículas nos ombros nus, arco e flecha pendurados ao redor do pescoço e um narizinho pintado de vermelho no miúdo rosto pálido, amedrontado e bonito. Que maquiagem desfavorável Hendrik imaginou para ela!, pensou Barbara. Um cupido melancólico. E, em seu esconderijo escuro, ela sentiu algo como uma simpatia comovente pela pobre Angelika, aos saltitos e pulos lá na frente: talvez nesse instante Barbara tenha compreendido que a expressão amedrontada e queixosa no rosto de Angelika era causada por Hendrik.

Höfgen estava do lado direito do palco, tiranicamente empertigado e de braços abertos, dominando tudo. Ele batia os pés seguindo o ritmo da música da orquestra, seu semblante pálido fascinava pela expressão de determinação exterior.

"Chega! Chega! Chega!", ele ralhou enquanto a orquestra parava subitamente de tocar. Barbara se assustou quase tanto quanto as garotas do coro, que estavam ali paradas, sem entender nada, e quanto a pequena Angelika — o cupido —, com seu narizinho gelado, lutando contra as lágrimas.

O diretor, porém, havia saltado para a frente, no meio do palco. "As pernas de vocês são de chumbo!", ele gritou para as moças; as cabeças tristes se abaixaram, como flores durante um vento gelado. "Não é para vocês dançarem uma marcha fúnebre, mas Offenbach." Autoritário, ele acenou à orquestra e, com a retomada da música, começou a dançar. Ninguém se deu conta de que quem estava ali era um senhor quase calvo, de terno cinza um tanto gasto. Uma transformação altamente desavergonhada, altamente excitante, à luz da manhã! Ele não se parecia com Dioniso, o rei do vinho, ao mexer os membros, em êxtase? Barbara observou-o não sem espanto. Há pouco Hendrik Höfgen ainda era o general, postado — nervoso, arrogante, implacável — diante de sua tropa, as garotas do coro. Sem transição, ele tinha caído num furor bacante. Seu rosto branco se distorceu, os olhos de pedras preciosas reviravam por encanto e os lábios entreabertos soltavam sons de volúpia. Aliás, ele dançava magistralmente, as garotas do coro observavam com respeito a grande técnica de seu diretor; a princesa Tebab ficaria satisfeita.

Onde ele aprendeu isso?, pensou Barbara. E o que está sentindo? Será que sente algo? Ele está mostrando às moças como mexer as pernas. Esses são seus êxtases...

Nesse instante, Hendrik interrompeu o exercício frenético. Um jovem do escritório tinha atravessado a plateia com cuidado e subido ao palco. Em seguida, tocou levemente o ombro do diretor e sussurrou: "Sr. Höfgen, me perdoe a interrupção, o diretor Schmitz está pedindo para avaliar o desenho do cartaz para a estreia da opereta, pois ele precisa ser enviado à gráfica agora mesmo". Hendrik fez um sinal para a música parar e, numa postura relaxada, firmou o monóculo diante do olho: ninguém diria que o homem que agora analisava o papel com o rosto sério há dois minutos estava sacudindo os membros num transe dionisíaco. Em seguida, ele amassou o papel na mão e exclamou com a voz cortante, insatisfeita:

“Esse negócio tem que ser composto novamente! É inadmissível! Meu nome foi escrito errado de novo! Será que algum dia vou conseguir que meu nome seja escrito corretamente nesta casa? Eu não me chamo Henrik!” E jogou o papel no chão, irritado. “Meu nome é Hendrik — aprendam, de uma vez por todas: Hendrik Höfgen!”

O jovem do escritório baixou a cabeça e murmurou algo sobre o novo tipógrafo, cuja ignorância tinha causado o erro indesculpável. As garotas deram uma risadinha metálica, como se alguém tocasse com cuidado vários sininhos. Hendrik se alongou e, com um olhar terrível, emudeceu o ruído delicado.

VI

I

“É INACREDITÁVEL...”

Hendrik Höfgen sofria ao ler os jornais berlinenses no T. A.; seu coração ficava apertado e doía de inveja e ciúme. Sucesso triunfal de Martin! Nova encenação de *Hamlet* no Teatro Nacional, sensacional estreia no Schiffbauerdamm... E ele estava na província! A capital avançava sem ele! Os estúdios cinematográficos, os grandes teatros — ninguém precisava dele. Hendrik não era chamado. Seu nome não era conhecido em Berlim. Quando era mencionado por um correspondente em Hamburgo de um periódico berlinense, então com certeza seu nome saía grafado errado: “No papel do terrível vilão, destacou-se um ator de nome Henrik Höfgen...”. Um ator de nome Henrik Höfgen! Ele tombou a cabeça. A procura pela fama — a grande fama, autêntica, na capital — corroía-o feito uma dor física. Hendrik tocou o rosto como se estivesse com dor de dente.

“Ser o primeiro em Hamburgo — de que adianta?”, ele se queixou com a sra. Von Herzfeld, que tinha perguntado sobre o motivo de sua aparência abatida e agora tentava acalmá-lo com elogios inteligentes. “Ser o preferido de um público da província — obrigado, mas não. Prefiro começar de baixo em Berlim do que continuar neste teatro de cidade pequena.”

A sra. Von Herzfeld levou um susto. "Hendrik, você está querendo sair daqui de verdade?" Ao mesmo tempo, ela arregalou, queixosa, os olhos castanho-dourados e suaves e a extensa superfície de seu rosto macio, penugento e empoado, tremeu.

"Não há nada decidido." Hendrik, austero, evitou olhar para a sra. Von Herzfeld e mexeu os ombros com irritação. "Primeiro vou atuar em Viena." Ele falou sem muita ênfase, como se estivesse mencionando um fato que Hedda já devia saber há tempos. Mas, ao contrário, nem ela nem ninguém no teatro — seja Kroge, Ulrichs ou mesmo Barbara — sabia que Hendrik iria trabalhar em Viena.

"O professor me convidou", ele disse, limpando o monóculo com o lenço de seda. "Um papel bem simpático. Na verdade, eu queria recusar por causa da temporada desfavorável: quem está em Viena em junho? Mas por fim resolvi aceitar. Nunca se sabe as consequências de se trabalhar com o professor... Aliás, Dora Martin será minha colega", ele ainda observou, enquanto prendia novamente o monóculo diante do olho.

"O professor" era o diretor e superintendente de teatro, de fama lendária e incrível reputação internacional, que dominava vários teatros em Berlim e Viena. Realmente sua secretária tinha oferecido ao ator Höfgen um papel mediano numa farsa da Viena antiga que o professor queria apresentar nos meses de verão, com Dora Martin, num de seus teatros vienenses. O convite, entretanto, não veio espontânea e casualmente; é que Höfgen tinha achado um protetor na pessoa do dramaturgo Theophil Marder, que estava bravíssimo como o professor (como com todo mundo). O famoso diretor, entretanto — que no passado tinha encenado várias das peças do dramaturgo com significativo sucesso —, era visto por este último com uma espécie de simpatia, na qual se misturavam ironia e respeito. Às vezes acontecia de Marder elogiar, num tom irritado e ameaçador, uma jovem pela qual estava interessado; mas quase nunca acontecia de ele interceder por um homem. Por essa razão, as palavras de recomendação que ele usou para Höfgen impressionaram o professor, mesmo se contivessem desaforos em relação à sua própria pessoa. "Você entende quase tão pouco de teatro quanto de literatura", Theophil escreveu ao todo-poderoso.

"Na minha profecia, você vai terminar como diretor de circo de pulgas na Argentina — lembre-se de mim, doutor, quando chegar essa hora. Enquanto isso, a felicidade de contos de fadas que estou vivenciando com minha jovem mulher, totalmente obediente, me deixa de bom humor, inclusive em relação a você, que há anos boicota minhas peças geniais por perfídia e burrice. Você sabe que, nesses tempos deploráveis, resta apenas *meu* olhar infalível para a autêntica qualidade artística. Minha generosidade é tal que decidi enriquecer o elenco do seu lamentável grupo de entretenimento, que vai mal das pernas (com justiça), com uma pessoa absolutamente original. O ator Hendrik Höfgen deu uma contribuição inestimável à minha clássica comédia *Knorke*. Sem dúvida o sr. Höfgen vale mais do que todos os seus outros atores — o que não quer dizer muita coisa."

O professor riu; depois, ficou pensativo durante alguns minutos; brincou com a língua nas bochechas; por fim, tocou o sino e pediu à secretária que entrasse em contato com Höfgen. "Bem, dá para fazer uma tentativa", disse o professor, lentamente, rangendo os dentes.

Hendrik não confessou a ninguém, nem mesmo a Barbara, que o honroso convite do professor se devia a Theophil; ninguém sabia que ele mantinha contato com o esposo de Nicoletta. Hendrik tratou a oportunidade de sua temporada vienense — que ele tinha arranjado usando tanta energia e astúcia — com uma negligência *blasé*. "Tenho que viajar rapidamente a Viena, atuar como convidado para o professor", ele disse sem maior ênfase; abriu o sorriso maroto e encomendou um terno de verão no primeiro alfaiate que encontrou. Visto que já acumulava muitas dívidas — com a consulesa Mönkeberg, com o paizinho Hansemann, com o negociante de produtos coloniais e vinhos —, 400 marcos a mais ou a menos não fariam diferença.

Com sua partida súbita, Hendrik deixou alguns rostos consternados na boa cidade de Hamburgo, onde seu charme havia conquistado tantos corações. Talvez mais consternado do que Angelika Siebert e Hedda von Herzfeld estava o diretor Schmitz: pois, usando de todo tipo de desculpas malandras, Hendrik se negara a prorrogar seu contrato com o Teatro de Arte para a próxima temporada. O rosto rosado de Schmitz se tornou amarelado e, de repente, apareceram bolsas inchadas sob os olhos, pois Hendrik, tão cruel como afetado, repetia com obstinação: "Não *posso* me prender, paizinho Schmitz... Me dá *nojo* ficar preso, meus nervos não suportam... Talvez eu volte, talvez não... Nem eu sei ainda. Paizinho Schmitz... Tenho que ser livre, compreenda, *por favor*!".

Hendrik viajou para Viena; nesse meio-tempo, Barbara foi até o pai e a generala, na propriedade rural. Höfgen soube transformar a despedida da esposa numa cena bonita, impactante. "Vamos nos rever no outono, minha querida", ele disse diante de Barbara, de cabeça baixa e numa postura que exprimia orgulho e humildade ao mesmo tempo. "Vamos nos rever e talvez então serei alguém diferente do de hoje. Tenho que vencer, tenho... E você sabe, minha querida, para quem é dedicada minha ambição; você sabe para quem quero vencer..." Sua voz, que reverberava tanto vitória quanto queixa, emudeceu. Hendrik curvou o rosto comovido, pálido, sobre a mão bronzeada de Barbara.

Essa cena havia sido apenas uma comédia ou continha alguma veracidade? Barbara refletiu a respeito durante os passeios a cavalo, de manhã e à tarde; no jardim, quando o livro pesado caía sobre seu joelho. Onde começa e termina a falsidade nesse homem? Barbara ficou matutando e falou a respeito com o pai, com a generala, com o inteligente e dedicado amigo Sebastian. "Acho que o conheço", disse Sebastian. "Ele mente sempre e nunca mente. Sua falsidade é sua autenticidade — parece complicado, mas é facílimo. Ele acredita em tudo e não acredita em nada. Ele é ator. Mas ainda está no páreo. Ele ainda se ocupa de você. Você ainda está curiosa a respeito dele. Você ainda tem que ficar com ele, Barbara."

O público vienense estava adorando Dora Martin, que atuava na famosa farsa fazendo os papéis da delicada jovem e do garoto sapateiro. Ela seduzia com os enigmáticos olhos infantis, arregalados e com os tons gorgolejantes e roucos de sua voz. Esticava à sua maneira as palavras, metia a cabeça entre os ombros e se movimentava de um jeito que parecia encantadoramente leve e tenso. Meio parecida com um rapazote magro e ossudo de 13 anos, meio uma delicada fada tímida, ela saltava e batia asas, flutuava e deslizava em cena. Seu sucesso era tamanho que ninguém ao seu lado conseguia se sobressair. As críticas da imprensa — longos hinos sobre seu gênio — mencionavam de passagem seu parceiro. E Hendrik, cujo papel era o de um cavaleiro grotesco e presunçoso, foi até criticado. As acusações eram exageros e maneirismos.

"Você naufragou, meu caro!", gorgolejava Dora Martin, acenando maliciosa com os recortes de jornal. "Trata-se de um verdadeiro fracasso. E o pior: todos o chamam de Henrik — e sei que você se irrita enormemente com isso. Sinto *muito*!" Ela tentou fazer uma expressão desconsolada, mas seus belos olhos sorriam sob a testa alta, toda franzida. "Sinto *muito*, de verdade. Mas você *está* mesmo lastimável no papel", ela falou, quase carinhosa. "De tanto nervosismo, você sapateia no palco feito um arlequim — sinto *muitíssimo*. Claro que, apesar disso, noto que você tem um talento enorme. Vou dizer ao professor que ele tem que deixar você atuar em Berlim."

No dia seguinte, Höfgen foi chamado até o professor. O homem alto observou-o com os olhos bastante próximos, pensativos e atilados; brincou com a língua nas bochechas; deu passos largos pela sala, os braços cruzados às costas; soltou alguns sons ruidosos, que pareciam algo como: "Ora — aha — esse então é o tal Höfgen...", e por fim disse — parado em posição napoleônica diante da escrivaninha, com a cabeça baixa: "Você tem amigos, sr. Höfgen. Algumas pessoas que entendem um pouco de teatro chamaram minha atenção a seu respeito. Esse Marder, por exemplo...". Nessa hora, ele soltou uma risada breve, estalada. "Sim, esse Marder", ele repetiu, sério de novo; em seguida, com as sobrancelhas respeitosamente erguidas, acrescentou: "Também o senhor seu sogro, o conselheiro, falou a seu respeito quando nos encontramos faz pouco no ministério da Cultura. E mais Dora Martin...". O professor ficou num silêncio de vários minutos de novo, que ele apenas interrompia com um som estalado. Höfgen empalideceu e se ruborizou alternadamente; o sorriso em seu rosto entortou. O olhar pensativo e frio, ao mesmo tempo dissimulado e penetrante desse professor corpulento, atarracado, não era fácil de ser suportado. De súbito Hendrik percebeu por que o professor, que sabia olhar de maneira tão intensa, era chamado de "mago" por seus admiradores.

Por fim, Höfgen interrompeu o exame constrangedor e mudo, ao observar com sua melodiosa voz bajuladora: "Na vida sou inexpressivo, professor. Mas no palco...". Nessa hora, ele se empertigou, abrindo surpreendentemente os braços, e deixou a voz metálica soar: "No palco, posso ser muito engraçado". Ele acompanhou as palavras com um sorriso maroto. Não sem algum júbilo, acrescentou: "Certa vez, meu sogro encontrou palavras muito bonitas para caracterizar essa capacidade de transformação".

Ao ouvir a menção ao velho Bruckner, o professor ergueu respeitosamente as sobrancelhas. Mas a voz soou fria, quando falou depois de vários segundos de um silêncio significativo:

"Bem... dá para fazer uma tentativa com você...".

Höfgen demonstrou entusiasmo; o professor fez um sinal com a mão. "Não tenha grandes expectativas", ele disse sério, ainda analisando Hendrik friamente com os olhos. "O que vou lhe oferecer não é nada de excepcional. No papel que está fazendo aqui, você não parece nem um pouco engraçado, mas bastante lastimável." Hendrik estremeceu. O professor sorriu amistosamente para ele. "Bastante lastimável", ele repetiu com crueldade. "Mas não tem importância. Dá para tentar mesmo assim. No que diz respeito ao cachê..." Nesse momento, o sorriso do professor se tornou quase malicioso e sua língua se mexia ávida dentro da boca. "Provavelmente você está acostumado a receber um salário relativamente decente em Hamburgo. Aqui, a princípio será preciso se satisfazer com um pouco menos. Você é exigente?" O professor perguntou num tom que fazia pensar que seu interesse era meramente teórico. Hendrik se apressou a assegurar: "O dinheiro não me importa. De verdade, não", ele falou com a entonação mais crível que conseguiu, pois viu o professor fazendo uma careta cética. "Não sou mimado. Preciso apenas de uma camisa limpa e uma garrafa de água de colônia na mesinha de cabeceira." O professor deu mais uma risada rápida. Em seguida, falou: "Você pode discutir os detalhes com Katz. Vou instruí-lo".

A audiência tinha terminado, Höfgen foi dispensado com um gesto. "Por favor, mande meus cumprimentos para o senhor seu sogro", disse o professor, que — com as mãos cruzadas atrás das costas, pequeno e curvado —já tinha começado de novo a caminhar pelo tapete grosso de seu escritório em posição napoleônica.

O sr. Katz era o secretário-geral do professor; tomava conta de todos os assuntos comerciais do teatro, já estava falando de um jeito tão estalado quanto o mestre e também brincava com a língua nas bochechas. A conversa com o ator Höfgen aconteceu ainda no transcorrer do mesmo dia. Hendrik aceitou sem restrições um contrato que rejeitaria sem mais, caso viesse do diretor Schmitz. O cachê era de 700 marcos mensais — com os impostos ainda a ser deduzidos —, e determinados papéis não estavam garantidos. Ele tinha mesmo de tolerar isso? Sim, pois queria ir a Berlim e era desconhecido na cidade. Ser iniciante outra vez! Não era fácil e era preciso suportar. Sacrifícios faziam parte da vontade imperiosa de ascensão.

Hendrik enviou um grande buquê de rosas amarelas para Dora Martin; e juntou um bilhete às belas flores — que fez o porteiro do hotel pagar —, no qual escreveu a palavra “obrigado” em letras grandes, pateticamente angulosas. Ao mesmo tempo, redigiu uma carta aos diretores Schmitz e Kroge: num estilo breve e seco, anunciou a ambos os homens, aos quais tanto devia, que, infelizmente, não poderia renovar o contrato com o Teatro de Arte pois o professor havia feito uma oferta maravilhosa. Enquanto metia a carta no envelope, imaginou por alguns segundos as expressões incrédulas no escritório em Hamburgo. E precisou rir ao pensar no olhar lacrimoso da sra. Von Herzfeld. Bastante animado, foi ao teatro. Hendrik pediu para ser anunciado no camarim de Dora Martin, mas a camareira avistou que ela estava recebendo a visita do professor.

“Então eu lhe fiz esse favor extraordinário”, disse o professor, olhando pensativo para os ombros de Dora Martin, cuja magreza estava coberta pelo avental. “O rapaz está contratado. Como se chama mesmo?”

“Höfgen”, sorriu Martin, “Hendrik Höfgen. Você ainda vai se lembrar do nome, meu caro.”

O professor deu de ombros, arrogante, brincou com a língua nas bochechas e soltou sons estalados. “Não gosto dele”, ele disse, por fim, “um comediante.”

“Desde quanto você tem algo contra comediante?” Dora Martin riu, mostrando os dentes.

"Só tenho algo contra comediantes ruins." O professor parecia irritado. "Contra comediantes provincianos", ele falou, bravo.

Dora Martin tinha ficado séria de repente; seu olhar pesou debaixo da testa alta.

"Ele me interessa", ela falou em voz baixa. "Ele é totalmente inescrupuloso", ela riu com delicadeza, "uma pessoa *totalmente* má." Ela se alongou, de maneira quase sensual; ao mesmo tempo, reclinou a cabeça infantil, inteligente. "Podemos ter surpresas com ele", ela falou, olhando sonhadora para o teto.

Alguns segundos mais tarde, Dora se ergueu apressada e enxotou o professor com pequenos gestos com a mão, feito asinhas. "Já está mais do que na hora!", ela disse rindo. "Saia! Saia rapidinho! Tenho que pôr minha peruca."

O professor, já saindo, ainda perguntou: "Não se pode assistir? Como você põe a peruca? Nem isso?!", ele perguntou com os olhos ávidos.

"Não, não — sem acordo!" Dora Martin se sacudiu de horror. "Não tem condições! Meu robe poderia escorregar dos meus ombros...!" E se enrolou mais no pano colorido.

A voz do professor soou muito chateada quando ele disse "que pena!". Enquanto o famoso mago — que se entediava com quase todas as mulheres ao seu redor por causa de uma aproximação muito apressada por parte delas — deixava o camarim, teve a impressão de que Dora Martin, assim que ficasse sozinha, iria se transformar às suas costas numa sereia, num gnomo ou numa outra criatura tão estranha que ninguém saberia o nome.

A castidade refinada e espantosa da grande atriz tinha deixado o professor tão pensativo que ele nem reconheceu o colega usando um figurino que passou sorrindo ao seu lado com um chapéu colorido ornado com uma pena. Apenas depois ele percebeu que quem o cumprimentara com uma afetação tão grande era "aquele Höfgen".

A nova e surpreendente situação rejuvenesce Hendrik Höfgen. Atrás dele está a fama da cidade provinciana, que tinha sido confortável. Agora ele é iniciante de novo, tem de mostrar seu valor. Para ascender — dessa vez *bem* alto — é preciso concentrar todas as forças. Com satisfação, ele constata: suas forças estão intactas; prontas para serem utilizadas. Seu corpo se enrijece, a gordura quase desapareceu por completo; os movimentos são fluidos e, ao mesmo tempo, chamam à luta. Quem sabe sorrir desse jeito, quem sabe fazer os olhos brilharem desse jeito, tem de ter sucesso. Sua voz já exulta os triunfos que, na realidade, ainda não aconteceram, mas que não devem demorar muito mais.

Com um interesse precavido, no qual se mistura simpatia autêntica com curiosidade fria e estranha, Barbara observa o novo vigor do marido. Meio zombeteira, meio admirada, ela assiste a Hendrik — de casaco esvoaçante de couro e as sandálias leves —, que parece estar sempre em trânsito, sempre em ação e próximo de grandes decisões. Barbara voltou para Hendrik, como seu amigo Sebastian havia profetizado. Ela não se arrepende. Hendrik, transformado, tensíssimo, com o qual ela está vivendo agora em dois cômodos baratos mobiliados, lhe agrada mais do que o astro provinciano, que já estava engordando, que tinha seu grupinho no T. A. e que tentava bancar o marido burguês no confortável apartamento da consulesa Mönkeberg. Barbara chega a se sentir confortável nesses dois cômodos que divide com Hendrik. Ela adora se encontrar com ele à noite, depois da peça, num pequeno café sombrio, onde um piano elétrico soa na semiescuridão, onde os bolos parecem feitos de cola e papelão e onde não há conhecidos.

Barbara fica fascinada em ouvir os relatos vibrantes, excitados, de Hendrik sobre o progresso de sua carreira. Nesses momentos, ela sabe: ele é autêntico. No lusco-fusco saturado de aromas suspeitos da confeitaria encardida, seu rosto pálido parece fosforescer como madeira podre durante a noite. A boca ávida com os lábios fortes, de contornos bonitos, sorri e fala. O queixo vigoroso, com o marcante furinho profundo no meio, está protuso, autoritário. O monóculo brilha diante do olho. As mãos largas, de pelos ruivos, que por um misterioso efeito de volição parecem bonitas, brincam excitadas com a toalha da mesa, com os fósforos e tudo que está por perto.

Hendrik se dedica com ânsia febril a suas esperanças, planos, intenções. O fato de Barbara participar e não mais se fechar, arrogante, para eles, aumenta sua sensação de estar vivo, faz crescer sua ambição. Sim,

Barbara ajuda ativamente sua carreira. Não é à toa que tem um rosto de madona tão astuto. Ela é espera, visita o professor com seu vestido preto de seda a fim de transmitir os cumprimentos do pai, o conselheiro. O grande senhor de todos os teatros na Kurfürstendamm recebe a esposa de seu jovem ator de maneira galante, porque se trata da filha do conselheiro, cujo nome se lê com tanta frequência nos jornais e que ele encontrou há pouco no ministério. O palácio do professor podia ser o de um príncipe. Satisfeito, o proprietário de todos esses móveis barrocos, gobelinos e quadros antigos de gênios da pintura olha para os braços bronzeados e para o rosto divertido e melancólico de sua visitante. "Bem, então a senhora é casada com... esse Höfgen", ele diz daquele jeito estalado, concluindo a longa observação, enquanto brinca demoradamente com a língua nas bochechas. "Alguma coisa ele deve ter..."

Tudo isso, claro, é muito vantajoso para Hendrik; além do mais, ele se dá muitíssimo bem com os outros poderosos dos palcos da Kurfürstendamm, com o sr. Katz e com a srta. Bernhard. Com o sr. Katz, o gerente de negócios — que está longe de ser tão napoleônico quanto às vezes gostaria —, o ator Höfgen joga cartas; com a srta. Bernhard, a secretária influente e enérgica — uma mulher baixa, morena e troncuda, com lábios carnudos e um tique nervoso —, ele se comporta de maneira quase tão afetada quando antes, com o diretor Schmitz. Se alguém abrir a porta de supetão no escritório, vai encontrá-lo sentado no colo dela? De todo modo, é possível ouvir que Hendrik Höfgen, há apenas catorze dias na casa, chama a severa srta. Bernhard de "Rose". Ele tem o direito, já chegou a esse ponto! Quantos atores tiveram, até hoje, o privilégio de ao menos saber que a srta. Bernhard se chama "Rose"?

Belo começo para uma carreira em Berlim, sussurram os colegas. Sua formosa esposa visita o professor, ele joga cartas com Katz e faz cócegas no queixo da srta. Bernhard. Esse aí pode ir longe!

Esse aí vai longe — logo chegará o momento.

Trata-se apenas de um pequeno papel, mas ele é notado; os jornais citam o "talentoso Hendrik Höfgen" e, na peça russa, ele fez apenas o papel de um jovem camponês bêbado que entra no palco cambaleando e balbuciando algo, mas logo começar a dançar. E como ele balbucia e, sobretudo, como ele dança! O público de Berlim está encantado com o aplicado aluno da princesa Tebab: aplausos irrompem no fim. Com que obsessão esse jovem mexe os membros! Todos são só elogios pela expressão extática que suas feições parecem tomar durante a dança. Rose Bernhard, ao redor da qual se reúnem os jornalistas e as senhoras da sociedade durante o coquetel, constata: "Há algo de bacante nessa pessoa".

O público, distraído por milhares de preocupações e prazeres, se esquece do nome do dançarino frenético. Mas os iniciados — aqueles que importam — registram o primeiro sucesso berlinense de Hendrik. E o segundo será comentado pela capital.

Com uma atuação espetacular numa peça sensacional, o ator Höfgen consegue atrair para si a maior parte do interesse do público e da imprensa. Comenta-se mais sobre seu desempenho do que sobre o autor do instigante drama *A culpa* — aquele desconhecido misterioso, pessoa enigmática que se torna o tema de discussão preferido em cafés e nos escritórios de teatros, nos salões literários e nas redações. Quem é o escritor que se esconde por trás do pseudônimo Richard Loser e que dedica sua tragédia uma quantidade tão assustadora de desgraça pecaminosa, miséria e perplexidade? Onde ele pode ser encontrado, esse sujeito abençoado, que nos conduz por um labirinto de complicações trágicas e sujas, que conhece e mostra tanta degeneração, paixões depravadas, tanta tortura e lamento? Não há dúvida: o autor desse drama tenebroso e emocionante, que lança mão de elementos estilísticos dos mais diversos — tanto simbolistas quanto naturalistas — de maneira eficaz e arrojada, deve ser alguém à margem, um ser solitário, que se mantém à distância dos negócios do ofício. Os literatos — sempre cheios de desconfiança em relação à própria profissão — juram: não é um literato. Segundo eles, a pessoa não tem experiência e o trabalho é uma genial geração espontânea. Eles dizem ainda que essa pessoa nunca antes havia escrito uma linha. Alguns iniciados especiais afirmam que se trata de um jovem neurologista vivendo na Espanha. Ele não responde a cartas, as negociações são feitas através de vários mediadores: tudo isso é considerado interessantíssimo e discutido febrilmente nos círculos que se acham importantes.

Um jovem neurologista que vive na Espanha: a versão é bastante provável, as pessoas acreditam nela, ela se afirma. Apenas um neurologista consegue ser tão versado naquelas degenerações da alma humana que levam a crimes tão terríveis. Como ele conhece as coisas! Todos os pecados estão presentes em seu drama. A sociedade que age e sofre aqui é de esconjurados. Cada pessoa que surge parece ter um sinal tenebroso na testa: as senhoras de Grunewald e do Kurfürstendamm estão totalmente encantadas a respeito.

O mais decadente entre os decadentes, porém, é Hendrik Höfgen, e é por isso que é o mais aplaudido. Sua expressão pálida, diabólica, a voz carregada e opaca deixam perceber que ele conhece todas aquelas cargas e chega a tirar vantagem financeira delas. Estamos lidando notoriamente com um chantagista de grande estilo; seu sorriso maroto conduz, sem escrúpulos, as jovens à infelicidade, uma delas comete suicídio em cena aberta; Hendrik — com as mãos nos bolsos da calça, o cigarro na boca e o monóculo diante do olho — passa pelo cadáver. O público nota, aos calafrios: eis a encarnação do mal. Sua malvadeza integral, completa, é rara. Às vezes ele próprio se assusta com sua maldade absoluta; nessa hora, o rosto fica branco, enrijece, os olhos de pedras preciosas se tornam aflitivamente estrábicos e nas têmporas sensíveis a marca do sofrimento se aprofunda. Höfgen apresenta ao público elegante do lado oeste de Berlim o que há de mais degenerado e causa sensação. A depravação como iguaria para gente rica — eis o feito de Höfgen. E como ele consegue! Suas feições ao mesmo tempo cansadas e tensas são admiradas, os gestos despreocupadamente macios, maliciosamente graciosos são muito admirados — "ele se movimenta feito um gato!", suspira a srta. Bernhard, que permite que ele a chame de "Rose". "Um gato malvado! Oh, como ele é maravilhosamente malvado!" Seu jeito de falar — um sussurrado rouco, que por vezes se transforma numa música encantadora — já está sendo copiado por colegas de teatros menores. "Eu não tinha razão? Há alguma coisa nele", diz Dora Martin ao professor, que não consegue mais retrucar. "Ah, sim...", ele grunhe, movimenta a língua na boca e olha de um jeito pensativo. No fundo, ele ainda não leva "esse Höfgen" a sério; tão pouco a sério como Oskar H. Kroge um dia o fez. Um mero ator, pensa o professor, assim como Kroge.

Um ator fascinante: os críticos acham, os ricos acham, a srta. Bernhard acha, os colegas não conseguem mais negar. A peça *A culpa* deve sua extraordinária popularidade em grande parte ao desempenho de Höfgen. Ela é encenada centenas de vezes, o professor ganha um bom dinheiro; o inacreditável acontece: ele aumenta o cachê de Höfgen ainda em meio à temporada, embora não seja contratualmente obrigado a tanto. A srta. Bernhard e o sr. Katz conseguiram defender isso junto ao ilustre chefe.

Talvez a peça chegasse a 150 ou duzentas encenações; entretanto, pouco a pouco aparecem boatos decepcionantes sobre seu autor, dando conta de que ele não é nenhum incrível neurologista na Espanha. Não é alguém marginal, que conhece apenas os abismos da alma humana, inocente, mas ignorante nos mistérios banais do "negócio". Não é de modo algum um nobre desconhecido, mas simplesmente o sr. Katz, com quem todos já se irritaram alguma vez. A decepção é geral. O sr. Katz, o tarimbado executivo, escreveu o drama *A culpa*! De repente, todos acham que a peça é apenas um amontoado de atrocidades banais, tão vulgar quanto insignificativo. As pessoas se sentem enganadas e acham que tudo não passa de um grande atrevimento do sr. Katz. O sr. Katz por acaso é Dostoiévski? Desde quando?, as pessoas se perguntam, irritadas, nos círculos que costumam dar o tom das conversas. O sr. Katz é o consultor de negócios do professor — o que, aliás, é um emprego invejável. Ninguém lhe dá o direito de se passar por um neurologista espanhol e descer ao submundo. A encenação de *A culpa* precisa ser descontinuada.

Uma opinião pública rabugenta abandona Katz; Höfgen, por sua vez, se afirmou e, por meio de sua surpreendente maldade, conquistou todos os corações. No final de sua primeira temporada berlinense, ele pode se dar por satisfeito e animado: é festejado como a grandeza de amanhã, como a estrela em ascensão, como a importante esperança. Seu contrato para a temporada 1929-30 já é bem diferente do anterior: o professor tem de aceitar, resmungando e grunhindo, o cachê quase triplicado, pois a concorrência está atrás dele.

"Bem, então agora você vai poder dispor de muitas camisas limpas e lavanda", disse o professor para seu novo astro. Este responde, sorrindo vitorioso: "Água de colônia, professor! Eu só uso água de colônia!".

O verão chega, Hendrik entrega os dois cômodos sombrios, aluga um apartamento claro no novo lado ocidental da cidade, junto à praça da chancelaria, compra inúmeras camisas, sapatos amarelos e ternos de cores delicadas, toma aulas na arte de dirigir carros e negocia a compra de um cupê elegante com diversas empresas — e pede desconto, pois fará propaganda. Barbara viaja à propriedade da generala. O esposo de sucesso a interessa menos do que o batalhador, aquele que a interessou especialmente com sua ambição insatisfeita. A sra. Von Herzfeld vem de visita a fim de ajudar Hendrik com a decoração do novo apartamento: ela escolhe móveis de aço e, como ornamento para a parede, reproduções de Van Gogh e Picasso. Os cômodos mantêm um vazio de estilo elegante, sofisticado. Hendrik aprecia a admiração da sra. Von Herzfeld, aceita o amor dela — que parece ter crescido ainda mais — como um tributo muito merecido. Hedda abriu mão de qualquer máscara irônica em relação a ele. Com uma avidez nostálgica, uma adição resignada, seus olhos suaves, castanho-dourados, cravam-se no cruel adorado. “A pobre pequena Siebert está muito pálida de tanta saudade de você”, ela relata e omite que, por sua vez, chegou até a chorar junto com Angelika — chorar amarga e longamente por aquele que se foi e que nunca foi seu.

A sra. Von Herzfeld pode acompanhar Höfgen até o estúdio de filmagem. Nesse verão, ele está trabalhando no cinema pela primeira vez. No filme policial *Pega ladrão!*, ele faz o papel principal do desconhecido e misterioso criminoso que costuma usar uma máscara preta. Tudo nele é preto, até a camisa: a cor da roupa leva à conclusão da cor da sua alma. Ele é chamado de “Satã Negro” e é o chefe de um bando que fabrica dinheiro falso, contrabandeia drogas, vez ou outra assalta bancos e tem vários assassinatos nas costas. O Satã Negro não comete tantos crimes apenas por avidez ou gosto pela aventura, mas também por princípio. Experiências sombrias, as quais ele teve no passado com uma jovem, fizeram com que ele se tornasse inimigo da humanidade. Para ele, trata-se de uma exigência do coração gerar prejuízos e desgraças; ele é um criminoso convicto — pouco antes de sua prisão, ele confessa isso aos comparsas, que se espantam e ficam temerosos.

Estes, por sua vez, roubavam por motivos muito menos complicados. E murmuram reverentes e chocados ao descobrirem as excentricidades relativas ao seu chefe, o Satã Negro, e que ele não foi um criminoso desde sempre, mas que era um oficial hussardo. No decorrer dessa cena dramática, o malvado tira sua máscara: seu rosto, entre o chapéu preto rígido e a camisa preta, abotoada até o colarinho, é de uma palidez terrível, ainda aristocrático apesar de toda devassidão, e carrega um traço trágico.

Os mandachuvas da grande indústria cinematográfica estão muito impressionados com essa feição terrível e sofredora. Eles dizem que Höfgen traz surpresas, é único e garantirá boas entradas, tanto na capital quanto na província; as ofertas que Hendrik recebe deles superam todas as suas expectativas. Ele precisa recusá-las em parte; seu contrato com o professor o impede. Por se esquivar, os poderosos do cinema ficam obcecados com ele. Eles entram em contato com o sr. Katz e a srta. Bernhard e oferecem altas somas caso o ator Höfgen seja liberado por algumas semanas durante a temporada. Há muitos telefonemas, cartas e negociações. Bernhard e Katz são exigentes; eles não querem abrir mão do queridinho mesmo por muito dinheiro. Höfgen é cortejado. Todos o desejam. Ele está em seu apartamento vazio e elegante decorado com móveis de aço, sorri de maneira marota e comenta com extrema ironia a batalha entre teatro e cinema por sua valiosa pessoa.

Essa é a carreira! O grande sonho se transforma em realidade. É preciso apenas conseguir sonhar com força suficiente, pensa Hendrik, e o audacioso desejo se torna realidade. Ah, ela é mais maravilhosa do que qualquer sonho! Ele encontra seu nome em todo jornal que abre — a experiente Bernhard se ocupa da divulgação —, e agora a grafia está sempre correta, em tipos quase tão destacados quando os dos nomes de estrelas já consagradas, cuja fama ele acompanhava com inveja no passado, na cantina do teatro de província. Uma revista importante estampa a foto de Hendrik na capa. Qual será a reação de Kroge quando vir isso? E da consulesa Mönkeberg? E do conselheiro Bruckner? Todos que se comportaram de maneira cética e com algum desdém em relação a Höfgen irão estremecer com reverência diante de sua careira, que ascende numa curva vertiginosa.

No final da temporada 1929-30, Hendrik Höfgen está incomparavelmente maior do que no seu começo. Tudo nela deu certo, cada empreendimento se tornou vitorioso. Nos teatros do professor, sua voz é quase mais ouvida do que a do próprio professor — que, aliás, aparece cada vez menos em Berlim, estando geralmente em Londres, Hollywood ou Viena. Höfgen tem ascendência sobre o sr. Katz e a srta. Bernhard; há tempos ele pode se permitir agir com mais descontração com eles, como fazia no passado com Schmitz e a sra. Von Herzfeld. Höfgen decide quais peças serão aceitas, quais serão recusadas e, com Bernhard, distribui os papéis entre os atores. Os dramaturgos que desejam ser encenados o paparicam; a sociedade — ou o bando de esnobes ricos, que se chama assim — o paparica: ele é o homem da hora.

Tudo é novamente como foi em Hamburgo, apenas em maior estilo, apenas em outras dimensões. Dezesseis horas de trabalho por dia e, nos intervalos, interessantes crises nervosas. No elegante restaurante noturno Cavaleiro Selvagem, onde Hendrik reúne admiradores ao seu redor da uma às três da manhã, ele despenca do banquinho alto do bar, soluçando: é apenas um pequeno desmaio, nada demais, mas o suficiente para todas as senhoras do lugar começarem a soltar gritinhos; a srta. Bernhard dispõe de sais aromáticos fortificantes — há sempre uma mulher dedicada por perto quando o ator Höfgen tem seus acessos. Ele se permite novamente, com uma certa frequência, os pequenos ataques histéricos, que vão de suaves tremores ou desmaios silenciosos a acessos de gritos e tremores convulsivos — e eles lhe fazem bem, pois na sequência ele surge renovado, como se tivesse passado uma temporada numa estância hidromineral, cheio de nova energia para sua vida ambiciosa, agressiva e prazerosa.

Aliás, desde que a princesa Tebab está novamente por perto, ele precisa cada vez menos se refugiar nas crises relaxantes. Durante o primeiro inverno berlinense, ele deixou sem resposta as cartas ameaçadoras da princesa negra, escritas num estilo estranhíssimo, no qual abundavam erros ortográficos. Agora, porém, Barbara se afastou quase totalmente dele: ela não suporta o burburinho ao redor do marido astuto; suas vindas a Berlim são cada vez mais raras, seu quarto no apartamento elegante junto à praça da chancelaria permanece quase sempre vazio; ela prefere os ambientes mais silenciosos na casa do conselheiro ou na mansão da generala. Hendrik se decide então a mandar o dinheiro para a viagem de sua Juliette — a vida sem ela se ressente do tempero; as mulheres de olhares ferozes, que desfilam com botas altas na Tauentzienstraße, não a substituem. Ela chega. Hendrik aluga para Juliette um quarto numa região afastada, onde a visita pelo menos uma vez por semana; como um criminoso no local do crime — o cachecol enrolado até sobre o queixo e o chapéu enterrado na testa —, ele se esgueira até a amada. "Se alguém me flagrasse com essa roupa!", ele sussurra, enquanto veste o minúsculo calção de treino. "Eu estaria perdido! Seria o fim de tudo!" A princesa Tebab se diverte com seu medo; dá uma risada áspera e calorosa. Por prazer de vê-lo tremer — e também para conseguir ainda mais dinheiro dele —, ela promete, pela centésima vez, ir ao teatro e gritar feito um gato selvagem quando ele entrar no palco. "Preste atenção, bebê!", ela brinca, cruel. "Um dia vou fazer isso de verdade — por exemplo, durante a grande estreia na semana que vem. Vou usar meu vestido de seda colorido e me sentarei na primeira fila. Será um escândalo e tanto!" Animada, a moça negra esfrega as mãos. Em seguida, exige 150 marcos antes de ele treinar o próximo passo de dança. Com sua ascensão, também ela se tornou mais exigente. Agora usa perfumes caros, compra quantidades vultosas de panos de seda coloridos, pulseiras tilintantes e frutas glaceadas, que adora beliscar de grandes sacos usando os dedos ásperos e ágeis. Quando ela mastiga rindo e, ao mesmo tempo, coça com gosto a parte de trás da cabeça, é quase possível achar que se trata de um macaco grande.[1] Hendrik tem de pagar, e paga com gosto. Ele sente prazer em ser espoliado de maneira tão grosseira pela Vênus negra. "Pois eu te amo como no primeiro dia!", ele diz para ela. "Eu te amo ainda mais do que no primeiro dia. Quando você está longe é que compreendo

1 Em algumas edições estrangeiras do romance, optou-se pela omissão deste trecho extremamente racista. Optamos por mantê-lo em nossa edição, pois nos ajuda a compreender o modo como o racismo naturalizado era uma característica marcante daquele contexto histórico e social, que culminaria nas abominações do nazismo. [NE]

por completo o que você significa para mim. As mulheres austeras da Tauentzienstraße são insuportavelmente tediosas." "E sua mulher?", a garota da selva pergunta com risadinhas guturais. "E a sua Barbara?" "Ah, ela...", diz Hendrik, entre soturno e desdenhoso, virando o rosto pálido para o lado da sombra.

Barbara vem cada vez menos a Berlim; o conselheiro também quase não aparece na capital, onde antes costumava fazer várias palestras no inverno e participar de eventos representativos. O conselheiro diz: "Não gosto mais de estar em Berlim. Sim, começo a temer Berlim. Por lá acontecem coisas que me assustam — e o tenebroso é que as pessoas com quem me relaciono não parecem notar os perigos. As pessoas estão cegas. Elas se divertem, brigam, discutem; nesse meio-tempo o céu se fecha, mas elas não têm olhos para a tempestade que está se aproximando, que quase chegou. Não, não gosto mais de estar em Berlim. Talvez eu evite a cidade para não ter que condená-la...".

Ele vem mais uma vez; mas não para participar de eventos representativos ou dar aula na universidade, e sim para fazer um grande discurso sobre política contemporânea e cultural. A palestra se chama "A barbárie por vir". Com ela, o conselheiro quer alertar a parte intelectual da burguesia mais uma vez — a última vez — daquilo que se avizinha e que se traduz por obscurecimento e retrocesso, embora essas coisas se autodenominem atrevidamente de "despertar" e "revolução nacional". O senhor fala por uma hora e meia diante de um público agitado — em parte a favor, em parte contra.

Durante sua última estadia na capital, o erudito burguês — odiado pela direita devido à sua visita à União Soviética e já um pouco suspeito para os democratas — conversa com muitos de seus amigos, com políticos, escritores, professores. Todos esses diálogos terminam com fortes divergências de opinião. Os amigos perguntam, não sem zombar: "Onde fica sua tolerância intelectual, senhor conselheiro? Onde estão seus princípios democráticos? Não o reconhecemos. O senhor fala como um político radical da atualidade, não mais como um ser humano cultivado, superior. Todas as pessoas cultivadas deveriam ser da opinião de que só há um método contra esses nacional-socialistas:

o educativo. Temos que apostar tudo em amansar essa gente através da democracia. Temos que ganhar as pessoas em vez de combatê-las. Temos que convencer esses jovens a apostar na república. E, aliás", acrescentavam os senhores social-democratas ou liberais com uma voz abafada, confidencial, e um olhar sério, "e, aliás, caro conselheiro: o inimigo está à esquerda".

Bruckner tem de ouvir várias coisas, sobre as "forças saudáveis e de vigor construtivo" que, "apesar de tudo", se encontram no nacional-socialismo; alguns discursos sobre o nobre páthos nacional de uma juventude diante da qual "nós, velhos", não podemos mais recusar sem compreender; sobre o "instinto político do povo alemão", seu "saudável senso comum" que sempre iria proteger do pior — ("a Alemanha não é a Itália") —, antes que ele, amargurado e decepcionado, viaje de volta, decidido a nunca mais voltar.

O conselheiro Bruckner se afasta de uma sociedade na qual Hendrik Höfgen comemora seus triunfos.

Nos salões de Berlim, todos que têm dinheiro ou cujo nome é fartamente citado pela imprensa popular são bem-vindos. No salão das mansões do Tiergarten ou de Grunewald, grandes contrabandistas se encontram com pilotos de automobilismo, boxeadores e atores famosos. O grande banqueiro está orgulhoso em recepcionar Hendrik Höfgen; com certeza ele preferiria receber Dora Martin em sua casa, mas Dora Martin não vem, ela declina do convite ou aparece no máximo por dez minutos.

Claro que Höfgen não chega antes da meia-noite. Depois da apresentação da noite, ele ainda vai a um *music hall* onde, por 300 marcos, canta uma música de sete minutos de duração. A elegante sociedade que ele honra com sua presença acompanha o refrão da música que ele popularizou:

Isso é inacreditável!
Estou me tornando improvável?
Deus, o que aconteceu comigo?

Como Hendrik é bonito e elegante — É inacreditável! Cumprimentando e sorrindo, escoltado pelo sr. Katz e pela srta. Bernhard como seus fiéis acompanhantes, ele se movimenta através dessa sociedade de financistas judeus esnobes, de literatos politicamente radicais e artisticamente impotentes e de esportistas que nunca leram um livro e, justamente por isso, são endeusados pelos literatos. "Ele não se parece com um lorde?", sussurram mulheres adornadas com joias finas de estilo oriental. "Ele tem um traço tão pecaminoso ao redor da boca. E esses maravilhosos olhos blasés! Seu fraque é da marca Knige, custou 1,2 mil marcos." Num canto do salão, as pessoas afirmam que Höfgen tem um caso com Dora Martin. "Mas não! Ele dorme com a srta. Bernhard!", os iniciados dizem saber. "E a esposa?", pergunta um senhor um tanto ingênuo, que ainda não circula há muito tempo pela sociedade berlinense. Ele recebe apenas um sorriso desdenhoso como resposta. Ninguém mais leva a família Bruckner a sério desde que o velho conselheiro se expôs politicamente de maneira tão repugnante e, no mais, sem sentido. Estudiosos não deviam se meter em assuntos dos quais não entendem nada — todos são unânimes nesse sentido — e, além disso, parece ser uma teimosia ridícula nadar contra a corrente. A pessoa moderna compreende o promissor movimento do nacional-socialismo, que contém tantos elementos positivos e que ainda vai se livrar de seus pequenos erros chatos, por exemplo esse irritante antissemitismo. "Que o liberalismo é algo superado e não tem mais futuro é certamente um fato que não precisamos mais discutir", dizem os literatos, e nem os boxeadores nem os banqueiros os contradizem.

"Que maravilha que o senhor conseguiu reservar uma hora do seu tempo para nós, sr. Höfgen!", fala cantando uma dona de casa para seu atraente convidado, oferecendo-lhe um pratinho com caviar. "Afinal, sabemos o quanto o é ocupado! Posso lhe apresentar a dois ardentes admiradores? Esse é o sr. Müller-Andreä, o qual certamente o senhor conhece devido às suas encantadoras crônicas no *Jornal Interessante*. E esse é nosso amigo, o famoso escritor francês Pierre Larue..."

O sr. Müller-Andreä é um homem elegante, grisalho, com olhos azul-piscina bastante pronunciados num rosto vermelho. Todos sabem que ele vive dos bons relacionamentos de sua bela esposa, cuja família é aristocrática. Por intermédio dela, ele fica sabendo de todas as fofocas da sociedade berlinense e a partir daí redige seus pequenos artigos para o *Jornal Interessante*. Nesse tabloide escandaloso e mal-afamado, o sr. Müller-Andreä mantém uma coluna com o título: "Quem sabia disso?". O *Jornal Interessante* leva sua fama justamente por esses divertidos artigos, que divulgam que a esposa do industrial X fez uma pequena viagem a Biarritz com o cantor lírico Y e que a condessa Z aparece todas as tardes no chá dançante do Hotel Adlon, e não pela boa orquestra, mas por um determinado gigolô... O sr. Müller-Andreä sabe prender e instruir os leitores com tais notícias. Aliás, ele não paga seu estilo de vida bastante luxuoso com as entradas dos artigos publicados, mas sim com os valores que cobra pela *não* publicação de "fofocas". Algumas damas já chegaram a transferir uma pequena bolada ao sr. Müller-Andreä para que seus nomes não aparecessem na coluna "Quem sabia disso?". O sr. Müller-Andreä é um chantagista cruel, ninguém contesta — nem ele mesmo; mas ninguém se preocupa muito com isso.

O outro "ardente admirador" do ator Höfgen, monsieur Pierre Larue, é um homem baixinho. Ele estica a Hendrik a mão pálida, pontuda, e fala com uma queixosa voz de soprano: "Muito interessante, caro sr. Höfgen! Posso anotar seu endereço?". E nisso ele já puxou, com um movimento hábil, um grosso caderno de anotações. "Espero que o senhor venha almoçar comigo em breve no Hotel Esplanade", ele ainda exclama com sua vozinha lastimosa que, mesmo assim, tem o poder de sedução das sirenas. Em seu velho rosto virginal, coberto por inúmeras ruguinhas, monsieur Larue tem olhos curiosamente intensos e penetrantes; eles irradiam, quase extáticos, uma curiosidade gigante; cintilam aquele vício por pessoas, nomes e endereços que é o impulso verdadeiramente dominante e o único conteúdo autêntico de sua vida. Monsieur Larue morreria, sucumbiria tristemente, como um peixinho fora d'água, no dia em que fosse impedido de conhecer novas pessoas. Entretanto, o pequeno colecionador de gente será poupado dessa situação tão lamentável pelo menos enquanto estiver em Berlim. Pois os estrangeiros têm facilidades nos salões berlinenses: um visitante que fala alemão com sotaque ruim honra um grupo quase da mesma maneira que um boxeador, uma condessa ou um ator de cinema — ainda por cima se for um estrangeiro com dinheiro, que marca almoços e jantares interessantes no Hotel Esplanade, que foi apresentado a vários reis e que conhece inclusive o príncipe de Gales. Nenhuma porta permanece fechada para o monsieur Larue, até o honorável presidente do parlamento o recebeu. Ele priva com as famílias mais reacionárias e exclusivas de Potsdam; por outro lado, é visto na companhia de jovens radicais de esquerda, que adora apresentar nas casas dos diretores de bancos como "*mes jeunes camarades communistes*".

"Ontem eu o admirei no Wintergarten", diz Pierre Larue depois de anotar o número de telefone de Höfgen. E repete, piadista, mas num tom queixoso, o refrão popular: "É inacreditável..." Em seguida, dá uma risadinha que soa como o farfalhar do vento de outono nas folhas secas. "Ha-ha-ha", ri o *monsieur* Larue; esfregando as pálidas mãozinhas ossudas uma na outra sobre o peito e enterra o rosto no cachecol preto grosso que ele traz enrolado no pescoço, apesar da temperatura alta desses lugares.

É inacreditável — o mundo nunca viu nada igual —, isso só acontece uma vez, não vai se repetir! Na Alemanha está tudo ótimo, melhor impossível, dá para viver sem preocupação e aproveitar as coisas boas. Há uma crise? Há desempregados, há embates políticos? Há uma república que carece não apenas de autoestima, mas até de ânimo para a automanutenção e que se permite ser ridicularizada pelo mundo inteiro e por seus inimigos mais insolentes e cruéis? Esse estado é suportado e favorecido pelos ricos, que só têm um medo: um governo com a ideia de lhes tirar um pouco de dinheiro. Há tumultos em comícios e brigas noturnas de rua em Berlim? Já não está em curso uma guerra civil, que faz vítimas quase todo dia? Já não há trabalhadores tendo os rostos pisoteados e as gargantas cortadas por rapazes em uniformes marrons, embora o grande sedutor do povo — chefe dos "elementos desejosos de construir", o queridinho dos donos da indústria pesada e dos generais — divulgue, sem constrangimento, seu telegrama de congratulações aos animalescos assassinos?

O mesmo agitador, que em público incentiva e elogia a "noite dos longos punhais", não jura que cabeças vão rolar; não jura que quer chegar ao poder "unicamente pela via legal"? Ele pode se permitir, ele pode ousar, gritar todos os dias tantas ameaças e infâmias para o mundo com sua voz esganiçada?

É inacreditável! Ministérios caem, são remontados e não são mais efetivos do que antes. A coisa está ficando improvável? No palácio do honorável marechal de campo, os latifundiários fazem intrigas contra uma república capenga. Os democratas juram que o inimigo está à esquerda. Chefes de polícia, que se denominam socialistas, permitem que os trabalhadores sejam alvos de tiroteios. A voz esganiçada, porém, pode pressagiar diariamente, sem ser perturbada, que o "sistema" irá à corte criminal e seu fim será sangrento.

O mundo nunca viu isso! O ator muitíssimo bem pago desse mesmo sistema, contra o qual a infame voz lança suas maldições, também não vê? Será que o ator Höfgen não percebe que os eventos dos quais ele é o questionável herói têm, no fundo, um caráter macabro, e que a dança — da qual ele é um dos mais apreciados líderes — tende de maneira horripilante para o abismo?

Hendrik Höfgen — especialista em vilões elegantes, em assassino de fraque, intrigantes históricos — não vê nada, não ouve nada, não percebe nada. Ele nem vive na cidade de Berlim, assim como também não viveu antes na cidade de Hamburgo; ele não conhece nada além de palcos, estúdios de cinema, camarins, algumas boates, alguns salões de festa e casas esnobes. Será que toma conhecimento da mudança das estações do ano? Tem consciência de que os anos passam — os anos anteriores foram saudados com tanta esperança e agora são os anos derradeiros da República de Weimar —: 1930, 1931, 1932? O ator Höfgen vive de uma estreia à outra; conta "dias de filmagem", "dias de ensaio", contudo mal sabe que a neve derrete, que as árvores e arbustos estão com botões ou folhas, que um vento traz consigo os aromas de flores, terra e água corrente. Preso em sua ambição como numa prisão — insaciável e incansável; sempre no estado da mais alta tensão histérica —, o ator Höfgen sofre e desfruta de um destino que lhe parece extraordinário, mas que não passa dos arabescos vulgares, cintilantes, na beirada de um negócio moribundo, alienado do espírito, que segue na direção da catástrofe.

É inacreditável — não é possível elencar tudo o que ele faz, com quantas ideias e surpresas ele atrai o interesse da opinião pública. Para o espanto preocupado da srta. Bernhard, ele encerrou o contrato com os teatros do professor a fim de ficar disponível para todas as chances sedutoras que lhe eram oferecidas. Assim, passou a encenar uma vez aqui, outra acolá — quando as lucrativas filmagens deixavam tempo para o palco. Ele pode ser visto, na tela ou no palco, com um exíguo traje de apache — lenço vermelho com camisa preta; o cabelo é uma peruca loira cujos fios caem sobre a testa, tornando seu rosto ainda mais suspeito —; com a roupa bordada do príncipe dândi rococó; com a túnica luxuosa do déspota oriental; com a toga romana ou com a jaqueta do estilo biedermeier; como rei prussiano ou como degenerado lorde inglês; com roupa de golfe, de pijamas, de fraque ou uniforme de hussardo. Na grande opereta, ele cantou coisas ridículas, mas as articulou de maneira tão inteligente que os burros acharam que se tratava de coisas inteligentes; nos dramas clássicos, ele se movimentou com uma indiferença tão elegante que as obras de Schiller ou Shakespeare se pareceram divertidas peças de entretenimento; com farsas mundanas, que são produzidas em Paris ou Budapeste a partir de receitas baratas, ele alcançava, num passe de mágica, pequenos efeitos refinados, que escondiam a nulidade da obra. Esse Höfgen sabe de tudo! Sua capacidade de transformação, que não fracassa diante de nenhuma imposição, parece ser obra de gênio. Se cada um de seus trabalhos fosse analisado individualmente, talvez o resultado não mostrasse nada excepcional: como diretor, Höfgen nunca vai alcançar o "professor"; como ator, não está à altura da grande concorrente Dora Martin, que permanece como a primeira estrela do firmamento, no qual ele se movimenta feito um cometa reluzente. É a multiplicidade de seus trabalhos que garante sua fama e a renova a cada vez. O público diz em uníssono: seu trabalho é maravilhoso! E a imprensa reproduz a opinião com expressões mais bem elaboradas.

Ele é o queridinho dos jornais burgueses progressistas e dos jornais de esquerda — além de ser e se manter o favorito dos salões judaicos. Justamente o fato de não ser judeu faz com que ele pareça especialmente valioso para esses grupos; pois para a elite judaica berlinense, "o loiro está na moda". Os jornais da direita radical, que diariamente propagam a renovação da cultura alemã por meio do regresso ao autêntico nacional, ao solo e ao sangue, desconfiam do ator Höfgen e o rejeitam; para eles, trata-se de um "bolchevista cultural". O fato de os redatores de suplementos de cultura gostarem dele o torna tão suspeito quanto sua predileção por peças francesas e a mundanidade excêntrica de sua aparência estrangeira. Além disso, os dramaturgos nacionalistas o perseguem com ódio porque suas peças são recusadas por ele. Por exemplo, Cäsar von Muck — escritor representativo do ascendente movimento nacional-socialista, em cujos dramas judeus estrangulados e franceses assassinados substituem os diálogos bem pensados; Cäsar von Muck, maior especialista em questões culturais no âmbito da hostilidade cultural absoluta — escreve sobre a nova encenação de uma ópera de Wagner, com a qual Höfgen acabou de fazer estrondoso sucesso: segundo ele, trata-se da mais terrível arte de sarjeta, experiência destruidora, com grande influência judaica e atrevida profanação da cultura alemã. "O cinismo do sr. Höfgen não conhece limites", afirma Cäsar von Muck. "Para oferecer novo entretenimento ao público do Kurfürstendamm, ele desafia o mais honrado e maior mestre alemão, Richard Wagner." Juntamente com alguns literatos radicais, Hendrik se diverte à larga com esse tipo de linguagem do escriba que venera "pátria e sangue".

Höfgen de maneira nenhuma renunciou ao seu relacionamento com os círculos comunistas ou semicomunistas; por vezes, ele recebe em seu apartamento da praça da Chancelaria jovens escritores ou funcionários do partido, aos quais assegura em formulações sempre novas e cada vez mais espetaculares seu ódio implacável contra o capitalismo e lhes assegura sua esperança ardente na revolução mundial. Ele mantém a relação com os revolucionários não apenas porque acha que um dia eles poderiam chegar ao poder e daí todos os jantares seriam ricamente recompensados, mas também para acalmar a própria consciência. Höfgen é ambicioso e quer ser mais do que apenas um ator bem pago; ele não quer se dedicar com exclusividade a um negócio que afirma desdenhar, embora esteja encantado por ele.

Hendrik fica orgulhoso por sua vida ter conteúdos e problemas dos quais seus colegas não podem se vangloriar. Dora Martin, por exemplo, a grandiosa Dora Martin, que ainda é um centésimo mais famosa do que ele — o que se passe em seu íntimo? Ela adormece pensando no cachê e acorda na expectativa de novos contratos para o cinema: é o que ele imagina, pois não sabe nada a respeito de Dora Martin. No íntimo de Hendrik, porém, acontecem as coisas mais originais.

A relação com Juliette, a cruel filha da natureza, é mais do que questão sexual, é complicada e enigmática: Hendrik valoriza essa circunstância interessante. Às vezes também acha que sua relação com Barbara — Barbara, a quem já chamou de seu anjo da guarda — não terminou e nem está perto disso, mas ainda poderia proporcionar milagre, enigma e surpresas. Se ele passa em revista os fatores mais importantes de sua vida interior, nunca se esquece de citar Barbara — de quem, na verdade, Hendrik está se distanciando cada vez mais.

O ponto mais importante dessa lista de processos interiores excepcionais, porém, permanece sendo a disposição revolucionária. Hendrik não quer renunciar, a nenhum preço, a esse entusiasmo raro e precioso, que o diferencia de maneira tão vantajosa dos outros "famosos" da cena teatral berlinense. Por essa razão ele cultiva, ávido e habilidoso, a amizade com Otto Ulrichs, que saiu do Teatro de Arte de Hamburgo e agora dirige um cabaré político no norte de Berlim. "Agora todas as nossas forças têm que ser disponibilizadas ao trabalho político", explica Otto Ulrichs. "Não podemos perder mais tempo. O dia da decisão se aproxima."

Em seu cabaré, batizado de Albatroz e que chama a atenção tanto pela pungência quanto pela qualidade de suas apresentações não apenas nos bairros proletários, jovens trabalhadores entram em ação junto a escritores e atores famosos.

Hendrik acredita que pode se dar ao luxo de aparecer sem mais no palco estreito do Albatroz. Por ocasião de uma festa que Ulrich organiza em homenagem à visita de autores russos, o famoso Höfgen, do Teatro Nacional, é apresentado ao público como atração especial. Mas, ainda antes de Ulrich conseguir terminar de anunciá-lo, Höfgen — usando seu terno cinza mais discreto e que chegou de táxi, não com sua Mercedes — surge de trás de uma coluna com um salto acrobático! "Nada de fama, nada de Teatro Nacional!", ele exclama com a voz metálica, limpa, e estica os braços num gesto bonito. "Sou seu companheiro

Höfgen!" Ele é recebido com aplausos. No dia seguinte, o crítico estritamente marxista dr. Ihrig declara no jornal *Neuen Börsenblatt* que o ator Höfgen conquistou com um único golpe os corações dos trabalhadores berlinenses.

Eventos tão emocionantes nos círculos marginais proletários animam sua consciência, que de outra forma poderia se rebelar pelo fato de, no lado oeste da cidade, só se encenarem coisas ridículas e mundanas. Afinal, ele faz parte da vanguarda: não apenas a própria consciência declara isso, mas também os literatos como Ihrig (que devem saber o que falam) o confirmam; também os ataques perpetrados por figuras tão lastimáveis quanto Cäsar von Muck. Ele faz parte do progresso intelectual! As novas encenações das óperas de Wagner são experiências ousadas, e é muito compreensível que deixem os eternos passadistas furiosos. Volta-se a falar também de um "estúdio" literário, uma série de apresentações das mais modernas músicas de câmara; embora Hendrik não realize o belo plano, à semelhança do teatro revolucionário em Hamburgo, ele retoma o assunto com frequência e de maneira sedutora, e assim, vários jovens atores e dramaturgos passam anos esperando pelo empreendimento. Ele faz parte da elite revolucionária e se permite certas coisas: por intermédio de Otto Ulrichs, Höfgen entrega somas que não são vultosas, mas aceitas de bom grado, para determinadas organizações do partido comunista...

Quem ousa afirmar que ele vive os dias de maneira ingênua e vaidosa? Sua participação intensa nos grandes objetivos e problemas do presente está comprovada. Com muita razão, Hendrik observa, desdenhoso — e alegremente consciente de sua orientação radical impecável —, naturezas tão indecisas quanto Barbara; ela que, na casa do conselheiro ou na propriedade da generala, vive uma egoísta vida de ócio, presa a seus jogos e preocupações intelectuais esotéricas.

Mas o que Hendrik sabe das preocupações ou jogos de Barbara? O que Hendrik sabe das pessoas em geral? Será que ele não é tão desinformado no que diz respeito a seus problemas quanto em relação às coisas da vida pública? Será que ele se ocupou de maneira mais intensa e amorosa com aqueles que gostava tanto de chamar de "centro da minha vida" do que, por exemplo, com o pequeno Böck, que finalmente se tornou seu empregado, ou com monsieur Pierre Larue, que organiza jantares finos no Hotel Esplanade para "*mes jeunes camarads communistes*"?

Será que Hendrik se preocupa, por exemplo, com a vida interior da amiga Juliette? Ele espera que ela seja sempre cruel e esteja de bom humor. Ela recebe muito dinheiro e pode usar o chicote: será que a satisfação dela está garantida? Hendrik nunca pensa no que poderiam significar os olhares sombrios que a moça negra lhe dirige com tanta frequência. Será que a filha estrangeira está com saudadas do litoral, de cujas belas paisagens um destino mal-humorado a arrancou para lançar numa civilização questionável? Será que seu coração enigmático está começando a amar o pálido e masoquista amigo — ou a odiá-lo? Hendrik não sabe nada a esse respeito. Para ele, a princesa Tebab é a bárbara sedutora, a bela selvagem, em cuja força inquebrantável ele se revigora ao se humilhar diante dela.

Hendrik sabe tão pouco de Juliette quanto sabe de Barbara ou da mãe, Bella. Ele apenas passa os olhos pelas cartas da pobre genitora, que dão conta que o marido Köbes e a filha Josy — duas criaturas alegres e imprudentes — lhe trazem muita preocupação. O pai Köbes está agora totalmente arruinado nos negócios. "A crise!", lamenta-se a sra. Bella por escrito. "Seu bom pai faz parte das inúmeras vítimas da crise." E diz que todos os seus pertences foram penhorados e uma vergonha amarga teria se abatido sobre a família caso Hendrik não tivesse enviado telegraficamente, nos minutos derradeiros, uma soma considerável de dinheiro. A irmã Josy fica noiva pelo menos uma vez por semestre; a sra. Bella respira aliviada quando os relacionamentos, que sempre contêm alguma característica infeliz, são novamente desfeitos.

Nicoletta aparece uma vez em Berlim; mas logo parte de novo, chamada de volta por um telegrama ameaçador e queixoso do marido Marder. "Sou muito feliz com ele", Nicoletta explica e se esforça em fazer os belos olhos cintilar. Mas depois se sabe que há dois anos Marder mora num sanatório: Nicoletta passou esse tempo cuidando dele — ela sorri com delicadeza e carinho quando fala da gratidão infantil que o homem genial tem por ela. "Agora ele já está bem melhor", ela diz esperançosa. "Logo poderemos nos mudar para o Sul, ele precisa de sol..."

Nicoletta, amando, tem o "centro da vida" que Hendrik tanto alardeia. Outros também podem afirmam o mesmo; por exemplo Ulrichs, que aguarda pelo "dia", batalhador e paciente. "Ele virá!", promete o crente a si mesmo e a seus amigos crentes. "O dia virá!", a voz interna também anuncia, com alegre certeza, para o jovem Miklas. Ele se refere ao belo dia em que o "Führer" finalmente estará no poder: seus inimigos então serão todos exterminados. Exterminado será também o inimigo mais ferrenho e abstruso: Höfgen. A derrocada do odiado, cuja carreira Miklas acompanha à distância com raiva impotente, deve ser o evento mais alentador do "grande dia" e parte do sentido de sua vida.

Hans Miklas — assim como Otto Ulrichs, seu inimigo político — é ator apenas a serviço da "grande causa", do objetivo a ser alcançado. Há tempos ele não trabalha mais em teatros, mas só com organizações de jovens do movimento nacional-socialista; sua atividade é ensaiar com os "jovens do povo" de seu "Führer" peças festivas e publicitárias para ser levadas em palcos ao ar livre e salas de reunião: essa tarefa satisfaz seu coração ignorante e entusiasmado. Num jogral, os rapazes berram que, vitoriosos, baterão os franceses e sempre serão fiéis ao seu Führer; eles ensaiaram sob a direção do jovem Miklas, que agora está com a aparência muito mais saudável e revigorada do que na época de Hamburgo — os buracos negros em suas faces quase sumiram.

O dia está próximo: esse pensamento entusiasmado domina, preenche e satisfaz Hans Miklas e Otto Ulrichs, assim como milhões de outros jovens. Mas Hendrik Höfgen está esperando qual dia? Ele espera apenas pelo novo papel. Seu grande papel na temporada 1932-3 será o de Mefisto: Hendrik vai encená-lo na nova montagem de *Fausto*, que o Teatro Nacional apresentará por ocasião do centenário da morte de Goethe.

Mefistófeles, "o filho estranho do caos": o grande papel do ator Höfgen. Ele nunca desejou tão ardentemente um papel. Mefisto deve ser sua obra-prima. A começar pela maquiagem, que é sensacional: Hendrik transforma o príncipe das trevas no "pícaro" — aquele pícaro em que o Senhor do céu, em sua incomensurável bondade, enxerga o mal e ao qual às vezes honra com sua companhia, pois, dos espíritos que se rebelam contra Ele, é dos que menos O incomodam. Höfgen o caracteriza como o palhaço trágico, o pierrô diabólico. A cabeça raspada está empoada de branco feito o rosto; as sobrancelhas estão grotescamente delineadas para o alto, a boca vermelho-sangue foi prolongada num sorriso estático. E o espaço largo entre os olhos e as sobrancelhas artificialmente erguidas cintila multicor; os especialistas têm a oportunidade de admirar um trabalho cosmético extraordinário. Todos os tons do arco-íris se misturam nas pálpebras de Mefisto e sob os arcos das sobrancelhas: o preto chega ao vermelho, o vermelho ao laranja, ao violeta e ao azul; pontos prateados iluminam o meio, um pouco de dourado aparece distribuído de maneira inteligente e criativa. Que movimentada paleta de cores sobre os sedutores olhos de pedras preciosas desse satã!

Com a graça do dançarino, o Mefisto de Hendrik desliza no palco, metido num traje justo de seda preta; com uma acurácia lúdica, que confunde e seduz, saem de sua boca cor de sangue, que nunca para de sorrir, sabedorias traiçoeiras e as piadas dialéticas. Quem duvida que o bufão tenebrosamente elegante consegue se transformar num cãozinho poodle; num passe de mágica, tirar vinho de furos em mesas de madeira e voar sobre o sobretudo aberto caso tenha vontade? Esse Mefisto se atreve às coisas mais extremas. Todos no teatro pressentem: ele é forte — mais forte até do que Deus, o Senhor, com quem de tempos em tempos gosta de estar e que trata com uma certa cortesia desdenhosa. Ele não tem motivos suficientes para menosprezá-lo um pouco? Mefisto é muito mais divertido, muito mais inteligente e, de todo modo, muito mais infeliz do que o Outro — e talvez seja mais forte exatamente por isto: porque é mais infeliz. O otimismo gigante do Velho sublime — que os anjos têm permissão para enaltecer, também a beleza de Sua criação, num "cântico" declamatório —, a bondade eufórica do Pai de Todos, parece quase ingênua e senil ao lado da melancolia terrível, da tristeza gelada, que por vezes acomete o anjo preferido tornado satânico, o maldito e o caído, em meio a todas as suas sinistras espertezas. Qual estremecimento perpassa o auditório do Teatro Nacional de Berlim quando o Mefistófeles de Höfgen forma, com os lábios luminosos, as palavras:

... tudo o que vem a ser
é digno só de perecer;
seria, pois, melhor, nada a vir ser mais.[2]

O arlequim muito ágil agora não se mexe mais. Agora está em pé, imóvel. A tristeza o petrifica? Sob a colorida paleta da maquiagem, há agora o olhar profundo do desespero. Que os anjos exultem ao redor do trono de Deus — eles não sabem nada dos seres humanos. O diabo sabe dos seres humanos, está iniciado em seus segredos terríveis, ah, e a dor sobre eles paralisa seus membros e faz com que seu rosto se fixe numa máscara de desconsolo.

Depois da estreia de *Fausto*, que termina com uma ovação, o ator Höfgen se fecha em seu camarim: ele não quer ver ninguém. Mas o pequeno Böck não consegue se livrar de uma visita. É raro Dora Martin assistir a peças nas quais não atua. Sua presença essa noite chamou a atenção. O pequeno Böck faz uma reverência profunda diante dela e abre a porta do santuário: o camarim de Hendrik Höfgen.

Ambos parecem muito tensos, tanto Höfgen como sua colega e concorrente: ele está fatigado e exausto dos êxtases da peça de há pouco; ela, de preocupações que ele desconhece.

"Foi bom", diz a Martin, em voz baixa e direta; ela imediatamente se sentou numa cadeira, antes ainda de ele conseguir oferecer o assento a ela. Dora se encolhe na poltrona estreita, o rosto da testa alta, os olhos arregalados, infantis e pensativos, está enterrado no colarinho da pele marrom. "Foi bom, Hendrik. Sabia que você era capaz. Mefisto é seu grande papel."

Höfgen, sentado na mesa de maquiagem e de costas para ela, sorri para o espelho. "Você está sendo maldosa, Dora Martin."

Ela responde, ainda com o tom tranquilo, direto: "Você se engana, Hendrik. Não culpo ninguém por ser do jeito que é".

2 Esta e todas as citações de Fausto foram traduzidas por Jenny Klabin Segall. In: J. W. von Goethe, *Fausto*. 1ª parte. São Paulo: Editora 34, 2004. [NT]

Agora Hendrik se vira para ela; o rosto se livrou das sobrancelhas diabólicas e do colorido das pálpebras. "Obrigado por ter vindo esta noite", ele diz suave, cintilando os olhos.

Mas ela faz um movimento com a mão, como se quisesse dizer: vamos parar com essas graças! Ele parece não ter visto o gesto e pergunta, delicado: "Quais são seus próximos planos, Dora Martin?".

"Aprendi inglês", ela responde.

Ele faz um rosto espantado. "Inglês? Por quê? Por que justamente inglês?"

"Porque vou fazer teatro nos Estados Unidos", diz Dora Martin, sem tirar o olhar tranquilo e vigilante dele.

Ele ainda se faz de desentendido e quer saber: como assim? E por que justo nos Estados Unidos? Ela fala com alguma impaciência: "Porque aqui acabou, meu caro. Você ainda não percebeu?".

Nessa hora, ele se agita. "Mas do que você está falando, Dora Martin? Para você, nada vai mudar! Sua posição é inabalável! Você é amada — realmente amada por milhares de pessoas! Nenhum de nós — você sabe disso —, nenhum de nós recebe tanto carinho quanto você!"

O riso dela se torna triste e desdenhoso e ele emudece. "O amor de milhares!", ela repete, quase inaudível tamanho o desprezo. Em seguida, dá de ombros. E, depois de um silêncio, fala para o vazio, sem olhar para Hendrik: "Vão aparecer outros atores para ser amados".

Ele continua a falar, nervoso: "Mas os teatros fazem negócios! O teatro sempre vai interessar às pessoas, aconteça o que acontecer na Alemanha".

"Aconteça o que acontecer na Alemanha", Dora Martin repete em voz baixa e, de repente, se levanta. "Bem, então desejo tudo de bom para você, Hendrik", ela diz rapidamente. "Vamos ficar um bom tempo sem nos ver. Estou viajando por estes dias."

"Já por estes dias?", ele pergunta, espantado, e ela responde, fixando o olhar sombrio no longe: "Não faz sentido esperar. Não tenho mais nada a fazer aqui". Depois de uma pausa, ela acrescenta: "Mas você vai passar bem, Hendrik Höfgen — aconteça o que acontecer na Alemanha".

O rosto dela sob o cabelo ruivo cheio — um rosto grande demais para o corpo pequeno e estreito — mistura orgulho e aflição enquanto ela vai lentamente até a porta e deixa o camarim de Hendrik Höfgen.

VII

O PACTO COM O DIABO

Ai de nós, o céu sobre este país se tornou sombrio. Deus lhe virou o rosto, um jorro de sangue e lágrimas corre pelas ruas de todas as suas cidades. Ai de nós, este país está conspurcado e ninguém sabe quando será purificado de novo. Quais castigos e quais enormes contribuições para a alegria da humanidade serão necessários para expiar tamanha desgraça? A imundície respinga em todas as ruas de todas as suas cidades, mais sangue e lágrimas. O que era bonito foi manchado, o que era verdadeiro foi desbancado pelos gritos de mentiras.

O poder neste país se apropria da mentira suja. Ela berra nas salas de reunião, pelos microfones, pelas colunas de jornais, pelas telas de cinema. Ela escancara a boca e sua garganta solta um fedor de pus e pestilência: o fedor expulsa muitas pessoas deste país; quando são obrigadas a ficar, o país é uma prisão — uma masmorra pestilenta.

Ai de nós, os cavaleiros do Apocalipse estão a caminho, eles se fixaram aqui e montaram um terrível regimento. Daqui querem conquistar o mundo: eis sua intenção. Querem dominar as terras e os mares também. Sua monstruosidade deve ser idolatrada e venerada em todos os lugares. Sua feiura deve ser admirada como a nova beleza. Quem hoje ainda ri dela, amanhã terá de se render a ela. Eles estão decididos a atacar o mundo com sua guerra para depois desprezá-lo e apodrecê-lo. Assim como hoje desprezam e apodrecem o país que dominam: nossa pátria, sobre a qual o céu se tornou sombrio e do qual Deus virou seu rosto, irado. É noite em nossa pátria. Os senhores maus viajam por seus territórios — em grandes automóveis, em aviões ou trens especiais. Eles viajam ávidos por aí. Desfiam suas ladainhas em todas as praças. Em cada cidade, onde aparecem ou aparecem seus ajudantes, apaga-se a luz da razão e faz escuro.

O ator Höfgen estava na Espanha quando, graças às intrigas no palácio do honorável presidente do Reich e marechal de campo, aquele homem que parecia latir ao falar, que Hans Miklas e um grande número de pessoas ignorantes e desesperadas chamavam de seu "Führer", se tornou chanceler do Reich. O ator Hendrik Höfgen fazia o papel de um elegante impostor num filme de detetive, cujas cenas externas estavam sendo filmadas nos arredores de Madri. Depois de um dia exaustivo, ele voltou cansado ao hotel, comprou o jornal com o *concierge* e levou um susto. Como assim, o falastrão, de quem tantas vezes companheiros intelectuais e progressistas tinham zombado, de repente havia se tornado a pessoa mais poderosa do país? Que medonho, pensou o ator Höfgen. Uma surpresa medonha! E eu estava firmemente convencido de que não era preciso levar esses nazistas a sério! Que decepção!

Trajando um terno bonito, bege, de meia-estação, ele estava no saguão do Hotel Ritz, onde um público internacional discutia os eventos funestos e a reação das bolsas. O pobre Hendrik estremeceu ao pensar o que o aguardaria. Inúmeras pessoas a quem ele sempre tratara mal talvez teriam chance de se vingar. Cäsar von Muck, por exemplo: ah, ele deveria ter tentado tratar um pouco melhor o escritor "sangue e pátria", em vez de recusar todas as suas peças! Que erros indesculpáveis haviam sido cometidos — agora as pessoas compreendiam e era tarde demais. Era tarde demais, ele tinha uma porção de inimigos figadais entre os nazistas. O assustado Hendrik pensou inclusive no pequeno Hans Miklas — o que ele não teria dado para evitar aquele incidente lamentável no Teatro de Arte de Hamburgo! Qual bagatela tinha sido, à época, o estopim para uma briga que depois se mostrou tão lamentável? Uma atriz de nome Lotte Lindenthal: muito possível que mesmo ela tenha se tornado uma pessoa que, num momento decisivo, pode ajudar ou atrapalhar...

Hendrik entrou no elevador com os joelhos trêmulos. Cancelou um encontro marcado com alguns colegas para a noite. Pediu que o jantar fosse servido no quarto. Depois de ter bebido meia garrafa de champanhe, seu humor ficou um pouco mais confiante. Era preciso se manter sóbrio e calculista, evitar o pânico. Esse tal "Führer" tinha se tornado então chanceler — ruim o suficiente. De todo modo, ele não era ditador e provavelmente nunca se tornaria um. As pessoas que o conduziram ao poder, esses nacionalistas alemães, vão dar um jeito de ele não sobressair demais, pensou Hendrik. Em seguida, lembrou-se dos grandes partidos de oposição, que ainda existiam. Os social-democratas e os comunistas ofereceriam resistência — talvez até resistência armada. Foi isso que Hendrik Höfgen pensou em seu quarto de hotel junto a meia garrafa de champanhe, não sem um arrepio prazeroso. Não, a ditadura nacional-socialista estava distante! Talvez a situação até sofresse uma reviravolta de maneira surpreendentemente rápida: a tentativa de entregar o povo alemão ao fascismo poderia desembocar na revolução socialista. Algo muito provável, e daí ficaria claro que o ator Höfgen havia especulado de maneira incrivelmente sagaz e presciente. Mas até supondo que os nazistas permanecessem no governo: o que ele, Höfgen, tinha a temer? Ele não era filiado a nenhum partido, não era judeu. Sobretudo este fato — o de não ser judeu — parecia às vezes, para Hendrik, incrivelmente consolador e significativo. Que vantagem impensada e importante, que antes não se levava em conta! Ele não era judeu, então podia ser perdoado por tudo, inclusive o fato de ter sido festejado como "companheiro" no cabaré Albatroz. Ele era um rapaz loiro da Renânia! Também seu pai Köbes tinha sido loiro da Renânia, antes de as preocupações financeiras o tornarem grisalho. E sua mãe Bella, assim como a irmã Josy, eram, sem sombra de dúvida, mulheres loiras da Renânia.

"Sou um renano loiro", Hendrik Höfgen cantarolou, aliviado tanto pelo consumo de champanhe quanto pelo resultado de suas reflexões, e foi se deitar, otimista.

Na manhã seguinte, claro, ele estava mais uma vez muito preocupado. Como ele seria tratado pelos colegas que, por sua vez, nunca tinham se apresentado no Albatroz, que nunca foram chamados pelo dramaturgo Muck de "bolchevistas culturais"? Durante o percurso em conjunto até as locações da filmagem, Hendrik achou que seria importante manter alguma frieza em relação a elas. Apenas o ator judeu começou uma conversa mais longa com Hendrik, algo a ser considerado como um sinal preocupante. Visto que Hendrik se sentia isolado e um pouco mártir, ele se tornou birrento e incontrolável. Ao ator, disse que os nazistas logo seriam despachados e que teriam feito um papel ridículo. O pequeno humorista, porém, retrucou temeroso: "Ah, não. Quando eles estiverem em cima da carniça, vão se demorar. Que Deus faça com que tenham um pouco de senso e nos tratem com alguma consideração. Se ficarmos bem quietos, acho que não vai acontecer nada", o sujeito declarou. No fundo, Hendrik tinha a mesma esperança, mas era orgulhoso demais para expressá-la.

O tempo ruim impediu por vários dias o grupo de atores alemães a gravar ao ar livre; a estadia em Madri precisou ser prolongada até o final de fevereiro. As notícias que vinham da pátria eram contraditórias e preocupantes. Parecia não haver nenhuma dúvida de que Berlim se encontrava em meio a um verdadeiro delírio de satisfação pelo chanceler nacional-socialista. As coisas eram bem diferentes — caso fosse possível acreditar nos relatos dos jornais e nas informações privadas — no sul da Alemanha e, principalmente, em Munique. Aguardava-se a separação da Baviera da Alemanha e a instalação da monarquia dos Wittelsbacher. Mas também era possível que se tratasse apenas de boatos ou exageros de natureza tendenciosa. De todo modo, a melhor coisa a fazer era não confiar totalmente neles e enfatizar de maneira explícita a simpatia com o novo poder. Foi o que fizeram também os atores alemães reunidos em Madri para rodar um filme de detetive. O amante jovem — um rapaz bonito de nome comprido que soava nórdico

— gabou-se de há anos ser membro do Partido Nacional-Socialista dos Trabalhadores Alemães, o que até então tinha ocultado sistematicamente; sua parceira, cujos olhos suaves e escuros e o nariz um pouco curvo justificavam a dúvida na pertença à pureza racial germânica, deu a entender que estava como que noiva de um alto funcionário do mesmo partido; o ator judeu parecia cada vez mais aflito.

Höfgen, por seu lado, decidira-se pela tática mais simples e efetiva: ele passou a praticar um silêncio misterioso. Ninguém devia suspeitar quantas preocupações havia a esconder. Pois as informações que recebia da srta. Bernhard e de outros colegas de Berlim eram acachapantes. Rose escreveu que era preciso se preparar para o pior. Ela fez menções sombrias a "listas negras" que eram mantidas há anos pelos nazistas e nas quais constavam tanto o conselheiro Bruckner quanto o professor e o próprio Hendrik Höfgen. O professor se encontrava em Londres e, naquele momento, não pensava em voltar a Berlim. A srta. Bernhard explicou a seu Hendrik que o melhor a fazer era se manter distante da capital alemã — ele estremeceu ao ler isso. Há pouco ele ainda era um dos mais festejados, e agora passava a proscrito! Não foi fácil manter o rosto impávido diante dos colegas suspeitos e, durante as filmagens, ser tão descontraído e "maroto" como se esperava dele.

Quando o grupo se preparava para voltar para casa, e mesmo o ator judeu fazia as malas com o semblante preocupado, Hendrik afirmou que reuniões importantes relativas a assuntos cinematográficos o chamavam a Paris. Sua ideia era ganhar tempo. Não devia ser aconselhável aparecer justo agora em Berlim. Em algumas semanas, as coisas provavelmente se acalmariam...

Por outro lado, fulminantes surpresas estavam por acontecer. Quando Höfgen chegou a Paris, a primeira coisa que soube foi do incêndio no parlamento alemão. Hendrik, por sua atividade de anos atuando como contraventor, treinado para adivinhar vínculos criminosos e não sem um instinto natural para os acordos baixos do submundo, compreendeu no mesmo instante quem tinha planejado e executado esse crime provocador: a esperteza nefasta e ao mesmo tempo infantil dos nazistas havia sido exercitada e inflamada naqueles filmes e peças de teatro nos quais Hendrik costumava ser o protagonista. Höfgen não conseguia esconder de si mesmo que o estremecimento sentido pelo truque baixo desse incêndio vinha misturado com outro sentimento — satisfação, quase prazer. A fantasia depravada dos aventureiros resultara no engodo atrevido, facilmente desvendado, que só podia ter sucesso porque na Alemanha ninguém mais ousava levantar a voz contra eles, e porque o restante do mundo, mais preocupado com a própria tranquilidade do que com a moralidade da vida europeia, não parecia interessada em se meter nos assuntos terríveis desse país suspeito. Como o mal é forte!, pensou o ator Höfgen sob um estremecimento reverente. Quantas coisas lhe são permitidas fazer e desfazer, sem qualquer castigo! O mundo realmente se parece com os filmes e as peças nas quais tantas vezes fui o protagonista. No momento, isso era o ápice de ousadia de seu pensamento. Mas havia uma intuição, na qual ele ainda não gostaria de acreditar, de estar sentindo, pela primeira vez, a relação misteriosa entre o próprio ser e aquela esfera depravada, indecente, que imaginavam e realizavam patifarias vulgares como esse incêndio.

Primeiro, claro, Hendrik não estava disposto a ficar pensando muito sobre a psicologia dos transgressores e sobre o que poderia ligá-lo a esses tipos do submundo; ele tinha motivos para se preocupar seriamente com o futuro próximo. Depois do incêndio no parlamento, foram presas em Berlim várias pessoas com as quais ele mantinha relações de confiança, dentre elas também Otto Ulrichs. Rose Bernhard tinha deixado seu cargo nos teatros da Kurfürstendamm, viajando às pressas para Viena. De lá, ela implorou por carta ao amigo Höfgen para, sob nenhuma circunstância, pôr os pés em solo alemão. "Sua vida estaria em perigo!" Rose redigiu essa mensagem alarmante do Hotel Bristol, em Viena.

Hendrik achou que era possível interpretar a mensagem como um exagero romântico. Entretanto, estava inquieto. Adiava a partida dia após dia. Desocupado e nervoso, perambulava pelas ruas de Paris. Ele não conhecia a cidade, mas não estava de modo algum disposto a sucumbir ao seu encanto ou apenas notá-lo.

Essas foram semanas amargas, talvez as mais amargas que ele tenha passado até então. Ele não via ninguém. Embora soubesse que alguns de seus conhecidos tinham chegado a Paris, não ousava entrar em contato com eles. O que havia para conversar? Eles iriam enervá-lo com explosões patéticas de desespero sobre os acontecimentos alemães — que, na realidade, se tornavam cada vez mais violentos e assustadores. Com certeza essa gente já tinha cortado todos os laços com a pátria, cujo tirano detestavam de maneira irreconciliável. Já eram emigrantes. Será que também sou um desses?, Hendrik Höfgen se perguntou, temeroso. Mas tudo nele se recusava a admiti-lo.

Por outro lado, uma teimosia obscura começou a crescer dentro dele nas muitas horas solitárias que passava em seu quarto de hotel, nas pontes, ruas, nos cafés da cidade de Paris — uma teimosia boa, a melhor sensação que ele já tinha tido. Tenho necessidade de pedir perdão a esse bando de assassinos?, ele pensou então. Estou subordinado a eles? Será que já não tenho renome internacional? Eu poderia me dar bem em qualquer lugar; talvez não fosse muito fácil, mas eu daria um jeito. Seria um alívio, uma tranquilidade, me afastar — orgulhoso e de maneira voluntária — de um país de ar empesteado; afirmar, em voz alta, a solidariedade com aqueles que querem lutar contra o regime manchado de sangue! Eu me sentiria puro caso me decidisse a isso! Minha vida teria um novo sentido, uma nova dignidade!

Com esses estados de humor, que eram muito intensos e estranhamente prazerosos, mas nunca duravam muito, a necessidade de rever Barbara e conversar por longas horas com ela voltava com regularidade — Barbara, a quem ele chamara de seu anjo da guarda: naquele instante, como tinha urgência dela! Mas há meses não vinham notícias, seu paradeiro era desconhecido. Talvez estivesse na propriedade da generala, despreocupada!, ele pensou com amargura. Afinal, antevi que ela encontraria um lado interessante no terror fascista. Tinha que ser assim: eu sou o mártir, vago pelas ruas dessa cidade estrangeira; ela, por sua vez, talvez esteja batendo papo com um desses assassinos e torturadores, assim como costumava bater papo com Hans Miklas...

Visto que sua solidão começava a se tornar insuportável, ele brincou com a ideia de trazer a princesa Tebab de Berlim a Paris. Ouvir sua risada tonitruante, sentir de novo a mão forte, cuja pele parecia a casca de uma árvore, lhe traria descontração e força! Virar as costas à Alemanha e começar uma vida nova, selvagem, com a princesa Tebab; ah, como seria bonito e certo! Não é mesmo? Não estava no âmbito do possível? Era preciso apenas telegrafar a Berlim e no dia seguinte a Vênus negra estaria chegando com suas botas de cano alto verdes e o chicote trançado vermelho na mala. Hendrik tinha sonhos doces e rebeldes, em cujo centro estava a princesa Tebab. Ele imaginava a vida ao lado dela com cores fortes e emocionantes. Era possível começar ganhando o pão de cada dia como casal de dançarinos em Paris, Londres ou Nova York. Hendrik e Juliette, os dois melhores sapateadores do mundo. Mas provavelmente a coisa não se restringiria à dança. Hendrik pensava em possibilidades mais ousadas. O casal de dançarinos poderia se transformar num casal de impostores — seria divertido fazer o papel do criminoso mundano, que ele já tinha personificado tantas vezes nos filmes e nas peças, pelo menos uma vez na vida real, com todos os perigos, todas as consequências! Lado a lado com essa maravilhosa selvagem, enganar e esnobar uma sociedade odiosa, que mostrava seu verdadeiro e terrível rosto no fascismo — que imagem genial! Durante vários dias, Hendrik ficou obcecado por ela. Talvez ele tivesse mesmo dado o primeiro passo rumo à sua concretização e mandado uma mensagem à princesa negra, caso uma notícia não mudasse, de repente, toda a sua situação!

A carta importante era da pequena Angelika Siebert — quem imaginava que justamente ela, sempre ignorada de maneira cruel e arrogante por Hendrik, acabaria tendo uma função tão decisiva na vida dele! Há quanto tempo Hendrik não pensava mais na pequena Siebert e, ao tentar rememorar seu rosto — aquele rostinho adorável e medroso de um rapazote de 13 anos, com os olhos claros, apertados pela miopia —, ficou com a impressão de que ele sempre esteve encharcado de lágrimas. Afinal, a pequena Angelika não passava quase o tempo todo chorando? E ela não tinha motivos suficientes para chorar? Hendrik se lembrava muito bem de que costumava tratá-la com crueldade... Apesar disso, o coração obstinado e delicado dela se mantivera fiel. Hendrik ficou admirado. Como ele tirava conclusões dos outros a partir de si mesmo, sempre contava com a infâmia egoísta das pessoas ao seu redor. A boa ação, o movimento corajoso e carinhoso o deixou estupefato. Em seu modorrento quarto de hotel, cujas paredes e móveis ele já conhecia tão bem que os começara a odiar e temer, Hendrik desatou a chorar ao ler a carta de Angelika. Os soluços se deviam não apenas ao nervosismo e à agitação, mas uma autêntica comoção também molhava seus olhos. Quanta alegria sentiria a pequena Angelika, como seria regiamente compensada por tanto sofrimento, caso pudesse ver que aquele por quem ela derramara rios de lágrimas agora chorava por ela, e que, no fim, era o amor dela que preenchia os olhos preciosos, perigosos e frios dele de gotas salgadas.

Na carta, Angelika relatava que estava em Berlim fazendo um pouco de cinema e passava bem. Um jovem diretor tinha metido na cabeça que se casaria com ela, "mas claro que não penso nisso", ela escreveu, e Hendrik sorriu ao ler: sim, ela era desse jeito — recalcitrante e avessa a cortejos e pedidos de casamento, independentemente de quão sedutores fossem; obcecada pelo inalcançável e desperdiçando seu sentimento sempre onde era ignorado e desprezado. Durante as filmagens de uma grande comédia burguesa, ela conheceu a atriz Lotte Lindenthal, aquela que tinha sido a atriz principal em Jena, além de namorada de um oficial aviador nazista. Hendrik, que acompanhava com avidez e ódio os acontecimentos alemães pelos jornais, sabia que o oficial aviador estava entre os mais poderosos do novo governo. Desse modo, também Lotte Lindenthal tinha se transformado numa pessoa influente. E Angelika Siebert havia interpelado junto a ela, com sucesso, a favor de Hendrik.

Em tons sonhadores, a carta descrevia o charme superior, a inteligência, a doçura e a dignidade de Lindenthal. Era possível — segundo a opinião de Angelika — ter certeza de que essa mulher, de bom coração e amorosa, influenciaria o poderoso namorado da maneira mais positiva, em qualquer ponto de vista. Ela já o fazia agora, sobretudo nas coisas que envolviam as artes cênicas. O grande homem tinha um interesse benevolente pelo teatro, a opereta e a ópera. Suas amantes — ou as mulheres que recebiam sua especial veneração — eram, via de regra, atrizes roliças e muito emotivas. Ele lhes fazia todas as vontades enquanto não se tratasse de nada sério, mas apenas de assuntos secundários, por exemplo a carreira de um ator. Lotte Lindenthal tinha sido alertada pela pequena Siebert que Hendrik Höfgen estava em Paris, sem coragem de voltar à Alemanha. A favorita do poderoso riu nessa hora. O que esse sujeito tinha a temer?, ela quis saber, olhando de maneira ingênua. Afinal, Höfgen não era judeu, mas um renano loiro, e nunca fora filiado a nenhum partido. Aliás, tratava-se de um artista importante — a sra. Lindenthal tinha assistido à montagem de *Mefisto*. "Não podemos abrir mão de pessoas como ele", disse a mulher especial, prometendo levar o assunto ainda naquele mesmo dia a seu poderoso namorado. "O homem é cem por cento liberal", assegurou a primeira atriz de Jena, que devia saber do que estava falando, e todos os presentes sentiram um estremecimento respeitoso porque ela se referiu ao temido gigante de maneira tão íntima e familiar. "Ele também não é nada ressentido. Esse Höfgen pode ter se esbaldado em todo tipo de extravagâncias e pequenas maluquices no passado, mas a gente compreende quando se trata de um artista de qualidade. O que importa é o âmago bom", falou Lotte de um jeito um tanto absurdo, mas com uma entonação carinhosa. E fez o que havia prometido. Quando o poderoso veio para a visita noturna, ela suplicou: "Seja carinhoso, homem!". Ela havia enfiado na cabeça: Hendrik Höfgen tinha de ser seu par na comédia que marcaria sua estreia no Teatro Nacional de Berlim. "Ninguém é tão adequado ao papel quanto ele", a atriz afirmou. "Além disso, você também quer que eu tenha um par simpático quando me apresentar pela primeira vez diante dos compatriotas em Berlim!" O general foi saber se Höfgen era judeu. Daí descobriu que, muito pelo contrário, se tratava de um renano loiro cem por cento autêntico e prometeu que nada aconteceria a "esse sujeito", não importava o que tivesse feito no passado.

Lindenthal no mesmo instante comunicou o transcorrer amistoso de sua conversa com o namorado à pequena colega Siebert; essa última, por sua vez, ficou impaciente para informar a Hendrik a auspiciosa mudança na situação.

Dessa maneira, a temporada de sofrimento em Paris tinha acabado! Sem mais passeios solitários, descendo o boulevard St. Michel, passando pelas margens do Sena e atravessando a Champs-Élysées, para cuja beleza ele se manteve cego. Será que Hendrik Höfgen alguma vez teve sonhos audaciosos e rebeldes num modorrento quarto de hotel? Será que sentiu alguma vez a necessidade intensa e, por conseguinte, macabra, prazerosa, de se limpar, se libertar, partir para uma nova vida, mais solta? Ele não sabia mais; enquanto fazia as malas, tudo já estava no passado. Cantarolando de felicidade e muito tentado a dar saltinhos no ar, ele correu até a agência de viagens Thomas Cook & Son, nas proximidades da igreja Madeleine, a fim de encomendar uma passagem no vagão-leito do trem para Berlim.

No caminho de volta para seu hotel, que ficava nas proximidades do boulevard Montparnasse, Hendrik passou pelo Café du Dome. O tempo estava ameno, muitas pessoas sentadas ao ar livre, com as mesas e as cadeiras dispostas na calçada, sob um toldo leve. Hendrik, aquecido pela caminhada, ficou com vontade de se sentar ali por quinze minutos e tomar um copo de suco de laranja. Ele ficou parado; mas enquanto seu olhar orgulhoso passava pelas pessoas conversando, mudou de ideia. Seu pensamento foi: quem sabe que tipo de gente é essa? Talvez haja antigos conhecidos que eu prefiro evitar. Esse Café du Dome não se tornou ponto de encontro dos emigrantes? Não, não, talvez seja melhor prosseguir. Ele já estava em vias de dar meia-volta quando seu olhar se fixou num grupo sentado, em silêncio, ao redor de uma mesinha redonda. Hendrik estremeceu. O susto foi tão grande que sentiu uma pontada no estômago e não conseguiu se mexer por alguns segundos.

Primeiro ele reconheceu Hedda von Herzfeld; apenas depois notou que Barbara estava sentada a seu lado. Barbara se encontrava em Paris, ela estivera por perto durante todo esse tempo, ele sentira saudades delas, tinha precisado dela como nunca, e ela estava morando na mesma cidade, no mesmo bairro e talvez apenas a alguns prédios de distância! Barbara deixara a Alemanha e agora estava sentada no terraço do Café du Dome, ao lado da sra. Von Herzfeld, que em Hamburgo não era, de modo algum, sua amiga. Mas as circunstâncias adversas aproximaram as duas... Elas estavam sentadas juntas. Ambas em silêncio, ambas com o mesmo olhar carregado e profundo, que parecia não mirar o que estava por perto, mas apenas o longe.

Como Barbara está pálida!, pensou Hendrik. Ele tinha a impressão de que as pessoas não estavam realmente sentadas ali, mas eram produto de seu cérebro excitado e existiam apenas em sua imaginação, de que se tratava de uma visão. Se viviam, então por que não se movimentavam? Por que estavam mudas e inertes, com olhos tão tristes?

Barbara apoiava o rosto magro e pálido na mão. Entre as sobrancelhas escuras e erguidas apareceu um traço que Hendrik não havia percebido nela antes: devia ser resultado do cansaço por causa de pensamentos amargos, e dava ao seu rosto uma expressão enigmática, quase irritada. Ela usava uma capa de chuva cinza, que deixava entrever uma echarpe vermelho-vivo. Essa roupa e o semblante sofredor emprestavam à sua imagem algo de selvagem e quase terrível.

A sra. Von Herzfeld também estava pálida; mas sobre a superfície larga e macia de seu rosto faltava o traço ameaçador, havia apenas suave tristeza. Além de Barbara e Hedda, reuniam-se à mesa mais uma moça que Hendrik nunca tinha visto e dois rapazes, sendo Sebastian um deles: Höfgen o reconheceu pela postura da cabeça, projetada para a frente, pelos olhos opacos, suaves e pensativos, e pela mecha de cabelo loiríssimo que caía sobre sua testa. Hendrik quis chamá-los, cumprimentá-los; seu desejo espontâneo era o de abraçar Barbara, conversar com ela — conversar sobre todas as coisas como ele tantas vezes desejou e imaginou em seus dias solitários. Em sua cabeça, porém, os pensamentos se sucediam velozes. Como eles vão me receber? Perguntas serão feitas — como respondê-las? Aqui, no bolso da camisa, tenho a passagem do vagão-leito para Berlim, resultado da intermediação de duas mulheres loiras, simpáticas, estou como que de bem com o regime que expulsou essa gente e contra quem muitas vezes jurei, na frente de Barbara, eterna inimizade. Que sorriso desdenhoso esse Sebastian abriria para mim! E como eu poderia suportar o olhar de Barbara, seu olhar sombrio, zombeteiro, cruel?... Tenho de fugir — parece que ninguém me notou ainda, todos estão olhando para o vazio, de um jeito estranho. Tenho que ir embora, esse encontro é superior às minhas forças...

As pessoas à mesa não se mexeram, pareciam olhar na direção de um Hendrik Höfgen invisível. Sentavam-se imóveis, como se uma grande dor as tivesse petrificado, enquanto Hendrik se afastava rápido, com passos curtos e duros, assim como alguém, muito aterrorizado, quer se afastar de um grande medo, mas quer também disfarçar a fuga.

Depois do primeiro ensaio, Lotte Lindenthal disse a Höfgen: "Que lamentável o general estar tão ocupado justo agora. Se ele pudesse se organizar, com certeza viria ao ensaio e assistiria um pouco ao trabalho. Você nem imagina os conselhos maravilhosos que ele dá aos atores às vezes. Acho que entende tanto de teatro quanto dos seus aviões — e não é pouco!"

Hendrik podia imaginar e assentiu, respeitoso. Em seguida, perguntou à srta. Lindenthal se poderia levá-la de carro para casa. Ela consentiu com um sorriso benevolente. Enquanto oferecia o braço a ela, disse-lhe em voz baixa: "Para mim, é uma alegria enorme poder atuar ao seu lado. Nos últimos anos, acabei sofrendo muito com as manias das minhas parceiras. Dora Martin, com o exemplo ruim do seu estilo tenso, acabou por estragar as atrizes alemãs. Não se tratava mais de atuação, mas de conversas histéricas. E agora escuto de você novamente um tom claro, simples, cheio de alma e caloroso!".

Com seus olhinhos um tanto protuberantes, violáceos e burros, ela olhou agradecida para ele. "Estou muito feliz que você diga isso para mim!", ela sussurrou, apertando o braço dele um pouquinho mais contra o seu. "Pois sei que você não está me bajulando. Uma pessoa que leva a profissão tão a sério como você não bajula em questões artísticas."

Hendrik, por sua vez, ficou assustado com a ideia de que poderia ter tido um comportamento bajulador. "Mas por favor!", ele disse, pondo a mão sobre o coração. "Bajulação e eu! Meus amigos costumam me acusar de dizer a verdade na cara das pessoas." Lotte Lindenthal gostou de ouvir isso. "Gosto de gente honesta", ela explicou, sem mais. "Pena que já chegamos", disse Hendrik, parando o carro diante de uma casa silenciosa e elegante na Tiergartenstraße, endereço da mulher. Ele se curvou sobre a mão dela para beijá-la, afastando de leve a luva de couro cinza para que seus lábios pudessem tocar a pele branca, leitosa. Ela pareceu não notar o pequeno atrevimento ou não desgostar dele, pois seu sorriso permaneceu radiante. "Muito obrigado por eu poder acompanhá-la!", ele falou, curvado sobre a mão dela. Enquanto Lotte se dirigia à porta da casa, ele pensou: se ela se virar mais uma vez, tudo ficará bem. E se ela acenar, é vitória e posso chegar longe. Ela atravessou a rua, empertigada. Ao chegar diante da porta da casa, virou a cabeça, mostrou um semblante glorioso e — que bênção! — ergueu a mão num aceno. Hendrik sentiu um estremecimento de felicidade; pois Lotte Lindenthal exclamou, brincando: "Adeuzinho!". Isso era mais do que ele tinha ousado esperar. Com um grande suspiro de alívio, Hendrik se recostou no assento de couro de sua Mercedes.

Hendrik sabia, ainda antes de ter chegado a Berlim: sem a proteção de Lindenthal, ele estaria perdido. A pequena Angelika, que o buscara na estação, não precisou tocar no assunto, a situação já estava clara. Ele tinha inimigos terríveis, dentre eles gente tão influente como o escritor Cäsar von Muck, que o ministro da Propaganda havia nomeado intendente do Teatro Nacional. O dramaturgo tinha preparado uma recepção fria para Höfgen, que sempre recusara suas peças. O rosto de Von Muck, com os olhos de aço e a boca torta, expressava uma rigidez e uma gravidade ímpares quando ele disse: "Não sei se o senhor vai conseguir se adaptar novamente aqui, sr. Höfgen. O espírito reinante na casa é diferente daquele com o qual o senhor estava acostumado. O bolchevismo cultural acabou". Nesse ponto, o autor do drama *Tannenberg* adotou uma postura ameaçadora. "O senhor não terá mais oportunidade de atuar nas peças do seu amigo Marder ou nas farsas francesas, das quais tanto gosta. Aqui não se faz mais arte semita ou gaulesa, mas alemã. O senhor terá de comprovar que está em condições de colaborar conosco nesse trabalho tão digno. Falando francamente, não vi nenhuma necessidade especial de tê-lo chamado de volta de Paris". Ao pronunciar a palavra "Paris", os olhos de Cäsar von Muck reluziram de maneira assustadora. "Mas a srta. Lindenthal deseja tê-lo como parceiro nessa pequena comédia, com a qual estreia aqui." Muck falou isso com ligeiro desdém. "Não queria ser descortês com a dama", ele prosseguiu com falsa retidão moral e concluiu, arrogante: "Aliás, estou convencido de que o papel do elegante amigo da casa e sedutor não lhe trará quaisquer dificuldades". Com um gesto breve, militar, o intendente encerrou a conversa.

Era um início atemorizante, e ainda mais amedrontador para Hendrik ao imaginar que por trás desse escritor vingativo e arrivista estava a pessoa do ministro da Propaganda. Este era quase onipotente nas coisas culturais — e só não o era *totalmente* porque o oficial aviador, agora primeiro-ministro prussiano, tinha metido na cabeça que também queria dar uma palavrinha sobre os rumos do Teatro Nacional. O gordo estava interessado muito nisso, até por causa de Lotte. Então aconteceu uma disputa de competências entre os dois poderosos — o homem da propaganda contra o homem dos aviões. Hendrik nunca tinha visto pessoalmente nenhum dos dois semideuses, mas sabia que ele só suportaria a inimizade de um se tivesse a certeza da proteção do outro. O caminho para o primeiro-ministro passava pela atriz. Hendrik tinha de conquistar Lotte Lindenthal.

Na primeira semana de sua nova estadia em Berlim, ele só tinha uma coisa na cabeça: Lotte Lindenthal tem de me amar. Nenhuma mulher conseguira até então resistir aos olhos de pedras preciosas e sorrisos marotos e, no fim das contas, ela é apenas um ser humano. Dessa vez a disputa é pelo todo, tenho que colocar em jogo todas as minhas artes. Lotte deve ser conquistada feito uma fortaleza. Ela pode ser peituda e ter olhos de vaca, pode ser muito provinciana e parecer um bolo fofo com seu queixo duplo e a permanente loira: para mim, ela é mais atraente do que uma deusa.

E Hendrik lutou. Estava cego e surdo para tudo o que acontecia ao seu redor; sua vontade e inteligência se concentravam num único objetivo: a captura da loira Lotte. Ele só tinha olhos para ela, todo o resto lhe era indiferente. A pequena Angelika se enganara caso tivesse acreditado que, por gratidão, Höfgen passaria a lhe conceder alguma atenção. Ele foi simpático com ela apenas nas primeiras horas após sua chegada. Mas, assim que o apresentou a Lindenthal, Angelika pareceu não mais existir para ele. Ela teve de chorar suas mágoas com o diretor do filme, e Hendrik foi atrás de seu objetivo — que se chamava Lotte.

Será que ele percebeu como as ruas de Berlim estavam mudadas? Será que viu os uniformes marrons e pretos, as bandeiras com as suásticas, a juventude marchando? Escutou as canções de guerra que ecoavam nas ruas vindas das telas de cinema, dos aparelhos de rádio? Prestava atenção nos discursos do Führer, com suas ameaças e bravatas? Lia os jornais, que minimizavam, ocultavam, mentiam e mesmo assim ainda reportavam o suficiente da tragédia? Preocupava-se com o destino das pessoas que um dia chamou de amigas? Ele não sabia nem onde elas estavam. Talvez estivessem sentadas num café em Praga, Zurique ou Paris, talvez tivessem sido levadas a um campo de concentração, talvez estivessem escondidas em Berlim num sótão ou num porão. Hendrik não achava necessário ter conhecimento desses detalhes sombrios. Afinal, não consigo ajudá-las: eis a fórmula usada para afastar de si todo e qualquer pensamento relativo aos sofredores. Até mesmo eu estou em constante perigo — quem sabe se Cäsar von Muck não conseguirá pedir minha prisão amanhã. Apenas quando estiver definitivamente salvo poderei talvez ser útil para os outros.

Foi com má vontade e sem prestar muita atenção que Hendrik ouviu os boatos que circulavam sobre o destino de Otto Ulrichs. O ator e agitador comunista, que tinha sido imediatamente preso depois do incêndio do parlamento, havia passado por vários daqueles procedimentos terríveis que eram chamados de "interrogatórios", mas que na verdade se revelavam cruéis sessões de tortura. "Quem me contou isso estava na cela vizinha à de Ulrichs na prisão." Esse foi o relato, com a voz baixa por causa do medo, do crítico teatral Ihrig, que até 30 de janeiro de 1933 pertencera à esquerda radical e tinha sido um vanguardista agressivo de uma literatura rigidamente marxista, servindo apenas à luta de classes. Mas ele estava em vias de selar sua paz com o novo regime. Antigamente, todos os escritores, suspeitos de inclinação burguês-liberal ou até nacionalista, tremiam diante do dr. Ihrig! Ele, o apóstolo atento e implacável de uma ortodoxia marxista, havia excomungado, amaldiçoado e exterminado todos eles, ao denunciá-los como mercenários estéticos do capitalismo. O papa vermelho da literatura não estava disposto a perceber nuances e fazer distinções finas, sua opinião era: quem não está comigo está contra mim, quem não escreve de acordo com as receitas que considero válidas é um chacal, inimigo do proletariado, fascista — e se ainda não souber disso, vai ficar sabendo por meu intermédio, como chefe do suplemento de cultura do jornal *Neuen Börsenblatt*. Os julgamentos categóricos do dr. Ihrig eram levados sagradamente a sério por todos que se consideravam da vanguarda esquerda, embora fossem publicados em colunas de um jornal notadamente capitalista. Pois naquela época, os jornais de economia adoravam cultivar a ironia de manter um suplemento marxista — a nota picante estava garantida e ninguém ficava seriamente incomodado. A seriedade da vida aparecia apenas nos cadernos voltados ao comércio. Um papa vermelho podia espernear à vontade num caderno que nenhum executivo sério jamais punha os olhos.

O dr. Ihrig esperneou durante anos e tinha se tornado uma instância decisiva em todas os pontos da observação artística marxista. Quando os nacional-socialistas chegaram ao poder, o redator-chefe judeu do *Neuen Börsenblatt* pôs seu cargo à disposição. O dr. Ihrig, porém, ficou, pois conseguiu comprovar que todos os seus antecedentes, tanto do lado paterno quanto materno, eram "arianos", e que ele nunca tinha pertencido a nenhum partido socialista. E sem hesitar muito, se comprometeu, a partir daquele instante, a alinhar o suplemento cultural do jornal com o mesmo espírito rigidamente nacional que agora recheava as colunas da parte política e que era perceptível inclusive na seção "Notícias gerais de todo o mundo". "Sempre fui contra os burgueses e os democratas", disse o dr. Ihrig, esperto. Como até então, ele pôde continuar reclamando do liberalismo reacionário, apenas o ponto de vista de sua opinião antiliberal havia mudado.

"Lamentável essa história do Otto", disse o valente dr. Ihrig, com uma aparência preocupada. Em muitos artigos, ele havia descrito o cabaré revolucionário Albatroz como o único empreendimento teatral da cidade que tinha futuro e que merecia ser visto. Ulrichs pertencia ao grupo de amigos mais íntimos do famoso crítico. "Lamentável, lamentável", o doutor murmurou, tirando nervoso os óculos de aro de osso, a fim de limpar as lentes.

Höfgen também era de opinião que a coisa era lamentável. Fora isso, os dois homens não tinham muito assunto para conversar. Eles não se sentiram à vontade um na companhia do outro. Como lugar de encontro, escolheram um café afastado, pouco frequentado. Ambos estavam comprometidos por causa de seu passado, ambos talvez ainda estivessem sob suspeita de uma atitude de oposição, e vê-los reunidos poderia ser considerado quase uma conspiração. Eles se mantiveram em silêncio e olharam, pensativos, para o vazio — um através dos óculos de aro de osso, outro através do monóculo. "No momento, é evidente que não posso fazer nada pelo pobre sujeito", Höfgen finalmente disse. Ihrig, que queria dizer o mesmo, assentiu. Depois, voltaram a fazer silêncio. Höfgen ficou brincando com a ponta do cigarro. Ihrig pigarreou. Talvez eles se envergonhassem um diante do outro. Um sabia o que o outro pensava. Höfgen pensava sobre Ihrig o mesmo que Ihrig pensava sobre Höfgen: sim, sim, meu caro, você é um grandíssimo canalha feito eu. Eles adivinharam mutuamente esse pensamento nos olhos de seu interlocutor. Por isso, sentiam vergonha. Como o silêncio ficou insuportável, Höfgen se levantou. "É preciso ter paciência", ele disse em voz baixa, oferecendo ao crítico revolucionário um rosto mortiço de entendido. "Não é fácil, mas é preciso ter paciência. Fique bem, caro amigo."

Hendrik tinha todos os motivos para estar satisfeito: o sorriso de Lotte Lindenthal estava ficando cada vez mais doce, mais promissor. Quando eles ensaiavam uma cena mais íntima — e a comédia *O coração* era composta quase toda de cenas íntimas entre a esposa de um grande homem de negócios, o papel de Lotte, e o galante amigo da casa, feito por Hendrik —, então acontecia de ela, suspirando, apertar os seios contra o parceiro e lhe lançar olhares lânguidos. Höfgen, por sua vez, mantinha um recato melancólico e disciplinado e que dava a impressão de ocultar uma atração febril. Ele tratava a srta. Lindenthal com uma reserva educadamente marcada, chamando-a quase sempre de "estimada senhora", em raros momentos de "senhora Lotte", e apenas durante o trabalho, no entusiasmo dos ensaios em conjunto, ele se permitia um tratamento mais informal. Seus olhos, entretanto, pareciam sempre querer dizer: ah, se eu apenas pudesse, como eu gostaria! Eu a abraçaria, docinho! Como eu apertaria você, gatinha! Para o meu sofrimento, tenho que me conter, por lealdade a um herói alemão, que a chama de sua... Os belos olhos do ator Höfgen expressavam esses pensamentos tão excitados quanto masculinos. Na realidade, porém, ele pensava apenas: *Por quê* — pelo amor de Deus, por que o primeiro-ministro, que poderia escolher qualquer uma, foi escolher justo essa? Ela pode ser uma pessoa boa e uma dona de casa exemplar, mas é terrivelmente gorda e afetada de um jeito ridículo. Aliás, também é má atriz...

Durante os ensaios, às vezes ele tinha muita vontade de gritar com Lindenthal. Ele teria dito na cara de qualquer outra colega: o que você está fazendo, meu Deus, é o pior dos teatros mambembes. O fato de você ter o papel de uma senhora elegante não é motivo para usar uma voz tão aguda e empolada nem de esticar o tempo todo o dedo mínimo desse jeito grotesco como costuma fazer. Nem sempre as senhoras elegantes têm essas manias. E onde está escrito que a esposa de um grande homem de negócios, ao flertar com um amigo da casa, precisa manter o cotovelo longe do corpo, como se tivesse sujado a blusa com um líquido fedido e estivesse com medo de tocar nele com as mangas? Pare com essas coisas ridículas!

É evidente que Hendrik não falava isso para Lotte. Mas mesmo sem ouvir as merecidas grosserias, ela percebia que não estava agradando nos ensaios. "Sinto-me tão insegura", ela se queixou com um rosto de menininha ingênua. "É o meio berlinense. Me deixa confusa. Ah, com certeza não vou conseguir e receberei críticas horríveis!" Ela fazia de conta que era alguma debutante insignificante, que precisava temer seriamente os críticos de Berlim. "Oh, por favor, por favor, Hendrik, me diga", agitando feito um bebê as mãozinhas erguidas, "serei tratada de maneira cruel? Serei arrasada e destruída?" Hendrik soube explicar, num tom de sincero convencimento, que considerava isso totalmente fora de questão.

Enquanto Höfgen e Lindenthal ainda ensaiavam a comédia *O coração*, foi divulgado que o *Fausto* entraria no repertório do Teatro Nacional. Para sua decepção, Hendrik soube que Cäsar von Muck — decerto com a concordância do ministro da Propaganda — tinha decidido entregar o papel de Mefisto para um ator que pertencia há anos ao Partido Nacional-Socialista e que tinha sido chamado a Berlim pouco tempo atrás. Essa era a vingança do autor do *Tannenberg* contra Höfgen, que recusara suas peças. Hendrik pensou: se Muck conseguir realizar seu plano macabro, será meu fim. O Mefisto é meu grande papel. Se eu não puder fazê-lo, estará comprovado que caí em desgraça. Estará claro que a influência de Lindenthal junto ao primeiro-ministro não serve para mim ou que ela não tem a grande influência que parece ter. Daí não me restaria nada além de fazer as malas e voltar para Paris — onde talvez eu devesse ter ficado; pois aqui, na realidade, é horrível. Minha posição é triste, principalmente se a comparo com a que tinha antes. Todos me olham com desconfiança. As pessoas sabem que o intendente e o ministro da Propaganda me odeiam e ainda não existe uma comprovação de que sou protegido do oficial aviador. Fui cair numa situação complicadíssima! O Mefisto poderia salvar tudo, agora tudo depende dele...

Antes do início dos ensaios, Höfgen foi até Lotte Lindenthal com passos firmes e, excepcionalmente, o tremor de sua voz não era artificial ao dizer: "Sra. Lotte, tenho um grande, um enorme pedido a fazer". Ela sorriu um pouco atemorizada: "Sempre gosto de ajudar meus amigos e colegas, se estiver ao meu alcance".

Então ele falou, encarando-a profunda e hipnoticamente: "Preciso fazer o papel de Mefisto. Você me compreende, Lotte?". A seriedade intensa e urgente dele assustou-a e, no mais, ela se sentia excitada pela proximidade cada vez maior de seu corpo, que há muito já não lhe era mais indiferente. Um pouco ruborizada, os olhos baixos — como uma jovenzinha pedida em casamento ao dizer que vai conversar com os pais —, ela sussurrou: "Tentarei fazer o possível. Falo ainda hoje com *ele*".

Aliviado, Hendrik inspirou profundamente.

Na manhã seguinte, a secretaria da intendência do Teatro Nacional ligou para informar que Hendrik era aguardado à tarde para o ensaio de marcação da nova montagem de *Fausto*. Sucesso. O primeiro-ministro tinha se engajado por ele. Estou salvo, pensou Hendrik Höfgen. Ele enviou um grande buquê de rosas amarelas a Lotte Lindenthal; às belas flores, anexou um bilhete no qual escreveu em letras grandes, angulosas, a palavra "OBRIGADO".

Para Hendrik, parecia ser quase natural que o intendente Cäsar von Muck pedisse para que passasse em seu escritório antes do início dos ensaios. O dramaturgo nacional mostrou a mais singela amabilidade — um desempenho artístico muito mais admirável do que a fina reserva que Hendrik empregava nesse dia.

"Estou contente em vê-lo como Mefisto", disse o dramaturgo, faiscando os olhos azuis da cor de aço, apertando com intimidade masculina as mãos da pessoa que queria ter exterminado. "Estou feliz como uma criança em vê-lo nesse papel eterno, profundamente alemão." Era óbvio: o intendente se decidira a mudar completamente seu comportamento em relação a Höfgen desde que o primeiro-ministro passou a defender o ator. Claro que Cäsar von Muck tinha, como antes, a intenção implacável de não deixar o sujeito fatal crescer demais e, assim que possível, pretendia afastá-lo novamente do Teatro Nacional. Mas lhe parecia mais prudente manter o combate com o velho inimigo de maneira mais secreta e esperta. O sr. Von Muck não estava nem um pouco disposto, por causa de Höfgen, a bater de frente com o primeiro-ministro ou com Lindenthal. Como intendente do Teatro Nacional da Prússia, ele tinha todos os motivos para ficar de bem com o primeiro-ministro e com o ministro da Propaganda...

"Cá entre nós", disse o intendente com uma expressão de confiança entre camaradas, "você tem que agradecer a mim a possibilidade de fazer o papel de Mefisto agora." Em sua pronúncia, o sotaque da Saxônia, com o qual ele talvez quisesse ressaltar sua robusta probidade, estava muito pronunciado. "Há certos receios", ele abafou a voz e fez uma expressão de lamento, "certos receios nos círculos ministeriais... As pessoas temem que você poderia trazer à nova encenação o espírito da encenação anterior de *Fausto*... Um tanto de espírito bolchevista da cultura, como se diz. Bem, mas consegui neutralizar esses temores!", concluiu o intendente, feliz, com um tapinha alegre no ombro do ator.

Höfgen, entretanto, teve de suportar um susto enorme nesse dia tão exitoso. Ao entrar no palco do ensaio, topou com um jovem. Tratava-se de Hans Miklas. Fazia semanas que Hendrik não pensava mais nele. Claro, Miklas estava vivo, inclusive empregado no Teatro Nacional, e nessa nova encenação do *Fausto* faria o papel do aluno. Hendrik não estava preparado para esse encontro; em meio a toda excitação que era preciso suportar, ele não havia se preocupado com os atores dos papéis secundários. E ele pensou rapidamente. Como me comporto? Esse sujeito renitente me odeia — e se isso não fosse evidente, o olhar baço e bravo que ele acabou de me lançar diz tudo. Ele me odeia, não se esqueceu de nada e pode me prejudicar se estiver a fim disso. O que o impede de contar para Lotte Lindenthal os motivos do nosso embate, no passado, no Teatro de Arte? Nesse caso, eu estaria perdido. Mas ele não ousa, provavelmente não será tão audaz. Hendrik se decidiu: vou tentar intimidá-lo ao não notar sua presença. Daí ele vai pensar que estou por cima de novo, que tenho todos os trunfos na mão e não é possível fazer nada contra mim. Ele grudou o monóculo diante do olho e, com uma expressão desdenhosa, falou de um jeito anasalado: "Miklas — vejam só! Quem é vivo sempre aparece!". Ao mesmo tempo, observou as unhas, deu um sorriso maroto, soltou um pigarro e continuou caminhando.

Hans Miklas cerrou os dentes e ficou em silêncio. Seu rosto se manteve imóvel, mas como Hendrik não conseguia vê-lo, ele se contorceu em ódio e dor. Ninguém se preocupou com o rapaz, apoiado num pilar, solitário e revoltado. Ninguém viu os punhos cerrados e os olhos claros se enchendo d'água. Hans Miklas tremia o corpo magro, estreito, malnutrido de um garoto de rua que, ao mesmo tempo, lembrava o de um acrobata muito treinado. Por que Hans Miklas tremia? E por que chorava?

Será que estava começando a perceber que tinha sido traído — traído numa escala terrível, gigante e impossível de ser consertada? Ah, ele ainda não estava a ponto de compreender isso. Mas as primeiras desconfianças já se faziam notar. Essas desconfianças faziam as mãos crispar e os olhos se encher de lágrimas.

Nas primeiras semanas depois da conquista do governo pelos nacional-socialistas e seu "Führer", este jovem se sentiu como que no céu. O belo e grande dia, o dia da concretização, pelo qual as pessoas tinham aguardado tanto tempo e com tanta vontade, tinha chegado! Que maravilha! O jovem Miklas soluçou e dançou de alegria. Naquela época, seu rosto ficou radiante sob a luz da autêntica satisfação: a testa brilhava, os olhos brilhavam. Quando o chanceler, o Führer, o salvador foi festejado com um cortejo de tochas, ele voltou a chorar na rua e dançou vertiginosamente feito um alucinado, encantado pelo frenesi que havia hipnotizado uma metrópole, todo um povo. Agora todas as promessas se tornariam realidade. Sem dúvida, uma idade de ouro estava prestes a começar. A Alemanha tinha reconquistado sua honra e logo também sua sociedade iria se transformar e se renovar maravilhosamente numa autêntica comunidade nacional de caráter étnico — pois foi assim que o Führer havia prometido centenas de vezes, e os mártires do movimento nacional-socialista tinham selado essa promessa com sangue.

Os catorze anos de infâmia ficaram para trás. Até aquele momento, tudo se resumira a batalhas e preparativos, a vida estava apenas começando. Agora, finalmente, seria possível trabalhar, ajudando a reconstruir a pátria unida, poderosa. Hans Miklas recebera um trabalho mal pago no Teatro Nacional por intermédio de um alto funcionário do partido. Höfgen estava em Paris, Höfgen emigrara — e Miklas tinha um lugar no teatro oficial da Prússia. O encanto dessa situação era tão poderoso que o jovem ficou sem enxergar algumas coisas, que de outro modo consideraria decepcionantes.

Será que o mundo no qual ele se movimentava agora era realmente novo, melhor? Será que ele não mantinha muitos defeitos do antigo, odiados, acrescentando outros erros que até então eram desconhecidos? Hans Miklas não estava em condições de aceitar isso. Mas vez ou outra seu semblante jovem, afrontado e pálido, com os lábios excessivamente vermelhos e os círculos escuros sob os olhos claros, ganhava de novo aquela expressão de sofrida obstinação, que no passado era tão característica dele.

Arrogante e bravo, o jovem insubordinado virou a cabeça ao observar como agora o intendente Cäsar von Muck era paparicado de maneira ainda mais afrontosa do que antes, quando o chamavam de "professor". E como Cäsar von Muck, por seu lado, ficava reverente e se desdobrava em salamaleques deferentes quando o ministro da Propaganda entrava no teatro! Assistir a essas cenas era extremamente constrangedor. O estado que os agitadores nacional-socialistas costumavam chamar de "economia dos tubarões" não tinha terminado, apenas assumido formas ainda piores e mais dissolutas. Também entre os atores havia ainda os "astros", que olhavam de cima para baixo, que chegavam ao teatro em limusines brilhantes e usavam caríssimos casacos de pele.

A grande diva não se chamava mais Dora Martin, mas Lotte Lindenthal; não se tratava mais de uma boa atriz, e sim de uma ruim; entretanto, era a favorita de um homem importante. Por sua causa, Miklas tinha quase trocado uns socos — há quanto tempo? — e acabou perdendo o emprego. Mas ela não sabia disso e ele era orgulhoso demais para mencionar o fato. Ele empurrou o lábio para a frente, desafiador, fez cara de paisagem e não chamou a atenção da grande dama.

A Alemanha havia reconquistado sua honra, já que os comunistas e os pacifistas estavam presos nos campos de concentração, em parte já assassinados, e o mundo começava a ficar com muito medo de um povo que chamava de seu um "Führer" tão preocupante. A renovação da vida social, porém, estava demorando: ainda não havia nem sinal do socialismo. Não é possível criar tudo de uma só vez, pensava um jovem como Hans Miklas, cuja crença tão ardente impossibilitava a decepção naquele instante. Nem mesmo meu Führer consegue. Temos de ter paciência. Primeiro a Alemanha precisa se recuperar dos longos anos de desgraça.

Esse ainda era o nível de confiança do jovem. Mas ele recebeu o choque decisivo ao ler, no informe dos ensaios, que Hendrik Höfgen faria o papel de Mefisto. O velho inimigo, muitíssimo hábil, totalmente inescrupuloso — ei-lo de novo, o cínico, que sobrevive a tudo, que consegue agradar a todos: Höfgen, o eterno antagonista! A mulher, pela qual ele quase saiu no braço, tinha sido a responsável por trazê-lo porque precisava dele como parceiro na comédia mundana. E agora ela ainda tinha garantido para ele esse papel clássico e, a reboque, a grande chance de sucesso... Será que ele, Miklas, poderia se aproximar e relatar à tal Lotte Lindenthal o que Höfgen dissera, outrora, na cantina? Quem o impedia? Mas valia a pena? Sua palavra seria levada a sério? Será que ele não se exporia ainda mais ao ridículo? E, por fim, será que Höfgen estava tão errado assim ao chamar Lindenthal de vaca estúpida? Ela não era isso mesmo? Miklas ficou em silêncio, fechou os punhos e virou a cabeça para o lado da escuridão para que ninguém visse as lágrimas em seus olhos.

Uma hora mais tarde ele precisava ensaiar sua cena com Höfgen-Mefistófeles. Precisava se aproximar do erudito, que na realidade era o diabo, e falar:

Aqui me encontro há pouco e venho,
com devoção e humilde empenho,
render a um homem justo preito,
que só nomeiam com respeito.

A voz do estudante era áspera e se tornou um gemido quando o jovem teve de responder a todas as sabedorias confusas, os sofismas zombeteiros do satã mascarado:

Tudo isso deixa-me tão tolo,
Como se a um moinho me andasse no miolo.

A estreia do *Fausto* do Teatro Nacional foi prestigiada pelo primeiro-ministro e oficial aviador, na companhia de sua namorada Lotte Lindenthal. A apresentação começou com quinze minutos de atraso, porque o poderoso se fez esperar. Uma ligação de seu palácio deu conta que o grande senhor tinha sido retido devido a uma reunião com o ministro da Defesa. Mas os atores nos camarins sussurravam, zombeteiros, que ele simplesmente não tinha conseguido se aprontar a tempo, como de costume. "Ele precisa sempre de uma hora para trocar de roupa", falou rindo a atriz que fazia Gretchen, tão loira que se permitia pequenos atrevimentos. Aliás, a entrada do poderoso casal aconteceu com total discrição. O primeiro-ministro permaneceu no fundo de seu camarote enquanto as luzes da sala estavam acesas. Apenas as pessoas nas primeiras filas da plateia notaram sua presença e olharam, reverentes, para o uniforme engalanado, que trazia um colarinho púrpura e abotoaduras prateadas largas, e para a cintilante tiara de diamantes de sua namorada peituda e loira ariana. O ministro sentou-se apenas com a cortina já erguida, soltando um gemido abafado, pois não era fácil encaixar as massas gordas do corpo na poltrona relativamente estreita.

Durante o prólogo no céu, o ilustre espectador manteve, como se espera, uma expressão compungida. As cenas seguintes da tragédia, seu decorrer até o momento que Mefistófeles entra como cachorro no gabinete de estudos de Fausto, pareceram entediá-lo; durante o primeiro grande monólogo do Fausto foi possível assisti-lo bocejar várias vezes, e também o "passeio de Páscoa" não o entreteve: ele sussurrou algo para Lindenthal, provavelmente algo desagradável.

Por outro lado, o poderoso se animou no instante da cena do Mefistófeles de Höfgen. Quando o dr. Fausto exclamou: "Do perro era esse o cerne, então? É de se dar risada! Um escolar viandante!", o dignitário também riu, e tão alto e tão animado que ninguém ficou sem ouvi-lo. Rindo, o homem pesado se inclinou para a frente, apoiando ambos os braços na balaustrada de veludo vermelho do camarim e, a partir de então, passou a acompanhar a ação com atenção divertida. Melhor dizendo: a atuação dançante, absolutamente graciosa, nefastamente charmosa de Hendrik Höfgen.

Lotte Lindenthal, que conhecia seu homem, percebeu de imediato: era amor à primeira vista. Höfgen seduziu meu gordo, algo que posso compreender bem demais. Pois o sujeito, encantador com o traje preto, com a diabólica maquiagem de pierrô, está mais irresistível do que nunca. Sim, ele é tão divertido quanto notável, dá os saltos mais incríveis feito um dançarino e às vezes os olhos são ameaçadores, profundos e assustadoramente inflamados, por exemplo quando diz:

Por isso, tudo a que chamais
de destruição, pecado, o mal,
meu elemento é, integral.

Nesse ponto, o primeiro-ministro balançou a cabeça. Mais tarde, na cena do aluno — na qual, aliás, Hans Miklas esteve ostensivamente rígido e tenso —, o poderoso parecia estar se divertindo, como na comédia mais engraçada. Seu bom humor se intensificou durante os acontecimentos burlescos "Na taberna de Auerbach em Leipzig", quando Höfgen entoou perfeitamente a canção do rei e da pulga com maldosa presunção e por fim fez um buraco na mesa para extrair dali o doce vinho Tokay e a champanhe espumante para os bêbados a seu redor. O gordo ficou totalmente fora de si quando, na escuridão da cozinha da bruxa, Höfgen soltou a voz aguda e metálica do príncipe das trevas:

Sabes quem sou? monstro, esqueleto infanto!
Vês teu senhor e amo, e não pasmas?
Por pouco não te arraso a este teu bando
Monstruoso de animais fantasmas!
Não tens respeito ao gibão rubro?
Não vês a pena azul de galo?
Meu rosto acaso não descubro?
Meu nome ignoras? devo eu declará-lo?

Isso valia para a bruxa, mulher horripilante, que também se curvou, assustada. O oficial aviador, por sua vez, bateu nas coxas, divertido: o clarão da consciência do mal, o orgulho do satã por seu terrível estado, animavam-no sobremaneira. Seu riso gordo, ruidoso, era acompanhado pela risada prateada de Lotte Lindenthal. A pausa aconteceu depois da cena da cozinha da bruxa. O primeiro-ministro chamou o ator Höfgen ao camarote.

Hendrik empalideceu e precisou fechar os olhos por vários segundos quando o pequeno Böck lhe transmitiu o importante recado. O grande momento havia chegado. Ele ficaria frente a frente com o semideus... Angelika, que estava em sua companhia no camarim, trouxe-lhe um copo d'água. Depois de tê-lo esvaziado rapidamente, ele estava de novo pronto a sorrir de maneira mais ou menos marota. Ele pôde até dizer: "As coisas estão correndo maravilhosamente conforme planejado!", como se estivesse achando graça sobre a situação decisiva; mas a cor se esvaíra de seus lábios enquanto ele falava dessa maneira desdenhosa.

Quando Hendrik entrou no camarote dos poderosos, o gordo estava sentado perto da balaustrada, com os dedos roliços brincando com o veludo vermelho. Hendrik ficou parado na porta. Que ridículo meu coração disparar assim, pensou ele, e ficou alguns segundos em silêncio. Foi quando Lotte Lindenthal notou-o. Ela falou, alegre: "Homem, permita-me apresentar a você meu excepcional colega Hendrik Höfgen", e o gigante se virou. Hendrik escutou sua voz bastante alta, untuosa e cortante: "Ah, nosso Mefistófeles...". A afirmação foi seguida de uma risada.

Nunca em sua vida Hendrik ficou tão abalado, e o fato de se envergonhar por seu nervosismo talvez intensificasse a sensação. Também a colega Lotte parecia outra devido ao ofuscamento de seu olhar. Eram apenas as joias cintilantes que lhe emprestavam aquela aparência principesca atemorizante ou era o fato de ela se mostrar numa proximidade tão íntima com seu colossal senhor e protetor? De todo modo, para Hendrik de repente ela se transformou numa fada, voluptuosa e carinhosa, mas de modo algum totalmente inofensiva. Seu sorriso, que ele sempre achou ser bondoso e um tanto idiota demais, agora parecia conter uma perfídia enigmática.

Contudo, devido ao medo e à tensa tremedeira, Hendrik não enxergou nada do gigante gordo de uniforme colorido, o pomposo semideus. Parecia haver um véu diante da vasta figura do poderoso — aquela névoa mística que desde sempre oculta do olhar temeroso dos mortais a imagem dos poderosos, daqueles que determinam o futuro, dos deuses. Apenas uma condecoração em forma de estrela cintilava através da névoa, o contorno ameaçador de uma nuca carnuda era visível, e logo em seguida a voz ao mesmo tempo cortante e gorda exclamou:

"Aproxime-se um pouquinho, sr. Höfgen."

As pessoas que haviam permanecido na plateia, conversando, passaram a prestar atenção no grupo do camarote do primeiro-ministro. Elas falavam baixo, viravam o pescoço. Nenhum movimento feito pelo poderoso passava desapercebido pelos curiosos, que se espremiam entre as fileiras dos assentos. Elas acompanharam a expressão do oficial aviador se tornando cada vez mais benevolente, mais divertida. Agora ele estava rindo, as pessoas na plateia constataram com comoção e respeito — o homenzarrão ria alto, animado e com a boca bem aberta. Lotte Lindenthal também soltou uma risada longa, em *coloratura*, e o ator Höfgen — envolto em sua capa preta, muito elegante — mostrava um sorriso que, na maquiagem de Mefisto, parecia tão triunfal quanto doloroso.

A conversa entre o poderoso e o comediante passou a ficar cada vez mais animada. Sem dúvida: o primeiro-ministro estava se divertindo. Quais eram as anedotas incríveis de Höfgen que faziam o oficial aviador parecer quase bêbado de tanto bom humor? Todos na plateia tentavam adivinhar algumas das palavras formadas pelos lábios de Hendrik, pintados de vermelho-sangue e artificialmente prolongados. Mas Mefisto falava baixo, apenas o poderoso entendia suas piadas selecionadas.

Com um belo gesto, Höfgen abriu os braços sob a capa, parecendo ter asas pretas. O poderoso lhe bateu nos ombros: esse detalhe não escapou de ninguém na plateia e os murmúrios respeitosos se avolumaram. Mas eles também emudeceram, assim como a música do circo antes de um número perigoso, por conta do extraordinário que aconteceu em seguida.

O primeiro-ministro tinha se erguido. Lá estava ele, com todo o seu porte e corpulência radiante, esticando a mão para o ator. Será que o parabenizava pela bela atuação? A impressão era a de que o poderoso estava selando um acordo com o ator.

Na plateia, bocas e olhos foram arregalados. Os gestos das pessoas no camarote do alto eram consumidos como um teatro extraordinário, uma pantomina mágica intitulada: O ator seduz o poder. Nunca antes Hendrik fora tão intensamente invejado. Como ele devia estar feliz!

Será que alguém fazia ideia das novidades, daquilo que se passava no peito de Hendrik, enquanto se curvava tão profundamente sobre a mão carnuda e peluda do poderoso? Ou será que ele, para a própria surpresa, estava sentindo algo a mais? E o que era? Medo? Era quase nojo... Agora me sujei, foi a perturbadora sensação de Hendrik. Agora tenho uma mancha indelével na mão... Me vendi... Estou marcado!

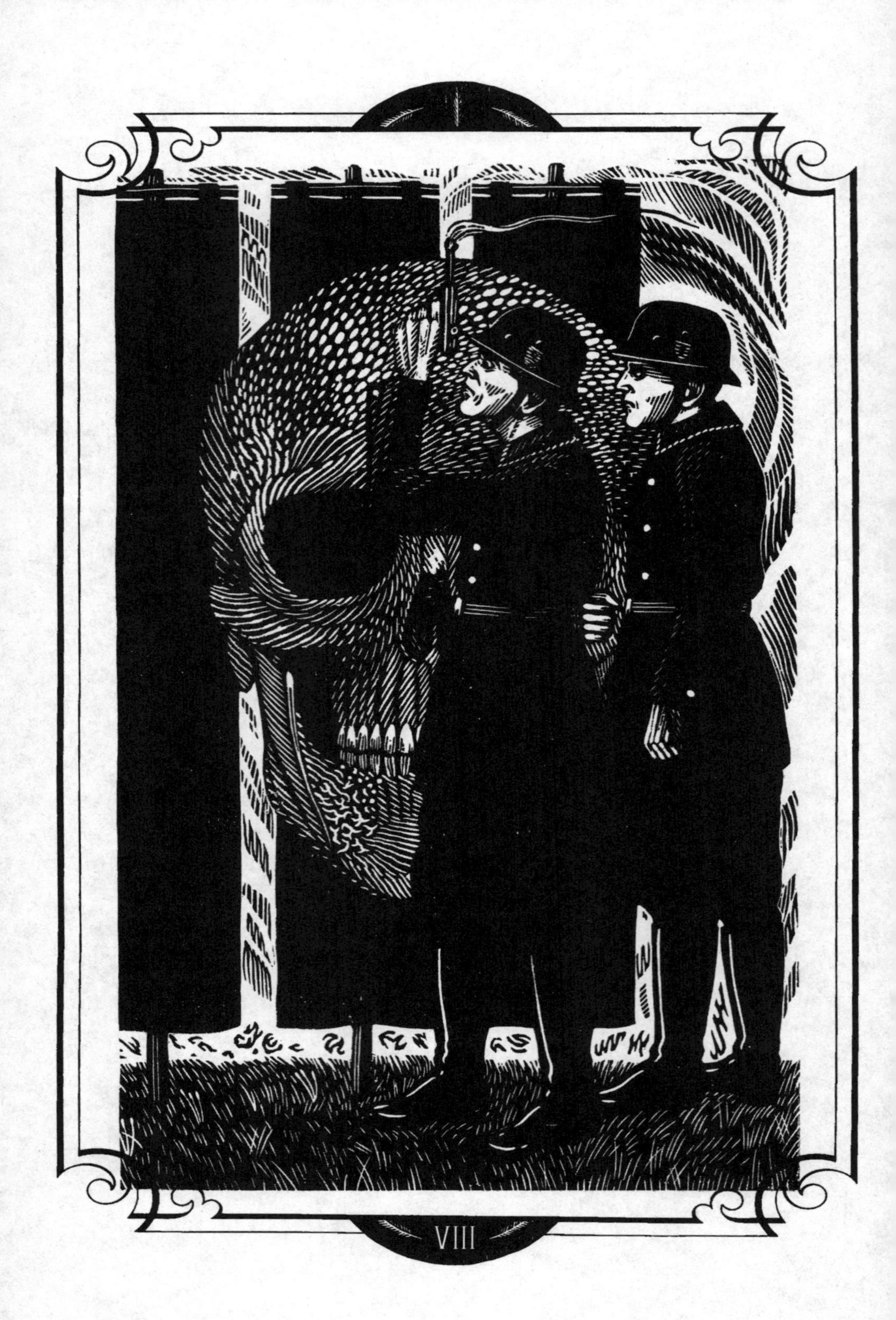
VIII

SOBRE MORTOS

Na manhã seguinte, a cidade toda estava sabendo: o primeiro-ministro havia recebido o ator Höfgen em seu camarote e os dois conversaram durante vinte e cinco minutos. A peça recomeçou depois do intervalo com um atraso significativo, o público precisou esperar, e esperou com prazer. A cena transcorrida no camarote do ministro foi muito mais emocionante do que o Fausto.

Hendrik Höfgen, que atuara no Albatroz como "companheiro" — que fora quase esquecido, que quase fez parte dos rejeitos da nação, quer dizer, dos emigrantes —, estava à vista de todos, lado a lado com o gordo poderoso, que parecia de humor excepcional. Mefistófeles flertou e brincou com o poderoso, que lhe deu vários tapinhas nos ombros e, na despedida, quase não soltou mais sua mão. A plateia do Teatro Nacional murmurou, comovida, diante desse espetáculo. Ainda na mesma noite o evento sensacional foi comentado e discutido com ardor nos cafés, nos salões e nas redações. O nome Höfgen — que nos últimos momentos estava sendo pronunciado com ceticismo, com um sorriso de maliciosa alegria ou com um dar de ombros compungido — tinha passado a ser merecedor de respeito. Nele havia um traço do brilho imenso que envolve o poder.

Pois o colossal oficial aviador, recém-promovido a brigadeiro, fazia parte do círculo mais elevado do Estado autoritário e totalitário. Acima dele havia apenas o "Führer" — que quase não pertencia mais à categoria dos mortais. Assim como o senhor do céu dos arcanjos, o ditador era circundado por seus paladinos. À sua direita estava o baixinho flexível com a fisionomia de ave de rapina, o profeta claudicante, o orador laudatório, influenciador e propagandista, que possuía a língua bífida da cobra e soltava uma mentira por minuto. À esquerda do comandante, porém, estava o famoso gordo: em pé com as pernas afastadas, uma imagem majestática, apoiado em sua espada de juiz, reluzindo de tantas medalhas, fitas e correntes, cada dia num suntuoso traje diferente. Enquanto o baixinho, à direita do trono, imaginava suas mentiras, o gordo inventava todo dia novas surpresas — para o próprio entretenimento e para o entretenimento do povo: festas, execuções ou fantasias pomposas. Ele colecionava medalhas, fantásticas peças de roupa e fantásticos títulos também. Claro que ele também juntava dinheiro. Seu sorriso de quando ficava sabendo das muitas piadas que o povo fazia sobre sua mania de ostentação era um grunhido prazeroso. Às vezes, quando estava de mau humor, mandava prender ou açoitar alguém que tinha soltado alguma gracinha. Em geral, porém, ele ria benevolente. Em sua opinião, ser objeto do humor popular era sinal de popularidade — exatamente o que ele queria. Visto que não sabia conversar de maneira tão fascinante quanto seu concorrente, o demônio do setor de propaganda, ele precisava conquistar essa benquerença por meio de extravagâncias massivas e muito dispendiosas. Ele ficava contente com sua fama e sua vida. Adornava o corpo inchado, saía a cavalo em caçadas, comia e bebia desbragadamente. Ele fazia com que quadros fossem roubados dos museus e pendurados na sua mansão. Circulava entre os ricos e famosos, dividia a mesa com príncipes e grandes damas. Num passado recente, tinha sido pobre e desvalido; e, por isso, mais se aprazia em ter dinheiro e coisas bonitas à vontade. Ele gostava do que era romântico. Assim, amava o teatro, respirava com paixão o ar dos bastidores e com prazer ocupava seu camarote de veludo, onde por sua vez era admirado pelo público ainda antes de as pessoas terem assistido a algo interessante.

Sua vida, do jeito que estava, parecia agradável a ele; mas só estaria absolutamente de acordo com seu gosto aventureiro e excessivo com o reinício da guerra. A guerra — segundo a opinião do gordo — era uma diversão mais intensa do que todos os prazeres aos quais ele se permitia. Ele ficava na expectativa da guerra como uma criança fica pelo Natal, e considerava sua obrigação essencial prepará-la com toda a esperteza. O anão da propaganda tinha seu jeito de fazer e deixar de fazer nesse sentido, na medida em que comprava jornais no estrangeiro às dúzias, distribuía milhões à guisa de subornos, organizava uma rede de espiões e provocadores sobre os cinco cantos da Terra, preenchia a atmosfera com ameaças atrevidas ou promessas de paz ainda mais atrevidas. Ele, o gordo, ocupava-se dos aviões. Pois, acima de tudo, a Alemanha precisava de aviões. Afinal, o envenenamento por infâmias era apenas um jogo preparatório. Algum dia — o qual o gordo desejava ardentemente que não tardasse demais — o ar das cidades europeias seria envenenado num sentido não metafórico: essa era a tarefa do brigadeiro, que não passava o tempo apenas em poltronas de teatros ou trocando de roupa.

Eis alguém com pernas que são como colunas; que estica a pança para a frente e fica radiante. Sobre ele e sobre o atarefado senhor dos reclames recai quase tanta luz como sobre o "Führer", que está no meio. Esse, por sua vez, parece não ver nada, os olhos são opacos e apagados, como os de um cego. Ele olha para dentro? Tenta escutar seu interior? E o que escuta? Mas as vozes em seu coração cantam e afirmam sempre a mesma coisa, aquilo que o ministro da Propaganda e todos os jornais por ele dirigidos não se cansam de confirmar: que ele, o "Führer", é o enviado de Deus e só precisa seguir sua estrela para que a Alemanha — e, com ela, o mundo — alcance a alegria sob seu comando. Ele realmente escuta isso? Seu rosto, o rosto inchado de pequeno-burguês com a expressão do êxtase autocomplacente poderia fazer supor que ele realmente escuta isso, que realmente acredita. Esse rosto não oculta nenhum segredo que nos possa fascinar ou prender por muito tempo. Não tem a dignidade do espírito e não foi enobrecido pelo sofrimento. Vamos nos afastar dele.

Vamos deixá-lo de lado, o grande homem, em meio a seu suspeitíssimo olimpo. Quem mais o fica bajulando? Um belo panteão! Um grupo encantador de tipos grotescos e perigosos, para o qual um povo abandonado por Deus, em delírio, rende suas homenagens! O amado Führer está com os braços cruzados, e sob a testa baixa, pérfida, seu olhar cego, obstinadamente cruel, passa por cima da massa que murmura orações a seus pés. O chefe da propaganda grasna e o ministro dos aviões sorri. O que o torna tão especialmente animado, o que faz com que esteja com a aparência tão jovial? Será que está pensando nas execuções, será que sua criatividade lhe prepara novos e inéditos métodos de extermínio? Vejam, ele ergue lentamente o braço pesado! O olho do poderoso recaiu sobre alguém da massa. O infeliz deve ser imediatamente afastado, torturado e assassinado? Ao contrário: ele receberá misericórdia e deve subir aos céus. Quem é ele? Um ator? Sabemos que os grandes senhores têm simpatia pelos atores. Ele vai para a frente com passos decididos, firmes. Confessem: ele combina bem com essa sociedade, tem as mesmas falsas dignidades, seu temperamento histérico, seu cinismo vaidoso e o satanismo barato. O autor levanta o queixo e os olhos de pedras preciosas cintilam. Agora o gordo estica quase amoroso os dois braços em sua direção. O ator está bem perto do grupo de deuses. E com a perfeita elegância do cavaleiro da corte, ele baixa a cabeça e se ajoelha diante do gigante gordo.

O telefone não parava mais de tocar no apartamento de Hendrik na praça do Parlamento. O pequeno Böck ficou sentado com um caderninho de anotações ao lado do aparelho a fim de anotar os nomes daqueles que ligavam. Eram diretores de grupos teatrais e cinematográficos, atores, críticos, figurinistas, empresas de automóveis e colecionadoras de autógrafos. Höfgen não atendia ninguém. Estava deitado na cama, histérico de felicidade. O primeiro-ministro o convidara para um jantar íntimo no palácio: "Estarão presentes apenas alguns amigos", ele havia dito. Apenas alguns amigos! Ou seja, Hendrik já estava entre os íntimos! Ele rolou para cá e para lá entre seus travesseiros de seda e cobertas, aspergiu-se com perfume, estraçalhou um pequeno vaso, lançou uma pantufa contra a parede. Exultava: "É inacreditável! Agora serei o maioral. O gordo vai me deixar ficar muito, muito famoso!".

De repente, uma expressão de preocupação tomou conta de seu rosto e ele chamou Böck. "Böckinho, escute aqui, Böckinho!", ele falou relaxado, lançando olhares oblíquos. "Será que sou um enorme patife?"

O olhar de Böck, azul-piscina, era de incompreensão. "Como assim, um patife?", ele perguntou. "Por que um patife, sr. Höfgen? Afinal, o senhor tem apenas sucesso."

"Eu tenho apenas sucesso", Hendrik repetiu, cintilando os olhos para o teto. Ele se espreguiçou, com prazer. "Apenas sucesso... Vou empregá-lo bem. Vou fazer o bem. Böckinho, você acredita em mim?"

E Böckinho acreditou nele.

Essa era a terceira ascensão de Hendrik Höfgen. A primeira foi a mais sólida e a mais merecida, pois Hendrik fizera um bom trabalho na cidade de Hamburgo, o público tinha de ser grato por várias ótimas noites. O segundo avanço, em Berlim na "era do sistema", foi de uma velocidade excessiva e trouxe muitos sinais de algo não saudável, histérico. Esse terceiro êxito, porém, tinha o caráter de uma promoção, aconteceu "subitamente", como todas as ações que partiam do governo nacional-socialista. Há pouco, Hendrik Höfgen era um emigrante; ontem, ainda uma figura um tanto suspeita, junto à qual ninguém queria aparecer em público. Literalmente do dia para a noite ele se tornou um homem importante: um aceno do ministro gordo foi o bastante.

O intendente do Teatro Nacional na mesma hora lhe fez uma grande oferta. Talvez não tenha sido de maneira totalmente espontânea, mas sob ordens superiores; no jogo fatal, fez o semblante mais sério possível, esticou as duas mãos ao novo ator contratado e, de tanta alegria, soltou o dialeto da Saxônia. "Magnífico que agora o senhor integre totalmente nosso grupo, meu caro Höfgen. Quero lhe dizer o quanto admiro seu progresso. De uma pessoa um tanto avoada, o senhor se transformou em alguém sério, absolutamente íntegro."

Cäsar von Muck sabia muito bem por que avaliava de maneira compreensiva e positiva as curvas evolutivas do tipo que acabara de descrever de modo tão eufemístico. Ele próprio havia passado por algo semelhante; certamente que seu passado "avoado" — quer dizer, politicamente detestável — tinha ficado bem para trás, assim como os pecados de Höfgen eram página virada. Antes de Cäsar von Muck se tornar amigo do Führer e estrela literária do nacional-socialismo, ele era famoso como autor de dramas de caráter pacifista-revolucionário.

Ao expressar seu especial respeito pelo desenvolvimento de Hendrik Höfgen, talvez o dramaturgo — que tinha batalhado para trocar a posição tão censurável por uma imagem de mundo heroica e por um cargo de intendente — se lembrasse dos pecados da própria juventude sonhadora. Com um olhar caloroso, ele ainda acrescentou:

"Aliás, hoje terei uma oportunidade de apresentá-lo ao ministro da Propaganda. Ele anunciou sua visita ao teatro."

Hendrik conheceu os semideuses e descobriu que conseguia se dar tão bem com eles como com qualquer Oskar H. Kroge, e até bem melhor do que com o temido "professor". Eles não são tão terríveis assim, pensou Hendrik, sentindo-se aliviado.

Então esse senhor pequeno e ágil era o mestre do enorme aparelho de propaganda do Terceiro Reich, o homem que adorava ser chamado de "velho doutor de vocês" pelos trabalhadores; que com sua oratória e seus bandos armados tinha conquistado para o nacional-socialismo a cética e esperta cidade de Berlim, que não caía facilmente em esparrelas. Então esse era a cabeça pensante do partido, que planejava tudo: o momento de um desfile de tochas, o momento de se xingar os judeus e o momento de ir contra os católicos. Enquanto o intendente falava com o sotaque saxão, o ministro tinha um sotaque da Renânia, motivo pelo qual Hendrik logo se sentiu em casa. Aliás, o baixinho flexível, de boca esgarçada de tanto falar, estava cheio de ideias interessantes e modernas. Ele se referiu à "dinâmica revolucionária", à "mítica lei vital da raça" e depois passou sem mais ao baile da imprensa, onde Höfgen deveria se apresentar.

Esse evento representativo foi o primeiro no qual Hendrik pôde se mostrar publicamente no círculo dos semideuses. Ele teve a honrosa tarefa de acompanhar a srta. Lindenthal até o salão, visto que o primeiro-ministro estava atrasado, como de costume. Lotte estava com uma roupa maravilhosa, ornada com fios púrpura e prata. Hendrik, por sua vez, parecia estar quase sofrendo com tamanha fineza e honra. Ao longo da noite, ele foi fotografado não só com o brigadeiro, mas também com o ministro da Propaganda: foi esse último que o chamou com um aceno e lhe mostrou seu famoso e irresistível sorriso cheio de charme, com o qual também presenteou aqueles que, poucos meses mais tarde, foram sacrificados. Mas não conseguiu apagar totalmente as faíscas maldosas do olhar. Pois ele odiava Höfgen — a criação da concorrência, do primeiro-ministro. Entretanto, o chefe da propaganda não era homem de aquiescer aos próprios sentimentos nem permitir que estes determinassem suas ações. Ele se mantinha frio e calculista o suficiente para pensar: se esse ator algum dia terá de fazer parte do panteão da cultura do Terceiro Reich, então seria um erro tático deixar integralmente ao gordo a fama de sua descoberta. O melhor a fazer é engolir em seco e posar para a câmera ao lado dele, sorrindo.

Como foi tudo fácil! Como as coisas se encaixavam com alegria: Hendrik teve a impressão de ser um sujeito de sorte. Todos esses grandes auspícios simplesmente caíram no meu colo. Eu deveria rejeitar tanto brilho? Ninguém no meu lugar faria isso — chamo de impostor e hipócrita quem afirmar o contrário. Viver em Paris não teria combinado comigo — simplesmente não combinaria!, ele se decidiu com uma arrogância teimosa. Tendo em vista toda a agitação, em meio à qual ele se encontrava agora, ele pensou rapidamente, mas com muito desgosto, na solidão de seus passeios inconsoláveis pelas praças e avenidas parisienses. Graças a Deus agora ele estava circulando de novo entre as pessoas!

Como chamava mesmo aquele elegante grisalho com os olhos azuis esbugalhados, que estava lhe dirigindo a palavra tão animadamente? Certo: tratava-se de Müller-Andreä, o famoso fofoqueiro do Jornal Interessante. Será que ele continuava a ganhar muito dinheiro com sua reveladora série de artigos "Você sabia?". Mas não, o Jornal Interessante fechou. O sr. Müller-Andreä, entretanto, vive bastante bem, é um sujeito animado, jovial. Em 1931, tinha publicado um livro, Os fiéis do Führer; na época, claro que sob pseudônimo. Nesse meio-tempo ele assumiu a autoria, e os cargos mais altos passaram a prestar atenção nele. O sr. Müller-Andreä se saiu bem, não precisa chorar pelo Jornal Interessante, o ministério da Propaganda paga melhor e o divertido senhor está agora lotado nesse ministério. Ele aperta a mão do ator Höfgen com simpatia, finalmente estão se vendo de novo, sim, sim, os tempos mudaram, mas ambos tivemos sorte. O sr. Müller-Andreä sempre foi um admirador do ator Höfgen.

E o baixinho que acenava com sua cadernetinha de anotações feito uma bandeira era Pierre Larue — agora não havia mais um *"jeune camarade communiste"* ao seu lado, mas apenas rapazes alinhados e em forma, trajando uniformes da ss, tão sedutores quanto ameaçadores. Monsieur Larue se divertia mais nas festas e recepções dos altos funcionários nazistas do que antes, nos eventos dos banqueiros judeus. Ele ficava radiante por poder conhecer tantas pessoas interessantes: assassinos muito simpáticos que agora preenchiam cargos altos na polícia política secreta; um professor universitário que, há pouco saído de um hospício, tinha se tornado ministro da Cultura; juristas que consideravam o direito um prejulgamento liberal; médicos que viam a arte curativa como uma bobagem judaica; filósofos para os quais a "raça" era a única verdade objetiva: monsieur Larue convidava toda essa gente fina ao Hotel Esplanade para jantar. Sim, os nazistas sabiam valorizar sua hospitalidade e seu temperamento delicado. Ele podia inclusive fazer um pouco de intrigas para eles nas embaixadas; como recompensa, discursou no Palácio dos Esportes: primeiro as pessoas riram quando o pálido pacote de ossos subiu ao palco e começou a falar, com a vozinha fina, sobre a profunda compreensão da "França autêntica pelo Terceiro Reich"; mas depois elas ficaram mais sérias, pois seu "velho doutor", o ministro da Propaganda em pessoa, ordenou silêncio e Pierre Larue passou a declamar um tipo de hino amoroso a Horst Wessel, o falecido cafetão e mártir da nova Alemanha, a quem chamou de garantidor da paz eterna entre ambas as grandes nações, Alemanha e França.

Monsieur Larue quase teria abraçado o ator Höfgen, tamanha sua alegria ao revê-lo. *"Oh, oh, mon très cher ami! Enchanté, charmé de vous revoir!"* Apertos de mão e os sorrisos mais calorosos. Não é uma alegria viver nesta Alemanha? Meu novo favorito, em seu alinhado uniforme da ss, não é muito mais bonito do que quaisquer desses jovens comunistas? *Bonsoir, mon cher, je suis tout à fait ravi*, viva o Führer, ainda hoje à noite vou relatar a Paris como Berlim está divertida e pacífica, ninguém pensa nada de mau, como a srta. Lindenthal está encantadora, ah, lá vem o dr. Ihrig, saúde!

Novos apertos de mão, pois o dr. Ihrig tinha se aproximado. Ele também parecia muito bem-humorado e tinha todos os motivos para tanto: seus vínculos com o regime nacional, tão tensos no início, melhoravam dia após dia. Olá, Ihrig, como vai, meu velho? Höfgen e Ihrig sorriram um para o outro como dois indivíduos honrados. Agora eles podiam se mostrar à vontade em público de novo, não se comprometiam nem se envergonhavam mais mutuamente: o sucesso, essa justificativa irrevogável de toda infâmia, tinha feito com que ambos esquecessem a vergonha.

Radiantes e sorridentes, todos os quatro — monsieur Larue e os srs. Ihrig, Müller-Andreä e Höfgen — fizeram uma reverência, pois o primeiro-ministro, em meio a passos de valsa com Lotte Lindenthal, tinha se aproximado e acenado para eles.

As relações entre Hendrik e Lotte Lindenthal ganharam calor humano. Ambos fizeram muito sucesso com a comédia O coração. Os temores de Lotte em relação à rigidez da imprensa berlinense não tinham razão de ser. Ao contrário, todos os críticos elogiaram sua "graça de mulher", sua simplicidade e a autêntica meiguice alemã de sua atuação. Ninguém lhe apontou a questão periclitante sobre o motivo de ela sempre esticar o dedo mínimo daquele jeito tão engraçado. Em sua grande crítica, o dr. Ihrig expressou a opinião de que Lotte Lindenthal era a "autêntica expressão humana da nova Alemanha". "Veja, Hendrik, devo isso principalmente a você", falou a bondosa loira ariana. "Se você não tivesse trabalhado de maneira tão enérgica e companheira comigo, esse belo sucesso não teria sido proporcionado a mim." Hendrik pensou que o belo sucesso de ambos se devia muito mais ao gordo brigadeiro, mas não falou isso em voz alta.

Höfgen atuou em O coração ao lado de Lotte em diversas cidades grandes do país, em Hamburgo, Köln, Frankfurt e Munique: ele apareceu no país inteiro como o parceiro da "autêntica expressão humana da nova Alemanha". Nas conversas durante as longas viagens de trem, a importante mulher deixou que ele se aprofundasse mais em sua vida interior do que ela costumava permitir. Ela não falava apenas de sua felicidade, mas também de suas preocupações. Com frequência, seu gordo era tão intenso. "Você não faz ideia do que tenho de suportar às vezes", disse Lotte; mas no fundo, ela lhe assegurou, ele era uma pessoa boa. "Independentemente do que os inimigos digam a seu respeito, no fundo ele é a bondade em pessoa! E tão romântico!" Lotte estava com lágrimas nos olhos ao relatar como seu primeiro-ministro às vezes, à meia-noite, vestido com uma pele de urso e com uma espada ao seu lado, fazia uma pequena homenagem à falecida esposa diante do retrato dela. "É que ela era sueca", disse Lindenthal, como se isso explicasse tudo. "Uma nórdica. E ela atravessou a Itália de carro com meu querido, quando ele se feriu no putsch de Munique. Claro que posso compreender seu apreço por ela, já que é tão imensamente romântico. Mas agora ele tem a mim", Lotte acrescentou, um tantinho irritada.

O ator Höfgen tinha permissão de participar da vida privada dos deuses. Às noites, depois da peça, quando estava na bela casa de Lotte no Tiergarten, jogando cartas ou xadrez com ela, acontecia às vezes de o primeiro-ministro entrar na sala sem aviso prévio, fazendo barulho. Nessas horas, ele não parecia um sujeito muito bonachão? Dava para perceber os negócios terríveis às suas costas e mais aqueles que planejava para o dia seguinte? Ele brincava com Lotte, tomava seu copo de vinho tinto, esticava as pernas enormes diante de si; com Höfgen, conversava sobre coisas sérias, de preferência sobre Mefistófeles.

"Você fez com que eu entendesse direito esse sujeito pela primeira vez, meu caro", disse o brigadeiro. "Esse tipo é genial! E não temos todos alguma coisa dele? Quero dizer: será que em todo alemão decente há um tanto de Mefistófeles, ardiloso e malvado? Se não tivéssemos outra coisa senão o espírito fáustico, como estaríamos? Seria ótimo para nossos muitos inimigos! Não, não — o Mefisto também é um herói nacional alemão. Só não podemos dizer isso às pessoas", concluiu o ministro da Aeronáutica, grunhindo satisfeito.

Hendrik usava as horas noturnas de intimidade na casa de Lotte Lindenthal para conseguir, junto ao seu mecenas, o amigo das belas-artes e dos esquadrões de bombardeiros, tudo o que queria. Por exemplo, ele tinha metido na cabeça que queria subir ao palco do Teatro Nacional como Frederico da Prússia, o Grande. Era um gosto seu. "Não quero ficar fazendo apenas papéis de dândis e de bandidos", ele explicou, amuado, ao gordo. "Afinal, o público já está começando a me identificar com esses tipos, já que são meus únicos personagens. Agora preciso de um grande papel patriótico. Essa peça ruim sobre o velho Fritz que nosso amigo Muck aceitou vem em boa hora. Ela seria muito adequada para mim!" O brigadeiro quis objetar, dizendo que Höfgen não era nada parecido ao famoso Hohenzollern, mas Hendrik fez questão de seu capricho patriótico, no qual ele ainda foi apoiado por Lotte Lindenthal. "Mas eu posso fazer uma maquiagem!", ele exclamou. "Na minha vida, já fiz muitas coisas mais estranhas do que parecer um pouquinho como o velho Fritz!" O gordo tinha absoluta confiança na habilidade de seu protegido com a pintura facial. Ele ordenou que Höfgen recebesse o papel do velho Fritz. Cäsar von Muck, que já tinha escalado outro elenco, primeiro mordeu os lábios, depois apertou ambas as mãos de Hendrik, falando com o dialeto da Saxônia, tamanha sua cordialidade. Hendrik recebeu seu rei da Prússia, colou um nariz falso, andou com a ajuda de uma bengala e falou com a voz áspera. O dr. Ihrig escreveu que ele estava se tornando pouco a pouco o ator mais representativo do novo Reich. Pierre Larue publicou num jornal fascista de Paris que o teatro berlinense tinha alcançado uma perfeição inédita, jamais vista nos catorze anos da ignomínia e da política de conciliação.

Junto a seu poderoso protetor, Hendrik conseguiu outras coisas bem diversas, não tão inocentes. Numa noite especialmente agradável — Lotte tinha feito um ponche e o gordo discorria sobre lembranças da guerra —, Höfgen decidiu se abrir por completo e falar de seu terrível passado. Foi uma grande confissão e o poderoso aceitou-a, magnânimo.

"Sou um artista!", Hendrik exclamou com olhos cintilantes, andando apressado pelo cômodo como um redemoinho. "E, como todo artista, também cometi algumas loucuras." Ele parou, jogou a cabeça para trás, abriu um pouco os braços e explicou, patético:

"Pode me destruir, primeiro-ministro. Confessarei tudo."

Ele confessou não ter passado incólume pelas correntes bolchevistas destruidoras e que esteve ao lado dos "esquerdistas". "Foi um estado de espírito de artista", ele explicou com um orgulho sofrido. "Ou loucura de artista, caso queira chamar assim."

Claro que o gordo já sabia há tempos de tudo isso e de muito mais, mas nunca se preocupara a respeito. Uma disciplina férrea tinha de reinar no país e muitos precisavam ser enforcados. Mas, no que se referia ao seu círculo mais íntimo, o grande homem era liberal. "Ora", disse ele apenas. "Todos podem fazer uma bobagem na vida. Eram tempos ruins, agitados."

Mas Hendrik não tinha terminado ainda. Em seguida, passou a explicar ao general que outros artistas valorosos tinham cometido as mesmas loucuras que ele. "Mas esses ainda estão pagando pelos pecados dos quais fui tão generosamente absolvido. Peço por uma determinada pessoa. Por um colega. Posso prometer que ele melhorou. Estou falando de Otto Ulrichs. Já ouvi dizer que ele está morto. Mas ele está vivo. E merece viver em liberdade." Ao mesmo tempo, ele havia erguido, com um gesto irresistivelmente belo, ambas as mãos esticadas — que pareciam pontudas e góticas — na altura do nariz.

Lotte Lindenthal estremeceu. O primeiro-ministro rosnou: "Otto Ulrichs. Quem é ele?" Daí se lembrou que se tratava do administrador do cabaré comunista Albatroz. "Mas esse é um sujeito especialmente maligno", ele disse, incomodado.

Ah, não, maligno não! Hendrik suplicou ao general para não acreditar nisso. Seu amigo Otto era um pouco leviano — sim, isso ele admitia —, um pouco insensato. Mas não era um sujeito maligno. E, aliás, ele tinha mudado. "Ele se tornou uma pessoa totalmente nova", afirmou Hendrik, que havia meses não tinha qualquer contato com Ulrichs.

Como Lotte Lindenthal apoiava Hendrik mesmo nesse assusto controverso, finalmente o inacreditável aconteceu: Ulrichs foi solto e recebeu inclusive um pequeno papel no Teatro Nacional — Hendrik e Lotte, unindo suas forças, tinham conseguido o mais extraordinário e improvável. Mas Ulrichs disse: "Não sei se posso confiar nisso. Tenho nojo de receber perdão desses assassinos e bancar o pecador arrependido; tenho nojo de tudo".

Hendrik precisou dar uma palestra ao velho amigo sobre tática revolucionária. "Mas Otto", ele exclamou, "sua razão parece ter sofrido um abalo! Como você quer sobreviver hoje em dia, sem subterfúgios e fingimentos? Olhe meu exemplo!"

"Eu sei", disse Ulrichs, dócil e perturbado. "Você é mais esperto. Mas, para mim, essas coisas são muito difíceis..."

Hendrik retrucou, enfático: "Você terá que se forçar. Eu também me forcei." E mostrou ao amigo o quanto de autocontrole lhe foi necessário para uivar com os lobos como ele estava fazendo, infelizmente em sua opinião. "Mas temos de nos esgueirar para dentro da caverna do leão", ele explicou. "Se ficarmos do lado de fora, só poderemos xingar, mas não conseguiremos nada. Estou no meio disso. Estou conseguindo coisas." Tratava-se de uma alusão à libertação de Ulrichs. "Se você estiver trabalhando no Teatro Nacional, poderia retomar os antigos contatos e trabalhar politicamente de maneira bem diferente do que se estivesse em algum esconderijo obscuro." Esse argumento fez sentido para Ulrichs. Ele assentiu. "E aliás", Hendrik acrescentou, "de que você quer viver, se não tem trabalho? Pensa em reabrir o Albatroz?", ele perguntou, desdenhoso. "Ou prefere morrer de fome?"

Eles estavam no apartamento de Höfgen na praça do Parlamento. Hendrik tinha alugado um pequeno quarto nas redondezas para o amigo, há poucos dias fora da prisão. "Você morar aqui seria imprudente", ele disse. "Poderia prejudicar a ambos." Ulrichs estava de acordo com tudo. "O que você fizer está bom."

Seu olhar era triste e distraído, o rosto estava muito mais magro. E ele reclamava com frequência de dores. "São os rins. Afinal, sofri um bocado." Mas quando Hendrik, com uma curiosidade travessa, queria saber de algo mais preciso, Otto fazia um movimento com a mão e emudecia. Ele não gostava de falar do que tinha acontecido com ele no campo de concentração. Quando mencionava algum detalhe, logo parecia se envergonhar e se arrepender de tê-lo aventado. Ao passear com Hendrik por Grunewald, ele apontou para uma árvore e disse: "A árvore na qual tive que subir um dia era parecida. Não foi fácil. Quando cheguei no alto, eles começaram a jogar pedras contra mim. Uma delas bateu na minha testa — ainda tenho a cicatriz. Tive que gritar umas cem vezes dali: sou um porco comunista imundo. Quando finalmente pude descer, eles estavam com os chicotes prontos...".

Otto Ulrichs — seja por cansaço ou apatia, seja porque os argumentos de Hendrik o haviam convencido — aceitou o emprego no Teatro Nacional. Höfgen estava muito satisfeito. Salvei um ser humano, ele pensava orgulhoso. Uma boa ação. Com esse tipo de observação ele acalmava a consciência, que ainda não se encontrava totalmente adormecida apesar de tudo que ela tivera de engolir. Aliás, não era apenas a consciência que o incomodava, mas também o medo. Será que toda essa empreitada, à qual ele se dedicava com tamanho empenho, duraria para sempre? Chegaria o dia da grande mudança e da grande vingança? Para esse caso, era vantajoso e necessário ter salvaguardas. A boa ação destinada a Ulrichs significava uma salvaguarda especialmente valiosa. Hendrik estava contente por isso.

Tudo andava às mil maravilhas, Hendrik tinha motivos para satisfação. Infelizmente havia uma coisa que o preocupava. Ele não sabia como se livrar de sua Juliette.

No fundo, ele nem queria se livrar dela; e se as coisas andassem conforme seu desejo, ele a teria mantido para sempre, pois ainda a amava. Talvez ele nunca tenha sentido tanto sua falta quando agora. Hendrik compreendeu que nenhuma mulher poderia substituí-la por completo, nunca. Mas ele não arriscava mais visitá-la. O risco era alto demais. Ele tinha de contar que Von Muck e o ministro da Propaganda o vigiassem por meio de espiões — algo muito provável, mesmo se o intendente costumasse falar no dialeto saxão com ele, tamanha cordialidade, e o ministro se deixasse fotografar a seu lado. Se eles descobrissem que ele mantinha um relacionamento com uma negra e, ainda por cima, era espancado por ela, Hendrik estaria perdido. Uma negra: isso era quase tão grave quanto uma judia. Tratava-se exatamente daquilo que se chamava de "infâmia racial", sendo extremamente malvisto. Um homem alemão tinha de fazer filhos com uma mulher loira, pois o Führer precisava de soldados. De modo algum ele podia tomar aulas de dança com a princesa Tebab, que na realidade eram diversões macabras. Nenhum homem do povo honrado fazia algo semelhante. Hendrik também não podia mais se dar a esse direito.

Por um tempo, ele alimentou a esperança leviana de que Juliette não descobriria seu paradeiro em Berlim. Mas claro que ela descobriu já no dia de sua chegada. Paciente, ela esperou por sua visita. Como ele se manteve em silêncio, ela passou a agir. Ligou para ele. Hendrik pediu para Böck avisar que ele não estava em casa. Juliette ficou furiosa, ligou de novo e ameaçou que viria. O que, pelo amor de Deus, Hendrik tinha de fazer? Escrever uma carta não lhe parecia aconselhável: ela poderia chantageá-lo. Por fim, decidiu marcar um encontro naquele café pouco frequentado em que se reunira discretamente com o crítico Ihrig.

Quando chegou na hora combinada, Juliette não estava usando botas verdes nem uma jaquetinha curta, mas um vestido cinza muito simples. Os olhos dela estavam vermelhos e inchados. Ela havia chorado. A princesa Tebab, filha do rei do Congo, havia derramado lágrimas por seu infiel namorado branco. Sua testa estreita, com duas pequenas elevações, indicava uma seriedade ameaçadora. Ela chorou de raiva, pensou Hendrik, pois ele não conseguia acreditar que Juliette conhecesse outros sentimentos além de ira, avidez, gula ou sensualidade.

"Então você está me dispensando", disse a jovem negra, mantendo as pálpebras baixas sobre os olhos alertas e ágeis. Hendrik tentou lhe explicar a situação de maneira cuidadosa, porém incisiva. Ele se mostrou paternalmente preocupado por seu futuro e aconselhou-a, com a voz suave, a partir logo para Paris. Lá ela encontraria trabalho como dançarina. Aliás, ele lhe prometeu enviar mensalmente algum dinheiro. Sorrindo de maneira sedutora, depositou uma nota grande na mesa diante dela.

"Mas não quero ir para Paris", disse, teimosa, a princesa Tebab. "Meu pai era alemão. Sinto-me totalmente alemã. Também tenho cabelo loiro. Verdade, eles não são tingidos. Além do mais, não sei uma palavra de francês. O que vou fazer em Paris?"

Hendrik riu do patriotismo dela e Juliette ficou brava, fulminando-o com os olhos selvagens, arregalados. "Você ainda vai ter que engolir essa risada", ela gritou para ele. Em seguida, ergueu as mãos escuras e ásperas, e esticou-as na direção dele como se quisesse lhe mostrar as palmas claras. Hendrik olhou desesperado para o garçom, pois Juliette enfileirava as queixas e reprimendas numa voz quase chorosa. "Você nunca levou nada a sério", ela afirmou em sua raiva dolorida. "Nada, nada, nada neste mundo, exceto sua carreira suja! Você não me levou a sério, nem sua política, da qual você sempre me contou! Se você é mesmo comunista, então como consegue se dar tão bem com toda essa gente que quer fuzilar os comunistas?"

Hendrik estava branco como a toalha da mesa e se levantou. "Basta!", ele disse. Mas ela soltou uma risada desdenhosa que ecoou pelo café; para a sorte de Hendrik, o lugar estava vazio. "Basta!", ela o imitou, mas mostrando os dentes. "Basta! Sim, perfeito: basta! Durante anos fiz o papel de mulher selvagem, embora não tivesse qualquer vontade, e agora você quer ser o homem durão! Basta, basta: sim, agora você não precisa mais de mim — talvez porque agora haja tanta violência em todo o país! Daí você consegue se satisfazer sem mim, certo?... Ah, você é um traste! Um traste nojento!" Ela havia escondido o rosto com as mãos, seu corpo tremia por causa dos soluços. "Posso entender porque sua mulher, a tal Barbara, não aguentou ficar com você", ela falou entre os dedos molhados. "Dei uma olhada nela. Ela era boa demais para você..."

Hendrik tinha chegado à porta. A nota de dinheiro permanecera na mesa, diante de Juliette.

Ah, não, a princesa Tebab não seria enxotada assim tão fácil; ela não largaria o osso de livre e espontânea vontade. Se desistisse dessa vez — isso ela compreendia muito bem —, então ela o teria perdido completamente, seu Hendrik, seu escravo branco, seu senhor, seu Heinz — e ela não tinha ninguém além dele. Naquela época, quando ele se casou com essa tal Barbara, a mocinha burguesa, Juliette se manteve confiante e destemida: sabia que ele voltaria a ela, à Vênus negra dele. Agora a situação era outra. Agora a carreira dele estava em jogo. Hendrik tinha ordenado que ela fosse para Paris. Mas Juliette se chamava Martens, e seu pai seria hoje um nacional-socialista muito prestigiado caso não tivesse contraído malária no Congo...

Juliette não queria ceder. Mas Hendrik era mais forte do que ela. Ele fazia parte do poder.

A pobre jovem continuou perturbando e inquietando Hendrik durante um tempo com cartas e ligações telefônicas. Depois, passou a vigiá-lo diante do teatro. Certa noite, quando ele deixava o lugar, depois da apresentação — por um bom acaso, a sós —, Juliette estava ali, com as botas verdes, sainha curta, seios empinados e dentes cintilantes arreganhados. Hendrik movimentou os braços em pânico, como se estivesse enxotando um fantasma. Ele chegou à sua Mercedes com passadas largas. Juliette escarneceu, rindo, às suas costas. "Vou voltar!", ela gritou, quando ele já estava sentado no carro. "A partir de agora, virei todas as noites", ela prometeu com uma vivacidade assustadora. Talvez tivesse ficado louca de dor e decepção com a traição dele. Talvez estivesse apenas bêbada. Mas carregava o chicotinho vermelho, o símbolo de sua ligação com Hendrik Höfgen.

Uma cena tão terrível não podia, de maneira alguma, se repetir. Hendrik não teve escolha: ele precisava se abrir com seu gordo protetor, o primeiro-ministro, também a respeito dessa situação constrangedora. Apenas ele podia ajudar. Claro, tratava-se de uma aposta arriscada: o poderoso podia perder a paciência e retirar toda a sua clemência. Mas algo decisivo tinha de acontecer, do contrário um escândalo público seria inevitável.

Höfgen pediu uma audiência e, mais uma vez, fez uma confissão detalhada. Aliás, o brigadeiro mostrou uma compreensão surpreendentemente grande e quase divertida em relação às extravagâncias eróticas que agora traziam tanto incômodo a seu protegido.

"Afinal, não somos todos anjos inocentes", falou o gordo, de cuja bondade Hendrik estava comovido dessa vez. "Uma mulher negra fica manipulando um chicote diante do Teatro Nacional!" O primeiro-ministro riu com vontade. "Que história ótima! Sim, e o que faremos? A moça precisa sumir, ponto pacífico..."

Hendrik, que não queria que a princesa Tebab fosse assassinada, pediu em voz baixa: "Mas que não aconteça nada contra ela!". Nessa hora, o brigadeiro falou com malícia, e com o dedo em riste: "Ora, ora. O senhor parece ainda ser um tanto obediente à bela dama! Deixe que eu resolva!", ele acrescentou, acalmando-o num tom paternal. Ainda no mesmo dia, dois homens discretos, porém implacáveis, apareceram no endereço da infeliz princesa, dando-lhe voz de prisão. A princesa Tebab gritou: "Como assim?". Mas os dois homens falaram, ao mesmo tempo, com a voz baixa e dura, que não permitiam ser contrariados. "Siga-nos!" Ela só soluçava: "Mas eu não fiz nada de errado...".

Um carro fechado estava parado diante da casa e, com uma assustadora educação, os homens pediram para Juliette embarcar. Durante o percurso, que foi bastante longo, ela soluçava e falava; fez perguntas, exigiu saber para onde estava sendo levada. Como as respostas não vinham, começou a gritar. Mas emudeceu quando sentiu que um dos acompanhantes apertou seu braço com uma força assustadora. Ela compreendeu: falatório e queixas não adiantavam de nada; e talvez os gritos pusessem sua vida em risco. Ou será que sua vida já estava perdida? Hendrik havia convocado o poder contra ela. Hendrik fazia uso do poder inclemente a fim de tirá-la do caminho, uma moça indefesa... Com olhos cada vez mais arregalados e cegos de medo, ela olhava para o nada.

Depois, ela passou por longos dias de silêncio. Foram dez, catorze ou apenas seis dias? Ela havia sido levada a uma cela na penumbra; o endereço lhe era desconhecido. Ninguém a informava onde estava e por quê, nem quanto tempo teria de ficar por ali. Ela parou de perguntar. Três vezes por dia, uma silenciosa mulher de avental azul trazia algo para comer. Às vezes, Juliette chorava. Em geral, ela ficava sentada, apática, encarando a parede. Tinha a expectativa de que em algum momento a porta iria se abrir e alguém apareceria para acompanhá-la em sua última caminhada — para uma morte incompreensível, amarga, mas libertadora.

Certa noite, quando foi acordada de seu sono pesado, sem sonhos, ela sentiu imediatamente e quase com alívio que a hora havia chegado. Diante dela não estava ninguém uniformizado encarregado de matá-la, mas Hendrik. O rosto dele estava muito pálido e tinha a marca de sofrimento nas têmporas. Juliette olhou como se ele fosse um fantasma.

"Você está contente em me ver?", ele perguntou em voz baixa.

A princesa Tebab não respondeu. Ela o encarou.

"Você não diz nada", ele constatou, incomodado. E com a voz cantante e quase choramingando, acrescentou, enquanto a presenteava com um maravilhoso olhar de pedras preciosas: "Eu, minha querida, me alegrei por este momento. Você está livre", ele disse, fazendo um bonito movimento com os braços.

Enquanto a princesa Tebab permanecia parada, apenas a encará-lo, ele lhe disse que ela podia partir imediatamente para Paris... Tudo estava organizado: seu passaporte já continha o visto francês, sua bagagem estava à espera na estação de trem, em Paris ela poderia sacar todo mês uma determinada soma num determinado endereço. "Apenas uma condição está ligada a esse grande favor", disse Höfgen, o arauto da liberdade, e nessa hora os olhos doces dele se tornaram duros. "Você tem que ficar em silêncio! Se você não conseguir manter a boca fechada", ele disse, num outro tom, bastante rude, "então acabou para você. Você não escaparia do seu fim em Paris. Me promete, querida, que vai ficar em silêncio?" A voz dele agora era suplicante e ele se inclinou, carinhoso, para sua vítima. Juliette não retrucou. Sua obstinação tinha sido quebrada durante os longos dias na cela penumbrosa. Ela assentiu, calada. "Você tomou juízo", Hendrik constatou, sorrindo aliviado. Ao mesmo tempo, pensava: minha ação dura fez com que ela se tornasse submissa. Não tenho mais que temer nada do seu lado. Mas perdê-la é uma pena, uma pena infinita...

A princesa Tebab tinha partido: Hendrik podia respirar aliviado, a escuridão havia desaparecido do céu de sua felicidade. Nenhum telefonema terrível atrapalhava mais seu sono. Mas era apenas alívio o que ele sentia?

Juliette desaparecera de sua vida. Barbara desaparecera de sua vida. A ambas ele prometera amar para sempre. E ele não tinha chamado Barbara de seu anjo da guarda? "Ela era boa demais para você", essas foram as palavras da princesa Tebab. O que a moça negra, inculta, sabe dos complicados processos da minha alma?, Hendrik tentava refletir. Mas nem sempre seu coração lhe permitia desculpas tão baratas. Às vezes, ele se envergonhava: talvez de si mesmo; talvez de Juliette, cujo olhar na sala escura em sua direção era tão cheio de lamentos, tão cheio de reprimendas, tão ameaçador. Bem, agora que ele a tinha perdido, mandado embora e traído, havia momentos em que Hendrik realmente precisava refletir sobre sua Vênus negra. Ele tinha desfrutado dela como a força profana, desalmada, na qual suas energias se revigoravam e renovavam. Ele tinha feito dela um ídolo, diante do qual orava: "Viens-tu du ciel profond ou sors-tu de l'abîme, o Beauté?". E em seu êxtase egoísta, exclamara para ela: *"Tu marches sur des morts, dont tu te moques..."*. Mas talvez ela não fosse nenhum demônio. No final, não era do feitio de Juliette andar por sobre mortos. Agora ela havia partido, sozinha e chorando amargamente, para uma cidade estrangeira — por quê? Por que um outro estaria disposto a andar por sobre mortos?

"Ele anda por sobre mortos." Era dessa maneira tão pouco respeitosa que o jovem Hans Miklas costumava falar sobre seu colega famoso, o ator Hendrik Höfgen. O inconformado rapaz não se preocupava com o fato de seu antigo inimigo mortal estar sob a proteção do primeiro-ministro e da grande Lindenthal. Miklas cometia as maiores imprudências: xingava não apenas o colega Hendrik Höfgen, mas também homens hierarquicamente superiores. Será que ele não sabia o que estava arriscando com suas conversas atrevidas, impensadas? Ou será que sabia, mas apenas não se preocupava? Estava disposto a pôr tudo em jogo? Será que nada tinha importância? A julgar por seu rosto, tais sentimentos eram possíveis. Nunca, nem mesmo na época de Hamburgo, ele teve um olhar tão maldoso e tão terrivelmente obstinado quanto agora. Naquela época, ele ainda nutria esperanças e uma grande fé. Agora, não tinha mais nada. Ele andava por aí, dizendo: "Tudo é uma grande merda". "Fomos enganados", ele dizia. "O Führer queria o poder, nada mais. O que melhorou na Alemanha desde que ele subiu? Os ricos só ficaram mais sacanas. Agora eles ficam falando umas idiotices patrióticas enquanto fazem seus negócios — essa é a única diferença. O pessoal da intriga continua por cima." Miklas pensou em Höfgen. "Um alemão decente pode se ferrar sem que ninguém se preocupe com ele", ele afirmou em sua raiva enorme e cheia de mágoa. "Mas os tubarões — estes estão passando melhor do que nunca. Olhe apenas para o gordo, como ele circula por aí com seus uniformes dourados e no carrão de luxo! E o próprio Führer não é muito melhor — acabamos de perceber! Senão, como ele haveria de tolerar tudo isso? Tantas injustiças terríveis? A gente lutou pelo movimento enquanto ele não era nada demais e agora querem nos escantear. Mas um velho bolchevista cultural, feito o Höfgen, é uma estrela novamente..."

O jovem Miklas fazia esse tipo de discurso, sem freios e condenável, e qualquer um podia ouvi-lo. Não é de se espantar que os membros do Teatro Nacional começaram a evitá-lo. O intendente o chamou uma vez e o alertou. "Eu sei, você está há anos no partido", disse Cäsar von Muck. "Justamente por isso deve ter aprendido disciplina, e sua razão política pode ser confrontada com exigências altas." Miklas fez sua expressão petulante. Ele baixou a testa teimosa, avançou os lábios de um vermelho vivo demais, nada saudável, e disse com a voz baixa e rouca: "Vou sair do partido". Será que queria partir para o tudo ou nada?

Enquanto Muck, indignado, virava as costas para o jovem artista, Miklas teve um acesso de tosse. A tosse sacudiu seu corpo magro que há anos vinha sendo forçado para além de seu limite. Tossindo, ele saiu do escritório do intendente. Seu rosto estava acinzentado, com buracos pretos sob os ossos malares. Entre sombras preto-acinzentadas, os olhos tinham um brilho claro e malvado. Bravo, mas sem espanto nem pena, o intendente observou o jovem. Ele está perdido!, pensou Cäsar von Muck.

Você está perdido, pobre jovem Hans Miklas! Depois de tanto esforço, tanta crença desperdiçada: o que lhe resta? Apenas ódio, apenas tristeza, e o desejo selvagem de apressar a própria derrocada. Ah, ela virá por si e rápido o bastante, pelo menos isso é certo, você não precisará mais odiar nem chorar por muito tempo. Você ousa se rebelar contra forças e pessoas, aquelas que sempre desejou ardentemente que dominassem. Mas você é fraco, jovem Miklas, e ninguém o protege.

O poder que você amou é cruel. Ele não admite qualquer crítica, e quem se rebela é destruído. Você será destruído, rapaz, pelos deuses aos quais orou com tamanho fervor. Você cairá; de uma pequena ferida, o sangue gotejará na grama e seus lábios estarão tão brancos quanto sua testa brilhante.

Ninguém pranteia sua queda, esse final de uma esperança tão grande, tão ardente e tão amargamente traída? Quem a prantearia, afinal? Você quase sempre esteve sozinho. Há anos não escreve mais para sua mãe. Ela se casou com um estranho, seu pai já morreu, caiu na guerra. Quem prantearia você? Quem se fecharia em luto por sua juventude lastimavelmente desperdiçada, por sua morte lastimável? Fechamos seus olhos para que não se mantenham abertos por mais tempo e deixem de mirar o céu com essa queixa surda, essa reprimenda indizível. Agora na morte, pobre rapaz, será que você se tornou mais tolerante do que sua vida dura não lhe permitiu ser? Quem sabe você então possa nos perdoar por sermos os únicos — seus inimigos — que nos curvaremos sobre seu cadáver.

Pois seu destino se cumpriu e foi rápido. Você provocou o final, você o invocou. De outro modo, será que você teria reunido outros jovens — ainda mais ignorantes, mais jovens do que você um dia foi —, disseminando conspirações entre eles? Vocês queriam acabar com quem? Seu próprio "Führer" ou algum de seus sátrapas? Vocês achavam que as coisas tinham de ser "totalmente diferentes"; desde sempre, esse foi seu grande desejo. A revolução nacional — essa era a opinião de vocês —, a revolução real, autêntica, sem conluios, pela qual vocês foram traídos de maneira humilhante: ela mais do que passou da hora. Vocês não acabaram enviando uma carta a um sujeito emigrado, que no passado tinha sido amigo de seu Führer e que também se sentiu traído por ele?

Tudo foi traído, claro que tudo foi traído, e certa manhã apareceram rapazes uniformizados em seu quarto, você já os vira antes, eram antigos conhecidos. E eles ordenaram que você entrasse num carro que estava esperando lá embaixo. Você não se demorou muito. Foi levado a alguns quilômetros de distância da cidade, até um pequeno bosque. A manhã estava gelada, você sentia frio, mas nenhum dos antigos camaradas lhe deu uma coberta ou um sobretudo. O carro parou e você recebeu ordens de dar alguns passos. Você deu os poucos passos. Você sentiu mais uma vez o cheiro da grama e um vento matinal roçou sua testa. Você se manteve ereto. Talvez os rapazes no carro estivesses assustados com a incrível expressão altiva de seu rosto; mas eles não viam seu rosto, apenas suas costas. Em seguida, aconteceu o barulho do tiro.

O Teatro Nacional, em cujo palco há semanas você foi proibido de pisar, recebeu a informação de que você tinha sofrido um acidente de carro. A notícia foi recebida com compostura e ninguém sentiu necessidade de conferir sua veracidade. A srta. Lindenthal disse: "Que horrível, um rapaz tão jovem. Aliás, nunca tive muita simpatia por ele. Ele era um pouco desconcertante — você também não acha, Hendrik? Os olhos dele eram tão malvados...".

Dessa vez, Hendrik não respondeu à amiga influente. Ele se arrepiava ao imaginar o rosto do jovem Miklas. Mas a imagem sempre voltava à sua mente, querendo ou não. Lá estava ele à sua frente, muito nítido no lusco-fusco do corredor. Os olhos fechados, a testa brilhando. Os lábios obstinados, salientes, se movimentavam. O que diziam? Hendrik se afastou e saiu correndo — salvando-se na rotina movimentada do dia —, para não ter de ouvir a mensagem que esse rosto severo, magicamente embelezado pela morte, trazia para ele.

IX

EM MUITAS CIDADES

Os meses passam, o ano de 1933 acabou. Um grande ano, se for possível acreditar nos jornalistas, cuja opinião é ditada por um ministério da Propaganda em Berlim; o ano da concretização, do triunfo, da vitória; o ano em que a nação alemã despertou, sabendo-se novamente gloriosa e carregando seu Führer.

Um ano incrível e brilhante para o ator Höfgen, isso é certo. Começou com preocupação, mas terminou de maneira muito satisfatória. Confiante e com o melhor dos humores, Hendrik, o multifacetado, pode começar o ano de 1934. Ele está seguro da benevolência dos poderosos. Ele pode confiar na clemência do primeiro-ministro. O grande homem mantém sobre ele a mão larga e protetora. Ele considera Höfgen-Mefistófeles uma espécie de bobo da corte e um palhaço brilhante, um brinquedo engraçado. O passado suspeito do ator já havia sido desculpado fazia tempos como bobagens de artista. A negra com o chicotinho foi tirada de seu pescoço. Höfgen pode novamente fazer muitos e belos papéis. Ele pode filmar e ganhar muito dinheiro. O primeiro-ministro o recebe com frequência. O ator entra nas salas oficiais ou nos cômodos particulares do general de maneira quase tão descontraída quanto antes no escritório do diretor Schmitz ou da srta. Bernhard.

"Para que as cismas vãs te enxote/ Vim como nobre fidalgote." Hendrik cumprimenta o poderoso com uma atrevida citação do *Fausto*. Depois de todos os seus atos sangrentos e reluzentes, o poderoso não conhece relaxamento melhor do que brincar com o bufão. A srta. Lindenthal chega quase a sentir ciúmes. Mas ela é dócil e, além do mais, tem um fraco por Hendrik Höfgen. A amizade pública deste último com o temido gordo, comentada por todos, garante tamanha reputação, tamanha aura em amplos círculos!

Crianças, monos, vos admirarão
Se assim for vosso paladar

Vez ou outra, Hendrik tem de pensar nisso devido às adulações, às amabilidades devotas, com as quais os colegas e os autores, as damas da nova "sociedade" e até alguns políticos passaram a tratá-lo. Será que ele realmente gosta do ciciar adocicado do nacionalista alemão monsieur Pierre Larue? Ele realmente se regala com os elogios de caráter literário do dr. Ihrig, com as manias mundanas do sr. Müller-Andreä? Diante de Otto Ulrichs, o velho amigo, ele se refere desdenhosamente ao "maldito bando inteiro". Mas não são doces todas as asseverações de devoção, as múltiplas atenções? Não é saborosa a champanhe junto à mesa de Pierre Larue no Hotel Esplanade, degustada em meio a um belo grupo de decorativos rapazes da ss?

Hendrik tinha inúmeros amigos, dentre eles figuras imponentes. Como por exemplo o poeta Pelz, cuja lírica altamente sofisticada, de difícil compreensão, sombriamente encantadora, arrebatara jovens que agora, em grande medida, estavam exilados. Benjamin Pelz, um homem baixinho e atarracado, de olhos azuis suaves e frios, bochechas flácidas e uma boca gorda, cruelmente voluptuosa, explicou durante uma conversa privada que amava o nacional-socialismo porque ele exterminaria completamente uma civilização cuja ordenação mecânica havia se tornado insuportável, porque ele levava ao abismo, tinha o cheiro da morte e porque disseminaria dores inimagináveis sobre uma porção da

Terra que esteve prestes a se degenerar em parte como sanatório para fracos, em parte como fábrica impecavelmente organizada. "A vida nas democracias tinha se tornado inofensiva", o poeta Pelz pontuava, censurando. "Nossa existência foi perdendo o páthos heroico. A encenação à qual hoje podemos assistir é o nascimento de um novo tipo de ser humano — ou melhor: o renascimento de um ser humano muito antigo: arcaico, mágico, guerreiro. Que encenação linda, de tirar o fôlego! Que processo emocionante! Orgulhe-se, caro Höfgen, de poder participar ativamente nesse processo!" Ao mesmo tempo, ele olhava para Hendrik amorosamente com seus olhos suaves e gelados. "A vida retomará seu ritmo e seu encanto, vai despertar da sua rigidez, logo recobrará, como nas épocas passadas, submersas, o movimento agitado da dança. Para as pessoas que não sabem ver nem escutar, o novo ritmo poderia ser como o ritmo de uma marcha perfeitamente sincronizada. Idiotas podem ser enganados pela rigidez externa do estilo de vida arcaico-militar. Que enorme engano! Na verdade, não se marcha mais; agora se cambaleia. Nosso amado Führer nos lança à escuridão e ao nada. Como nós, poetas, que temos uma relação tão especial com a escuridão e o abismo, podemos deixar de admirá-lo por isso? Realmente não é exagero considerar nosso Führer divino. Ele é a divindade do submundo, a mais sagrada para todos os povos magicamente iniciados. Eu o admiro de forma irrestrita porque odeio a tirania monótona da razão e o conceito-fetiche de progresso dos burgueses. Todos os poetas que merecem esse nome são os inimigos natos e jurados do progresso. A própria escrita poética é um retrocesso ao estado antigo e sagrado, pré-civilizatório, da humanidade. Fazer poesia e matar, sangue e sofrimento, morte e hinos: isso combina. Tudo o que vai além da civilização e submerge profundamente na camada secreta, cheia de perigos, combina muito bem. Sim, amo a catástrofe", dizia Pelz, enquanto esticava para a frente seu rosto com as bochechas melancolicamente flácidas e sorria, como se seus grossos lábios degustassem doces ou beijos. "Estou ansioso pela aventura mortal, pelo abismo, pela vivência da situação extrema, que deixa todos os seres humanos fora dos vínculos civilizatórios, naquela região onde nenhuma sociedade protetora, nenhuma polícia, nenhum hospital confortável o protegem do ataque impiedoso dos elementos e de um inimigo à semelhança de um animal de rapina. Vamos vivenciar tudo isso, confie em mim, vamos apreciar coisas terríveis, nada pode ser terrível o bastante para mim. Somos todos dóceis demais. Nosso Führer talvez não possa ser totalmente como gostaria. Onde ficam as torturas públicas? As imolações dos tagarelas humanitários e os babacas racionalistas?" Nesse momento, Pelz bateu impaciente com uma colherinha contra a xícara de café, como se chamasse o garçom que o fazia esperar demais por um auto de fé. "Por que sempre ainda essa discrição já ultrapassada, essa vergonha falsa, de esconder atrás dos muros dos campos de concentração a bela festa das torturas?", ele perguntou, severo. "Até agora, pelo que sei, só queimaram livros, e isso não é nada. Mas nosso Führer já vai nos entregar mais coisas, confio firmemente nele. Labaredas no horizonte, rios de sangue em todos os caminhos e uma dança alucinada dos sobreviventes, dos ainda ilesos, ao redor dos cadáveres!" O poeta foi tomado por uma confiança alegre em relação aos acontecimentos terríveis do futuro próximo. Com esmerada educação, as mãos devotamente cruzadas sobre o peito, ele assegurou a Hendrik: "E o senhor, meu caro Höfgen, o senhor fará parte daqueles que saltarão sobre os cadáveres com mais delicadeza. O senhor tem esse feitio, posso perceber. O senhor é um filho muito gracioso do submundo, e não é por acaso que o primeiro-ministro o distingue. O senhor possui o autêntico e produtivo cinismo do gênio radical. Valorizo-o de maneira excepcional, meu caríssimo Höfgen".

Hendrik ouvia também outros elogios igualmente espantosos e suspeitos, rindo de maneira marota e com um brilho enigmático nos olhos. Não era todo mundo que tinha motivos tão profundos e refinados quanto o poeta Pelz para seu recém-descoberto amor ao nazismo. Outros apenas explicavam: "Sou e permaneço sendo um artista alemão e um patriota alemão, não importa quem estiver no governo da minha pátria. Prefiro Berlim a qualquer outro lugar do mundo e não tenho a mínima vontade de partir. Aliás, em lugar nenhum ganharia nem mesmo perto do que ganho aqui".

Essas foram as palavras do gordo ator Joachim, enquanto tomava cerveja numa noite. Em seu caso, pelo menos a coisa era clara. Ele emigraria e se tornaria um antifascista ferrenho caso tivesse havido uma polpuda oferta de Hollywood. Infelizmente, porém, a oferta não veio. Joachim, que esteve entre os atores mais conhecidos da Alemanha, não estava mais no topo. Por essa razão, ele afirmava com a maior cara lavada aos colegas: "Onde há uma cerveja tão boa quanto aqui, nos nossos estabelecimentos autenticamente alemães? Alguém pode me dizer?". Ele olhava de maneira desafiadora e um tanto maliciosa ao redor. Seu rosto grande e expressivo com as bochechas moles e os olhinhos desconfiados tinha a bondade enganosa do urso, que parece tão divertido e desajeitado, mas é a mais cruel de todas as feras. Aduladores asseguravam ao ator Joachim que ele tinha uma semelhança incrível com o primeiro-ministro — e o ator sorria. Por outro lado, ele ficava terrivelmente bravo quando descobria que alguém tinha afirmado que ele era meio judeu. "O desgraçado venha aqui na minha frente!", Joachim gritava, com o rosto vermelhíssimo. "Quero saber se a pessoa ousa repetir esse atrevimento na minha cara! Que petulância! Manchar a honra de um homem alemão!"

O terrível boato relativo ao ator não emudecia. Todos diziam, à boca pequena, que havia algo de errado com uma de suas avós. O homem alemão empregou detetives para descobrir quem eram os infames aviltadores. Várias pessoas foram enviadas aos campos de concentração porque alguém tinha posto uma de suas avós sob suspeita. "A vilania não pode mais grassar impune", disse Joachim, satisfeito. Ele visitou amigos e colegas influentes para lhes assegurar mais uma vez, de homem para homem, que podia garantir a raça pura de seus antepassados. "Com a mão no coração", disse Joachim para Höfgen, a quem visitou numa manhã de domingo, com muito alarde. "Comigo está tudo bem. Tudo nos conformes, não tenho nada a esconder." Ele olhou com olhos de cachorro fiel, de baixo para cima, como costumava olhar quando desempenhava papéis de pais toscos, porém bondosos, que primeiro brigavam com os filhos e depois faziam as pazes, debaixo de lágrimas. "Tenho que mandar para a prisão todo aquele que disser o contrário", o homem alemão disse por fim, com um tom sentimental na voz. "Pois vivemos num Estado de direito." Hendrik Höfgen podia muito bem concordar com essa posição. Ele ofereceu cigarros e um delicioso conhaque envelhecido ao colega que lutava pela própria honra com um vigor tão louvável. A manhã passada entre ambos os artistas se tornou animada e íntima. Na despedida, Joachim abraçou o colega Höfgen desajeitadamente como um urso que sufoca o outro e pediu para que a srta. Lindenthal recebesse as mais cordiais saudações. Esses eram os amigos de Höfgen então — em parte gente interessante como Pelz, em parte gente de bom coração como Joachim. Mas onde estavam aqueles que, no passado, ele chamara de amigos? O que tinha acontecido com eles?

Barbara havia escrito de Paris pedindo o divórcio. As formalidades jurídicas foram cumpridas de maneira rápida e simples mesmo na ausência de ambos os cônjuges. Não era preciso nenhum motivo para a separação: os juízes compreendiam que um homem na posição e com a ideologia de Höfgen — membro eminente do Teatro Nacional da Prússia e amigo pessoal do primeiro-ministro — de modo algum podia se manter casado com uma mulher que vivia como emigrante no exterior, que não escondia sua posição contrária ao Estado alemão e que, além do mais, como se descobrira há pouco, era de raça impura. Nem mesmo os mentirosos profissionais da imprensa nacional-socialista ousavam dizer que o pai dela, o conselheiro, muito comprometido politicamente, tinha sangue judeu. Mas ele era acusado de algo talvez ainda pior e mais indesculpável: havia cometido "desonra racial"; sua esposa, a filha do general, não seria cem por cento "ariana". Não por acaso o avô de Barbara, o alto oficial, de cujos méritos militares subitamente ninguém mais queria saber, sempre foi suspeito de nutrir tendências liberais. Também a vivacidade intelectual da generala, que superava em muito a média habitual e permitida nos círculos oficiais, explicava-se assim da maneira mais simples, porém constrangedora. O general não era um alemão da gema, mas ser humano inferior e semita: Guilherme II, benevolente, não havia prestado atenção nisso, mas um jornal antissemita de Nürnberg trouxe a notícia à luz do dia. A generala também era metade semita: o jornal do pogrom podia provar isso. De que lhe adiantava um grande passado, cintilante, sua beleza principesca e sua honra? Um escrevinhador sórdido e seboso, que em toda a sua vida não tinha escrito uma frase num alemão correto, podia comprovar que ela não fazia parte da comunidade alemã.

Barbara, por sua vez, tinha trinta por cento de sangue ruim: já esse fato seria suficiente para o divórcio diante de um tribunal alemão. Renanos loiros têm direito a uma mulher de impecável raça pura. Hendrik não poderia manter uma mulher como Barbara nem mesmo se ela fosse garantidamente uma "ariana". Aquilo que ela fazia era uma vergonha e um escândalo público!

Ela não tinha deixado Paris desde sua chegada, em fevereiro de 1933. Todos que a conheciam de antes notavam que ela havia mudado. Seu lado sonhador desaparecera e ela não parecia mais disposta a jogos nostálgicos ou animados. Seu rosto carregava agora um sinal de determinação: situava-se entre as sobrancelhas, dominava a testa. Até seu caminhar, antes sinuoso, demonstrava nova energia. Assim se movimenta alguém que tem um objetivo e não vai descansar até que ele tenha sido alcançado e conquistado.

Barbara, que antes passava o tempo com pequenos desenhos e livros grossos, que se preocupava com os amigos, que passava o tempo com jogos simples e reflexões complicadas, se tornou ativista. Ela trabalhava num comitê para refugiados políticos alemães. Além disso, contribuía, com o amigo Sebastian e a sra. Von Herzfeld, com a edição de uma revista que falava dos preparativos para a guerra, de atrocidades culturais e jurídicas, da sujeira e do perigo do fascismo alemão. Sebastian e Hedda von Herzfeld eram responsáveis pela redação; Barbara respondia pelo lado comercial. Para seu próprio espanto, ela descobriu que não era inapta e tinha talento para assuntos financeiros. A pequena revista precisava se autossustentar, pois não contava com nenhum outro apoio. A frequência era semanal, cada número escrito em língua alemã e francesa. Começou sendo enviada apenas a um pequeno círculo de assinantes e não era impressa, mas mimeografada. Depois de meio ano, a revistinha fina se tornara um periódico com leitores em todas as cidades europeias fora da Alemanha. "Em Estocolmo, temos cinquenta leitores; em Madri, trinta e cinco; e em Tel Aviv, cento e dez", Barbara concluiu. "Estou totalmente satisfeita com a Holanda e a Tchecoslováquia. A Suíça precisa melhorar. Ah, se tivéssemos um bom representante nos Estados Unidos! É tudo muito pouco. Centenas de milhares devem ouvir o que temos para falar. Somos tão pobres", ela disse durante uma "reunião de redação" em seu pequeno quarto de hotel. "Nossos inimigos gastam milhões para disseminar suas mentiras entre as pessoas. E nós mal sabemos como pagar os selos." Ela cerrou os punhos das mãos estreitas e morenas. Seus olhos faiscavam, ameaçadores, sempre que ela pensava nos "inimigos", os odiados. Sebastian, que antes se ocupava unicamente das coisas mais finas e complicadas, também tinha mudado. Agora ele se esforçava em pensar e escrever de um jeito simples. "A luta tem regras bem diferentes daquelas do refinado jogo da arte", ele disse. "A lei da luta exige que deixemos de lado milhares de nuances e nos concentremos em apenas uma coisa. Minha tarefa no momento não é reconhecer ou formar o belo, mas agir — na medida das minhas forças. Faço um sacrifício, o mais pesado deles." Às vezes, ele ficava cansado. Depois, dizia: "Me enoja. Também não tem sentido. Os outros são muito mais fortes do que nós, têm todas as chances. É tão amargo e, a longo prazo, tão ridículo, fazer o papel de dom Quixote. Sonho com uma ilha tão distante onde tudo o que nos tortura se dissolve e deixa de ser real...".

"Ela não existe!", exclamava Barbara. "Ela não existe e não deve existir, Sebastian! Aliás, nossos inimigos não são terrivelmente fortes. Eles têm até um pouco de medo de nós. Cada palavra, cada verdade que falamos contra eles lhes dói um pouco, Sebastian, e acelera uma fração de segundo — uma fração de segundo — sua derrocada, que um dia virá!" Barbara tinha tanta confiança assim, ou fazia de conta nos momentos em que o amigo Sebastian se cansava. "Imagine só", ela lhe contava, "temos dois assinantes novos na Argentina, isso é ótimo, eles até já mandaram o dinheiro." Barbara passava metade de seu dia escrevendo cartas de cobrança às livrarias e centrais de distribuição em Sofia ou Copenhague, Tóquio ou Budapeste, reclamando pequenas somas que eram devidas. Entre Barbara e Hedda von Herzfeld havia se formado um relacionamento que não era exatamente uma amizade, mas ainda assim algo mais do que o relacionamento objetivo entre duas pessoas que trabalham juntas. Barbara respeitava a sra. Von Herzfeld, que mostrava energia e coragem. Ela era muito sozinha, tinha apenas o trabalho. A pequena revista, que redigia juntamente com Sebastian, era quase como uma filha. Quando o periódico foi impresso pela primeira vez e, em consequência, ganhou um melhor acabamento, Hedda quase chorou de alegria. Ela abraçou Barbara e lhe disse — bem baixinho em seu ouvido, embora não houvesse mais ninguém por perto — o quanto estava grata a ela por tudo. Barbara olhou longamente para o rosto grande, macio, penugento e empoado da outra e descobriu: nele havia agora traços mais duros também. Eles faziam pensar de batalhas interiores, processos emocionais intensos e amargos, aos quais Hedda esteve exposta nesse ano que elas tinham superado juntas. Nas primeiras semanas da emigração, ela encontrou um homem com o qual tinha sido casada havia muitos anos. Descobriu-se que o homem vivia em Moscou com uma garota. Nada podia ser mais natural do que isso. Hedda foi razoável o suficiente para compreender. Mas a notícia teve o impacto de algo inesperado e as esperança, quase inconfessáveis, foram decepcionadas.

Será que ela pensava às vezes em Hendrik? Uma vez, apenas uma vez, ela falou o nome dele para Barbara. "Será que ele está bem?", ela perguntou em voz baixa. Era tarde da noite, as duas tinham trabalhado bastante juntas. "Será que o teatro lhe dá prazer? Será que está satisfeito com sua nova fama?" "De quem você está falando?", perguntou Barbara, sem erguer o olhar. A sra. Von Herzfeld enrubesceu um pouco, enquanto tentava rir de maneira irônica. "De quem seria? Do seu ex-esposo..." Barbara retrucou secamente: "Ele ainda está vivo? Nem sabia que ele ainda existia. Para mim, ele morreu faz tempo. Não gosto desses fantasmas do passado, muito menos desses fantasmas do mal". Desde então, elas nunca mais falaram dele.

Às vezes, Barbara visitava o pai, que vivia totalmente sozinho numa cidade no sul da França, junto ao Mediterrâneo. Ele tinha deixado a Alemanha imediatamente depois do incêndio do Parlamento — para raiva e decepção de uma horda de estudantes nazistas que encontraram sua casa vazia, quando lá chegaram para mostrar ao "conselheiro vermelho" o que a "verdadeira juventude alemã" achava dele. A verdadeira juventude alemã estava decidida a surrar o velho senhor de renome internacional, depois metê-lo num carro e largá-lo no campo de concentração mais próximo. O bando ficou furioso porque na casa havia apenas uma antiga criada. E para acabar fazendo algo pela causa nacional e dar algum sentido à excursão noturna, a velha levou uns tabefes e foi trancada no porão, enquanto os jovens se divertiam na biblioteca. A verdadeira juventude alemã pisoteou as obras de Goethe e Kant, Voltaire e Schopenhauer, Shakespeare e Nietzsche. Isso é tudo marxismo, os uniformizados concluíram, enojados. Quando os escritos de Lênin e de Freud foram jogados no fogo da lareira, eles fizeram uma dancinha. Na viagem de volta, os jovens constataram que tinham passado algumas horas agradáveis na casa do conselheiro. "E se o velho porco estivesse por lá", exclamaram os animados rapazes, "aí sim a coisa teria sido divertida!"

O conselheiro tinha levado nas malas os papéis mais importantes e alguns poucos livros de sua biblioteca, os mais queridos. Depois de passar algumas semanas viajando, na Suíça e na Tchecoslováquia, ele se estabeleceu no sul da França. Alugou uma pequena casa, havia algumas palmeiras no jardim, belos arbustos floridos e vista para o mar.

O velho quase nunca saía de casa e ficava a sós a maior parte do tempo. Caminhava durante horas em seu jardinzinho ou ficava sentado diante da casa, sem nunca se cansar de observar as cores infinitamente cambiantes do mar. "É um consolo tão grande para mim", ele dizia a Barbara, sua filha, "me faz tão bem ter essa bela água diante de mim. Em todo o tempo que não estive aqui, me esqueci completamente como o Mediterrâneo pode ser azul... Todos os alemães que merecem ser chamados assim queriam vê-lo e todos o honravam como o berço sagrado da nossa civilização. De repente, ele passou a ser odiado no nosso país. Os alemães querem se livrar violentamente da sua força suave e da sua poderosa graça; acreditam poder abrir mão da sua bela limpidez; gritam que estão fartos dele. Na realidade, porém, estão afirmando estar fartos da própria civilidade. Será que querem negar a grandeza que eles mesmos presentearam ao mundo? Está quase me parecendo... Ah, esses alemães! Quanto ainda terão de sofrer e quanto ainda haverão de fazer os outros sofrerem!"

O regime nazista tinha confiscado a casa e o patrimônio do conselheiro; sua cidadania foi declarada perdida. Bruckner soube, por meio de uma nota na imprensa francesa, que havia sido "desnaturalizado" e que não era mais alemão. Alguns dias depois de ter lido essa notícia, ele recomeçou a trabalhar. "Será um livro grande", ele escreveu a Barbara, "e se chamará *Os alemães*. Nele vou reunir tudo o que sei sobre eles, minhas apreensões e minhas esperanças a seu respeito. E sei muito sobre eles, ainda tenho muitas apreensões e muitas esperanças."

Sofrendo e refletindo, ele passava seus dias numa costa estrangeira e amada. Às vezes, passavam-se semanas sem que ele dissesse uma palavra, exceto algumas frases em francês com a mocinha que cuidava da casa. Ele recebia muitas cartas. Pessoas que tinham sido seus alunos e que agora tinham emigrado ou que estavam na Alemanha, desesperadas, procuravam-no por encorajamento e aconselhamento intelectual. "Seu nome permanece para nós como símbolo de outra Alemanha, melhor", alguém de uma cidade no interior da Baviera lhe escreveu — naturalmente sem a caligrafia verdadeira e sem endereço de remetente. O conselheiro lia tais confissões e promessas de fidelidade com comoção e também com amargura. E todos que pensam e escrevem isso foram complacentes e também dividem a culpa por nosso país ter se tornado aquilo que é hoje, ele pensava. Ele deixava as cartas de lado e reabria o manuscrito, que crescia aos poucos e era rico em amor e conhecimento, em aflição e orgulho, em profunda dúvida e em forte confiança, apesar de milhares de reservas.

Bruckner sabia que em outra cidadezinha do sul da França, que não distava nem cinquenta quilômetros de sua casa, moravam Theophil Marder e Nicoletta. Ambos os homens tinham se encontrado e cumprimentado certa vez durante um passeio, mas eles não combinaram nada nem se reviram outra vez. Marder estava tão pouco disposto a conversar e exercitar alguma sociabilidade quanto Bruckner. O dramaturgo tinha perdido a impertinência festiva e agressiva. O horror pela catástrofe alemã o emudeceu. Como Bruckner, ele ficava por horas sentado num jardinzinho, onde havia palmeiras e arbustos floridos, encarando o mar. Mas o olhar de Marder não era calmo, reflexivo; seus olhos eram inquietos, agitados, moviam-se sem parar e sem consolo sobre a paisagem cintilante. Seus lábios azulados ainda sabiam sugar e estalar, só que não formavam mais palavras, apenas queixas surdas.

Theophil, que sempre mantivera a cabeça erguida, agora sentava-se como que fechado em si mesmo. As mãos cor de chumbo mantinham-se sobre os joelhos magros e pareciam tão cansadas como se nunca mais fossem se mexer. Encolhido, imóvel, apenas seus olhos vagavam e os lábios conduziam seu lamento mudo. Às vezes, estremecia como se um rosto muito terrível o tivesse assustado. Em seguida, Marder se empertigava com esforço e gritava com uma voz que não mais estalava, mas grunhia feito um velho. "Nicoletta! Venha! Estou pedindo, venha já!", exigia Theophil, queixoso e ameaçador. E Nicoletta saía da casa.

O rosto dela mostrava sinais de cansaço e de melancólica paciência, que não queria combinar com o nariz audaciosamente curvado, a boca bem delineada e a testa abaulada. As maçãs de seu rosto tinham se tornado mais largas e macias, os olhos grandes e belo perderam a limpidez desafiadora, com a qual antes fascinavam e inquietavam. Nicoletta não parecia mais uma jovem obstinada e arrogante, mas uma mulher que tinha amado e sofrido muito. Sua juventude fora sacrificada, tomada por um sentimento misto de histeria frenética, fervor autêntico e valiosa emoção; ela presenteara sua juventude àquele homem que agora estava sentado na poltrona diante dela como um velho incapaz. "O que você quer, Theophil?", ela perguntou. Ela ainda mantinha a pronúncia impecável, a despeito de todo o resto que perdera ao longo dos anos. "Como posso ajudá-lo, meu querido?"

Mas ele gemia como se estivesse em meio a um pesadelo. "Nicoletta, Nicoletta, minha filha... É tão terrível... É terrível demais... Escuto os gritos daqueles que estão sendo torturados na Alemanha... Escuto perfeitamente, o vento traz o som por sobre o mar... Os torturadores tocam gramofone durante os procedimentos infernais, é um truque cruel, eles seguram almofadas diante da boca das suas vítimas para que os gritos sejam sufocados... Mas escuto mesmo assim... Tenho que ouvir. Deus me castigou ao me dar a audição mais sensível entre os mortais... Sou a consciência do mundo e escuto tudo. Nicoletta, minha filha!" Ele se agarrou a ela. Os olhos martirizados vagaram pela paisagem mediterrânea, cuja paz era preenchida com figuras escabrosas. Nicoletta pôs a mão sobre a testa dele, quente e úmida. "Sei disso, meu Theophil", ela falou com a exatidão mais suave. "Você escuta tudo e você sabe de tudo. Divulgue seu conhecimento, isso seria muito vantajoso para você e para o mundo. Você deveria escrever, Theophil! Você tem que escrever!"

Há um ano ela suplicava que ele trabalhasse. Nicoletta sofria com o imobilismo dele, não suportava o marido parado, desesperado, pensando. Ela o admirava, considerava-o o maior entre os viventes, não queria vê-lo às margens dos acontecimentos, mas no centro: agindo, influenciando, despertando o mundo, alarmando. Mas ele lhe respondeu:

"E o que deveria escrever? Já disse tudo. Sabia tudo de antemão. Desmascarei a fraude. Senti o cheiro podre. Se você soubesse, minha filha, como é difícil de suportar ter tanta razão. Meus livros estão tão esquecidos como se nunca tivessem sido escritos. Minhas obras completas foram queimadas. Minhas profecias medonhas parecem se perder no vento — e tudo o que acontece hoje, todo o lamento indizível, não passa de uma reprodução menor, uma sátira da minha obra profética. Na minha obra já está tudo, ela antecipa tudo, inclusive o que ainda vai acontecer — o pior, a catástrofe final; já sofri esses momentos, já lhes dei forma. O que mais deveria escrever? Carrego o sofrimento do mundo. No meu coração desenrolam-se todas as destruições, tanto as atuais quanto as futuras. Eu... eu... eu..." Ele emudeceu após essas duas letras, após esse "eu" no qual seu espírito semiatordoado se enredou como se fosse uma armadilha. Sua cabeça, que os sofrimentos terríveis tinham suavizado — agora parecia mais distinta, delicada e severa; mais angulosa do que antes —, tombou para a frente. Theophil adormecera de repente. Nicoletta voltou à casa, parando no alpendre escuro e fresco. Lentamente, ergueu os braços e pôs as mãos diante dos olhos. Ela queria chorar, mas não tinha lágrimas; já tinha chorado demais. Nicoletta sussurrou para as mãos: "Não aguento mais. Não aguento mais. Tenho que sair daqui. Não aguento mais".

Espalhadas pelo mundo, as pessoas que Hendrik chamara de seus amigos viviam em muitas cidades. Algumas delas estavam bem, o "professor", por exemplo, não tinha motivos para se queixar, pois uma fama mundial como a dele não desaparece. Ele podia ter certeza de que viveria até o fim da vida em castelos com móveis barrocos e gobelinos ou em apartamentos principescos. Por ser judeu, não era mais encenado em Berlim? Tudo bem, ou talvez: azar dos berlinenses. O professor, que movimentava a língua de maneira majestosa nas bochechas, passou alguns dias grunhindo, irritado, e finalmente chegou à conclusão de que nos últimos tempos havia trabalhado bastante e, por isso, que os berlinenses fizessem seu teatro sozinhos, que "esse Höfgen" atuasse em comédias para o seu "Führer". Naquela temporada, ele, o professor, encenaria uma opereta em Paris, duas comédias shakespearianas em Roma e Veneza e um tipo de revista religiosa em Londres. Além disso, havia uma turnê programada com *Cabala e o amor* e *O morcego* pela Holanda e Escandinávia, e na primavera ele tinha de estar em Hollywood, pois um grande contrato cinematográfico fora assinado.

Seus dois teatros em Viena eram administrados pela srta. Bernhard e pelo sr. Katz — ele não precisava se preocupar com esses dois. Às vezes, o sr. Katz pensava com nostalgia nos tempos divertidos de quando ele enganara os berlinenses com seu drama críptico *A culpa*, disfarçando-se de neurologista espanhol. "Essas eram piadas boas!", ele disse, brincando com a língua na boca, quase tão majestoso quanto seu senhor e mestre. Agora não havia mais nada a fazer com a alma de Dostoiévski, e o sr. Katz fora finalmente banido à esfera comercial mais baixa. A srta. Bernhard também ficava nostálgica quando pensava no Kurfürstendamm, mas principalmente quando pensava em Höfgen. "Que olhos maravilhosamente maus ele tem!", ela se lembrava, sonhadora. "Meu Hendrik. Esse é o último que poderia servir aos nazistas, eles não merecem algo tão bonito." Aliás, agora ela permitia que um jovem bon-vivant vienense — não tão diabólico quanto Höfgen, porém mais galante e menos pretensioso — também a chamasse de "Rose" e lhe fizesse carinho no queixo.

Em Londres e Nova York, Dora Martin desfrutava de nova ascensão, um novo triunfo que superava todos os seus sucessos vienenses e os deixava à sombra. Ela aprendera inglês com a avidez de um escolar ambicioso ou de um aventureiro que deseja conquistar um país estrangeiro. Agora, na nova língua, ela podia se permitir todas aquelas extravagâncias peculiares com as quais, no passado, tinha encantado e conquistado Berlim. Ela prolongava as vogais, gorgolejava, ria, exultava, cantava. Era tímida e desajeitada como um menino de 13 anos, leve e inefável como uma ninfa. Ela parecia improvisar de maneira despreocupada e caprichosa, mas na verdade sua grande inteligência calculava todas as nuanças dos pequenos efeitos, cuidadosamente distribuídos, com os quais ela fazia todo o seu público rir ou chorar. Ela era esperta, sabia do que os anglo-saxões gostavam. Com intenção precisa, Dora se tornara um tiquinho mais sentimental, um tiquinho mais feminina e mais suave do que quando na Alemanha. Era raro que ela soltasse tons ásperos e roucos; por outro lado, usava com mais frequência o olhar inocentemente infantil, desprotegido, bem aberto. "Mudei um pouco meu tipo", ela concluiu, enfiando a cabeça entre os ombros, coquete. "Só o tanto necessário para ser apreciada por ingleses e americanos." Ela viajava para lá e para cá entre Londres e Nova York, apresentando a mesma peça em ambas as cidades centenas de vezes. Durante o dia, filmava. Seu desempenho físico e sua resistência eram espantosos. O corpo magro, infantil, parecia incansável, como se estivesse tomado por uma força descomunal. Os jornais americanos e ingleses elogiavam-na como a maior atriz dramática do mundo. Quinze minutos depois do espetáculo, quando ela aparecia no Hotel Savoy, os trompetes da orquestra soavam e todos os presentes se levantavam em sua homenagem. A atriz judia, que havia sido expulsa de Berlim, era reverenciada pela sociedade de ambas as capitais anglo-saxãs. Ela foi recebida pela rainha inglesa, o príncipe de Gales enviou flores ao seu camarim, jovens autores americanos escreviam peças para ela. Às vezes, jornalistas vindos de Viena ou Budapeste para entrevistá-la perguntavam se ela não tinha vontade de atuar novamente em alemão. Ela respondia: "Não. Não tenho mais vontade. Não sou mais uma atriz alemã". Às vezes, porém, ela pensava: O que será que dizem em Berlim sobre meus novos sucessos? Estão sabendo? Claro que sim. Espero que fiquem um pouco irritados. Pois ninguém vai se alegrar pelas minhas vitórias. Tomara que as centenas de milhares de pessoas que faziam de conta que me amavam pelo menos se irritem comigo, para não me esquecer.

Um grande filme inglês, do qual ela era a protagonista, foi apresentado em Berlim. Mas apenas durante alguns dias, pois houve confusão. O ministro da Propaganda ordenou "indignação espontânea". Gente da SA, em trajes civis, foi ao cinema. Quando o rosto de Dora Martin apareceu na tela, os jovens — espalhados em toda a sala de projeção — começaram a assobiar, gritar e jogar bombas fedidas. "Não queremos mais nenhuma judia maldita nos cinemas alemães", berraram os arruaceiros disfarçados de público. A luz teve de ser acesa e a projeção, interrompida. Num susto pânico, os curiosos e audaciosos presentes à suspeita encenação deixaram o lugar. Na saída, os espectadores de aspecto judeu — muitos tinham vindo para assistir a Dora Martin — foram presos e espancados. O ministério da Propaganda manipulou uma notícia, em Londres, de que o governo alemão de tendência liberal tinha deixado o filme passar, mas o público berlinense não aturava mais essas coisas. E que a indignação pública tinha sido imediata, intensa e, aliás, muito compreensível. A partir de então, todos os filmes de Dora Martin foram proibidos. Quando Dora Martin soube que judeus tinham sido maltratados por sua causa — ou por sua personagem —, ela se retorceu de desgosto, como se estivesse passando mal por causa de uma comida envenenada. "Desgraçados", ela murmurou, e seus olhos lançaram as chamas pretas de uma grande ira. "Desgraçados, infames!" E ao sacudir os punhos, ela se assemelhava — o rosto envolto pela cabeleira ruiva — a uma daquelas figuras heroicas de seu povo que clamava por vingança.

Em muitas cidades eles viviam, em muitos países procuraram abrigo: Oskar H. Kroge, por exemplo, havia se instalado provisoriamente em Praga. Ele não era judeu nem comunista, mas um antigo vanguardista da literatura: acreditava no teatro como instância moral e nos ideais eternos de igualdade e de liberdade; apesar de tantas decepções, ele não queria abrir mão de sua paixão ingênua e confiante. Não havia lugar na Alemanha para ele. Decidido a se reconectar às nobres tradições de seus bons e velhos tempos de Frankfurt, em Praga ele saiu imediatamente à procura de pessoas que compreendessem seu entusiasmo e que pusessem à sua disposição 2 mil coroas tchecas, pois ele queria abrir um palco literário num porão fora do centro da cidade. Ele encontrou os patrocinadores que deram o suficiente; encontrou o porão, alguns jovens atores e uma peça que falava bastante sobre a "humanidade" e o "despertar para um tempo melhor"; trabalhou com os atores e a peça ficou pronta. Schmitz, que se mantivera fiel ao amigo, se ocupava do lado financeiro, enquanto Kroge — idealista contumaz, teimoso entusiasta do belo e do sublime — queria se manter, sem ser incomodado, na esfera da pura arte. Ah, não era sempre que Schmitz podia deixá-lo lá no alto. As coisas mais básicas faltavam; Kroge — velho boêmio burguês, que talvez tenha passado por dificuldades financeiras, mas nunca foi pobre de verdade — nunca imaginou ser possível manter um teatro mesmo tão simples com um valor tão ridiculamente baixo. As coisas andavam, provisoriamente ainda andavam, embora às dificuldades econômicas tenham se somado as políticas; pois a embaixada alemã em Praga levantou intrigas junto às autoridades contra o emigrado diretor de teatro alemão, cujas extravagâncias pacifistas a incomodavam. Kroge e Schmitz se defenderam, permaneceram firmes, não recuaram. Ambos envelheceram. A aparência de Schmitz não era mais tão rosada e Kroge tinha rugas cada vez mais fundas na testa preocupada e ao redor da boca de ressaca.

Em muitas cidades e em muitos países...

Juliette Martens, chamada princesa Tebab, a filha do rei do Congo, encontrara um emprego num pequeno cabaré em Montmartre: entre meia-noite e três da manhã ela podia mostrar seu belo corpo e seus artísticos passos de dança a americanos — cada vez mais raros em Paris desde a desvalorização do dólar —, a alguns senhores animados de fora da capital e a alguns cafetões. Ela aparecia quase nua, vestida apenas com um pequeno sutiã de pedrinhas de vidro verde, uma calcinha triangular minúscula de lona verde e com muitas penas de pavão verdes na bunda. Referindo-se a essa porção de penas, ela dizia ser uma passarinha. Repetia várias vezes: sou uma passarinha e atravessei o oceano para fazer meu ninho aqui, em Montmartre. Na verdade, ela não tinha quase nenhuma semelhança com uma passarinha. Seu lastimável quarto na Rue des Martyres de modo algum lembrava um ninho. Era escuro e tinha vista para um pátio interno estreito e sujo. A única decoração das paredes nuas e manchadas era uma fotografia do ator Hendrik Höfgen: Juliette a rasgara durante um ataque de raiva e dor, mas depois acabou colando cuidadosamente os pedacinhos. A boca de Hendrik tinha ficado um pouco torta e dava uma expressão sardônica a seu rosto; atravessando a testa havia um tanto de cola, feito uma cicatriz; fora isso, sua beleza tinha sido remontada de maneira assaz impecável.

Todo final de mês, Juliette buscava, com o porteiro de um edifício (cujo proprietário ela não conhecia), uma pequena quantia de dinheiro enviada por Hendrik. Combinados, o cachê do cabaré de Montmartre e o apoio de Berlim cobriam as despesas de Juliette sem que ela tivesse de se prostituir. Ela via poucas pessoas, não tinha nenhum amante. Ela não falava com ninguém sobre as aventuras berlinenses: em parte por medo de perder a vida ou pelo menos a pequena renda mensal, em parte para não causar constrangimentos a Hendrik. Pois seu coração estava ligado a ele.

Juliette não tinha se esquecido nem perdoado nada. Pelo menos uma vez por dia se lembrava com ódio e terror da cela semiescura, na qual tanto sofrera. Ela pensava em vingança, mas deveria ser uma vingança do tipo grande e doce, não grosseira e mesquinha. A princesa Tebab passava longas horas do longo dia descansando na cama suja, sonhando. Ela voltaria à África, reuniria todos os negros ao seu redor e se tornaria a rainha e a princesa guerreira de todos os negros — a fim de conduzir seu povo a uma grande rebelião, a uma grande guerra contra a Europa. O continente branco estava pronto para a derrocada: desde que recebera em casa os integrantes da polícia política secreta de Berlim em seu apartamento, Juliette tinha certeza disso. O continente branco tinha de ser destruído. Juntamente com seus irmãos negros, a princesa Tebab iniciaria um cortejo vitorioso através das capitais europeias.

Um banho de sangue sem igual haveria de lavar a vergonha com a qual o continente branco se cobrira. Os homens safados virariam escravos. A princesa sonhadora imaginava Hendrik a seus pés, como seu escravo favorito. Ah, como ela o torturaria! Ah, como desdenharia dele! Ela iria coroar a testa calva de Höfgen com flores, mas ele teria de carregar a coroa de joelhos. Humilhado e adornado como o butim mais valioso, o infame, o amado, faria parte de seu séquito.

Assim sonhava a Vênus negra, e seus dedos fortes, ásperos, brincavam com o chicote vermelho de couro trançado.

Certa vez, durante sua caminhada noturna, Juliette avistou Barbara em meio à multidão que se movimentava da Place de la Madeleine à Place de la Concorde. A esposa de Hendrik, que durante tanto tempo fora objeto de observações enciumadas ou piedosas de Juliette, caminhava rápido, imersa em pensamentos. Juliette roçou de leve a manga dela e disse com a voz grave e áspera: "*Bonsoir*, madame". E curvou de leve a cabeça. Barbara enxergou apenas as costas largas da outra, que também foi rapidamente coberta por outras costas, outros corpos.

Em muitas cidades e em muitos países... Alguns viviam na Dinamarca, alguns na Holanda, alguns em Londres ou em Barcelona ou em Florença. Outros acabaram na Argentina ou na China.

Porém Nicoletta von Niebuhr — Nicoletta Marder — certo dia viu-se novamente em Berlim. Com suas caixas vermelhas de chapéus, que tinham se tornado bastante frágeis e quebradiças, ela apareceu no apartamento de Hendrik Höfgen na praça do Parlamento. "Cá estou", ela disse, tentando fazer os olhos cintilarem ao máximo. "Não suportei mais o Sul. Theophil é maravilhoso, um gênio, amo-o mais do que nunca. Mas ele se situou fora do tempo e dos eventos reais. Ele se tornou um sonhador, um Parsifal. Não aguento isso. Hendrik, você entende que não aguento?"

Hendrik entendia. Ele era totalmente contrário a sonhadores e, por seu lado, mantinha o necessário contato ao tempo e aos eventos reais. "Essa emigração toda é uma oportunidade para os fracos", ele explicou, severo. "Essa gente nas cidades litorâneas do sul da França quer se fazer de mártir, mas é apenas um bando de desertores. Aqui, estamos no front, os outros lá longe se escondem na retaguarda."

"Quero fazer teatro de novo, sem falta", falou Nicoletta, que tinha deixado o marido. Hendrik foi da opinião de que isso seria fácil de ser arranjado. "No Teatro Nacional consigo fazer quase tudo o que tenho vontade. Cäsar von Muck — bem, ele ainda é o intendente. Mas o primeiro-ministro não gosta dele e o ministro da Propaganda o protege apenas por motivos de prestígio. Sabe-se que nosso Cäsar é um péssimo administrador teatral. Ele organiza repertórios tediosos, quer montar de preferência apenas suas próprias peças. Também não entende nada de atores. A única coisa que consegue é gerar um enorme déficit."

A regressa Nicoletta podia contar em receber uma escalação no Teatro Nacional. Primeiro, porém, Hendrik queria atuar por um tempo curto em sua companhia em Hamburgo, com aquela peça de apenas dois personagens e com a qual ambos estiveram em turnê nas cidades litorâneas do mar Báltico, pouco antes do casamento de Höfgen com Barbara Bruckner. O Teatro de Arte de Hamburgo estava orgulhoso de receber seu antigo membro — que nesse meio-tempo tinha se tornado tão famoso e amigo do poder — como ator convidado. O novo gerente do lugar, sucessor de Kroge, um homem chamado Baldur von Totenbach, esperou Höfgen e sua acompanhante na estação. O sr. Von Totenbach havia sido um oficial ativo, tinha o rosto marcado por muitos estilhaços e olhos azul da cor de aço como o sr. Von Muck, além de falar com o mesmo sotaque da Saxônia. Ele exclamou: "Bem-vindo, camarada Höfgen!", como se também Hendrik possuísse o passado nobre de um oficial, em vez do passado suspeito de um bolchevista cultural. "Bem-vindos!", fizeram coro outras pessoas que também tinham vindo à estação para cumprimentar o colega Höfgen. Dentre elas estava a sra. Motz, que abraçou Hendrik com os olhos lacrimejando de autêntica emoção. "Quanto tempo se passou!", disse a valente mulher, deixando antever o brilho dourado no interior de sua boca. "E tudo o que passamos!" Ela, por seu lado, tinha tido um filho, Nicoletta e Hendrik logo ficaram sabendo: uma garotinha. O resultado tardio, um tanto surpreendente, de sua relação de anos com o ator Petersen, especializado em papéis de pais. "Uma menina alemã", ela disse. "Seu nome é Walpurga."

Petersen não tinha mudado nada. Seu rosto parecia um pouco nu, ainda necessitado daquela barba grisalha de marinheiro. Dava para notar seu jeito animado — do qual não abrira mão — de desperdiçar o dinheiro suado e de desejar mulheres jovens. Provavelmente a sra. Motz continuava amando-o mais do que ele a amava. O belo Bonetti apareceu envergando um uniforme preto da ss e tinha ótima aparência, e deu a entender que recebia ainda mais cartas de amor do público do que antes. Rahel Mohrenwitz não estava mais no teatro. "Afinal, ela tem sangue judeu", sibilou a sra. Motz cobrindo a boca com a mão, sendo sacudida depois por uma risadinha licenciosa, como se tivesse falado algo obsceno. Rolf Bonetti fez uma expressão muito enojada — talvez porque ele tenha pensado na desgraça racial que um dia protagonizou com Rahel. A jovem diabólica — Hendrik ainda ficou sabendo — tinha tentado o suicídio quando a impureza de seu sangue foi divulgada e, por fim, se casou com um fabricante de sapatos tchecoslovaco. "No que diz respeito ao aspecto material, parece que está passando muito bem lá no estrangeiro...", supôs a sra. Motz com um toque de desprezo e o polegar apontando para trás, por cima do ombro, como se "o estrangeiro" ficasse ali, em algum lugar distante e feio.

Os novos membros da companhia — rapazes e moças loiros, um tanto inexperientes, que misturavam uma alegria tosca com rígida disciplina militar — foram apresentados ao grande Höfgen e lhe demonstraram a maior devoção. Ele era o príncipe dos contos de fada, o belo encantado, que recebe a inveja e a admiração como um tributo que vem ao seu encontro. Sim, ele havia viajado ao norte da Alemanha, voltado por um tempinho ao humilde lugar de onde tinha partido. Aliás, ele se mostrava simpático e até passou o braço ao redor dos ombros da sra. Motz. "Ah, você não mudou nada", ela falou, encantada, pressionando a mão dele. "Hendrik sempre foi um camarada bacana", Petersen soltou. Na sequência, o sr. Von Totenbach, com severidade, explicou: "Na nova Alemanha há apenas camaradas, independentemente da posição que ocupem".

Hendrik expressou o desejo de cumprimentar o sr. Knurr — aquele porteiro que desde sempre carregava a cruz suástica debaixo do paletó e por cuja cabine Höfgen, o "bolchevista cultural", passava apenas a contragosto e com a consciência pesada. Será que o velho membro do partido não ficaria satisfeitíssimo se pudesse apertar a mão do amigo e do favorito do primeiro-ministro? Para sua surpresa, Höfgen foi recepcionado de maneira bastante fria. Na cabine do porteiro não se via nenhum retrato do Führer, algo agora permitido e até desejável. Quando Hendrik perguntou ao sr. Knurr como iam as coisas, este murmurou algo entredentes e que parecia desagradável, e o olhar que dirigiu a Höfgen estava cheio de veneno. Era evidente que o sr. Knurr se sentia profundamente decepcionado por seu Führer e salvador e por todo o movimento nacional. Ele estava amargamente traído em todas as suas esperanças, como tantos outros. Desse modo, para Höfgen, amigo do brigadeiro, passar pela cabine do porteiro continuava sendo um constrangimento: sua relação com o sr. Knurr não melhorou.

Hendrik ficou aliviado ao perceber que não havia mais nenhum cenógrafo comunista, aos quais antigamente gostava de erguer o punho cerrado e fazer o cumprimento do front vermelho. Ele não ousou perguntar de seu paradeiro. Talvez tivessem sido afastados, talvez presos, talvez tivessem emigrado...

À noite, com a casa lotada, os hamburgueses celebraram o antigo favorito que tinha feito uma carreira tão enorme em Berlim: primeiro sob o professor, depois sob o gordo primeiro-ministro. No geral, as pessoas se decepcionaram com Nicoletta. Sua atuação foi considerada rígida, artificial e até um pouco assustadora. Ela havia realmente desaprendido a fazer teatro. Aliás, o público se incomodava agora também com seu nariz avantajado. Será que ela tem algum sangue judeu?, as pessoas sussurravam na plateia. Mas não, diziam outros — senão Höfgen não se mostraria publicamente ao seu lado.

Na manhã seguinte, Hendrik teve a curiosa ideia de fazer uma visita à consulesa Mönkeberg. Também ela devia ver seu brilho — justamente ela, que o humilhara durante anos por meio de sua fidalguia elegante. Barbara, a filha do conselheiro, rapidamente fora convidada por ela para um chá no primeiro andar. Mas ele recebeu apenas sorrisos elegantes e desdenhosos. Agora ele queria aparecer com sua Mercedes na casa da velha dama. Para sua decepção, um funcionário desconhecido do lugar informou-lhe que a consulesa Mönkeberg tinha falecido. Típico! Ela, prestes a enfrentar um encontro que poderia ser constrangedor, preferira fugir. Esses burgueses elegantes da velha guarda — esses fidalgos sem dinheiro, mas com nobre passado e rostos delicados, espiritualizados — se mantinham inalcançáveis, nunca podiam ser encontrados? Será que o burguês tornado mefistofélico, que fizera um pacto com o poder sanguinário, nunca teria a oportunidade de se pavonear com seus triunfos diante deles?

Hendrik ficou irritado. O golpe que lhe proporcionaria muito prazer deu errado. No mais, entretanto, ele estava bastante satisfeito com a visita a Hamburgo. O sr. Von Totenbach lhe dissera na despedida: "Minha companhia e eu estamos orgulhosos com sua visita, camarada Höfgen!", e a sra. Motz lhe trouxe a pequena Walpurga, com o pedido imperioso de que ele abençoasse a criatura chorosa. "Abençoe-a, Hendrik!", exigiu ela. "Daí ela se tornará alguém! Abençoe minha Walpurga!" Petersen também estava de acordo.

Quando Hendrik voltou de sua excursão, Lotte Lindenthal avisou-o que sua pessoa era objeto de acalorados debates nos círculos mais elevados. O primeiro-ministro — "meu noivo", dizia Lotte agora — estava insatisfeito com Cäsar von Muck. Todos sabiam disso. Mas não era de conhecimento tão geral o nome escolhido pelo brigadeiro como sucessor do intendente do Teatro Nacional da Prússia: Hendrik Höfgen. O ministro da Propaganda se rebelou e, com ele, todos aqueles altos dignitários do partido, "radicais convictos", "nazistas por completo", que eram absolutamente hostis a quaisquer acordos, sobretudo em assuntos culturais.

"Não é possível pôr num cargo desses, tão proeminente e representativo, um homem que não integra o partido e que tem um passado terrível de bolchevismo cultural", explicou o ministro da Propaganda.

"Para mim, tanto faz se um artista é membro do partido ou não. O principal é que ele seja bom", retrucou o primeiro-ministro, que consciente de seu poder e de sua glória, se permitia humores de caráter assustadoramente liberais. "Com Höfgen, o Teatro Nacional da Prússia vai gerar caixa. A intendência do sr. Von Muck é um luxo exagerado para o contribuinte." Quando se tratava da carreira de seu protegido e favorito, o brigadeiro pensava até nos contribuintes, algo raro em outras circunstâncias.

O ministro da Propaganda argumentou que Cäsar von Muck era amigo do Führer, um antigo camarada de luta. Seria impossível simplesmente colocá-lo no olho da rua. O brigadeiro sugeriu transformar o autor do drama *Tannenberg* em presidente da Academia de Letras — "lá ele não importunará ninguém" — e, de início, mandá-lo fazer uma bela viagem.

Por telefone, o ministro da Propaganda pediu ao Führer, que se encontrava relaxando nas montanhas bávaras, que impedisse a ascensão de um ator talentoso e experiente, mas moralmente desqualificado, como Höfgen, a homem forte do teatro alemão. Dois dias antes, o ministro da Propaganda já havia enviado um mensageiro aos Alpes bávaros. O Führer, que gostava de evitar decisões, respondeu que não estava interessado no caso, que tinha coisas maiores e mais importantes na cabeça, e que os camaradas fizessem o favor de resolver a pendência entre si.

Os deuses brigaram. A situação se transformou numa questão de poder e de prestígio entre o ministro da Propaganda e o primeiro-ministro, entre o claudicante e o gordo. Hendrik ficou esperando — quase sem saber para qual resultado torcer nessa briga divina. De um lado, a perspectiva da intendência encantava fortemente sua vaidade e ambição; de outro, havia considerações. Se ele ocupasse um cargo público tão alto nesse Estado, estaria identificado para sempre com o regime: para o bem e para o mal, estaria alinhando o próprio destino à aventura sanguinária. Era o que queria? Tinha sido essa sua ambição? Havia vozes em seu coração que o alertavam contra esse passo? As vozes da consciência pesada e, com elas, as vozes do medo?

Os deuses lutaram, a decisão foi tomada: o gordo tinha vencido. Ele chamou Höfgen e lhe passou, com toda a pompa, a intendência. Como o ator parecia mais atordoado do que encantado, e ao mostrar algo próximo a contrariedade em vez de entusiasmo, o primeiro-ministro ficou bravo.

"Empreguei toda a minha influência a seu favor! Não me venha com histórias! Aliás, o Führer também está de acordo que você se torne intendente!", mentiu o brigadeiro.

Hendrik hesitou, em parte devido às vozes internas, que não queriam se calar, em parte porque apreciava sentir-se adulado pelo homem manchado de sangue. Eles precisam de mim, exultava. Quase me tornei um emigrante e agora o poderoso implora para eu salvar seu teatro da falência! Ele pediu vinte e quatro horas para pensar. Reclamando, o gordo liberou-o.

À noite, Hendrik conversou com Nicoletta.

"Não sei", ele se queixou, lançando olhares coquetes sob as pálpebras semicerradas. "Devo... ou não devo? É tão terrivelmente difícil..." Ele tombou a cabeça para trás e manteve o rosto nobre, tensíssimo, voltado para o teto.

"Mas claro que você deve!", disse Nicoletta com uma voz aguda, estridente e doce. "Você sabe muito bem que deve — que precisa. É a vitória, meu querido", ela gorgolejou, bamboleando não apenas a boca, mas o corpo inteiro. "É o triunfo! Sempre soube que ele viria até você."

Hendrik perguntou a ela, mantendo o olhar frio e cintilante grudado no teto: "Você vai me ajudar, Nicoletta?".

Ela se ajoelhou diante dele, entre as almofadas da cama. Enquanto o olhava com os belos e grandes olhos felinos, respondeu, pronunciando cada sílaba como uma preciosidade: "Terei muito orgulho de você".

No dia seguinte, o tempo estava maravilhoso; Hendrik decidiu ir a pé do apartamento ao palácio do primeiro-ministro. O passeio incomum, prolongado, deveria enfatizar o caráter festivo do dia. Pois o dia em que Hendrik Höfgen disponibilizaria integralmente seu nome ao poder sanguinário não era um dia festivo? Nicoletta acompanhou o amigo. Foi um passeio simpático. O humor de ambos estava bom e alegre; infelizmente um encontro que tiveram no caminho atrapalhou um pouco a animação.

Uma senhora idosa estava caminhando nas proximidades do Tiergarten. A postura ereta e o rosto belo, branco e arrogante, impressionavam. O conjunto cinza-pérola de corte um pouco antiquado, mas elegante, era completado por um chapéu triangular de um material preto e brilhante. Sob o chapéu despontavam, nas têmporas, cachos bem definidos, brancos. A cabeça da velha senhora se assemelhava à de um nobre do século XVIII. Ela andava muito lentamente, com passos pequenos, porém firmes. Ao redor de sua figura frágil, delicada, mas que emanava energia, havia a dignidade melancólica de épocas passadas, nas quais as pessoas exigiam — tanto de si quanto das outras — uma postura mais bonita e mais severa do que aquela de nossos dias mais agitados, mas extremamente vazios e negligentes, que tendem perigosamente à degradação total.

"É a generala", disse Nicoletta, com a voz baixa, respeitosa; ao mesmo tempo, ficou parada. Ela enrubescera um pouco. Hendrik também ficou vermelho, enquanto tocava o chapéu cinza leve, fazendo uma grande reverência.

A generala ergueu o lornhão pendurado numa corrente longa de pedras semipreciosas azuis em seu peito. Através das lentes, observou, atenta e tranquila, o jovem casal que estava a apenas alguns passos de distância.

O rosto da bela senhora se manteve impassível. Ela não retribuiu à saudação do ator Höfgen nem de sua acompanhante. Sabia ela para onde esses dois estavam indo, que contrato Hendrik, ex-marido de Barbara, assinaria em uma hora? Talvez sim, ou intuísse algo nesse sentido. Ela sabia o que pensar de Hendrik e de Nicoletta. Ela acompanhava sua evolução e estava decidida a não ter mais nenhuma relação com os dois.

O lornhão da generala foi abaixado, fazendo um ruído discreto. A velha senhora virou as costas para Hendrik e Nicoletta. Ela se afastou deles com passos pequenos, que lhe custavam um pouco de esforço, cuja energia e orgulhosa firmeza interna lhe emprestavam segurança e mesmo uma certa vivacidade.

X

A AMEAÇA

O intendente estava calvo. Os últimos fios macios como seda que a natureza lhe deixara haviam sido raspados. Ele não precisava ter vergonha do crânio de formato nobre. Envergava a cabeça mefistofélica pela qual o primeiro-ministro tinha se enfeitiçado com dignidade e autoestima. No rosto pálido, um pouco inchado, os olhos frios de pedras preciosas brilhavam irresistíveis como sempre. O traço de sofrimento das têmporas provocava uma compaixão respeitosa. As maçãs do rosto começavam a ficar um pouco flácidas, mas o queixo, com o furinho marcante no centro, mantivera a beleza autoritária. E quando o intendente o esticava para o alto, como era de seu feitio, ele ganhava um ar imponente e sedutor; se ele baixava o rosto, surgiam rugas no pescoço e ficava patente que, na verdade, ele tinha um queixo duplo.

O intendente era bonito. Apenas pessoas que olhavam com tamanha severidade como a velha generala através de seu lornhão acreditavam que sua beleza não era totalmente autêntica, não totalmente legítima, antes o resultado de uma vontade do que um presente da natureza. "Ele faz com o rosto o mesmo que faz com as mãos", afirmava essa gente maldosa e excessivamente crítica. "As mãos são largas e feias, mas ele sabe apresentá-las como se fossem finas e góticas."

O intendente era muito digno. Tinha trocado o monóculo por óculos de aros grossos de osso. Sua postura era ereta, contida, quase rígida. E o encanto de sua personalidade escondia a gordura que ele, em realidade, estava juntado em excesso. Em geral, falava com a voz baixa, refletida, ao mesmo tempo cantada, que misturava discretamente tons autoritários, sofredoramente atrevidos e sensuais; às vezes, em eventos festivos, essa voz tinha uma musicalidade surpreendentemente metálica.

Mas o intendente também sabia ser alegre. No repertório dos meios de que dispunha, destacava-se a típica animação renana, mas em seu caso marcadamente pessoal. Como o intendente sabia brincar quando era a hora de conquistar para si cenógrafos irritados, atores contrariados ou os representantes do poder, de difícil trato! Ele trazia raios de sol para salas de reunião sisudas, clareava tediosas manhãs de ensaio com uma malícia nata e aperfeiçoada por longa rotina.

O intendente era querido. Quase todas as pessoas gostavam dele, valorizavam sua simpatia e eram da opinião de que se tratava de um sujeito decente. Até a oposição política, que só podia expressar sua opinião em encontros secretos, em locais cuidadosamente fechados, não arreganhava os dentes contra ele. Afinal, era uma felicidade — diziam aqueles que não estavam de acordo com o regime — ter um não nazista declarado num posto desses como o de Höfgen. Nesses círculos conspirativos, achava-se que o chefe do Teatro Nacional prestava alguns favores ao ministro e também os recebia. Ele tinha levado Otto Ulrichs ao teatro prussiano — uma ação tão arriscada quanto elogiosa. Há pouco ele empregara um secretário particular, judeu ou ao menos metade judeu. O jovem se chamava Johannes Lehmann, tinha olhos suaves, castanho-dourados um tanto melosos e era tão dedicado ao intendente quanto um cão fiel. Lehmann se convertera ao protestantismo e era muito devoto. Ao lado de estudos de germanística e de história do teatro, ele também tinha cursado teologia. Não se interessava por política. "Hendrik Höfgen é uma grande pessoa", costumava dizer, divulgando essa opinião entre círculos judaicos, tanto por intermédio da família quanto nos grupos religiosos de oposição, com os quais se relacionava devido à sua devoção.

Hendrik pagava o fiel Johannes do próprio bolso: ele assumia os custos de ter uma pessoa da raça pária a seu serviço e, dessa maneira, causar admiração entre os opositores do regime. O Teatro Nacional pagaria o salário de um secretário particular "ariano", mas o intendente não poderia destinar parte do orçamento público para alguém "não ariano". Talvez o primeiro-ministro tivesse lhe concedido até esse gosto. Mas Hendrik achava importante fazer o sacrifício financeiro. No mais, os 200 marcos que desembolsava mensalmente eram uma quantia insignificante de seu cachê, valiam a pena. Pois exatamente eles davam à sua boa ação um peso especial e ampliavam seu efeito. O aprendiz Johannes Lehmann era um ativo importante do balanço daquela "salvaguarda" que Höfgen podia fazer sem maiores riscos. Ele precisava disso, senão lhe teria sido quase impossível suportar a situação, sua felicidade teria sido destruída pela consciência pesada, que espantosamente não se calava nunca, e pelo medo do futuro, que às vezes perseguia o grande homem até em seus sonhos.

Porém, no teatro — ou seja lá onde ele atuava como funcionário graduado — não lhe parecia aconselhável se expor demais: o ministro da Propaganda e sua imprensa estavam sempre em sua cola. O intendente tinha de ficar feliz quando conseguia impedir o extremo da humilhação artística, a apresentação de peças absolutamente diletantes, a atuação de atores sem nenhum talento, apenas loiros.

Claro que o teatro era "livre de judeus", desde os técnicos de montagem, diretores de cena e porteiros até as estrelas. Claro que a aceitação de uma peça não podia ocorrer caso a árvore genealógica de seu autor não fosse comprovadamente ilibada até a quarta ou quinta geração de antepassados. Peças nas quais se supunha uma opinião que poderia ser considerada ofensiva ao regime não eram nem consideradas. Não era muito fácil montar um repertório sob tais premissas, pois nem os clássicos eram confiáveis. Em Hamburgo, durante a apresentação de *Don Carlos*, houve manifestações que beiraram a revolta quando o marquês Posa exigiu "liberdade de pensamento" ao rei Phillip; em Munique, uma nova montagem dos *Bandoleiros* se manteve esgotada por tanto tempo até o governo proibi-la: a obra de juventude de Schiller dava a impressão de ser um drama revolucionário atual e ardoroso. Dessa maneira, o intendente Höfgen não ousava encenar nem *Don Carlos* nem os *Bandoleiros*, embora ele tivesse adorado fazer o papel do marquês Popa ou Franz Moor. Quase todas as peças modernas que, até janeiro de 1933, compunham o repertório de um exigente teatro alemão — as primeiras obras, ainda vigorosas, de Gerhart Hauptmann, os dramas de Wedekind, Strindberg, Georg Kaiser, Sternheim — eram recusadas abruptamente e com indignação devido ao subversivo espírito bolchevista cultural. O intendente Höfgen não podia sugerir a encenação de nenhuma delas. Quase sem exceção, todos os jovens dramaturgos de talento tinham emigrado ou estavam proscritos na Alemanha. Quais montagens o intendente Höfgen escolheria para seu belo teatro? Os autores nacional-socialistas — sujeitos assertivos em uniformes marrons ou pretos — escreviam coisas das quais todos que tinham algum conhecimento de teatro se afastavam, arrepiados. O intendente Höfgen encomendou textos àqueles jovens militantes nos quais imaginava haver uma faísca de competência: pagou 2 mil marcos a cinco deles antes mesmo de o trabalho de escrita começar, apenas para garantir o recebimento da peça. O resultado foram tragédias patrióticas, que pareciam sair da pena de ginasianos histéricos. "De fato, não é tarefa menor fazer um teatro minimamente decente nesta Alemanha", dizia Hendrik a seus conhecidos íntimos, apoiando o rosto pálido, esgotado e um pouco enojado nas mãos.

A situação era muito difícil, mas o intendente Höfgen tinha muita habilidade. Visto que não havia peças modernas, ele foi atrás de comédias antigas e fez muito sucesso com elas; durante meses, a casa ficou cheia com uma empoeirada comédia francesa, que divertira nossos avós. Ele próprio atuou no papel principal, exibiu-se ao público num traje rococó maravilhosamente bordado, o rosto maquiado com muito bom gosto trazia um pequeno adesivo preto no queixo — o efeito era tão picante que todas as mulheres na plateia davam risadinhas de gozo como se tivessem sentido cócegas; a animação de seus gestos, a verve de seus diálogos, faziam a asséptica comédia dos avós se parecer a mais brilhante e moderna delas. Como Schiller, com sua eterna invocação da liberdade, era suspeito, o intendente preferia Shakespeare, que a imprensa normativa havia proclamado como grande germano, como o gênio do povo por excelência. Lotte Lindenthal, favorita de um semideus e autêntica expressão humana da nova Alemanha, podia ousar fazer o papel de Minna von Barnhelm — ou seja, atuar numa comédia cujo autor era tão pouco querido por sua simpatia em relação aos judeus quanto por seu amor pela razão, absolutamente extemporâneo. Como Lotte Lindenthal era ligada ao brigadeiro, *Nathan, o sábio*, de Gotthold Ephraim Lessing estava desculpado. Também *Minna von Barnhelm* teve bom público. As entradas do Teatro Nacional, que sob a direção do autor Cäsar von Muck sempre foram tão baixas, melhoraram a olhos vistos graças à versatilidade do novo intendente.

Cäsar von Muck, que estava em turnê de palestras e propaganda pela Europa, sob pedido expresso do Führer, teve motivo para se irritar com os triunfos de seu sucessor. Ele realmente ficou bravo, mas não demostrou; ao contrário, escreveu cartões-postais de Palermo ou de Copenhague ao seu "amigo Hendrik". Não se cansava de reforçar como era bonito e maravilhoso passear tão livremente pelos países. "Nós, autores, somos todos vagabundos", ele escreveu do Grand Hotel em Estocolmo. Tinha consigo muito dinheiro estrangeiro. Em suas crônicas, em parte dedicadas à poesia, em parte de caráter militante, que todos os jornais tinham de publicar com destaque, falava-se muito de restaurantes de luxo, reservas em camarotes de teatro e recepções em embaixadas. O criador da tragédia *Tannenberg* descobriu seu gosto pelo vasto mundo. Por outro lado, considerava sua prazerosa excursão como sublime missão moral. O agente mundano-poético da ditadura alemã no exterior adorava chamar sua atividade suspeita de "ministério pastoral" e enfatizar que não queria fazer propaganda para o Terceiro Reich com propinas, como seu chefe — o claudicante — talvez o fazia; mas sim com pequenos e delicados cantos de amor. Ele participava de aventuras em todos os lados, tão encantadoras quanto significativas. Em Oslo, por exemplo, recebeu a ligação da cabine telefônica mais setentrional da Europa. Da região polar, uma voz preocupada perguntou-lhe: "Como estão as coisas na Alemanha?". O *globe-trotter* pastoral tentou, com toda reverência, formar algumas frases que, como uma mão cheia de florzinhas do campo e as primeiras violetas, deveriam florescer na escuridão do outro lado.

Todos os lugares lhe foram simpáticos, apenas em Paris o bardo da batalha dos lagos masurianos sentiu-se desconfortável. Pois lá ele se irritou com um espírito militarista-bélico, que lhe era estranho e do qual não gostava. "Paris é perigosa", o autor relatou para casa, pensando com séria comoção na paz festiva reinante em Potsdam.

Em meio às fortes experiências que a viagem lhe proporcionou, Von Muck fez algumas intrigas contra o amigo Hendrik Höfgen apenas de maneira muito secundária, tanto por telefone quanto por carta. O autor alemão tinha descoberto em Paris, por meio de uns espiões quaisquer — agentes da polícia política secreta ou membros da embaixada alemã — que havia lá uma negra que tivera uma relação indecente e feia com Höfgen e que ainda hoje era mantida por ele. Cäsar superou a aversão nata contra qualquer imoralidade francófona e foi até o duvidoso estabelecimento em Montmartre no qual a princesa Tebab atuava como passarinha. Ele pediu champanhe para si e para a dama negra; mas quando ela soube que ele vinha de Berlim e queria saber algo sobre o passado erótico de Hendrik Höfgen, proferiu algumas palavras desdenhosas e rudes, levantou-se, esticou-lhe o belo traseiro adornado com as penas verdes e acompanhou o gesto com um ruído produzido pelos lábios em forma de biquinho e que deveria produzir as associações mais fatais. Todo o estabelecimento achou graça. O bardo alemão foi despachado de maneira ridícula e humilhante. Ele olhou ameaçador com os olhos de aço, bateu com o punho na mesa, soltou várias frases indignadas com o sotaque da Saxônia e deixou a casa. Na mesma noite, relatou ao ministro da Propaganda, por telefone, que devia haver algo de errado com a vida amorosa do novo intendente. Sem dúvida: um segredo obscuro pairava no ar e o favorito do primeiro-ministro mostrava flancos desprotegidos. O ministro da Propaganda agradeceu ao amigo, o escritor, da maneira mais vívida possível pela interessantíssima informação. Nesse meio-tempo, porém, como se tornara difícil acusar de algo o grande favorito dos poderosos e do público! Hendrik era valorizado por todos, estava firme em seu posto. Também sua vida privada passava as impressões mais favoráveis. De maneira um tanto nervosa e teimosamente original, o jovem senhor intendente, no âmbito de seu caráter doméstico, tinha ganhado um ar patriarcal.

Hendrik havia transferido os pais e a irmã Josy para Berlim. Dividia com eles uma casa grande, parecida com um castelo, em Grunewald. Nicoletta estava morando temporariamente no apartamento junto à praça do Parlamento, cujo aluguel ainda corria por alguns meses. A casa com jardim, quadra de tênis, belos terraços e garagens amplas emprestava ao jovem intendente o brilho, o cenário senhorial de que ele agora precisava e queria. Quanto tempo se passara desde que ele, de sandálias leves, casaco de couro esvoaçante, o monóculo diante do olho — uma aparição chamativa e quase hilária —, corria apressado pelas ruas? Na praça do Parlamento ele fora boêmio, mesmo se um boêmio com um estilo de vida luxuoso. Em Grunewald, porém, ele se tornou *grandseigneur*. Dinheiro não era problema: quando se tratava de seus favoritos, o inferno não era mesquinho, o submundo pagava, o ator Höfgen — que não queria nada da vida além de uma camisa limpa e um frasco de água de colônia sobre a mesinha de cabeceira — podia ter cavalos de corrida, muitos empregados e uma coleção de automóveis. Ninguém, ou quase ninguém, reclamava da pompa com a qual ele vivia. Todas as revistas mostravam o belo ambiente em que o jovem senhor intendente se recuperava do trabalho exaustivo — “Hendrik Höfgen no jardim de sua propriedade, alimentando Hoppi, o famoso cão de raça”, “Hendrik Höfgen, na sala de jantar de sua casa em estilo renascentista, tomando café da manhã com a mãe” — e a maioria das pessoas achava justo e bom que um homem que era tão meritório para a pátria fosse bem recompensado. Aliás, todo a pompa que envolvia o intendente era pouca e discreta se comparada com o luxo extremo que seu poderoso chefe e amigo, o brigadeiro, desfrutava de maneira provocativa e ostentatória, diante dos olhos do povo...

A grande casa em Grunewald era propriedade do jovem intendente; ele a chamava de “Hendrik Hall”, e ela havia sido comprada de um diretor de banco judeu, emigrado para Londres, por um valor relativamente baixo. Em "Hendrik Hall" tudo era muito fino e tão maravilhoso quanto no palácio do "professor", no passado. Os empregados envergavam librés pretas com galões prateados; apenas o pequeno Böck podia andar menos montado. Em geral ele usava uma jaqueta suja, com listras azuis e brancas; às vezes, também o uniforme marrom da SA. O sujeito com deficiência auditiva, olhos aguados e cabelo duro, que ficava espetado como uma escova na cabeça, tinha uma posição especial e privilegiada em Hendrik Hall. O dono do lugar o guardava como uma pequena lembrança divertida de tempos passados. A tarefa do pequeno Böck, no fundo, era a de se maravilhar continuamente com a incrível transformação de seu amo. Ele agia a contento e afirmava todo dia, pelo menos uma vez: "Puxa, como ficamos belos e ricos! É inacreditável! Quando penso que a gente tinha de pedir 7,50 marcos emprestados para poder jantar!". O pequeno Böck ria, reverente e comovido pela lembrança. "Um bom sujeito", dizia Höfgen dele. "Ele me foi fiel também nos tempos ruins." A amizade enfatizada, com a qual ele falava do pequeno Böck, parecia conter um desafio oculto. A quem ele se dirigia, contra quem era formulado? Não tinha sido Barbara que não queria empregar seu pequeno Böck, o serviçal dedicado? No apartamento em Hamburgo foi possível manter apenas uma mocinha, que já havia trabalhado por dez anos na propriedade da generala, para que nada mudasse na vida da honorável senhora, a filha do conselheiro. Hendrik, com todo o seu brilho, não conseguia esquecer nem mesmo as menores derrotas de seu passado. "Agora *eu* mando na casa!", ele dizia.

Agora ele mandava na casa, na qual quase só entravam pessoas que olhavam para ele com reverência e admiração. A família, que ele permitia participar da beleza festiva de sua vida, tinha de aguentar seus humores. Às vezes, Hendrik organizava noites agradáveis junto à lareira ou incríveis manhãs de domingo no jardim. Mas era mais frequente que ele mostrasse o rosto pálido de governante ofendido, trancando-se em seus aposentos para afirmar, queixoso, que estava sofrendo de enxaquecas terríveis — "porque tenho de trabalhar tanto para ganhar dinheiro para vocês, seus folgados". Ele não expressava essa frase, mas fazia com que os outros a intuíssem por meio de um comportamento sofredor e irritado. "Não se preocupem comigo!", ele aconselhava aos seus e depois achava ruim quando realmente se passavam algumas horas sem ninguém perguntar por ele.

A mãe Bella era quem melhor sabia lidar com ele. Ela tratava seu "grande menino" com suavidade, mas não sem uma delicada determinação. Diante dela, Hendrik raramente ousava tomar muitas liberdades. Aliás, ele gostava muito dela e também era orgulhoso de sua distinta mãe. Bella havia mudado drasticamente para melhor e se mostrava absolutamente à altura de sua nova e exigente situação. A administração complexa da casa do filho famoso era tocada por ela com dignidade e atenção cuidadosa. Será que alguém conseguia imaginar que a elegante matrona foi tema de boatos maldosos quando, por motivos beneficentes, trabalhara numa barraca vendendo champanhe? Isso fazia um bom tempo, ninguém se lembrava mais das velhas histórias idiotas. A sra. Bella se transformou numa figura recatada, mas impossível de não ser notada, da sociedade berlinense, tendo sido apresentada ao primeiro-ministro e com trânsito garantido nas casas mais importantes. Sob o cuidadoso penteado dos cabelos grisalhos com permanente, havia um rosto inteligente, alegre, muitíssimo parecido com o do filho, e que ainda mostrava frescor. A sra. Bella se vestia com simplicidade, mas com apuro. Ela preferia seda cinza-escuro no inverno, cinza-pérola durante a época quente. Cinza-pérola era a cor do conjunto que a sra. Bella admirara na bela avó de sua nora, anos atrás. A mãe de Höfgen lamentava de coração que a generala não frequentasse a mansão em Grunewald. "Adoraria receber a idosa senhora aqui em casa", ela afirmou, "embora digam que tenha um pouco de sangue judeu. A gente poderia fechar um olho para isso — você também não acha, Hendrik? Mas ela não se deu ao trabalho nem de deixar uns cartões de visita conosco. Será que não somos elegantes o suficiente? Parece que ela também não tem mais muito dinheiro", concluiu a sra. Bella, balançando a cabeça entre injuriada e penalizada. "Ela devia ficar contente pelo fato de uma família decente ainda aceitá-la."

Infelizmente não dava para dizer do pai Köbes o mesmo que da sra. Bella. Ele tinha se tornado um esquisitão, passava os dias andando com uma velha jaqueta gasta de flanela, interessava-se sobretudo por manuais didáticos, que folheava durante horas, e por uma pequena coleção de cactos, que mantinha na soleira da janela. Ele quase nunca se barbeava e se escondia quando havia visitas. Sua animação da Renânia desaparecera por completo. Em geral, ficava em silêncio e mantinha o olhar fixo para a frente, abobado. Sentia saudades de Köln, embora lá o oficial de justiça fosse presença constante no apartamento da família e todos os seus negócios tivessem acabado mal. Mas ele era mais afeito à luta que tivera de enfrentar pela própria existência, de forma imprudente e obstinada, do que à indolência na casa do filho arrivista. O velho admirava, quase aflito, a fama e o esplendor de Hendrik. "Não, como isso pôde acontecer!", ele murmurava, como se tivesse havido um acidente. A cada manhã ele observava, atônito, a pilha de cartas que chegava para o filho poderoso e muito amado. Quando Johannes Lehmann se sentia sobrecarregado demais com o trabalho, às vezes pedia ao pai Köbes para assumir uma ou outra pequena tarefa. Assim o velho passava algumas manhãs autografando fotografias do filho, pois ele sabia imitar melhor a caligrafia de Hendrik do que o secretário. Quando o intendente estava muito tranquilo, podia acontecer de ele perguntar ao pai: "Como vai, papai? Você parece tão abatido. Está faltando alguma coisa? Você está se entediando na minha casa?". "Não, não", murmurava o pai Köbes, que enrubescia de leve sob os tocos da barba. "Afinal, eu me divirto tanto com meus cactos e com os cachorros." A função de alimentar os cachorros era sua; ele não permitia que nenhum funcionário a assumisse. Todo dia ele dava um grande passeio com os belos greyhounds, enquanto Hendrik apenas tirava fotos com eles. Os animais amavam o pai Köbes e eram retraídos com Hendrik porque este último, no fundo, tinha medo deles. "Eles mordem", ele afirmava; o pai Köbes podia retrucar à vontade, Hendrik continuava dizendo: "Hoppi é o mais feroz. Certamente ele vai fazer algo horrível comigo um dia".

A irmã Josy mantinha um apartamento bem decorado no andar superior da mansão. Mas, como viajava muito, o lugar ficava vazio durante longos períodos. Desde que seu irmão pertencia ao poder, a srta. Höfgen podia cantar em todas as rádios. Ela apresentava peças ligeiras com o dialeto renano, seu rostinho bonito aparecia em todas as revistas de rádio e Josy tinha muitas oportunidades para ficar noiva. E fazia uso delas, mas agora não era qualquer um que podia pedir sua mão, apenas relações do mesmo nível social eram consideradas — jovens em uniformes da ss tinham preferência, pois suas figuras decorativas animavam Hendrik Hall. "Vou realmente me casar com o conde Donnersberg", Josy anteviu. Quando o irmão demonstrou ceticismo, Josy retrucou, lamuriosa, "você é sempre tão desdenhoso comigo". A sra. Bella a consolou, Hendrik também não gostava quando a jovem derramava lágrimas e ambos lhe asseguravam que ela estava tão bonita. De fato, ela era muito mais atraente do que antes, na época em que conhecera Barbara na plataforma de trem da cidade universitária do sul da Alemanha. Talvez isso se devesse também ao fato de agora ela poder comprar vestidos caros. As sardas sobre o narizinho divertido tinham sido retiradas quase todas por meio de um tratamento cosmético. "Dagobert ameaçou encerrar o noivado caso as sardas não sumissem", ela disse.

Também o jovem Dagobert von Donnersberg mostrava flutuações de humor, Hendrik não era o único a ter esse privilégio. Höfgen havia conhecido o conde na casa de Lotte Lindenthal, que gostava de circular entre aristocratas. Dagobert — tão bonito quanto sem recursos, tão idiota quanto mimado — foi imediatamente convidado a Hendrik Hall. A srta. Josy sugeriu que ele a acompanhasse numa cavalgada. Hendrik movimentava muito pouco seu cavalo: seu tempo era precioso e ele também não gostava de montar. Foi com dificuldade que aprendera a andar a cavalo para filmagens e sabia que não dominava a sela direito. Höfgen só mantinha os animais porque eles ficavam ótimos nas fotos das revistas; muito no íntimo e sem nunca ter admitido nem para si mesmo, tanto os cavalos quanto o pequeno Böck eram uma vingança tardia e desesperada contra Barbara, que o irritara profundamente com suas cavalgadas matutinas. Mas Barbara estava distante, ela não fazia ideia dos cavalos, em Paris ela se ocupava de refugiados políticos e de uma pequena revista combativa, à qual tentava ganhar assinantes nos Bálcãs e na América do Sul, na Escandinávia e no Extremo Oriente... A srta. Josy e seu Dagobert cavalgaram em campo aberto. O jovem conde se apaixonou um pouco pela jovem corajosa. Ele até a pediu em noivado, visto que ela parecia dar importância ao passo, mas é evidente que não parou de procurar por mulheres que poderiam pagar mais por seu título. A princípio ele não tinha pressa em terminar o relacionamento com a pequena Höfgen e também não achou conveniente rejeitar uma família que desfrutava do convívio direto com o primeiro-ministro. No mais, Dagobert achava Hendrik Hall muito divertido.

O intendente tentava manter sua casa no estilo inglês. A sra. Bella comprava o uísque e as geleias diretamente de Londres. Lá se comia muitas torradas, os lugares na frente da lareira aberta eram disputados, jogava-se tênis ou críquete no jardim, e no domingo, se o dono da casa não fosse se apresentar, os convidados chegavam já para o almoço e ficavam até tarde da noite. Depois do jantar, dançava-se na sala. Hendrik usava um smoking e dizia que, à noite, essa era a roupa na qual se sentia melhor. Josy e Nicoletta também se arrumavam. Algumas vezes, o pequeno grupo ficava animadíssimo: ainda no fim da tarde, a turma ia para Hamburgo de carro a fim de passear em St. Pauli. "Há carros aos montes por aqui", disse o conde Donnersberg com uma pequena nota de amargura: às vezes ele se irritava com o fato de o ator nadar em dinheiro, enquanto ele, o aristocrata, não. O intendente possuía três carros grandes e vários pequenos. O veículo mais bonito — uma Mercedes enorme com carroceria prateada reluzente — tinha sido presente do primeiro-ministro: o gordo mecenas se mostrou atencioso ao enviar a máquina luxuosa a Grunewald assim que Hendrik se mudou para a nova casa.

O intendente não gostava de grandes reuniões e organizava poucas delas; mas adorava reunir convidados informalmente em Hendrik Hall. Nicoletta era da família. Ela aparecia sem avisar para as refeições, orientava Hendrik em assuntos profissionais e chegava com mala para os finais de semana. Tratava-se de uma bagagem bastante volumosa — volumosa demais para conter apenas um vestido de noite, um pijama e uma caixa de pó de arroz. Josy, curiosíssima, espiava discretamente para saber o que mais poderia estar escondido ali. Para seu espanto, ela descobriu um par de botas longas, feitas de um couro envernizado macio, vermelho-vivo.

Nicoletta estava em vias de se separar de Theophil Marder. "Voltei a ser atriz", ela lhe escreveu. "Ainda continuo te amando, vou reverenciá-lo pelo resto da minha vida. Mas estou feliz por poder trabalhar de novo. Na nossa nova Alemanha reina uma agitação geral, um desejo entusiasmado pelo trabalho, do qual você não faz ideia nessa sua solidão." Uma das primeiras ações oficiais do intendente Höfgen foi empregar Nicoletta no Teatro Nacional. Ela ainda não tinha tido um sucesso que se comparasse com o de Hamburgo. Pouco a pouco, porém, foi perdendo a rigidez; sua voz e seus movimentos começaram a ficar mais maleáveis e vivos. "Preste atenção, você está reaprendendo a fazer teatro!", Hendrik previu. "Na verdade, você não deveria poder subir mais em palco nenhum, sua maluca! Aquilo que você fez em Hamburgo no passado foi sacrílego demais — quero dizer: não em relação ao pobre Kroge, mas a você mesma!" Aliás, Nicoletta poderia atuar da maneira mais canhestra possível, mas os colegas e a imprensa sempre a tratariam com o maior respeito, pois ela era considerada a namorada do intendente. Sabia-se que Nicoletta tinha influência sobre ele. Em ocasiões representativas, ela se mostrava ao seu lado. Tilintando na armadura de seu traje de noite metálico, ela o acompanhou ao baile da imprensa. Que casal: Hendrik e Nicoletta — ambos de um encanto algo terrível, duas divindades perigosas e terrivelmente charmosas do submundo. Foi o escritor Benjamin Pelz que teve a ideia de chamá-los de "Oberon e Titânia". "Vocês conduzem a dança, majestades do submundo!", elogiava o poeta, para quem a ditadura do fascismo racista era um tipo de sonho de noite de verão sangrento e fantástico. "Vocês nos encantam com seu sorriso e com seus olhares maravilhosos. Ah, como gostamos de confiar em vocês! Vocês nos guiam de debaixo da terra, na camada mais profunda, na caverna mágica, onde o sangue escoa nas paredes, onde os combatentes copulam, os amantes se matam, onde amor, morte e sangue se misturam numa comunhão orgiástica..." Esses eram os comentários entreouvidos nos bailes na nova Alemanha em sua forma mais fina e exigente. O escritor Benjamin Pelz dominava o estilo. No passado, ele se mantivera um pouco apartado da realidade, mas estava se tornando cada vez mais sociável e sagaz. Acostumou-se rapidamente ao grande mundo, em cujo círculo exclusivo sua entrada era garantida pela predileção altamente moderna em relação às camadas mais profundas, à caverna mágica e ao doce perfume do apodrecimento. Ele conduzia os negócios da academia de escritores na condição de vice--presidente, enquanto o presidente, Cäsar von Muck, atuava como pastor de almas no estrangeiro. Benjamin era um convidado bem-vindo em Hendrik Hall. Juntamente com os srs. Müller-Andreä, o dr. Ihrig e Pierre Larue, ele fazia parte das visitas regulares da mansão em Grunewald. Todos os cavalheiros consideravam uma honra e um prazer beijar a mão da distinta sra. Bella e assegurar à srta. Josy o quanto era encantadora. Pierre Larue flertava um pouquinho com o pequeno Böck, o que era benevolentemente tolerado. As horas eram especialmente divertidas quando o ator Joachim aparecia com sua divertida esposa, encomendava muita cerveja, o rosto carnudo assumia rugas muito expressivas e ele nunca se cansava de enfatizar que "Gente, digam o que quiserem!", mas nenhum lugar no mundo era melhor que Grunewald. Às vezes, Joachim puxava alguém para um canto a fim de comunicar — "juro!" — que estava tudo em ordem com sua pessoa. "Há alguns dias tive de mandar prender um sujeito que tinha afirmado o contrário!", explicou o ator, apertando os olhos.

Às vezes aparecia Angelika Siebert, que agora usava outro nome; ela havia se casado com um diretor de cinema. O jovem marido era um homem bonito; o cabelo farto, castanho, fazia par com olhos de um azul profundo, sérios e grandes. Ele era o único desse grupo um tanto degenerado que alguém de coração simples imaginaria como o herói alemão, o jovem cavaleiro destemido e imaculado. Sua mente reflexiva e infantil estava longe de concordar com tudo o que acontecia na Alemanha naquele momento. No início, ele simpatizara com os nazistas; assim, maior foi sua decepção. Com perguntas sérias e urgentes, ele se dirigiu a Höfgen, a quem admirava o talento e a capacidade artística. "O senhor tem uma certa influência nas altas esferas", disse o jovem. "Será que não é possível impedir algumas dessas coisas terríveis? É sua obrigação apontar para o primeiro-ministro as condições dos campos de concentração..." O rosto claro e ordeiro do jovem cavaleiro destemido e imaculado se ruborizou pelo fervor de sua fala.

Hendrik mexeu a cabeça, enervado. "O que você quer, meu jovem amigo?", ele perguntou, impaciente. "O que você está exigindo de mim? Devo parar as cataratas do Niágara com um guarda-chuvas? Você acha isso factível? Então!", ele encerrou, matreiro, num tom como se tivesse refutado e vencido em definitivo o outro. "Então!" E deu a risada marota.

Às vezes, o intendente gostava de mudar completamente de tática. Com uma presunção cínica, ele de repente abria mão de todos os eufemismos e desculpas; corria pelo ambiente e se sacudia de tanto rir, o rosto banhado por um vermelho-claro, nervoso — mas não de vergonha —, para exclamar sem trégua, entre queixoso e triunfante: "Não sou mesmo um canalha? Não sou um canalha altamente *improvável*?". O círculo de amigos se divertia, Josy até batia palmas, satisfeita. Apenas o jovem cavaleiro destemido e imaculado fazia um rosto sério, enfastiado, enquanto Johannes Lehmann, cujos olhos tinham o brilho viscoso de óleo, sorria melancólico e Angelika olhava triste e espantada para o amigo por quem derramara tantas lágrimas.

É claro que Hendrik não falava do ímpeto das cataratas do Niágara nem da improvável canalhice na presença de convidados que mantinham relações íntimas com o poder ou dele até faziam parte. Bastava a presença do conde Donnersberg para o intendente evitar conversas perigosas. E ele sabia juntar cuidado extremo com a animação mais reluzente quando Lotte Lindenthal dava o prazer de sua visita.

Não era raro que a mulher maternal, loiríssima, aparecesse em Hendrik Hall para uma partida de pingue-pongue ou uma dancinha com o dono da casa. Ah, como eram festivas essas ocasiões! A mãe Bella mandava servir o que a despensa tinha de mais fino, Nicoletta soltava elogios muito bem pronunciados sobre os olhos cor de violeta da nobre senhora, Pierre Larue não se ocupava mais do pequeno Böck e até o pai Köbes espiava pelo vão da porta a senhora peituda, que preenchia o ambiente com as risadas prateadas de virginal presunção.

Mas quem desceu da limusine gigante que tinha acabado de estacionar, com um ruído ameaçador de avião, debaixo da marquise de Hendrik Hall? Para quem a porta da casa foi aberta tão rapidamente? Quem era o responsável pelo barulho de espada raspando no chão da antessala? Quem empurrou a barriga enorme que oscilava sobre as pernas, o peito majestosamente inflado reluzindo por tantas condecorações, para dentro da reunião que, reverente, emudeceu? Foi o gordo, aquele que mantém vigília junto ao trono divino com sua espada. Ele veio para buscar sua Lotte e desejar boa noite a seu Mefisto.

Lotte Lindenthal se lançou aos seus braços. E a sra. Bella, quase passando mal de orgulho e excitação, conseguiu dizer, quase gemendo:

"Excelência... Sr. primeiro-ministro, posso lhe servir algo? Um refresco? Talvez uma taça de champanhe?"

Muitas pessoas costumavam se encontrar em Hendrik Hall, atraídas pela fama e pela amabilidade do dono da casa, a cozinha bem cuidada, a adega de vinhos, as quadras de tênis, os bem selecionados discos de gramofone, todo o luxo imponente do meio. Algumas delas passavam aqui as mais agradáveis horas de almoço, tardes e noites: atores e generais, poetas e altos funcionários, jornalistas e diplomatas exóticos, meretrizes e atrizes. Outras, que no passado conviveram de maneira bastante íntima com Hendrik Höfgen, não participavam desses rega-bofes. A generala não aparecia em Hendrik Hall; a sra. Bella esperava em vão por seu cartão de visitas. A velha senhora precisou vender sua propriedade e vivia num apartamento pequeno não distante do Tiergarten. Ela estava perdendo aos poucos o contato com a sociedade berlinense, na qual havia tido um papel tão brilhante. "Não tenho interesse em frequentar casas em que vou encontrar assassinos, corrompedores da moral ou loucos", ela explicava orgulhosa, baixando o lornhão por onde havia fixado seu interlocutor. Talvez supusesse que também havia perigo de encontrar criminosos ou psicopatas em Hendrik Hall — uma suspeita não apenas infundada, mas também totalmente ofensiva, pois ela estava se referindo a uma casa na qual os membros do regime entravam e saíam.

Otto Ulrichs também era um daqueles que se mantinha distante da propriedade do intendente. Ele não era convidado, mas, caso recebesse um convite desses, provavelmente não o aceitaria. Ele estava muito ocupado — e ocupado de uma maneira em que as forças do corpo mobilizam com muita intensidade aquelas da alma. Pouco a pouco, Ulrichs começava a questionar a imagem que há anos tinham formado de seu companheiro Hendrik e desde então guardara, com tanta fidelidade e paciência, no coração. Ulrich, apesar de todo afã revolucionário, era um ser humano muito benevolente e até moleirão. Ele nutrira uma confiança imensa, inabalável, em relação a Höfgen. "Hendrik é parte de nós!", ele afirmava com sua voz calorosa e persuasiva a todos que externassem alguma dúvida sobre a confiabilidade moral e política do amigo. Hendrik é parte de nós! Ele tinha dado um basta às muitas ilusões, entre elas aquelas que se referiam a Hendrik Höfgen. Ulrichs deixara de ser benevolente e moleirão. Seu olhar agora carregava uma seriedade ameaçadora, quase furtiva, que no passado lhe era estranha. Seus olhos tinham perdido a candura simpática; agora emanavam uma força calculista ao extremo, penetrante, tranquila e serena.

Otto Ulrichs tinha passado a mostrar um semblante tenso, espreitador, junto com os gestos cuidadosos e frios de uma pessoa prestes a se levantar e a fugir, que precisa estar sempre alerta. E ele tinha mesmo de estar sempre alerta, a cada hora de seus dias difíceis e perigosos. Pois Otto Ulrichs jogava um jogo perigoso. Ele se mantinha membro do Teatro Nacional, mas apenas para seguir o conselho que o próprio Hendrik lhe dera — provavelmente sem estar falando sério: ele usava seu emprego no instituto oficial como um tipo de disfarce que o protegia da vigilância e dos controles pelos oficiais da Gestapo. Pelo menos essa era sua esperança e seu cálculo. Talvez se enganasse. Talvez estivesse sendo observado desde o início, sem maiores intervenções a princípio para que sua captura posterior fosse mais certa e garantisse um material amplo, bastante incriminador, em sua posse. Ulrichs não acreditava que estivesse sendo seguido. Os membros do grupo teatral, que não se aproximavam dele no início, desconfiados, agora o cumprimentavam com a cordialidade de colegas. Ele tinha conseguido ganhar a simpatia dos atores com seu jeito simples, descontraído e alegre. Seu desejo fanático, voltado a um objetivo, disposto a qualquer sacrifício, tornara-o mais esperto.

Ele estava disposto inclusive a gracejar com Lotte Lindenthal. E assegurou ao ator Joachim que não tinha a menor dúvida de sua pureza racial. Ele cumprimentava os cenógrafos ostensivamente segundo a fórmula descrita: com o "Heil!", seguido do odioso nome do ditador. Quando o primeiro-ministro estava em seu camarote, Ulrichs afirmava sentir palpitações, excitado por atuar diante do homem poderoso. Ele realmente sentia palpitações, mas por um calafrio de triunfo e medo. Pois o rapaz que abria e fechava a cortina e que fazia parte da resistência lhe dissera algo sobre uma reunião ilegal, bem no momento em que ele deixava o palco após sua cena. Esse pequeno ator — que conhecia os terrores das câmaras de tortura e dos campos de concentração — tinha coragem de prosseguir seu trabalho solapador, destruidor, insurgente contra o poder quase sob os olhos do gordo terrível, do carrasco-chefe, todo condecorado.

O encontro com o terror havia esmorecido suas forças apenas temporariamente. Nas primeiras semanas depois de sua soltura do inferno, ele entrou num estado de estupor. Seus olhos haviam visto aquilo que nenhum olho humano consegue ver sem perder a luz, tamanha a desgraça: a perfídia totalmente nua, sem quaisquer rédeas, organizada com um terrível pedantismo; a vilania absoluta e total, que, ao atormentar indefesos, exulta a si mesma, se leva a sério, glorifica o ato patriótico como educação moral de "elementos destrutivos, estranhos ao povo", como serviço educativo, necessário e serviço justo à pátria despertada.

"É preferível não saber nem ouvir mais nada de uma pessoa que conhecemos numa circunstância dessas", disse Ulrichs. Mas ele amava as pessoas, e sua atitude era formada pela crença inabalável de que elas, algum dia, se tornariam gente razoável. Ele superou sua apatia pesarosa. "Quando nos tornamos testemunhas desse mal", ele disse, "então só temos uma alternativa: o suicídio ou continuar trabalhando, mais passionalmente do que antes." Ele era uma pessoa simples e corajosa. Seus nervos eram fortes e se recuperaram no choque. Ulrichs retomou o trabalho.

Não lhe foi difícil criar um vínculo com os círculos ilegais, de oposição. Ele tinha muitos amigos entre os trabalhadores e os intelectuais cujo ódio ao fascismo era também refletido e passional, mantendo-se assim mesmo nas horas mais perigosas e — como parecia ser — quase desesperançadas. O membro do Teatro Nacional da Prússia participava de ações subversivas contra o regime. Tanto fazia se tratar de encontros secretos, produção e distribuição de folhetos, jornais e livretos proibidos ou de atos de sabotagem em indústrias, em eventos públicos da ditadura, em transmissões radiofônicas, apresentações cinematográficas: o ator Otto Ulrichs fazia parte daqueles que influenciavam decisivamente os preparativos e arriscavam a vida em sua concretização.

Ele levava todas essas demonstrações de resistência antifascista muito a sério e valorizava seu efeito psicológico sobre uma opinião pública intimidada, paralisada pelo medo. "Inquietamos o regime e mostramos aos milhões que permaneceram inimigos da ditadura, mas que hoje mal ousam revelar suas opiniões, que o desejo de liberdade não foi sufocado e, apesar de um exército de espiões, pode ser exercido". Assim pensava, falava e escrevia o ator Ulrichs. Mas ele nunca se esquecia de que as pequenas ações não eram o essencial, apenas um meio para o fim. O fim, o objetivo, a grande esperança permanecia: unir as forças esparsas da resistência, concentrar os interesses contraditórios de uma oposição, social e intelectualmente muito diversa, montar uma frente, ampliá-la, ativá-la: a frente popular contra a ditadura. "Só isso importa, e somente isso", reconhecia o ator Ulrichs.

Por essa razão, ele conspirava não apenas com seus amigos mais próximos do partido e de ideologia. Ele tinha muito interesse em se relacionar com católicos da oposição, antigos social-democratas ou republicanos sem partido. O comunista se defrontou primeiro com a desconfiança dos círculos burgueses liberais. Em geral, sua retórica engajada e autêntica conseguia superar as dúvidas. "Mas vocês defendem tão pouco a liberdade quanto os nazistas!", os democratas lhe diziam. Ele respondia: "Não! Somos pela libertação. Chegaremos a um consenso sobre o ordenamento a ser constituído depois". "Vocês não são patriotas", os republicanos patriotas lhe diziam. "Vocês só conhecem a classe, e ela é internacional." "Se não amássemos nossa pátria", respondia Otto Ulrichs, "então poderíamos odiar tanto aqueles que a humilham e destroem? E arriscaríamos todos os dias nossas vidas para libertá-la?" Nas primeiras semanas de sua atividade ilegal, Ulrichs tentou conversar de maneira confidencial com Hendrik Höfgen. Mas o intendente ficou temeroso, nervoso e irritado. "Não quero saber nada dessas coisas", ele afirmou, de maneira brusca. "Não posso saber, você me entende? Fecho os dois olhos, não vejo o que você apronta. Não posso saber de nada, de maneira nenhuma."

Depois de ele ter se assegurado que não era espionado, Hendrik confidenciou ao amigo, com a voz baixa, como para ele era difícil e doloroso ter de manter uma atitude disfarçada por tanto tempo e com tanta coerência. "Mas eu me decidi por essa tática, porque a considero a mais acertada", murmurou Hendrik, lançando olhares conspirativos, aos quais Ulrichs não retribuiu. "Não é uma tática confortável, mas devo suportá-la. Encontro-me em meio à casa do inimigo. Vou minando seu poder de dentro para fora..." Otto Ulrichs quase não prestava mais atenção. Talvez tenha sido nesse instante que a ilusão se desfez e ele reconheceu Hendrik Höfgen.

Com que maestria o intendente se metamorfoseava! Esse desempenho era, na verdade, o de um grande ator. Era realmente possível acreditar que Hendrik Höfgen estava apenas atrás do dinheiro, do poder e da fama, em vez de querer minar o regime nazista.

Sob a larga sombra do primeiro-ministro ele se sentia tão seguro e acolhido que acreditava poder flertar com o perigo, exorcizar maliciosamente os terrores da catástrofe. Durante uma ligação telefônica com um diretor de teatro de Viena, do qual ele queria pegar um ator emprestado, Hendrik falou com uma voz queixosa, cantante, que prolongava tristonhamente as vogais: "Sim, meu caro... Talvez dentro de algumas semanas eu apareça aí em Viena... Não sei se me aguento aqui por mais catorze dias. Minha saúde — você está me entendendo? —, minha saúde está *terrivelmente* abalada...".

Na verdade, havia apenas duas possibilidades que poderiam fazê-lo cair: se o brigadeiro retirasse suas bênçãos ou se o brigadeiro perdesse um tanto do próprio poder. Mas a relação de fidelidade do gordo com seu Mefistófeles parecia ser absolutamente inusual nos círculos nazistas e, portanto, gerava espanto. Também a estrela do gigante adiposo se mantinha em ascensão: o amigo das execuções e das loiras sentimentais amealhava cada vez mais títulos, tesouros, influência sobre a condução do Estado.

Enquanto o sol do gordo brilhasse sobre ele, Höfgen não precisava levar a sério os ataques pérfidos do claudicante. O ministro da Propaganda não ousava agir abertamente contra o intendente. Ao contrário, fazia questão de aparecer em público com o outro em eventos adequados. Aliás, ele tinha também certa relação intelectual com o ator Höfgen. Se este tinha compreendido conquistar o brigadeiro por meio de sua mundanidade diabólica, seu humor divertido e cínico, ele também sabia conversar bastante bem com o chefe da propaganda, o "velho doutor", já que ambos não apenas dividiam a maneira de falar dos renanos — o que dava à conversa um tom carinhoso e íntimo —, como usavam a mesma terminologia radical. Se preciso, o ator Höfgen conseguia discorrer sobre "dinâmica revolucionária", o "sentimento vital heroico" e um "irracionalismo sangrento". Dessa maneira, ele manteve algumas animadas horinhas de conversa com seu inimigo mortal — o que não impedia, claro, que continuasse alvo das suas intrigas. Cäsar von Muck, de volta após uma prazerosa turnê pelo exterior, fez tudo o que era imaginável pela disseminação daqueles boatos sobre certa negra, que — supostamente — tinha uma doentia ligação sexual com Hendrik e que desfrutava em Paris, às custas do suposto amante, de uma repugnante vida de luxo. Dizia-se que Höfgen costumava se encontrar em segredo com essa mulher: não apenas para continuar promovendo a desgraça racial, como também porque ele a usava como elemento de ligação para os grupos mais sombrios e perigosos da emigração — aqueles liderados por Barbara Bruckner, de quem Hendrik havia se separado apenas *pro forma*.

No Teatro Nacional não se falava em outra coisa senão na amante negra do intendente; também as mais importantes redações, que davam o tom das notícias, tinham conhecimento da mulher negra que em Paris desfilava todo o brilho da grande babel — "ela cria três macacos, um filhote de leão, duas panteras adultas e mantém uma dúzia de empregados chineses", continuava o boato — e que montava armadilhas contra o Estado nazista juntamente com o Estado-Maior francês, o Kremlin, os maçons e os grandes banqueiros judeus. A situação começou a ficar constrangedora para Höfgen. Ele decidiu se casar com Nicoletta a fim de encerrar os boatos desagradáveis. O primeiro-ministro ficou muito satisfeito com essa decisão de seu esperto protegido. Ele fez com que todos aqueles que continuavam a levantar suspeitas contra o intendente fossem severamente alertados. "Quem é contra meus amigos é contra mim", o gordo enfatizava, ameaçador. Quem mencionasse uma vez mais a existência de certa negra teria de prestar contas com a terrível pessoa do brigadeiro e de sua polícia secreta. No teatro, afixou-se no quadro de avisos, logo na entrada do palco, um informe dizendo que todos aqueles que disseminassem boatos sobre a vida particular ou o passado do intendente estariam cometendo um ato de afronta ao Estado. Aliás, todos tremiam de medo diante do aparato de espionagem particular de Höfgen. Impossível esconder desse homem arguto e perigoso algo que lhe dizia respeito: ele descobria tudo graças ao pequeno exército de denunciantes mantido por ele. A Gestapo podia ficar com inveja desse sistema perfeitamente organizado.

Até Cäsar von Muck ficou inquieto. O criador da tragédia *Tannenberg* achou aconselhável fazer uma visita a Hendrik Hall e, com o sotaque saxônico mais simpático, passar uma hora batendo papo com o dono da casa. Nicoletta fez companhia aos dois senhores — aos quais a sra. Bella havia servido uma entradinha saborosa e leve — e, com uma voa aguda, insidiosa, começou de repente a discorrer sobre negros. O sr. Von Muck ficou impassível quando a separada sra. Marder assegurou que tanto Hendrik quanto ela tinham aversão à gente negra. "Hendrik passa mal quando vê alguém dessa raça, mesmo que de longe", ela explicou, cravando impiedosa o olhar vazio e divertido em Cäsar. "O cheiro dessa gente já é absolutamente insuportável", ela afirmou, desafiadora. "Sim, sim", confirmou o sr. Von Muck. "É verdade: os negros fedem." E, de repente, os três caíram na gargalhada, longa e espirituosa: o intendente, o escritor e a moça atrevida.

Não, nada podia prejudicar esse tal Höfgen. O sr. Von Muck compreendeu, o ministro da Propaganda compreendeu, e ambos decidiram manter relações absolutamente cordiais com ele até que por fim, num dia qualquer, chegasse a oportunidade de derrubá-lo e de aniquilá-lo. No momento, Höfgen era inatacável.

O gordo havia conseguido uma audiência dele com o ditador; pois os boatos envolvendo a princesa Tebab tinham chegado até tal nobre pessoa. O enviado de Deus comentou o caso com total desprezo; ele nutria quase tão pouca consideração pelos negros quanto pelos judeus. "Pode uma pessoa, que circula com pessoas racialmente inferiores, apresentar a maturidade moral que o cargo de intendente exige?", o Führer foi se informar, desconfiado, com aqueles que lhe eram próximos. A tarefa de Hendrik — munido dos olhos de pedras preciosas, a voz cantante e postura nobre e sofredora — passara a ser conquistar o de longe maior alemão vivo e convencê-lo de sua qualificação moral.

A meia hora que o intendente pôde passar em audiência privada com o messias de todos os germanos lhe pareceu cansativa e até torturante. A conversação não avançou: o Führer não se interessava pelo teatro, preferia óperas de Wagner e filmes de propaganda. Entretanto, Höfgen não ousou mencionar as óperas que havia encenado, que tinham causado tanta espécie durante a época do "sistema", temendo que o Führer pudesse se lembrar das opiniões catastróficas que Cäsar von Muck tinha proferido sobre essas experiências subversivas e de influências semitas. Hendrik não sabia muito bem qual assunto abordar. A presença física do poder lhe trazia embaraço e angústia. A fama terrível do homem que estava à sua frente intimidou aquele ávido por fama.

O poder tinha uma testa insignificante, baixa, sobre a qual caía a lendária mecha de cabelo seboso e o olhar morto, fixo, como que cego. O rosto do poder era branco-acinzentado, inchado, de uma substância fofa e porosa. O poder tinha um nariz muito comum — um nariz ordinário, Hendrik chegou a pensar, misturando revolta e desprezo ao seu espanto. O ator percebeu que a parte traseira da cabeça do poder era chata. Sob a camisa marrom aparecia a barriga mole. O poder falava baixo, a fim de poupar a voz gritada, rouca. Ele usava palavras difíceis, a fim de provar sua "erudição" ao ator. "Os interesses da nossa cultura nórdica necessitam do emprego categórico de um indivíduo dotado de energia, racialmente autoconfiante e de objetivos claros", pontuou o poder, reprimindo o máximo possível a maneira de falar do sul da Alemanha e tentando usar o alemão-padrão, que de sua boca soava como um ansioso aluno de colégio repetindo um texto decorado.

Hendrik estava banhado de suor quando, depois de 25 minutos, pôde deixar o palácio. Ele tinha a sensação de ter se apresentado muito mal, estragando tudo. Ainda na mesma noite ele ficou sabendo, por intermédio do brigadeiro, que a impressão deixada no poder não foi ruim. O ditador se sentiu agradavelmente surpreso com a timidez do intendente. O Führer não gostava e achava um atrevimento inadmissível quando alguém tentava, em sua presença, se manter descontraído ou até brilhar. Na presença do poder, era preciso emudecer respeitosamente. Um Hendrik radiante com certeza irritaria o messias de todos os germanos. O veredicto do todo-poderoso ao assustado e ansioso ator foi benigno: "Um sujeito bem virtuoso, esse sr. Höfgen", disse o poder.

O primeiro-ministro, que colecionava títulos para sua pessoa como outros colecionam selos ou borboletas, acreditava que também seus amigos ficavam contentes com tais distinções. Ele promoveu Höfgen a "conselheiro do Estado" e depois a "senador". O intendente tinha assento importante em todas as instituições culturais do Terceiro Reich. Juntamente com Cäsar von Muck e alguns homens uniformizados, ele fazia parte da diretoria do "senado da cultura". A primeira "noite de camaradagem" desse grupo aconteceu em Hendrik Hall. O ministro da Propaganda esteve presente e seu sorriso foi de orelha a orelha quando a srta. Josy apresentou com brilho uma canção popular, com a qual fazia muito sucesso. Ninguém menos que Cäsar von Muck acompanhou a jovem cantora ao piano. O serviço foi de marcante simplicidade. Hendrik havia pedido à mãe que só servisse cerveja e pães com linguiça. Os senhores uniformizados ficaram decepcionados, pois sabiam do habitual fausto na mansão do intendente. Do que adiantavam os lacaios elegantes se eles serviam apenas comidas como as de casa? Todo o senado cultural teria ficado um tanto frustrado caso o ministro da Propaganda, com seu jeito animado, não tivesse agitado o evento. Só que ninguém sabia bem ao certo sobre o que conversar. A cultura era um tema estranho à maioria dos senadores. Os uniformizados tinham orgulho de não ter lido nenhum livro desde a infância e podiam se gabar do fato, pois o amplamente admirado marechal de campo e presidente do Reich, já falecido e enterrado na presença do Führer, fizera o mesmo... Quando um romancista entrado em anos, cujos livros terrivelmente tediosos ninguém nunca pegava nas mãos, fez a sugestão de ler em voz alta um capítulo de sua trilogia *Um povo inicia sua jornada*, houve um ligeiro pânico. Vários uniformizados se levantaram num salto e pousaram as mãos com um gesto mecânico, porém ameaçador, sobre os coldres, o sorriso do ministro da Propaganda entornou, Benjamin Pelz gemeu como se tivesse levado um chute terrível no peito, a sra. Bella fugiu para a cozinha, Nicoletta deu um sorriso agudo e nervoso — a situação teria se tornado catastrófica caso Höfgen não a tivesse salvado com sua maviosa voz. Seria incrível e muito divertido poder ouvir um capítulo bastante extenso de *Um povo inicia sua jornada*, assegurou Hendrik, o rosto estampando um sorriso maroto, mas já estava ficando um pouco tarde e havia coisas mais urgentes, atuais, a ser discutidas, os espíritos não estavam concentrados o suficiente para desfrutar a grande literatura; ele, Höfgen, disse que gostaria de tomar a liberdade de sugerir marcar uma noite exclusiva para essa leitura, à qual as pessoas compareceriam com a necessária concentração. Todos os senadores respiraram aliviados. O velho autor da epopeia quase chorou de decepção. O sr. Müller-Andreä passou a contar piadas sujas de uma época que ele chamava, com a voz cheia de indignação, de "os anos da corrupção". Tratava-se de algumas pérolas da coluna, antes tão famosa, "Você sabia?". No decorrer da noite, descobriu-se que o ator Joachim conseguia imitar de maneira muito divertida tanto o latido dos cachorros quanto o cacarejar das galinhas. Lotte Lindenthal quase caiu da cadeira de tanto rir quando Joachim arremedou um papagaio. Antes de o grupo se dispersar, Baldur von Totenbach, que também era senador e que tinha pagado do próprio bolso a viagem de Hamburgo a Berlim para essa noite, sugeriu que todos deveriam cantar, em pé, a "Canção de Horst Wessel"[1] e, pela centésima vez, jurar fidelidade ao Führer. Houve um ligeiro constrangimento geral, mas claro que foi tudo feito.

A imprensa fez um relato minucioso sobre essa noite de camaradagem, ao mesmo tempo íntima e intelectualmente muito produtiva, dos senadores da cultura no endereço do intendente. Aliás, os jornais não perdiam nenhuma oportunidade de mostrar ao público os atos artísticos ou patrióticos de Hendrik Höfgen. Ele era considerado um dos mais elegantes e ativos "paladinos do ímpeto cultural alemão" e era quase tão fotografado quanto um ministro. Quando os famosos foram às ruas e restaurantes reunir doações para o "Auxílio de inverno", o intendente fez quase tanto sucesso quanto os membros do governo. Mas enquanto estes eram rodeados por detetives fortemente armados e funcionários da Gestapo, de modo que o povo mal conseguiu se aproximar com seus donativos, Hendrik pôde se movimentar quase sem proteção. É claro que ele escolheu uma zona onde o risco de entrar em contato com o perigoso proletariado era mínimo: o intendente coletou os donativos no saguão do Hotel Adlon. Ele também quis descer às áreas de serviço e cada ajudante de cozinha teve de pôr uma moeda na lata na qual Lotte Lindenthal acabara de enfiar, com os dedos delicados, uma nota de 100 marcos. O intendente tirou uma foto de braços dados com o obeso cozinheiro-chefe, que foi parar na primeira página da revista *Berliner Illustrierte*.

A imprensa foi quase inundada com fotos de Höfgen por ocasião de seu casamento com Nicoletta. Müller-Andreä e Benjamin Pelz serviram de testemunhas, o primeiro-ministro enviou, como presente de casamento, um casal de cisnes negros para o laguinho de Hendrik Hall. Um casal de cisnes negros! Os jornalistas estavam fora de si, tamanha a originalidade; apenas algumas pessoas muito idosas — como, por

1 Hino da SA, depois do Partido Nazista e um dos hinos oficiais da Alemanha durante o Terceiro Reich. Desde 1945, está proibido. [NT]

exemplo, a generala — se lembraram que no passado um amigo bem situado das belas-artes, o rei Ludwig II, oferecera o mesmo mimo ao seu protegido, o compositor Richard Wagner.

O ditador felicitou o jovem casal por telegrama; o ministro da Propaganda enviou uma cesta de orquídeas; as flores pareciam tão venenosas que os destinatários poderiam morrer ao inalar seu aroma; Pierre Larue compôs um longo poema em francês; Theophil Marder enviou sua maldição; a pequena Angelika, que tinha acabado de ter um filho, chorou mais uma vez, a última, por seu amor perdido; em todas as redações, o material disponível sobre Höfgen e a princesa Tebab foi escondido nas gavetas mais inferiores e mais secretas e o dr. Ihrig ditou à sua secretária um texto no qual festejava Nicoletta e Hendrik como um "casal *alemão*, no sentido mais belo e profundo", "duas pessoas jovens e, ao mesmo tempo maduras, de raça pura e da mais nobre origem, a serviço da nova sociedade com todas as suas forças". Apenas um único jornal — do qual, aliás, se dizia manter um vínculo especialmente próximo com o ministério da Propaganda — ousou fazer menção ao passado suspeito de Nicoletta. A jovem foi parabenizada por ter se separado do "emigrante, judeu e bolchevista cultural Theophil Marder", a fim de voltar a participar da vida cultural da nação. Esse era um comprimido amargo, embora finamente recoberto de açúcar. O nome de Theophil soava como uma dissonância perturbadora no belo concerto do artigo de congratulações.

Nicoletta se transferiu com malas e caixas de chapéus da praça do Parlamento a Grunewald. A empregada que a ajudou a desempacotar as coisas se assustou quando viu as botas vermelhas de cano longo; mas a jovem senhora lhe explicou, com uma clareza cortante, que precisava do calçado para um figurino de amazona. "Vou usá-las como Pentesileia!", exclamou Nicoletta com uma voz curiosamente triunfal. A empregada ficou tão intimidada com o som desse nome exótico e com os reluzentes olhos de gato de sua patroa que evitou fazer mais perguntas.

À noite, houve uma grande recepção em Hendrik Hall — como tinha sido discreto o evento na casa do conselheiro por ocasião do primeiro casamento de Hendrik se comparado com essa festividade altamente solene! Radiantes em sua graça sinistra, Oberon e Titânia se movimentavam pela horda de seus convidados. Eles se mantinham muito eretos: ele com o queixo erguido, ela segurando com uma expressão orgulhosa a cauda brilhante e tilintante de seu traje metálico de noite, completado, nos ombros e no cabelo, por grandes e fantásticas flores de vidro. O rosto de Nicoletta brilhava com cores sólidas, artificiais; o de Hendrik parecia fosforescente em sua palidez esverdeada. Estava evidente que, para ambos, sorrir era cansativo e até torturante. Suas expressões se assemelhavam a máscaras. O olhar congelado parecia atravessar as pessoas que cumprimentavam em seu orgulhoso desfile como se elas fossem ar. O que eles viam por trás de todos esses fraques, uniformes decorados e vestidos caros? O que viam seus olhos, para terem se tornado tão vítreos sob pálpebras semicerradas? Quais sombras se erguiam, e eram elas tão poderosas a ponto de congelar o sorriso nos lábios de Nicoletta e de Hendrik, transformando-os numa expressão de sofrimento?

Talvez os olhos deles se encontrassem com o olhar inquisidor de Barbara, que tinha sido amiga de ambos e que agora, na distância e no estrangeiro — ah, separada deles por abismos sobre os quais não havia mais pontes —, cumpria com sua obrigação dura e séria. Talvez enxergassem o rosto grotesco de mártir de Theophil Marder — parcialmente cego, parcialmente consciente, marcado por mil torturas, com as quais expiava todos os pecados da arrogância funesta e de uma presunção ególatra — que olhava desolado e irritado para Nicoletta, que o abandonara e, com isso, seu destino obstinadamente voluntário. Contudo, talvez eles não vissem o rosto de ninguém específico, mas, num resumo vago e impressionante, a imagem da própria juventude, a soma de tudo aquilo que podiam ter se tornado; a longa e vergonhosa história de sua traição — uma traição não apenas em relação a terceiros, mas também em relação a si mesmos: em relação à parte mais nobre, elevada e pura de sua própria vida; a crônica amargamente embaraçosa e sombria de sua decadência, de sua queda, que um mundo idiota considerava um sucesso. Seu sucesso — assim dizia o mundo idiota — os conduzira juntos até essa hora vitoriosa e matrimonial, embora fosse exatamente essa hora que sacramentava sua derrota conjunta. Agora eles estavam unidos para sempre, esses dois seres reluzentes, brilhantes, sorridentes — assim como dois traidores, dois bandidos ficam unidos para sempre. O vínculo que unia um culpado a outro não seria o amor, mas o ódio.

Enquanto o "senado cultural" organizava noites de agradável confraternização; enquanto os graúdos no país embolsavam, nos saguões dos hotéis, donativos miúdos para os compatriotas necessitados, com os quais se financiava a propaganda do Terceiro Reich no estrangeiro; enquanto casamentos eram celebrados, canções eram entoadas e infinitos discursos eram feitos, o regime da ditadura total, militante e altamente capitalista prosseguia seu caminho terrível, e os cadáveres se amontoavam à beira do caminho.

Os estrangeiros que passavam uma semana em Berlim e alguns dias no interior — lordes ingleses, jornalistas húngaros ou ministros italianos — notavam e elogiavam a limpeza e a ordem impecável no país humilhado. Eles achavam que todas as pessoas tinham rostos felizes e concluíam: o Führer é amado, é adorado pelo povo todo, não há oposição. Nesse meio-tempo, a oposição, inclusive no coração do próprio partido, tinha se tornado tão forte e tão ameaçadora que o terrível triunvirato — o Führer, o gordo e o claudicante — precisou agir "imediatamente". O homem ao qual o ditador agradecia seu exército particular, que ainda anteontem havia sorrido de maneira encantadora para o ministro da Propaganda e chamara o chefe de Estado de seu "camarada mais fiel", foi tirado da cama pelo Führer em pessoa e assassinado algumas horas mais tarde. Antes de o tiro ser disparado, houve entre o messias de todos os germanos e seu camarada mais fiel uma cena nada usual entre homens tão destacados. O camarada mais fiel berrou para o messias: "Você é o vilão, o traidor: você!". Ele só teve coragem para tanta sinceridade porque percebeu que sua hora tinha chegado. Com ele, tiveram de morrer centenas de velhos membros do partido, que haviam se tornado renitentes demais. Ao mesmo tempo, uns duzentos comunistas foram mortos também; e como a morte estava sendo realizada em grande estilo, o gordo, o claudicante e o Führer aproveitaram para exterminar todos aqueles contra os quais tinham algo de pessoal ou dos quais temiam algo no futuro: generais, escritores, ex-ministros. Não foram feitas distinções, às vezes as esposas também eram mortas — cabeças tinham de rolar, o Führer sempre dissera isso e havia chegado a hora. Uma pequena "faxina", afirmaram mais tarde. Os lordes e os jornalistas acharam que a energia do Führer era algo maravilhoso: ele era um homem tão suave, amava os animais, não tocava em carne, mas podia assistir, sem sequer piscar, os camaradas mais fieis sendo enforcados. Depois da orgia de sangue, o povo parecia amar o enviado de Deus mais do que antes; aqueles que se enojavam e horrorizavam estavam isolados e espalhados no país. "Devo eu ver que honram os torpes homicidas", queixou-se certa vez o dr. Fausto.

Rolaram as cabeças de jovens aristocratas, dos quais se afirmavam que tinham revelado algum segredo do Estado totalitário — duas cabeças foram guilhotinadas, delicadas cabeças femininas. Rolaram cabeças de homens que não conheciam outra culpa senão a de não querer abdicar de seus ideais socialistas. Mas o messias, que os mandou executar, também se intitulava socialista. O messias afirmava que amava a paz e fazia os pacifistas amargarem os campos de concentração. Eles eram mortos, seus familiares recebiam as cinzas em urnas lacradas, junto com o informe de que o porco pacifista havia se enforcado ou fora morto durante a fuga. A juventude alemã aprendeu que "pacifista" era um palavrão; a juventude alemã não precisava mais ler Goethe ou Platão, ela aprendia a atirar, lançar bombas, deliciava-se em exercícios noturnos durante treinamentos; quando o Führer falava de paz, a juventude alemã sabia que ele estava apenas brincando. Essa juventude militarmente organizada, disciplinada, exercitada, só conhecia um objetivo, tinha apenas uma perspectiva: a guerra de revanche, a guerra de conquista: a Alsácia-Lorena é alemã, a Suíça é alemã, a Holanda é alemã, a Dinamarca é alemã, a Tchecoslováquia é alemã, a Ucrânia é alemã, a Áustria é tão alemã que nem vale a pena discorrer a respeito, a Alemanha precisa reaver suas colônias. Todo o país se transforma num campo militar, a indústria de armamento floresce, o estado de mobilização total é permanente e o estrangeiro olha atento para esse teatro imponente, aterrorizante, como a lebre olha para a cobra que logo vai abocanhá-la.

Na ditadura também há diversão. O lema é "Força pela alegria"; festas populares são organizadas. O Sarre é alemão: uma festa popular. O gordo finalmente se casa com sua Lindenthal e recebe presentes milionários: uma festa popular. A Alemanha sai da Liga das Nações, a Alemanha retoma sua "soberania militar": uma porção de festas populares. Qualquer quebra de contrato, seja o tratado de Versalhes ou o de Locarno e o "plebiscito" que as acompanha, são festas populares. Festas populares de longa duração são a perseguição de judeus e a denúncia pública das moças que promoveram "profanação racial" com eles; a perseguição dos católicos, dos quais agora se sabe que nunca foram muito melhores do que os judeus e contra os quais são arranjados malandramente processos de "evasão de divisas" por causa de bagatelas, enquanto os líderes nacionais enviam milhões ao exterior; a perseguição da "reação", da qual não se sabe bem do que se trata. O marxismo foi exterminado, mas permanece sendo um perigo e motivo para processos em massa; a cultura alemã está "livre de judeus", mas se tornou tão tediosa que ninguém mais quer saber nada dela; a manteiga se torna escassa, mas os canhões são mais importantes; no 1º de maio, antigamente o dia de festa do proletariado, um doutor bêbado — cadáver inchado de champanhe — fala algo sobre a alegria de viver. Será que esse povo não se cansa de tantos eventos tão suspeitos? Talvez já esteja cansado. Talvez já esteja gemendo. Mas o barulho dos megafones e microfones abafa seus gemidos.

O regime prossegue seu caminho terrível. Na beira do caminho, os cadáveres se amontoam.

Quem se rebelava, sabia o que estava arriscando. Quem dizia a verdade, tinha de contar com a vingança dos mentirosos. Quem tentava disseminar a verdade e lutava a seu serviço estava ameaçado de morte e de todos aqueles horrores que costumavam preceder a morte nas masmorras do Terceiro Reich.

Otto Ulrichs tinha sido muito ousado. Seus amigos da política lhe entregavam as tarefas mais difíceis e perigosas. Eles achavam — ou tinham a esperança — que seu cargo no Teatro Nacional o protegesse até certo ponto. De todo modo, sua situação era mais favorável do que a de vários de seus companheiros, que viviam escondidos com nomes falsos, sempre fugindo dos agentes da Gestapo, perseguidos pela polícia como bandidos: perseguidos como ladrões ou assassinos no país que estava à mercê dos assassinos e do banditismo. Otto Ulrichs conseguia arriscar algumas coisas que para seus amigos seria o fim na certa. Ele arriscou demais. Certa manhã, foi preso. Naquela época, o Teatro Nacional estava ensaiando *Hamlet*, com o intendente em pessoa no papel principal. Ulrichs deveria fazer o cortesão Guildenstern. Quando ele faltou ao ensaio sem avisar previamente, Höfgen assustou-se, pois na mesma hora soube (ou intuiu) o que havia acontecido. Ele deixou o ensaio antes do fim, o grupo continuou trabalhando sem sua presença. Quando o intendente foi informado, pela senhoria de Otto, que Ulrichs tinha sido buscado pela manhã por três homens em trajes civis, ele telefonou para o palácio do primeiro-ministro. O gordo em pessoa pegou o fone, mas ficou monossilábico e mudou de assunto quando Hendrik lhe perguntou se sabia algo sobre a prisão de Otto Ulrichs. O brigadeiro explicou que não sabia de nada. "Também não é da minha alçada", disse ele, com algum nervosismo. "Se nossa gente pegou o sujeito, é que ele aprontou alguma. Desconfiei dele desde o começo. E o Albatroz daquela época era um lugar bastante complicado." Mesmo assim, quando Hendrik arriscou perguntar se não era possível fazer alguma coisa para melhorar a situação de Ulrichs, o gordo foi implacável. "Não, não, meu caro! Melhor você tirar os dedos desse assunto!", ele falou com a voz gorda e potente. "Você faz melhor ao se ocupar das próprias questões." Isso parecia uma ameaça. Também a referência ao Albatroz, onde o próprio Höfgen tinha se apresentado como "companheiro", não soara bem. Hendrik compreendeu que ele arriscava perder a clemência superior caso continuasse se preocupando, no momento, com o destino do velho amigo. Vou deixar passar alguns dias, ele se decidiu. Quando encontrar o gordo de melhor humor, vou tentar, com todo o cuidado, voltar ao assunto. Vou acabar conseguindo tirar Otto da prisão ou do campo de concentração. Mas, por ora, chega! Ulrichs tem que sair do país. Sua falta de cuidado, seu conceito infantil e antiquado de heroísmo ainda vai me trazer muito desconforto...

Depois de dois dias, ainda sem qualquer informação sobre o amigo, Höfgen ficou inquieto. Ele não queria perturbar o primeiro-ministro por telefone novamente. Depois de muito refletir, ele decidiu ligar para Lotte. A princípio, a mulher de bom coração do grande homem explicou que estava contente em ouvir de novo a voz de Hendrik. Ele lhe assegurou, um tanto apressado, que seu sentimento era recíproco; e completou dizendo que tinha mais um motivo especial para a ligação. "Estou preocupado com Otto Ulrichs", Höfgen falou. "Como assim, preocupado?", perguntou a ariana loira, desde seu boudoir rococó. "Afinal, ele está morto." Ela ficou espantada e quase achou divertido que Hendrik ainda não soubesse da notícia. "Ele está morto...", Hendrik repetiu em voz baixa. Para o espanto da mulher do brigadeiro, ele desligou sem ter se despedido dela.

Hendrik foi imediatamente até o primeiro-ministro. O poderoso o recebeu em seu gabinete. Ele usava um casaco fantástico, com pele de arminho nos punhos e no colarinho. Um dogue gigante descansava aos seus pés. Sobre a escrivaninha, diante de um drapeado preto, cintilava uma espada larga e chanfrada. Num pedestal de mármore havia um busto do Führer, que com os olhos cegos encarava duas fotografias: uma delas mostrava Lotte Lindenthal como Minna von Barnhelm, a outra aquela dama escandinava que outrora conduziu o aventureiro machucado pela Itália e sobre cuja urna agora se erguia um imenso mausoléu — uma cúpula reluzente de mármore e pedra dourada, com a qual o viúvo imaginava dar voz à sua gratidão, embora o tenha erguido apenas por vaidade.

"Otto Ulrichs está morto", disse Hendrik, parado junto à soleira da porta.

"Mas é evidente", respondeu o gordo instalado na escrivaninha. Como ele viu que o rosto de Hendrik estava tomado por uma palidez que parecia refletir uma chama branca, acrescentou: "Parece ter sido suicídio", falou o primeiro-ministro, sem enrubescer.

Hendrik cambaleou por um segundo. Com um gesto descontrolado, que expressava claramente seu horror, ele tocou a testa. Talvez esse tenha sido o primeiro gesto autêntico, não estilizado, que o primeiro-ministro via do ator Höfgen. O grande homem estava decepcionado com a falta de compostura de seu preferido. Ele se ergueu, aprumando a altura assustadora. Ato contínuo, o dogue terrível também se levantou e começou a latir.

"Já lhe dei um bom conselho uma vez", disse o brigadeiro, de maneira ameaçadora. "Vou repeti-lo agora, embora eu não esteja acostumado a dizer nada duas vezes: afaste-se desse assunto!" O recado estava dado. Tremendo, Hendrik sentiu a proximidade do abismo, em cuja beirada ele sempre se movimentava e em cuja profundidade esse gigante gordo poderia jogá-lo a seu bel-prazer. O primeiro-ministro ficou com a cabeça baixa; a nuca parecida como a de um touro mostrava três pregas largas e gordas. Seus pequenos olhos faiscaram, as pálpebras estavam inflamadas e também o branco do globo ocular se tingiu de vermelho, como se uma onda de sangue tivesse subido à cabeça do tirano enraivecido, turvando-lhe o olhar. "Não é um caso fácil", ele disse ainda. "Esse Ulrichs estava metido em assuntos sujos, ele tinha todos os motivos para se matar. O intendente do meu Teatro Nacional não deveria se interessar demais por um notório alto traidor."

A palavra "alto traidor" tinha sido berrada pelo general. Hendrik sentia-se tão próximo do abismo que ficou tonto. Para não cair, ele se agarrou ao espaldar de uma das pesadas poltronas renascentistas. Quando pediu permissão para se retirar, o primeiro-ministro fez apenas um impiedoso aceno de cabeça.

No teatro, ninguém ousava falar do "suicídio" do colega Ulrichs. Apesar disso, de uma maneira misteriosa e incontrolável, todos ficaram sabendo como ele tinha morrido. Não se tratou de execução, mas de sevícias até o fim. Por meio de castigos inclementes, seus torturadores tentaram descobrir nomes de colaboradores e de amigos. Mas ele permaneceu em silêncio. A raiva e a decepção por parte da Gestapo eram enormes, pois também no apartamento de Ulrichs não havia qualquer material, não havia nada escrito, nenhuma anotação, nenhum bilhete com um endereço. Os martírios foram intensificados não na esperança de conseguir tirar algo dele, mas apenas para castigá-lo por sua teimosia. Talvez os carrascos não tenham recebido a ordem expressa de matá-lo; a vítima morreu durante o terceiro "interrogatório". Naquele momento, seu corpo era apenas uma massa disforme, ensanguentada, e sua mãe — que morava em algum lugar no interior e que enlouqueceu de dor ao saber do suicídio —, sua pobre mãe não teria reconhecido o rosto inchado, dilacerado, rasgado, melado de pus, sangue e excrementos de seu filho.

"Você está sentido, Hendrik?", Nicoletta perguntou ao marido com uma curiosidade fria e quase desdenhosa. "Você está pensando nele?"

Hendrik não teve coragem de retribuir o olhar. "Conhecia Otto há tanto tempo...", ele falou em voz baixa, como se tivesse de se desculpar por algo.

"Ele sabia o que estava arriscando", Nicoletta explicou. "Quando se joga, é preciso estar preparado para perder."

Hendrik, constrangido com a conversa, murmurou: "Pobre Otto!", para falar alguma coisa.

Ela replicou, brava: "Como assim, pobre?". E acrescentou: "Ele morreu pela causa que lhe parecia a correta. Talvez deva ser invejado". Depois de uma pausa, acrescentou, sonhadora: "Quero escrever a Marder e contar da morte de Otto. Marder admira pessoas que arriscam a vida por uma *idée fixe*. Ele ama os obstinados. Ele estaria disposto a sacrificar a própria vida por obstinação. Talvez ele acabe achando que esse Ulrichs tenha sido de caráter, disciplinado".

Hendrik fez um gesto de impaciência com a mão. "Otto não era ninguém especial", ele disse. "Ele era uma pessoa simples — um simples soldado da grande causa..." Nesse instante, ele emudeceu e um leve rubor corou sua face. Hendrik se envergonhou pelas palavras ditas. Sentiu vergonha porque usou palavras cuja seriedade tinha percebido mais profundamente apenas com a morte de Otto. Ao compreender o peso e a dignidade de tais palavras — compreendia agora, nesse instante breve —, sentiu que as profanava ao pronunciá-las. Ele sentiu que, em sua boca, essas palavras soavam cínicas.

Ninguém pôde participar do enterro do ator Otto Ulrichs, que tinha dado um fim à vida "de maneira voluntária e por temer o castigo justo do tribunal do povo". O Estado teria queimado o corpo desfigurado como um cachorro morto. Mas a mãe do falecido, católica devota, enviou dinheiro para o caixão e uma pequena pedra tumular. Numa carta, quase ilegível por marcas de gordura e de lágrimas, ela pediu que o filho recebesse um enterro cristão. A Igreja teve de se negar: nenhum religioso pode seguir o caixão de um suicida. A velha senhora, em sua casa pobre, orou pelo filho perdido. "Deus meu, ele não acreditava em Ti, e pecou muito. Mas não era mau. Ele pegou o caminho errado, não por impenitência, mas porque achava que era o certo. Todos os caminhos que tomamos com boas intenções devem chegar a Ti, Deus meu. Tu hás de perdoá-lo e livrá-lo da danação eterna. Pois enxergas dentro dos corações, Pai eterno, e o coração do meu filho perdido era puro."

Aliás, a velha não conseguiria juntar o dinheiro para o túmulo e a pedra tumular, pois ela não tinha nenhum, nenhum centavo e mais nenhum nada que pudesse trocar por dinheiro. Ela vivia de cerzir peças de roupa e muitas vezes passava fome; agora que Otto não conseguia mais sustentá-la, as coisas ficariam muito complicadas para ela. Um amigo do falecido, que não revelou o nome, enviou-lhe de Berlim uma soma para as custas do enterro, com indicações precisas a quem entregar o dinheiro em seguida. "Perdoe-me por não dizer meu nome", escreveu o desconhecido. "A senhora certamente saberá os motivos e concordará com meu cuidado."

A velha não compreendeu nada. Ela chorou um pouco, espantou-se, balançou a cabeça, orou e enviou o dinheiro que acabara de receber de Berlim para lá de volta. Todos pareciam ter enlouquecido nas cidades, ela pensou. Por que o dinheiro tinha de viajar por meia Alemanha já que é de Berlim e será usado igualmente em Berlim? Mas com certeza quem fez isso é uma pessoa boa e crente. E incluiu o doador desconhecido em suas orações.

Desse modo, a pedra tumular e o túmulo do revolucionário morto foram pagos do alto cachê que o senhor intendente recebia do Estado nazista. Essa foi a última e única coisa que Hendrik Höfgen podia fazer pelo amigo Otto Ulrichs; foi a última afronta que ele lhe infligiu. Hendrik, porém, sentiu-se aliviado depois de enviar o dinheiro à mãe de Ulrichs. Sua consciência estava um pouco mais tranquila e no lado do coração onde contabilizava as "salvaguardas" havia novamente uma entrada positiva. A tensão dos últimos dias terríveis diminuiu. A pressão foi embora. Ele conseguiu concentrar toda a sua energia em Hamlet.

Esse papel trazia dificuldades para as quais ele não estava preparado. Com qual tranquilidade ele havia improvisado, no passado, em Hamburgo, o príncipe dinamarquês! O bom Kroge tinha espumado e quis cancelar a apresentação ainda durante o ensaio geral. "Nunca permiti uma porcaria dessas na minha casa!", o velho advogado de um teatro intelectualizado havia berrado. Hendrik se lembrou disso e sorriu.

Agora não havia mais ninguém que se arriscasse a falar de "porcarias" em sua presença e em relação a ele. Mas quando estava sozinho, sem que ninguém pudesse ouvi-lo, Hendrik gemia: "Não consigo!".

No caso do Mefisto, ele teve certeza de cada tom e de cada gesto desde o primeiro minuto. Mas o príncipe dinamarquês era difícil, vivia escapando. Hendrik batalhou por ele. "Não vou abrir mão de você!", exclamou o ator. Mas Hamlet respondeu para ele — de costas, triste, desdenhoso, infinitamente vaidoso: "Você é igual ao espírito a que serve — não a mim!".

O comediante gritou para o príncipe: "Eu *preciso* conseguir fazer seu papel! Se fracassar nisso, fracassarei no geral! Você é a prova de fogo que quero superar. Toda a minha vida e todos os meus pecados — minha grande traição e toda a minha desonra só podem ser justificadas pela minha arte. Mas só sou artista se sou Hamlet". "Você não é Hamlet", respondeu-lhe o príncipe. "Você não possui a elegância que só se conquista pelo sofrimento e pelo conhecimento. Você não sofreu o suficiente e o que você conheceu não valeu mais do que um belo título e um cachê polpudo. Você não é elegante; pois você é um macaco do poder e um palhaço para a distração dos assassinos. Aliás, você nem se parece com Hamlet. Olhe para suas mãos — essas são mãos de alguém enobrecido pelo sofrimento e o conhecimento? Além disso, você é gordo demais. Sinto muito ter que chamar a atenção para isso. Mas um Hamlet com essas ancas, ah, não!" Nessa hora o príncipe riu, cavernoso e zombeteiro, da distância mítica de sua eterna fama.

"Você sabe que eu consigo passar a impressão de ser bem magro no palco!", exclamou irritado e magoado o comediante. "Encomendei um figurino com o qual nem mesmo meu inimigo mortal vai notar meus quadris. É uma sem-vergonhice a sua me lembrar disso agora, quando estou tão nervoso! Por que você me magoa? Você me odeia tanto assim?"

"Não o odeio em absoluto." O príncipe deu de ombros, com desdém. "Não tenho qualquer vínculo com você. Você não é dos meus. Você podia escolher, meu caro, entre a decência e a carreira. E você se decidiu. Seja feliz, mas me deixe em paz!" E a figura começou a se dissipar.

"Não vou abrir mão de você!", ofegou mais uma vez o ator, esticando ambas as mãos, sobre as quais a sombra havia lançado um comentário tão maldoso; mas elas agarraram o vazio.

"Você não é Hamlet!", a voz estranha, vaidosa, assegurou-lhe à distância.

Ele não era Hamlet, mas fez o papel e seu traquejo não o deixou na mão. "Será maravilhoso!", disseram o diretor e os colegas — seja por falta de discernimento, seja para agradar o intendente. "Desde os dias do grande Kainz não se via um desempenho desses em nenhum palco alemão!" Mas ele próprio sabia que estava em débito com o conteúdo autêntico dos versos, com seu mistério. Sua representação ficou empacada no âmbito da retórica. Como se sentia inseguro e não possuía uma verdadeira visão de Hamlet, Hendrik experimentou. Com uma intensidade nervosa, ele aplicou nuances e uma sequência de pequenos efeitos-surpresa, aos quais faltava a coesão interior. Ele havia decidido enfatizar o componente masculino, cheio de energia, do príncipe dinamarquês. "Hamlet não é nenhum fracote", ele explicou aos colegas e ao diretor; também aos jornalistas deu essa versão. "Ele é tudo menos feminino — gerações inteiras de atores cometeram o engano de apreendê-lo como um tipo feminino. Sua melancolia não é um *spleen* vazio, mas tem motivos palpáveis. O príncipe aparece principalmente como o vingador do pai. Ele é um homem do Renascimento — aristocrático e cínico. Interessa-me sobremaneira retirar os traços melancólicos, lacrimosos, que uma interpretação convencional lhe impingiu."

Diretor, colegas e jornalistas consideraram isso muito novo, audaz e interessante. Benjamin Pelz, com quem Höfgen manteve longas conversas sobre Hamlet, estava animado com a concepção de Hendrik. "Apenas assim, como você o sente e compreende, é que o príncipe da Dinamarca se torna suportável para nós, cínicos homens de ação", disse Pelz.

A figura que Hendrik Höfgen fez de Hamlet foi o de um tenente prussiano com traços neurastênicos. Todos os acentos com os quais ele queria disfarçar o vazio de sua atuação eram desmedidos e exagerados. Num momento ele estava empertigado para, no momento seguinte, desfalecer com um grande barulho. Em vez de se queixar, gritava e ficava raivoso. Sua risada era cáustica, os movimentos desajeitados. A melancolia profunda e enigmática de seu Mefisto — sem ser intencional, sem ser atuada, mas de acordo com uma lei enigmática, inconsciente até para ele — faltava em seu Hamlet. Os grandes monólogos eram apresentados de maneira exemplar, mas simplesmente "apresentados". Quando deu voz ao lamento:

Oh, que esta carne, tão, tão maculada derretesse,
Explodisse e se evaporasse em neblina![2]

faltaram tanto a música quanto a dureza, tanto a beleza quanto o desespero; não se percebia o que tinha sido pensado e o que tinha sido sofrido antes dessas palavras serem formadas por seus lábios; nem sentimento nem saber enobreciam a fala: ela permaneceu um lamento leviano, uma pequena queixa ressentida e pretensiosa.

Apesar disso, a estreia de *Hamlet* foi um sucesso estrondoso. O novo público berlinense avaliou os atores menos pela pureza e intensidade de seu desempenho artístico do que por sua relação com o poder. Aliás, toda a montagem pretendia impressionar a plateia, composta por altos

2 William Shakespeare. *Hamlet. As alegres matronas de Windsor* (trad. Millôr Fernandes). Porto Alegre: L&PM, 1995. [NT]

militares e professores truculentos com suas senhoras de ideário não menos heroico. O diretor havia realçado o caráter nórdico da tragédia shakespeariana de maneira tosca e ostensiva. A ação se desenrolou diante de cenários vultosos, que serviriam também para os guerreiros da *Canção dos Nibelungos*. No palco, envolto numa luz fraca, havia sempre o ruído de espadas sendo manipuladas e muita gritaria áspera. Em meio aos colegas rudes, Hendrik se movimentava com trágica leveza. Certa vez, ele resolveu ficar sentado imóvel durante vários minutos junto a uma mesa, mostrando apenas suas mãos ao espantado público. O rosto permaneceu no escuro; as mãos, maquiadas de branco e intensamente iluminadas pelos holofotes, ficaram sobre o tampo preto. O intendente exibiu as mãos nada belas como preciosidades: ele o fez tanto por insolência — para ver até onde podia ir — quanto para se torturar, pois sofreu intensamente durante essa exibição dos dedos largos, ordinários.

"Hamlet é o drama representativo germânico", o dr. Ihrig havia anunciado em sua preleção, inspirado pelo ministro da Propaganda. "O príncipe dinamarquês faz parte dos grandes símbolos dos alemães. Nele encontramos expressa uma parte de nosso mais profundo ser. Hölderlin exclamou sobre nós:

Pois sois, os alemães, também
pobres em atos e ricos em ideias

Por essa razão, Hamlet também é um *perigo* dos alemães. Todos nós o carregamos em nosso interior e temos de superá-lo. Pois a hora exige atos, não apenas ideias e a reflexão que tudo desfaz. A Providência, que nos enviou o Führer, nos obriga à ação no interesse da comunidade nacional, da qual Hamlet, esse intelectual típico, se afasta pensativamente e se distancia". No geral, todos eram da opinião que, em sua atuação como Hamlet, Höfgen sentiu em si o trágico conflito entre a disposição à ação e a profundidade do pensamento, que diferencia os alemães de maneira tão interessante de todos os outros seres humanos. Pois seu Hamlet determinado e com distúrbios nervosos se apresentava a um público que tinha total compreensão tanto para a impetuosidade quanto para tentações neurastênicas.

O intendente, cujo figurino realmente tinha sido tão bem-feito que fazia suas ancas parecerem estreitas como as de um rapazote, teve de voltar várias vezes para receber os aplausos. Ao seu lado, sua jovem esposa, Nicoletta Höfgen, também se curvava agradecendo os cumprimentos. Ela foi uma Ofélia algo estranha e rígida, mas muito impressionante nas cenas da loucura.

O primeiro-ministro, reluzente em púrpura, dourado e prateado, e sua Lotte, sorrindo suavemente em azul-céu, estavam lado a lado em seu camarote, aplaudindo de maneira ostensiva. Tratava-se da reconciliação do poderoso com seu bobo da corte: Hendrik-Mefistófeles ficou agradecido. Belo e pálido em seu figurino de Hamlet, ele se curvou profundamente diante do casal poderoso. Lotte se apaixonou de novo por mim, ele pensou, enquanto trazia a mão direita ao coração com um gesto que testemunhava exaustão, mas ainda fazia um belo volteio. Sua boca grande, pintada com sublime cuidado, mostrava um sorriso comovido; sob os arcos redondos e pretos das sobrancelhas, os olhos emitiam luzes sedutoras, doces e frias; o traço cansadíssimo, tensionado até o máximo nas têmporas, enobrecia seu rosto e fazia seus encantos nefastos agirem. A mulher do brigadeiro passou a acenar para ele com um lencinho de seda, do mesmo azul-céu de seus trajes. O general sorria.

Estou novamente sob suas graças, pensou Hamlet, aliviado.

Ele recusou todos os convites, desculpou-se alegando grande cansaço, e um motorista levou-o para casa. Quando se encontrou sozinho no escritório, notou que era impossível pensar em dormir. Estava deprimido e nervoso. Os aplausos barulhentos não conseguiam fazê-lo esquecer que falhara. Era bom e importante ter reconquistado a benevolência do gordo, pela qual ele já temia. Mas até esse sucesso essencial e importante da noite não conseguia consolá-lo pelo fiasco que sua exigência mais alta, sua melhor ambição, tinha sofrido hoje. Eu não fui Hamlet, pensou ele, pesaroso. Os jornais vão me assegurar que fui o príncipe dinamarquês, independentemente da régua que usarem. Mas eles mentirão. Fui falso, fui ruim — tenho autocrítica suficiente. Se me lembro do tom com o qual declamei "ser ou não ser", então tudo dentro de mim se retorce...

Ele se sentou numa cadeira com espaldar, que estava perto da janela. E logo deixou de lado, irritado, o livro que havia escolhido. Era *As flores do mal*, que o fazia se lembrar de Juliette.

Pela janela, era possível ver o jardim escuro, do qual subiam aromas e umidade. Hendrik tremeu um pouco de frio e fechou o robe de seda na altura do peito. Em qual mês ele estava? Abril ou já começo de maio? De súbito, sentiu-se amargamente triste pelo fato de, há tanto tempo, não perceber mais a proximidade da primavera e sua bela transformação no verão. Esse maldito teatro, ele pensou com dor e irritação, está me consumindo. Estou desperdiçando a vida. Ele estava sentado de olhos fechados quando uma voz rouca chamou: "Olá, senhor intendente!".

Hendrik levou um susto.

Um sujeito havia escalado sua janela desde o jardim; uma acrobacia e tanto, pois não havia espaldar. Seu corpo apareceu até o peito na guarnição da janela. Hendrik ficou com muito medo. Durante alguns segundos, ficou na dúvida se aquilo era uma visão, resultado dos nervos superexcitados. Mas não, o sujeito não se parecia com uma alucinação. Fato: ele vivia. Usava um boné cinza e uma blusa azul, suja. A parte superior de seu rosto estava na sombra. A inferior, coberta por tocos de barba ruiva.

"O que está acontecendo?!", gritou Hendrik; ao mesmo tempo, ele tateou às costas, tentando achar a campainha que ficava na escrivaninha.

"Não grite desse jeito!", disse o homem, com uma voz carregada de certa bondade. "Não estou fazendo nada."

"O que você quer de mim?", repetiu Hendrik, agora num tom um pouco mais baixo.

"Estou aqui apenas para trazer uma saudação", disse o homem na janela. "Um abraço do Otto."

O rosto de Hendrik ficou branco como o lenço de seda que estava em volta do seu pescoço. "Não sei de que Otto você está falando." Sua voz era quase inaudível.

O riso rápido do sujeito na janela tinha algo de tenebroso. "Bem, vamos apostar que você vai se lembrar?", perguntou o visitante com uma brincadeira ameaçadora. Mas ele ficou muito sério ao prosseguir: "No último bilhete que recebi de Otto, estava escrito com todas as letras que deveríamos trazer sua saudação. Não acredite que vim aqui a passeio. Mas respeitamos os desejos de Otto".

Hendrik apenas sussurrou: "Se você não sumir agora mesmo, terei que chamar a polícia!".

Depois disso, a risada da pessoa se tornou quase cordial. "Você seria capaz mesmo, companheiro!", ele exclamou, jovial. Hendrik abriu, da maneira mais discreta possível, uma gaveta da escrivaninha e enfiou um revólver no bolso. Ele torceu para que o hóspede à janela não percebesse; mas este já estava dizendo, ao empurrar o boné para cima, com um gesto absolutamente desdenhoso: "Você poderia deixar essa coisa na gaveta, senhor intendente. Não faz nenhum sentido atirar. Só lhe trará desconforto. Do que tem medo? Acabei de dizer que dessa vez não farei nada".

O homem era muito mais jovem do que Hendrik imaginara no começo. Estava evidente, pois a sombra do boné não lhe ocultava mais a testa. O rapaz tinha um rosto bonito, intenso, com maçãs do rosto largas, eslavas, e olhos extraordinariamente claros, verdes. Os cílios e as sobrancelhas eram ruivos, assim como os grossos tocos da barba. Aliás, a pele de seu rosto tinha também um vermelho-telha brilhante, como o das pessoas que trabalham o tempo todo ao ar livre ou ficam deitadas tomando banho de sol.

Talvez ele seja louco, pensou Hendrik, e essa possibilidade, embora abrisse as piores perspectivas, tinha algo de tranquilizador, quase consolador para ele. Acho muito provável que ele seja louco. Ninguém em sã consciência faria uma visita maluca dessas, que poderia lhe custar a vida e que não tem qualquer utilidade. Ninguém razoável arrisca tanto só para me assustar um pouco. É inimaginável que tenha sido realmente Otto que lhe passara a incumbência. Otto não tinha qualquer pendor às excentricidades. Ele sabia nossas forças devem ser guardadas para coisas mais sérias...

Hendrik tinha se aproximado da janela. Agora ele falava com o rapaz como se estivesse falando com um doente — embora mantivesse a mão no revólver que estava no bolso de seu robe. "Vá embora, rapaz! Estou dando um conselho. Um empregado poderia ver você lá debaixo. Minha mulher ou minha mãe podem entrar a qualquer hora no quarto. Você está se arriscando demais, por nada! Vá embora!", exclamou Hendrik irritado, visto que o sujeito permanecia imóvel junto ao peitoril da janela.

O homem, em vez de aceitar as sugestões bem-intencionadas de Hendrik, respondeu com uma voz que de repente soou muito mais grave e, apesar disso, totalmente calma:

"Diga aos seus amigos do governo que Otto pediu para me dizer, uma hora antes da sua morte: 'Mais do que nunca na minha vida estou convencido da nossa vitória'. Nisso ele já tinha o corpo inteiro espancado e quase não conseguia falar, porque sua boca estava cheia de sangue."

"Como você sabe disso?", perguntou Hendrik, cuja respiração estava acelerada e um pouco ofegante.

"Como sei?", o visitante voltou a dar a risada breve, animada e tenebrosa. "De um homem da SA que ficou até o fim perto dele e que, na verdade, é um dos nossos. Ele gravou tudo o que Otto disse na sua última hora. 'Vamos vencer!', ele repetia. 'Quando se chega aonde cheguei, não tem mais como se enganar', ele disse. 'Vamos vencer!'" O visitante, com ambos os braços apoiados na guarnição da janela, curvou o peito para a frente e, ameaçador, observou o dono da casa com seus reluzentes olhos verdes que talvez fossem os olhos de um louco. Hendrik saltou para trás, como se tivesse sido atingido por uma chama, e ofegou: "Por que você está me contando isso?".

"Para que seus amigos poderosos saibam!", exclamou o homem com um júbilo malvado e rude na voz. "Para que os poderosos vigaristas saibam! Para que o primeiro-ministro saiba!"

Hendrik começou a se descontrolar. Passou a fazer gestos estranhos, espasmódicos: suas mãos iam até o rosto e desciam de novo, também os lábios tremiam e os valiosos olhos reviraram. "Para que isso?!", ele conseguiu falar, com um pouco de espuma na boca. "O que você pretende com essa encenação cômica?! Você quer me chantagear? Quer dinheiro?

Aqui tem um pouco!" Ele tateou em vão no bolso de seda do seu robe de chambre, no qual só havia o revólver, mas nada de dinheiro. "Ou será que quer apenas me intimidar? Pois não vai conseguir! Não vá achando que estou com medo do instante em que vocês subirem ao poder — pois é claro que um dia vocês vão governar!" O intendente falava com os lábios brancos, trêmulos, enquanto dava passos largos, quase saltos, pelo quarto. "Pelo contrário!", ele exclamou, com a voz aguda e ficou parado no meio do cômodo. "Daí serei grande de verdade! Você acha que não me assegurei para esse caso?! Ah, sim!", ele falou triunfante e histérico. "Tenho as melhores relações com sua gente! O Partido Comunista gosta de mim, tem que me agradecer!"

Um riso zombeteiro foi a resposta. "É o que você acha", exclamou o terrível da janela. "Melhores relações com nossa gente! Não vamos facilitar tanto, amiguinho — não vamos facilitar tanto para vocês! Aprendemos a não nos conciliar, senhor intendente. Subi até aqui justamente para avisá-lo que aprendemos a não nos conciliar. Nossa memória é boa — nossa memória é extraordinária, amiguinho! Não nos esquecemos de ninguém! Sabemos quem temos que enforcar primeiro!" Nessa hora, Hendrik esganiçou: "Que o diabo o carregue! Se você não desaparecer em cinco segundos, vou chamar a polícia — daí veremos quem será enforcado primeiro!".

Em sua raiva trêmula, ele quis jogar algo contra o monstro, mas não achou nada que servisse a esse propósito; foi então que arrancou os óculos de aro de osso do nariz. Com um grito cortante, ele lançou os óculos na direção da janela. Mas o lamentável projétil não acertou o oponente e se espatifou com um leve tilintar na parede.

O convidado terrível tinha sumido. Hendrik se apressou até a janela para gritar mais alguma coisa. "Sou imprescindível!", o intendente gritou na direção do jardim escuro. "O teatro precisa de mim, e todo regime precisa do teatro! Nenhum regime consegue ficar sem mim!"

Ele não recebeu resposta; não havia mais sinal do escalador ruivo. O jardim escuro parecia tê-lo engolido. O jardim escuro farfalhava com suas árvores pretas, os arbustos escuros, nos quais as flores brancas eram pontos opacos. O jardim exalava seus aromas e seu ar refrescante. Hendrik secou a testa molhada. Ele se curvou, ergueu os óculos e notou, desconsolado, que estavam quebrados. Devagar e com passos cambaleantes, caminhou pelo quarto, apoiando-se nos móveis como um cego, pois seus olhos ainda estavam nublados do espanto e os óculos costumeiros lhe faltavam.

Ao se sentar numa poltrona baixa, larga, ele percebeu o quanto estava exausto. Que noite!, pensou e sentiu uma profunda compaixão por si próprio ao lembrar tudo que havia suportado. Algo assim derruba até o mais forte! E escondeu o rosto úmido nas mãos. E não sou o mais forte! Teria sido agradável chorar um pouco. Mas ele não queria derramar lágrimas que ninguém via. Depois de todo o susto que tinha passado, ele achava que tinha direito à proximidade consoladora de uma pessoa querida. Perdi-as todas, ele se queixou. Barbara, meu anjo da guarda; a princesa Tebab, a fonte escura de minha força; a sra. Von Herzfeld, amiga fiel; e até a pequena Angelika: perdi-as todas. Em sua tristeza, ele achou que a morte de Otto Ulrichs era algo a ser invejado. Ele não precisa mais suportar nenhuma dor; ele está livre da solidão dessa vida amarga. E os últimos pensamentos dele foram de fé e de confiança orgulhosa. Será que até Miklas não era invejável? Hans Miklas, aquele pequeno inimigo teimoso? Invejáveis eram todos que conseguiam acreditar e duplamente invejáveis aqueles que, no êxtase da crença, sacrificaram suas vidas...

Como suportar essa noite? Como atravessar essa hora cheia de profunda perplexidade, cheia de medo e de uma nostalgia que levava ao vazio e que parecia próxima da desesperança? Hendrik achou que não conseguiria suportar a solidão por nem mais alguns minutos.

Ele sabia: no alto, em seu boudoir, sua mulher o esperava — Nicoletta. Provavelmente usava debaixo do roupão leve de seda as botas altas e macias de couro vermelho brilhante. O chicote, que ficava na penteadeira ao lado de latas, pastas e frascos de perfume, era verde. Com Juliette, o chicote era vermelho e as botas, verdes...

Hendrik poderia subir até Nicoletta. Ela mexeria a boca fina para cumprimentá-lo; ela faria olhos felinos e vazios e diria algo divertido, muito bem pronunciado. Não, não era isso que Hendrik queria no momento. Não era isso de que precisava com urgência.

Ele escorregou as mãos do rosto. Seu olhar ofuscado tentou se localizar na penumbra do quarto. Com esforço, conseguiu reconhecer a biblioteca, as fotografias grandes, emolduradas, as tapeçarias, os bronzes, vasos e pinturas. Sim, o lugar era fino e elegante. Ele tinha ido longe, era inegável. O intendente, conselheiro e senador, há pouco festejado como Hamlet, descansa no confortável escritório de sua magnífica residência.

Hendrik gemeu mais uma vez. Nesse momento, a porta se abriu. A sra. Bella entrou. Sua mãe.

"Acho que ouvi vozes por aqui", ela disse. "Você recebeu visitas, querido?"

Ele virou lentamente o rosto pálido em sua direção. "Não", respondeu em voz baixa. "Não tinha ninguém aqui."

Ela sorriu. "Ah, como a gente se engana!" Em seguida, aproximou-se dele. Apenas então ele notou que ela se ocupava de um artesanato: uma peça de lã, que provavelmente se tornaria um cachecol ou um suéter. "Sinto muito por não ter conseguido ir hoje à noite no teatro", ela disse, com o olhar nas agulhas. "Mas você sabe, minha enxaqueca, não estava me sentindo bem. Como foi? Certamente um grande sucesso? Conte um pouco!"

Ele respondeu mecanicamente e a encarou, embora seu olhar não a apreendesse e, ao mesmo tempo, parecia engoli-la. "Sim, foi um sucesso".

"Foi o que imaginei", ela assentiu, satisfeita. "Mas você parece esgotado. Está sentindo falta de algo? Faço um chá?"

Ele balançou a cabeça, mudo.

Ela se sentou ao seu lado, no braço largo da poltrona.

"Seus olhos estão tão estranhos", ela o observava, preocupada. "Onde estão os óculos?"

"Quebraram." Ele tentou sorrir, a tentativa não deu certo. A sra. Bella tocou a careca dele com a ponta dos dedos. "Que coisa chata!", ela disse, inclinada em sua direção.

Daí ele começou a chorar. Lançou o torso para a frente, a testa encostou no colo da mãe, os ombros eram sacudidos pelo choro convulsivo.

A sra. Bella estava acostumada com as crises nervosas do filho. Apesar disso, ela se assustou. Seu instinto compreendeu que esses soluços tinham outros motivos, mais profundos, do que os pequenos ataques que ele se permitia com frequência.

"Mas o que foi... o que foi...", ela perguntou. O rosto dela, tão semelhante com o do filho — mas que parecia mais inocente e, ao mesmo tempo, mais experiente — estava próximo do dele. Ela sentiu nas mãos a umidade das lágrimas de Hendrik. Ele agarrou o pescoço dela com um movimento firme, como se quisesse segurá-la. O penteado com a permanente foi desfeito. Ela escutou como Hendrik ofegava e gemia. Seu coração quase transbordou de comiseração. Com comiseração, ela entendeu tudo. Compreendeu toda a culpa dele, seu grande fracasso e o remorso desesperado e insuficiente e porque ele estava deitado ali, soluçando. "Mas Heinz!", ela sussurrou. "Mas Heinz... Acalme-se! As coisas não são tão ruins assim! Mas Heinz..."

Esse nome, esse nome dos anos da mocidade, que sua ambição e sua vaidade tinham descartado, fez seu choro ficar ainda mais forte; mas depois foi diminuindo. Os ombros dele se acalmaram. O rosto permaneceu quieto sobre os joelhos da sra. Bella.

Passaram-se minutos até ele se erguer lentamente. Em suas pálpebras ainda havia lágrimas e eram as lágrimas que umedeciam as faces, os lábios vitoriosamente carnudos, o queixo nobre que ele sabia erguer de maneira tão orgulhosa nas horas de triunfo e que agora tremia. Enquanto seu rosto exausto, molhado de lágrimas, curvava-se um pouco para trás, ele exclamou com os braços abertos num gesto bonito, queixoso, indefeso e à procura de ajuda: "O que as pessoas querem de mim? Por que me perseguem? Por que são tão duras? Sou apenas um ator absolutamente convencional!".

TODAS AS PESSOAS
DESTE LIVRO SÃO TIPOS,
NÃO RETRATOS.
K. M.

O PREÇO DA CONIVÊNCIA

Não é fácil ser filho de um gigante da literatura como Thomas Mann, vencedor do Prêmio Nobel de Literatura em 1929. E foi esse o caso de Klaus Mann, autor do aqui publicado *Mefisto*, em bela tradução de Claudia Abeling. A obra original traz o subtítulo "Romance de uma carreira" e foi publicada em 1936, portanto antes da eclosão da segunda Guerra Mundial, que começaria três anos depois. A alusão a Fausto e ao pacto com Mefisto, que conhecemos da grande obra de Goethe, é evidente, com associação também à obra *Doutor Fausto*, do pai de Klaus Mann, que seria publicada após a Segunda Guerra, no ano de 1947.

Klaus era considerado o mais talentoso dos seis filhos de Thomas Mann. Eram seus irmãos: Erika, atriz, escritora, comediante irreverente, fundadora do cabaré político *Die Pfeffermühle* [*O moinho de pimenta*], e a mais próxima de Klaus, cujas obras ela editava; Golo, grande historiador, de renome internacional, não era dos mais amados pelos pais; Monika, romancista, poetisa, a menos amada pelos pais, acabando por emancipar-se da família e indo viver em Capri; Elisabeth, pesquisadora oceanográfica, feminista engajada, a preferida do pai; Michael, inicialmente violinista talentoso, em seguida professor universitário na área de literatura alemã em Berkeley; sofrendo muito com o pai dominante, sabendo pelos diários do pai que aventaram a possibilidade de abortá--lo, tem a difícil tarefa de editar esses diários de Thomas Mann; morre em decorrência da ingestão de uma mistura de álcool e barbitúricos. Este quadro familiar é importante para entendermos o ambiente em que crescem almas artísticas em meio ao regime nacional-socialista.

A família Mann viveu longos anos no exílio durante o período do nazismo, primeiro na Suíça e depois nos Estados Unidos, onde Thomas Mann lecionou inicialmente em Princeton. A partir daí, os filhos dos Mann foram se espalhando pelo mundo. Klaus Mann sempre sofreu com a figura onipotente do pai; aos 26 anos, escreve *Filho desse Tempo*, onde cogita a questão do suicídio. Foi também autor de um dos primeiros romances de temática homoerótica na literatura alemã, *Der fromme Tanz [A Dança Pia — O Livro de Aventuras de uma Juventude]*, de 1925. Engajou-se em campanhas contra o nazismo, transitando entre Holanda, Suíça e Estados Unidos, onde se estabeleceu em 1936, em Nova York, cidade onde começa a produzir as suas maiores obras, entre elas *Fuga para o Norte* (1934), *Sinfonia Pathétique* (1935), *Mefisto* (1936), *O Vulcão* (1939); e, em 1944, um de seus livros autobiográficos, agora em inglês, *The Turning Point* [*Der Wendepunkt*]. Torna-se cidadão americano, entra para o Exército, é correspondente da revista do Exército *Stars and Stripes*, função na qual acaba por voltar à Alemanha em 1945, buscando rever a casa da família, que fora bombardeada, mas que havia sido ocupada pelos nazistas. Após deixar o exército, acabou perdendo contato com sua irmã Erika, seus livros não encontravam mais editores, foi se isolando, e acabou falecendo em Cannes, na França, por uma overdose de soníferos, após anos de consumo de heroína e alguns bloqueios criativos.

A irmã Erika tem um papel importante como pano de fundo da obra *Mefisto.* Ela casou-se com o ator Gustav Gründgens em 1926, cujo papel mais famoso foi justamente o de Mefisto no *Fausto* de Goethe, com uma encenação memorável em Hamburgo. Klaus, por sua vez, que conhecia o ator muito bem, lembra-se do almoço comemorativo que se segue ao casamento civil no cartório, e acaba por registrar a cena em seu romance *Mefisto,* em que o protagonista Höfgen é inspirado em Gustav

Gründgens. O casamento com Erika durou apenas três anos. Gründgens, sob os auspícios do governo nazista que ascendeu ao poder em 1933, tornou-se superintendente e diretor artístico do teatro mais importante de Berlim, onde permaneceu até quase o fim da Segunda Guerra, em 1944, sendo o protegido de Hermann Göring, que por sua vez era casado com uma atriz e tinha, ele próprio, aspirações artísticas. Göring era o primeiro-ministro da Prússia, depois foi comandante da Luftwaffe e marechal do Reich, criador da polícia secreta Gestapo. Condenado à morte como criminoso de guerra pelo Tribunal de Nuremberg, suicidou-se antes de se cumprir a pena. Gründgens também tinha bom trânsito com o ministro da Propaganda, Joseph Goebbels, apesar deste ser homofóbico e não gostar do ator, sabendo da homossexualidade de Gründgens e do parágrafo 175, que criminalizava a homossexualidade; mas o artista contava com a proteção de Göring, que lhe garantia um salário milionário, sendo que Gründgens foi morar em uma mansão que pertencera a um banqueiro judeu, que se viu obrigado a fugir da Alemanha nazista.

São estes os personagens centrais retratados em *Mefisto*, em que é questionada a vontade de Gründgens/Höfgen de ascender a qualquer custo, passando por cima de princípios básicos de ética. Por outro lado, discute-se que Gründgens, a partir de sua proximidade do poder, conseguiu salvar muitos artistas e amigos da perseguição pelos nazistas, percebendo o perigo que corriam. O debate que se cria a partir dessa questão é se a conivência é justificável em qualquer caso. Em se tratando de arte, a questão ganha ainda outra dimensão. Dizia Gründgens que, daquela forma, conseguia manter a chama do teatro acesa; porém, tinha que se vergar a algum tipo de censura. Na obra de Mann, vê-se obrigado a fazer uma adaptação de *Hamlet*, transformando a peça em algo "genuinamente alemão". A arte não deveria ser sempre contestadora e não se submeter a quaisquer tipos de ingerência política? Ela própria não é política?

Como dissemos acima, as associações e releituras parecem evidentes: O *Fausto* de Goethe, grande clássico da literatura alemã, com seu antagonista Mefistófeles, o Mefisto, a força que sempre nega; depois o

Doutor Fausto de Thomas Mann, pai de Erika e Klaus, em que se destaca o poder demoníaco da música e se cria, ao mesmo, tempo, um retrato da "alma alemã", como dizem muitos, vendida "ao Diabo". E agora temos o representante do Mal e da tentação, o eterno questionador, o tentador, aquele que aposta em sua vitória, mas não questionando, conformando-se, como um oportunista, com a situação que o manterá como diretor e superintendente do teatro.

Vejamos algumas passagens da obra, que destacam também questões raciais, levantadas logo de início, quando se celebra o aniversário do primeiro-ministro, numa clara alusão a Hermann Göring. A comemoração dá-se justamente no teatro, dirigido pelo protagonista Höfgen, feliz por ter a amizade das altas autoridades nazistas, ainda sem saber que este fato seria também a sua própria derrocada. O local escolhido para a festa, o teatro, um local de representação e de várias vertentes artísticas, agora, em vez de "uma sinfonia", faz ecoar "apenas marchas militares" e também jazz que, apesar de sua "imoralidade negra", não podia faltar [destaques meus]:

> **O grande baile por ocasião do aniversário de 43 anos do primeiro-ministro acontecia em todas as dependências do teatro de ópera.** O elegante grupo circulava pelos amplos foyers, nos corredores e nos vestíbulos. Estourava garrafas de champanhe nos camarotes, de cujas balaustradas pendiam cortinas caras e drapeadas; dançava na plateia, de onde várias fileiras de assento haviam sido removidas. A orquestra, localizada no palco vazio, era numerosa como se fosse tocar uma sinfonia, no mínimo de Richard Strauss. **Numa confusão atrevida, porém, tocou apenas marchas militares e aquela música de jazz que, embora amplamente malvista por sua imoralidade negra, o alto dignitário não queria deixar faltar em sua comemoração.** (p. 21)

Portanto, vemos aqui o teatro usado para fins políticos, permitindo entrever algumas questões raciais e contra judeus, o que ainda se acentua na seguinte passagem:

> A festa era mesmo magnífica, não restavam dúvidas. Tantos brilhos, aromas, sons! **Impossível saber o que reluzia mais: as joias ou as insígnias.** A luz prodigiosa dos candelabros brincava e dançava sobre as costas nuas, brancas, das mulheres e de seus rostos bem maquiados; sobre as nucas gordas, os peitilhos engomados ou os uniformes adornados de senhores obesos; sobre o rosto suado dos empregados, que passavam servindo as bebidas. Havia o cheiro das flores, divididas em belos arranjos por todo o ambiente da festa; **dos perfumes parisienses de todas as mulheres alemãs**; dos charutos dos industriais e **das pomadas dos jovens esbeltos em seus bem ajustados uniformes da ss**; dos príncipes e das princesas, dos chefes da polícia secreta nacional, dos editores dos suplementos culturais, das divas do cinema, **dos professores universitários responsáveis por cadeiras de estudos raciais ou ciência militar, e dos poucos banqueiros judeus**, cuja riqueza e relacionamentos internacionais eram tamanhos que **sua presença era permitida inclusive em eventos exclusivos como esse**. Nuvens de agradáveis cheiros artificiais eram aspergidas, como **para não deixar transparecer outro cheiro — o fedor adocicado e enjoativo de sangue**, que era apreciado e que saturava o país inteiro, mas dava motivo para certa vergonha num evento tão fino e na presença de diplomatas estrangeiros. (p. 25)

Aqui ainda percebemos a fina ironia ao mostrar o colaboracionismo de várias esferas da sociedade: chefes da polícia secreta nacional, editores de suplementos culturais, diplomatas estrangeiros, divas do cinema, professores universitários — pasmem! — responsáveis por cadeiras de estudos raciais ou ciência militar e — poucos — banqueiros judeus, por sua influência internacional. Isso tudo em meio às costas nuas e brancas das mulheres maquiadas e aos senhores obesos, perfumados para esconder o cheiro de sangue que paira no ar.

Verificamos ainda que aqueles que estão próximos do poder e que são íntimos mesmo dos poderosos, nada fazem para impedir a catástrofe, a começar pela esposa do primeiro-ministro [grifos meus]:

> A sra. Lotte sabia receber as atenções desse calibre com aquela alegria despretensiosa que lhe trazia a fama de mulher ingênua e maternal, digna de veneração. Ela era considerada uma mulher abnegada, intocável. Tinha se tornado uma figura idealizada entre as mulheres alemãs. Seus olhos eram grandes, redondos, um pouco saltados, de um azul de brilho úmido; tinha um belo cabelo loiro e um busto alvíssimo. Aliás, ela também já estava um pouco obesa — comia-se bem e de maneira farta em seu palácio. **A seu respeito, falava-se com admiração que vez ou outra intercedia junto ao marido por judeus da alta sociedade. Apesar disso, os judeus acabavam num campo de concentração.** Ela era chamada de anjo da guarda do primeiro-ministro; mas o terror não havia diminuído desde que ela o aconselhava. Um de seus principais papéis fora o de Lady Milford em *Intriga e amor*, de Schiller: aquela amante de um homem poderoso que não suporta mais o brilho de suas joias e a proximidade de seu príncipe, pois ficara sabendo do preço das pedras preciosas. [...] Os segredos mais terríveis do Estado totalitário eram discutidos em sua presença: ela ria, maternal. Pela manhã, quando espiava por sobre o ombro do marido, brincalhona, via a sentença de morte à sua frente na escrivaninha renascentista — e ele as assinava. (p. 33)

Esse "interceder em favor de judeus da alta sociedade", e apenas da alta sociedade, não obstante, leva-os aos campos de concentração. O "preço das pedras preciosas" é alto... A sentença de morte na escrivaninha renascentista — contraste absoluto.

Provavelmente a adaptação cinematográfica mais conhecida da obra de Klaus Mann seja o filme *Mefisto* do diretor húngaro István Szabó, com Klaus Maria Brandauer no papel principal em belíssima interpretação. Ali vemos o embate ético entre o ator e depois diretor do teatro que, para poder continuar atuando, adota uma postura neutra e supostamente aliada à dos perpetradores, e também tentando salvar amigos, bem como sua amante negra. Tudo em nome da arte. Tudo? Ao final, os holofotes acabam se virando contra ele.

Na vida real, depois da guerra, Gründgens ainda foi um ator de grande sucesso, tendo dirigido teatros em Düsseldorf e em Hamburgo. Comprovadamente sempre foi apartidário — nunca se comprovou ter sido ele nazista — nem comunista — nem declaradamente de qualquer vertente partidária. O que Gründgens queria era ser reconhecido e conhecido por sua arte.

A obra de Klaus Mann, que foi publicada em 1936 na editora Querido, de Amsterdam, onde muitos escritores exilados publicavam suas obras, causou enorme polêmica, estando o autor no exílio, quando já tinha rompido relações com Gründgens. Mann informa em seu diário, no dia 11 de maio de 1933, que todas as suas obras anteriores haviam sido queimadas pelos nazistas e também esta obra fora proibida por eles. A primeira edição de *Mefisto* só foi publicada em 1956, na editora Aufbau, da Alemanha Oriental (RDA). Em 1964, a editora Nymphenburg de Munique decide publicar a obra, mas logo o herdeiro de Gründgens, Peter Gorski, entra com um processo para embargar a obra. O tribunal em Hamburgo se pronunciou contra a publicação, alegando que "a coletividade não está interessada em obter uma falsa imagem da cena teatral após 1933 a partir da perspectiva de um emigrante". Sendo assim, a publicação foi definitivamente proibida por decisão judicial em 1968. A obra acabou sendo publicada na Alemanha Ocidental apenas em 1981 (permanecendo acessível apenas a edição da República Democrática Alemã/RDA, de 1956).

Observa-se que as questões aqui levantadas não perdem a atualidade. Podemos abrir mão de princípios em nome da arte? Trata-se de um tema absolutamente atual, quando mencionamos o papel da arte na sociedade pós-COVID, em que teatros foram fechados, artistas desempregados, vidas ameaçadas. Nesse contexto, qual o papel do artista? De contestar, de sobreviver? Engajar-se? Assumir cargos públicos? Nesse último caso, isso pode dar certo sem uma prévia experiência política? Ou será que dá muito certo? Trata-se, antes, de um embate entre o mundo idealizado e aquele real. No mundo ideal, todos se nutrem de cultura, há verba para manter teatros e seus respectivos atores, iluminadores, contrarregras, diretores, figurinistas, aderecistas, funcionários da limpeza, costureiras e tantos outros. No mundo real, vidas inteiras são destroçadas.

Qual é o papel da arte? Qual o preço que se paga para continuar atuando, mesmo nas adversidades? Quais as concessões que precisam ser feitas sem que sejam consideradas conivência? Elas precisam ser feitas? Arte e poder excluem-se mutuamente? Que concessões eu faço em nome de "curtidas" nas redes sociais? Todas essas questões estão associadas e são muito pertinentes na contemporaneidade.

Muitos dos personagens de *Mefisto* parecem ter muito a nos dizer hoje sobre aspirações carreiristas, resistência e ética. A arte pode passar incólume pelos jogos de poder? Existe o "teatro puro" à parte da realidade, como defendia Gründgens, que o entendia como local sagrado? Onde fica a responsabilidade pessoal em condescender com dirigentes criminosos como os nazistas? Klaus Mann não chegou a ver sua obra publicada na Alemanha Ocidental em vida. Gründgens faleceu em Manila em suas férias no ano de 1963 devido a uma overdose de barbitúricos. O livrou tornou-se *cult.*

Que os leitores desta obra reconheçam as situações emblemáticas que Mann apresenta, anunciando o que estava por vir, e que percebam os sinais que a realidade nos envia, a qualquer tempo, em qualquer lugar do planeta, enquanto houver sede de poder.

Claudia Dornbusch
Julho de 2022

KLAUS
MANN

Klaus Mann nasceu em Munique, em 1906. Segundo filho do escritor Thomas Mann, Klaus começou a escrever contos e artigos em 1924 e foi crítico teatral de um jornal de Berlim. Em 1925, publicou um volume de contos e um dos primeiros romances de temática homoerótica na literatura alemã, *Der fromme Tanz* [*A Dança Pia — O Livro de Aventuras de uma Juventude*]. Engajou-se em campanhas contra o nazismo, transitando entre Holanda, Suíça e Estados Unidos, onde se estabeleceu em 1936, em Nova York. Entre suas maiores obras estão *Fuga para o Norte* (1934), *Sinfonia Pathétique* (1935), *Mefisto* (1936), *O Vulcão* (1939). Tornou-se cidadão americano em 1943, entrou para o Exército, e foi correspondente da revista do Exército *Stars and Stripes*. Em 1949 acabou falecendo em Cannes, na França, por uma overdose de soníferos, após anos de consumo de heroína e alguns bloqueios criativos. Em 1981, *Mefisto* foi adaptado para o cinema pelo diretor húngaro István Szabó, e no ano seguinte levou o Oscar de Melhor Filme Estrangeiro.

Paulo Raviere nasceu em Irecê-BA, em 1986. É editor da DarkSide® Books, pela qual também publicou traduções de obras de Robert Louis Stevenson, Joseph Conrad, Clive Barker, Bret Easton Ellis, Donald Ray Pollock, David L. Carlson e Landis Blair, entre outros. Saiba mais em raviere.wordpress.com.

Claudia Abeling (1965) cursou Editoração na Escola de Comunicações e Artes da USP. Depois de trabalhar em diversas editoras, em São Paulo e Frankfurt (Alemanha), desde 2004 dedica-se especialmente à tradução literária do alemão.

Claudia Dornbusch é mestre, doutora e livre-docente em literatura alemã pela USP, onde atuou por 30 anos. Pesquisadora das relações entre literatura, cinema, fotografia, dança e pintura. Tradutora, intérprete de conferências e tradutora pública ("juramentada").

Ramon Rodrigues (40 anos) artista gráfico e ilustrador nasceu e mora em Florianópolis-SC. Trabalha com gravura há mais de 15 anos. Hoje divide seu tempo entre os dois filhos (Joaquim e Catarina) e seu ateliê.

DARKSIDE

"A tolerância se torna crime
quando se devota ao mal."
— Thomas Mann —

DARKSIDEBOOKS.COM